O BEIJO DO BANDIDO

LOLA SALGADO

HARLEQUIN

Rio de Janeiro, 2025

Copyright © 2025 by Lola Salgado. Todos os direitos reservados.

Todos os direitos desta publicação são reservados à Casa dos Livros Editora LTDA. Nenhuma parte desta obra pode ser apropriada e estocada em sistema de banco de dados ou processo similar, em qualquer forma ou meio, seja eletrônico, de fotocópia, gravação etc., sem a permissão dos detentores do copyright.

COPIDESQUE	Rebeca Benjamin
REVISÃO	Angélica Andrade e João Rodrigues
DESIGN DE CAPA	Bruno Romão
PROJETO GRÁFICO E DIAGRAMAÇÃO	Vitor Castrillo

Dados Internacionais de Catalogação na Publicação (CIP)
(Câmara Brasileira do Livro, SP, Brasil)

Salgado, Lola
    O beijo do bandido / Lola Salgado. -- 1. ed. --Rio de Janeiro : Harlequin, 2025.

    ISBN 978-65-5970-507-8

    1. Romance brasileiro I. Título.

24-256486   CDD-B869.3

Índice para catálogo sistemático:
1. Romances : Literatura brasileira   B869.3

Bibliotecária responsável:

Eliete Marques da Silva - Bibliotecária - CRB-8/9380

Harlequin é uma marca licenciada à Editora HR Ltda. Todos os direitos reservados à Editora HR LTDA.

Rua da Quitanda, 86, sala 601A – Centro,
Rio de Janeiro/RJ – CEP 20091-005
Tel.: (21) 3175-1030
www.harpercollins.com.br

A todos que já foram antagonistas da própria história.

parte 1

Capítulo 1

Florence limpou o suor da testa com o antebraço, deixando uma mancha de terra perto do couro cabeludo. De sobrancelhas unidas, cuidou para não machucar a raiz de sálvia do deserto ao arrancá-la do vaso, mas xingou baixinho quando um pedaço se partiu.

Às vezes, faltava-lhe paciência. Tudo o que fazia, mesmo ali, em seu lugar favorito, era esperar. Que a vida acontecesse, que escolhessem por ela, que lhe mostrassem o caminho.

Paciência é uma virtude, a mãe costumava falar. Isso antes, quando ainda dizia qualquer coisa além dos resmungos pelos corredores da mansão. Quando havia vida nos olhos azul-escuros, iguais aos de Florence. Se a recompensa por essa virtude fosse virar um fantasma, ela não fazia a menor questão de exercitá-la.

Florence sorriu com amargura ao encaixar a planta no centro do vaso maior. Fazia pouco mais de seis meses que o cocheiro chegara de viagem com a muda. Florence crescera com presentes como aquele vindos do pai. Por muito tempo, Florence se agarrou à ideia de que tais gestos fossem a forma dele de compensar a frieza direcionada a ela, mas não. Se fosse honesta — e quase sempre era —, diria que o gesto estava mais para uma medalha por bom comportamento do que qualquer outra coisa. Como torrões de açúcar dados aos cavalos.

O caule cabia na palma da mão de Florence. As mudas nunca pareciam promissoras, e era o que mais adorava nelas. Precisavam de dedicação e empenho para atingirem todo o potencial. Tônicos, pigmentos, estimulantes... até mesmo venenos. Florence se entusiasmava com o leque de possibilidades; adorava que fosse uma das poucas a enxergar.

Cobriu a raiz com um punhado de terra, assentando-o com batidinhas. Uma fina camada de suor cobria o buço, por causa do ar denso e úmido do ápice do verão, potencializado pelas paredes de vidro da estufa, mas ela gostava. Do silêncio ao cheiro adocicado da terra molhada.

Um toque leve na parede às suas costas a sobressaltou.

Olhando para trás, Florence se deparou com Eleanor na porta da estufa. A garota, que era poucos anos mais velha, tinha a pele branca pálida, bochechas rosadas e cabelo escuro; para Florence, Eleanor não era uma mera funcionária, era quase uma irmã.

— Seu pai acabou de chegar. — A voz aguda de Eleanor a alcançou.

Florence apertou o punhado de terra, cerrando os dentes.

Quando criança, lamentava o trabalho que o mantinha por dias, às vezes semanas, longe de casa. Eram tempos mais fáceis. Sob o olhar puro da infância, a vida se mostrava menos complicada. A imaginação preenchia lacunas e enfeitava lembranças. O pai ainda era o grande amor de sua vida.

Cada vez que ele atravessava as portas de casa, cheirando a carvão e conhaque de alta qualidade, ela parava o que estivesse fazendo e corria para seus braços. Ele chegava com presentes e histórias, centelhas de esperança para a chama que ardia no peito dela. O anseio quase doloroso de conhecer o mundo.

Ele não era mais seu amor.

Desde que a fumaça da inocência se dissipara, e ela passara a entender e sentir na pele o que a presença dele significava para todos naquela casa.

— Tudo bem. Obrigada, Eleanor. Estou quase terminando aqui...

A criada alisou o avental nos quadris, pigarreando.

— *Hum*, então... ele pediu para avisar que espera visita para o jantar e quer que você esteja pronta antes das sete.

Florence ergueu o olhar, sem esconder a surpresa. Arqueou as sobrancelhas, mas Eleanor apenas deu de ombros.

— Visita? Ele disse quem? — indagou Florence.

— Não, mas está bem animado.

— O que não pode ser boa coisa... — comentou Florence, pesarosa.

Florence e Eleanor não faziam outra coisa além de segredar pelos cantos da casa o que tinham ouvido. Fosse dos aristocratas que visitavam o pai de Florence, ou dos escândalos que os funcionários traziam da rua. Como elas passavam grande parte do tempo presas na mansão Greenberg, as histórias trazidas de fora não apenas serviam como o lembrete da vida que continuava a acontecer, como as entretinha.

— Bom, talvez eu tenha uma fofoca que vai te fazer sorrir durante o jantar... É bem... escandalosa.

Florence cobriu a boca com as mãos, esquecendo-se de que estavam sujas de terra. Eleanor conseguira a reação esperada; tocou o antebraço da amiga, deliciada em compartilhar o mais novo causo.

— O reverendo George foi visto entrando na loja de tecidos da Gertrude no começo da semana. Ao entardecer.

Florence não conseguiu disfarçar a decepção. Esperava uma história mais interessante do que uma visita em horário não convencional.

— E?

— Ele só saiu ao raiar do dia... e sem o colarinho!

O olhar de espanto que compartilharam foi mais eficiente do que *qualquer palavra. Eleanor rompeu a tensão inicial e gargalhou;* Florence se deixou cair sobre a amiga, acompanhando-a no riso.

— Agora entendo a obsessão dele em dar sermões sobre resistir à tentação — falou Florence.

— É, só que ele decidiu *esquecer* os próprios conselhos.

— Será que os dois estão muito encrencados?

Florence se endireitou, recuperando as forças. A expressão conspiratória no rosto corado de Eleanor tornava a revelação ainda mais deliciosa.

— Eu não queria estar na pele dele. Já Gertrude... bem, ela não andava com a reputação muito boa, então não faz diferença. — Eleanor se sobressaltou com a lembrança de algo. Estendeu a mão para tocar na manga cobrindo o braço direito de Florence. — Falando nisso, chegou uma nova coleção de tecidos na loja! Assim que as coisas se acalmarem, vamos até lá escolher alguns.

— Como se eu precisasse de mais vestidos para viver presa nesta casa...

— Oras, não seja rabugenta. A gente vai, nem que seja para encomendar um vestido de que seu pai não goste. — Eleanor se pôs em pé, parecendo lembrar o que tinha ido fazer. — Estamos com o tempo contado. Posso preparar seu banho?

— Claro, obrigada. Subo em um minuto. Eleanor...

— Sim?

— Você acha que ele se lembrou de levar o colarinho embora?

A amiga ria, de cabeça baixa, ao abandonar a estufa.

Florence a observou se afastar e se apressou, em meio a suspiros. Quando se tratava do pai, não podia abusar da sorte. Se ele determinava que deveria estar pronta a certo horário, a garota sabia que o mais prudente seria se adiantar.

Eleanor a esperava, no segundo andar, ao lado da banheira. Lavou o cabelo ruivo de Florence com delicadeza, cantarolando baixinho como fazia quando estava distraída.

Enquanto a criada amarrava seu espartilho no quarto, Florence se perdeu em pensamentos. Os olhos vaguearam para fora da janela, pelo céu limpo, com o som de cascos chegando da rua. Nos últimos tempos, vinha nutrindo uma fantasia deliciosa, na qual montava em um cavalo e desaparecia sem olhar para trás. Cabelo ao vento, o sol poente ao horizonte, o mundo inteiro diante dela.

Isso, claro, em uma realidade que o pai a enxergasse como um ser humano, em vez de uma propriedade; nesse caso, talvez tivesse aprendido a cavalgar. Em uma realidade que ela fosse uma garota forte e corajosa para abandonar tudo.

Eram sete em ponto quando Florence desceu, usando o vestido amarelo com detalhes em renda branca herdado da mãe — uma peça que sabia que o pai detestava. Lamentavelmente, aquele era o máximo de afronta que sustentava.

Encontrou a mãe na sala de estar, a postura impecável. Segurava uma xícara de café, o olhar distante. Florence se perguntou se ela também nutria fantasias sobre aventuras pitorescas, ou se, na verdade, se mantinha presa às lembranças do passado. Do príncipe que o pai fora um dia, segundo as histórias que costumava ouvir, sobre um primeiro encontro mágico e a paixão avassaladora que haviam compartilhado. Isso se aquele passado havia de fato existido.

— A senhora sabe quem estamos esperando? — perguntou Florence, ao se sentar ao lado dela.

Piscando devagar, Grace olhou para o lado, parecendo notar a filha pela primeira vez. Os dedos procuraram o colar de pérolas, torcendo-o para a frente e para trás.

— Florence, querida. Você está... — O olhar desceu para o vestido. — Muito bonita.

— Gostou?

Grace deu um gole no café, o rosto iluminado por uma fagulha de calor que se tornava mais rara a cada dia. Era insignificante perto da chama intensa que já fora, mas, ainda assim, fazia o coração de Florence bater depressa.

Por fim, a mãe assentiu, voltando a repousar a xícara de porcelana no colo. Grace se fechou, esvaziando o rosto de expressões. Um reflexo do que restara dela.

Florence desceu o olhar para o assento, com um nó na garganta, para a edição do jornal dobrada esquecida ali. O título da manchete era tudo o que conseguia ler sem tomar o papel nas mãos.

SUNRISE POST

Gangue de fora da lei avistada em St. Langley; autoridades aumentam a patrulha nos bairros nobres da cidade

Quarta-feira, 17 de julho de 1895

Sem suportar continuar ali, Florence levantou e parou atrás de um dos janelões que davam para o calçamento. Os últimos raios de sol pincelavam o horizonte, contrastando com o anil do céu. A luz amarelada dos postes recém-acesos se derramava pelo chão de paralelepípedos. Ela observava dois capangas conversando perto da fonte, com as escopetas apoiadas em frente ao corpo, quando a diligência parou diante dos portões altos da propriedade.

A movimentação na sala roubou sua atenção. O pai desceu as escadas carregando a caixa de madeira que Florence havia cansado de ver em outras ocasiões. Charutos. Ele a encarou e os lábios retorceram suavemente, mas não disse nada.

Ele a surpreendeu ao soltar a caixa sobre o aparador, ao lado do sofá em que a mãe estava, e parar perto dela. Um pouco sem jeito, segurou a cabeça da filha e a puxou para dar um beijo em sua testa. Florence olhou no fundo dos olhos dele, ainda com a mão aprisionando seu rosto, por minutos que pareceram uma vida inteira.

— Está formidável, Florrie — falou o pai, quebrando o silêncio, a voz no mesmo sopro grave que usava para dizer as mais belas palavras, e também as mais feias. — Senti sua falta.

Ela enrijeceu. Piscou para conter as lágrimas, sentindo-se patética por ficar abalada com qualquer migalha de carinho que ele estivesse disposto a oferecer.

— Eu também — respondeu.

Florence não saberia dizer, porém, se a saudade que sentia era apenas pelos dias anteriores; ou pelo que o pai jamais representou.

Do lado de fora, vozes e passos se aproximaram.

Henry assentiu. Antes que ela pudesse dizer algo mais, o pai lhe deu as costas e caminhou até a porta com tranquilidade.

Observando-os de lábios crispados, a mãe se levantou em silêncio e também deixou a xícara sobre o aparador. Pousou a mão no ombro da filha, oferecendo consolo.

Pelo canto dos olhos, Florence observou Grace de perfil.

Nunca se permitiria amar alguém. *Jamais* daria a qualquer outro homem, além do pai, a chance de machucá-la de forma tão profunda. Não cometeria o mesmo erro da mãe.

— A gente sobrevive — falou Grace, enquanto a porta era aberta. — Parece pior do que é.

Florence não entendeu.

A rajada de vento que veio da rua a fez estremecer. Ela esfregou os braços, sentindo um mau presságio.

Na entrada, o pai recebia o melhor amigo com um abraço caloroso.

✴ ∩ ✴

— É um deleite rever você, Florence — falou Phillip, descansando os talheres sobre a mesa.

Phillip Langston, assim como o pai dela, beirava os 50 anos. Era corpulento, a barba quase toda grisalha, assim como o cabelo seborreico alinhado para trás com parafina. Os lábios formavam linhas finas que sumiam quando os abria. O colete reluzia à luz das velas sobre a mesa, refletindo em seu rosto corado pelo conhaque.

O velho amigo do pai era uma figura recorrente, praticamente da família. Em muitos aspectos, assumira a figura paternal de que Florence tanto sentia falta. A garota havia perdido a conta de quantas vezes, quando mais nova, se sentara no colo dele para ouvir histórias de viagens ostensivas para fora do país.

Florence cresceu vendo ele e o pai escorados em parapeitos, com um charuto frouxo nos lábios, discutindo negócios e rasgando elogios um ao outro, deslumbrados com o quanto se sentiam superiores ao restante do mundo.

A falecida esposa de Phillip também fora uma presença constante. A mulher era uma das poucas que arrancavam risadas sinceras de Grace. Florence quase não conseguia fazer o mesmo pela mãe e, por isso, lamentava a morte da mulher sempre que revia Phillip. Fazia pouco mais de três meses que a haviam enterrado, depois de anos acamada, lutando contra a doença que a consumira. Florence tinha lembranças vívidas da ocasião.

O funeral ocorrera em um fim de tarde abafado e úmido; o tecido preto do vestido colou todo na pele. O que ela mais recordava, além da sensação sufocante da roupa, era de como Phillip não derramara uma lágrima nem esboçara a menor sombra de pesar. Tampouco se demorara, enquanto o coveiro começava a tarefa árdua de preencher a cova com terra. Haviam sido casados por mais de vinte anos, mas a indiferença era a de um desconhecido.

— ... cada vez que a vejo, está mais bonita — elogiava Phillip, apoiando o queixo nas mãos cruzadas.

Florence procurou o guardanapo no colo, sem ânimo.

Bondade sua, sr. Langston.

— Henry comentou que você tem se interessado cada vez mais por herbalismo... — Ele alisou o bigode. — Tenho uma pequena coleção de espécimes. Seria um prazer dá-la a alguém que fará melhor proveito, se você quiser dar uma olhada da próxima vez que me fizerem uma visita.

Florence se engasgou.

Procurou o olhar do pai, que fingia interesse pelo bordado da toalha. Quando ela virou a cabeça para encarar a mãe, recebeu um sorriso triste. Ser convidada para ir à casa de Phillip era incomum e as implicações daquele convite a assustavam.

— Agradeço. É muito atencioso da sua parte. Eu...

A voz se perdeu quando a garota flagrou o olhar lascivo de Phillip para seu decote. Ela precisou conter o impulso de retorcer o rosto em repulsa, mas não conseguiu evitar de deslizar a cadeira rangente para trás.

— Me desculpem, não estou me sentindo bem. Preciso... — Ela levantou e deixou o guardanapo cair no chão. — Com licença.

Sem esperar por respostas e, antes que a coragem se dissipasse, deu as costas para as três pessoas sentadas à mesa e abandonou a sala de jantar.

Subiu as escadas tão depressa que as panturrilhas queimaram. Teve que segurar um pouco a saia do vestido para não tropeçar nos últimos degraus. As pernas vacilavam.

Florence se refugiou em seu quarto e apoiou as costas na porta.

Quando se certificou de que ninguém viria, passou a andar de um lado para outro. Os dedos formigavam. A ira se espalhou pela corrente sanguínea como veneno. Olhou para baixo, para o próprio decote, e uma nova onda de humilhação a dominou. Aquele homenzinho nojento e desprezível... Quem ele pensava que era?

Abruptamente, Florence parou no lugar e estreitou os olhos.

O som de risadas baixas e roucas a atingiu. Impossível distinguir a quem pertenciam ou o que diziam e, ao mesmo tempo, soavam próximas como se os donos ocupassem o cômodo.

A princípio, desconfiou que viessem do térreo. Talvez o pai e Phillip estivessem se divertindo às suas custas. Os charutos em mãos, enquanto teciam comentários sobre como mulheres eram histéricas e sensíveis.

Porém, quando a melodia metálica rasgou o silêncio, teve certeza de que o som vinha de fora. Ela correu até a janela.

Teve dificuldade para abri-la — o vidro emperrou quando tentou empurrar para cima. Era ridículo como raramente fazia qualquer coisa por conta própria, além, claro, do tempo na estufa. Nunca abria janelas, nem se vestia ou mesmo tomava banho sem a ajuda de Eleanor.

Travou a janela aberta e se debruçou no peitoril, curvando o tronco. Na calçada oposta, meia dúzia de homens cambaleava rua abaixo. Florence captou apenas silhuetas na penumbra da noite. Homens grandalhões e fortes, o contorno dos chapéus destoando das cartolas altas e chapéus-coco que estava habituada a ver pelas ruas de St. Langley. Estes eram do tipo usado por trabalhadores rurais e que quase nunca via por ali — abas grandes, curvadas nas extremidades, perfeitos para proteger do sol escaldante do estado de Halveman.

Quando um deles — o que vinha andando afastado do grupo — tropeçou e caiu na calçada, os amigos riram ainda mais. Interromperam a caminhada trôpega e se juntaram a ele. Um a um, sentaram-se ao chão, formando um paredão disperso. Costas apoiadas no muro, pernas esticadas; alguns de braços cruzados sobre o peito, outros com as mãos atrás da nuca.

Apenas um, o mais alto, se manteve de pé. Recostou-se em um poste bem em frente à mansão Greenberg, o corpo inclinado para o lado. A luz incidia sobre a camisa e os suspensórios que se prendiam à calça jeans. *Definitivamente* um trabalhador rural. O chapéu, no entanto, escondia grande parte do rosto. Tudo o que Florence conseguia ver era um pouco de barba, assim como a gaita que ele levava aos lábios.

Ela apoiou a cabeça em uma mão, curiosa.

Não era a primeira vez que homens embriagados desciam pela rua — havia um saloon enorme a duas quadras acima. Florence ainda se lembrava da ocasião em que Eleanor a acordara, na calada da noite, e a levara até o jardim, onde outros criados se amontoavam para assistir à briga. Dois homens, que mal conseguiam parar em pé, se socavam, segurando os paletós manchados de bebida um do outro. Pelo que havia entendido, um deles flagrara o outro flertando com a esposa. Em dado momento, foram interrompidos por um grupo que passou correndo pela rua, e Florence nunca descobrira o desfecho da história...

Foi difícil continuar o raciocínio quando a música melancólica tornou a soar. Ela sentiu um aperto no coração sem que compreendesse a razão.

De cabeça baixa, o caubói deslizou a gaita de um lado ao outro, segurando-a com as mãos em concha. As notas eram sopradas com sofrimento, como se quisesse comunicar algo profundo e aquela fosse a única maneira. Por um instante, não houve nenhum outro som no mundo inteiro. As risadas pararam e o grupinho se rendeu à melodia, em silêncio.

Até que o primeiro homem a cair atirou o chapéu no músico, acertando-o bem no peito.

— Eu juro, uma nota a mais e saco a pistola! — ameaçou ele, arrancando risadas de todos.

O homem da gaita a guardou na bolsa de couro que transpassava o peito, os ombros balançando suavemente ao rir. Afastou-se do poste para se sentar com o restante do grupo.

— Sua pontaria já não é das melhores quando está sóbrio, Lloyd — provocou ele. — Neste estado, não corro risco nem mesmo parado na sua frente, com um alvo na cabeça.

Uma nova explosão de risadas tomou conta da rua.

Com um suspiro, Florence fechou a janela com cuidado, antes que acabasse sendo flagrada. Puxou as cortinas, tomada pelo rancor.

Não era idiota, então tinha consciência de tudo que o sobrenome e a fortuna do pai proporcionavam a ela, e sabia que muitos matariam para ocupar seu lugar. No entanto, enquanto quebrava a cabeça para se despir sem auxílio, desejou ardentemente que um dia também pudesse embolar as pernas por uma rua qualquer, rir sem motivo e andar sem destino.

Ali, aprisionada no quarto, ela teve certeza de que também *mataria* para estar no lugar deles.

Capítulo 2

Os dedos de Florence deslizaram pelas teclas do piano em uma tentativa de reproduzir as notas da gaita. A melodia a envolvia nos momentos mais inesperados. Em meio a uma refeição; enquanto bordava uma toalha de mesa; ou quando praticava francês e as palavras lhe fugiam, dando lugar aos glissandos e trinados.

Reproduzir a música vinha se mostrando mais difícil do que previra. O que aguçava o desejo e aumentava a frustração a cada falha. Embora Florence dominasse o piano e tivesse boa memória musical, só tocava sinfonias dentro de partituras, moldes, assim como todo o resto em sua vida. À semelhança de peças em um tabuleiro de xadrez, aprendera a se mover apenas por caminhos determinados.

Como das outras vezes, errou a repetição de notas vizinhas que compunham o trinado e que o homem fizera com tanta facilidade. Sentindo uma fúria repentina, bateu o punho nas teclas do piano, produzindo um som alto e desagradável. De si, do caubói e daquela música idiota.

Estava prestes a recomeçar quando Eleanor se aproximou e parou ao lado do piano.

— Florrie? O sr. Langston está aqui. Acabou de chegar.

Florence estreitou os olhos, esticando o pescoço. De fato, havia uma diligência na calçada. Seria possível que estivesse tão concentrada a ponto de não ter ouvido nada? Os guardas não eram exatamente silenciosos quando se tratava de visitantes. Tinham uma abordagem severa e nada discreta, que, claro, agradava ao pai.

Florence voltou a encarar a amiga ao responder:

— Ah, estranho. Ele foi avisado de que meu pai não está?

— Foi, sim. Os guardas o informaram, e depois eu. Mas ele insiste em esperar. Foi bem incisivo, na verdade. E um pouco impaciente... O que devo dizer?

Com um pigarro, Florence fechou a tampa do piano e se levantou.

— Nada, eu resolvo isso. Onde ele está?

— Na varanda dos fundos.

— Ótimo — respondeu Florence, alisando a saia. — Será que... você pode servir um café, por favor?

— Claro, levo em um minuto.

Eleanor fez uma breve reverência e seguiu para a cozinha.

Florence passou a mão pela renda que ia até o pescoço, agradecendo pelos vestidos diurnos cobrirem cada centímetro de pele, com exceção do rosto. Não suportaria que Langston a olhasse com lascívia novamente.

Vestiu as luvas esquecidas sobre o piano e atravessou a casa até a saída dos fundos. Phillip estava sentado diante da estufa, em uma cadeira de vime entrelaçado. Usava chapéu e segurava a bengala, balançando a perna para cima e para baixo.

Florence contornou as cadeiras e a mesinha de centro, também de vime, e parou diante dele. Curvou-se ao cumprimentá-lo, como a etiqueta pedia, e deixou que beijasse sua mão. Foi preciso muito controle para não transparecer a repulsa, ainda que as luvas servissem como barreira.

— É um prazer, sr. Langston. Não sei se os criados o avisaram de que meu pai não está...

— Tantas vezes que começo a acreditar que não sou bem-vindo.

Florence ofereceu um sorriso polido, mas, por dentro, revirou os olhos.

— De modo algum, o senhor é da família. Só não quero que desperdice seu tempo, é um homem ocupado. — Florence avistou Eleanor, que vinha equilibrando uma bandeja na altura do peito, com um bule e duas xícaras de porcelana. — Aceita um café?

Ele sorriu, satisfeito, como se Florence tivesse escolhido as palavras certas. Os braços se abriram ao redor do corpo:

— Agora, sim, sendo recebido como *alguém da família*.

Ignorando a provocação, Florence fez um gesto para que Eleanor se aproximasse. A criada serviu café para os dois enquanto Florence se sentava diante de Phillip, que alisava o bigode, avaliando cada movimento dela.

— Nunca o trataria de outra maneira — recomeçou ela, no tom de voz suave e cortante que aprendera com Henry. — O senhor é como um *pai* para mim.

Florence torceu os lábios em um sorrisinho, então levou a xícara até eles. Se o homem tinha perdido o juízo e qualquer vestígio de respeito que já tivera por ela, Florence o lembraria de bom grado.

Os olhos de Phillip brilharam, e ele a acompanhou no sorriso discreto. O homem deslizou pela cadeira, relaxado. Apoiou a bengala na mesinha de centro e pousou a mão sobre a barriga avantajada, que tencionava os botões da camisa.

— Besteira. Você não precisa de mais um pai, *Florrie*. Henry desempenha esse papel muito bem. — Ele se voltou para Eleanor. — Pode nos dar licença, por gentileza?

O apelido soprado por aqueles lábios finos fez os pelinhos da nuca de Florence arrepiarem, ainda mais considerando o que ele tinha acabado de pedir. Ela pousou a xícara no pires e ergueu o queixo, mirando direto em seus olhos.

— Perdão, mas o senhor sabe que não podemos ficar a sós...

— Henry nos permitiu certas regalias. Imagino que ninguém há de pensar mal de alguém que te conhece por toda a vida.

Florence se remexeu.

O tom era leve e descontraído, mas ela percebeu a pontada de algo mais. Uma inclinação sutil na voz. O lembrete de que havia dois tipos de pessoa no mundo — as que mandavam e as que obedeciam.

Florence respirou fundo, trêmula de ódio, e assentiu para Eleanor, que a encarava com expectativa.

No passado, em mais de uma ocasião, inflamada pelo impulso de viver a própria vida, Florence cometera o terrível engano de enfrentar o pai. Costumava achar que o erro da mãe fora não se rebelar e simplesmente acatar todos os caprichos dele. A ignorância e a pouca experiência lhe fizeram acreditar que, se batesse de frente com o pai e mostrasse que não aceitaria aquela vida, acabaria vencendo pelo cansaço.

Como fora tola...

Ela entendia a razão pela qual a mãe colaborava. Não se tratava de uma fraqueza, como imaginava, mas de autopreservação. Lutar era inútil; não havia como vencer quem detinha o poder. Ela aprendera da pior maneira, sendo podada a cada pequena transgressão, até que só lhe restasse seus aposentos.

Como castigo, era trancafiada dia após dia, acompanhada de uma Bíblia em que jamais tocara, enquanto remoía o mais vil dos sentimentos. Era liberada apenas nas refeições e para tomar banho. Às vezes, nem isso. Eram naquelas ocasiões que o veneno se espalhava pela corrente sanguínea, alimentando cada célula de Florence. Chorava, o grito preso no fundo da garganta, e esmurrava o travesseiro, imaginando a cara do pai em cada impacto.

Em alguns dias, durante o jantar, observava o pescoço pálido dele despontado da camisa e imaginava suas mãos o rodeando. Flagrava-se sorrindo para o prato pela metade, envergonhada pelo gênio parecido com o dele. A raiva, a sede de causar dor, a necessidade de se provar.

De toda forma, Florence aprendera que a única maneira de lidar com as agressões normalizadas dentro da mansão Greenberg era dançando conforme a música. Obedecer às vontades do pai e assumir o papel de boa dama e, sobretudo, de boa filha.

— Me perdoe, sr. Langston. Não quis ser inconveniente, tampouco desrespeitá-lo.

— *Phillip*, Florence — corrigiu ele. — Já nos conhecemos tempo o suficiente para abandonar esse tipo de formalidade.

Ela descontou a frustração na xícara, apertando a alça com força, até as pontas dos dedos começarem a doer. Eleanor estava prostrada em frente à porta, longe do olhar de Phillip, e os vigiava.

— Como quiser, Phillip.

As sílabas soaram vulgares, inadequadas. Florence engoliu a contrariedade e se pegou torcendo para que o pai chegasse logo.

— Bem melhor! — Phillip abandonou a xícara e cruzou os pés à sua frente, até quase tocar nos de Florence. Seu olhar se demorou no rosto dela, indo e vindo como se o estivesse descobrindo. — Você cresceu, hein? É uma mulher agora.

Ela se lembrou da expressão dele ao encarar seu decote. O desejo escancarado, a falta de escrúpulos.

— De fato, cresci. — Respirou fundo e se ajeitou na cadeira. — E o senhor me conhece desde que nasci... Deve ser desconcertante.

— Desconcertante?

— Observar a vida passar enquanto você vê a bebê que um dia repousou em seus braços se tornar uma adulta... um lembrete contundente de que esses anos também se foram para você. Isso não o perturba?

Florence estava apavorada.

Falar assim com um homem da posição de Phillip Langston era imprudente, para dizer o mínimo. Sendo ele o melhor amigo de seu pai, então, a tornava a pessoa mais tola de todo o estado de Halveman. Mas aquela era uma medida desesperada. Ela não sabia como se defender de algo irrefreável.

Ao contrário do que esperava, porém, suas palavras não causaram o menor desconforto em Phillip.

— Qual sua idade, querida? Dezenove, suponho?

— Vinte.

Ele sorriu.

— Sabe, Florence... idade só assusta quando somos jovens. Tem a ver com o desconhecido, com a necessidade de controle e de saber exatamente o que nos aguarda nos anos vindouros. Posso lhe garantir que as coisas são muito diferentes *do lado de cá.* — Ele tirou o chapéu e o girou entre os dedos, pensativo. Uma mecha do cabelo grisalho pendeu para frente, sobre a testa. — Vivi o suficiente para entender como a vida funciona. Vi o que há de melhor e de pior. Ter acompanhado seu desenvolvimento, minha querida, é, sim, um lembrete. Mas não como você imagina. — Phillip parou de girar o chapéu e a procurou com o olhar. — De toda forma, você se tornou uma mulher notável. Não que seja uma surpresa... Grace foi uma das mulheres mais bonitas de todo o estado, se não *a* mais. Seu pai teve muita sorte. E você conseguiu superá-la. Comparada a você, Grace era apenas *agradável.*

Florence pensou no jovem Phillip cobiçando a mãe dela. Em seguida, olhou para o velho Phillip, que a cobiçava naquele exato momento. O choro entalou na garganta, à espera do momento adequado para ser jorrado, feito uma cachoeira.

— Você está numa boa idade. É de boa família, tem uma ótima educação... as condições são muito favoráveis para conseguir um bom casamento.

— Acabei de fazer 20 anos, sr. Lan... *Phillip.* Não tenho pressa.

— Mas deveria, Florrie. — O sorriso dele desmanchou, e o olhar frio congelou sua barriga. — Como bem pontuou, a juventude não há de durar para sempre. Um pouco mais e talvez lamente ter esperado.

Ela até podia saber pouquíssimo do mundo, como ele havia afirmado, mas sabia aonde pretendia chegar. Phillip a cercava, como um predador, e se ela não fugisse seria abatida.

Isso, ela não permitiria. Balançou a cabeça.

— Eu não acho que...

— Nós, homens, temos um mecanismo simples — interrompeu Phillip, projetando a voz. — Gostamos das frutas mais suculentas, as mais doces, que acabaram de ficar maduras. Fazemos qualquer coisa por uma mordida. Mas, quando está muito madura e começa a ficar passada, nosso interesse acaba. Até que encontremos outra mais nova no pé.

A repulsa dominou Florence.

Ela abriu a boca para deixar bastante claro o quanto o desprezava, mas o tamborilar de saltos a fez engolir cada um dos insultos. Os dois olharam para a porta no instante em que uma das criadas a atravessou, passando por Eleanor.

— Com licença. O sr. Greenberg acaba de chegar.

— Ótimo! Parece que estou com sorte, afinal.

Eu também.

Florence aproveitou a deixa e se levantou. Ele a acompanhou com o olhar, voltando a exibir o sorrisinho de satisfação.

— Que bom que sua viagem não foi em vão, *sr. Langston* — disse, fazendo uma breve mesura. — Foi um prazer.

Ela contornou as cadeiras e, com Eleanor, entrou na propriedade.

Florence sentia a cabeça zunir ao atravessar a casa. Errou o cálculo ao virar para a direita, e bateu com o quadril na quina da estante, mas não sentia nada além de ódio e repulsa. As mãos fechadas em punho estavam tão apertadas que o tecido da luva perigava esgarçar.

Assim que entrou no corredor, encontrou o pai. Henry afrouxava o colarinho, mascando tabaco. Ele ergueu a cabeça, a poucos centímetros de colidirem, e o rosto foi dominado por surpresa.

— Florence, querida, achei que estivesse...

Ela não ficou para ouvir.

Marchou como um soldado para a saída, depois atravessou a porta, o jardim e contornou a fonte, sempre em frente. O sol afagou seu rosto com mãos mornas e suaves.

Ela continuou mesmo depois de atravessar o portão e tocar a calçada. Talvez, se tivesse sorte, andaria o suficiente para nunca mais precisar voltar. Andaria até um lugar onde Phillip não a incomodasse e os olhares congelantes do pai não a atingissem.

Assim como a sálvia do deserto na estufa, Florence havia atingido o máximo que podia, dadas as condições. Sua vida era um vaso pequeno demais, que a impossibilitava de seguir adiante. Não havia espaço para expandir as raízes e alcançar todo seu potencial. Além do mais, vinha sendo podada tantas e tantas vezes ao longo dos anos que começava a aceitar sua impotência e pequenez.

Tinha um exemplo vivo em casa do resultado desse tratamento: a mãe definhara até não restar nada além de um casco vazio, apodrecido por dentro. Pelo visto, o mesmo futuro a esperava.

Demorou para Florence se acalmar. Os ruídos da cidade a fizeram cair em si. Com exceção dos pensamentos, tudo estivera tão silencioso até aquele instante que a explosão súbita de sons a fez parar, atrapalhando o pequeno fluxo de transeuntes. Uma sinfonia urbana. O tamborilar seco dos cascos de cavalo no asfalto, rangidos e estalos de carroças e diligências, a estática do bondinho que passava à esquerda, o zumbido de vozes sobrepostas e de línguas e sotaques que se misturavam.

Florence tinha se afastado bastante; estava perto da praça da prefeitura. Prostrado na entrada, um guarda, cujo quepe parecia grande demais para a cabeça, acenou para dois homens de meia-idade que andavam ao lado dela. Ao atravessar o portal, a alameda se bifurcava em direções opostas, e ela tomou a da esquerda. Cruzou com um grupinho de mulheres sentadas no banco à sombra de uma árvore. Cochichavam, os corpos inclinados para a frente.

Passou pelo grande quadro de avisos forrado de cartazes, recortes de jornal e anúncios que escondiam quase por completo a superfície de madeira. Ao centro de tudo, cobrindo parcialmente os outros papéis, avistou um cartaz de procurado dos pistoleiros de que havia lido no jornal. Não havia fotos de nenhum dos integrantes da gangue Fortune, mas ilustrações que retratavam quatro homens — dois brancos e dois negros.

Caminhou até o miolo da praça, para a escultura homenageando um general que lutara na Guerra Civil, anos antes. Ele segurava o chapéu ao alto, vibrando pela vitória. Até mesmo o garanhão em que estava montado compartilhava da felicidade, erguido sobre as patas traseiras.

Florence olhou ao redor, buscando, nas outras mulheres, algum sinal. De que estivessem felizes ou tristes, satisfeitas ou desesperadas — qualquer coisa. Procurou nos rostos cobertos, em parte por chapéus, um vestígio de suas histórias.

Queria que alguém segurasse sua mão e lhe garantisse que tudo ficaria bem. Que as suspeitas a respeito de Phillip não passavam de especulações equivocadas e que logo poderia voltar a sonhar em explorar o mundo estudando plantas.

As horas passaram em um sopro. Sentada em um banco, observou a vida acontecendo, apenas para evitar o confronto que a aguardava em casa. No entanto, quando o sol avançou para o horizonte e o crepúsculo deu os primeiros sinais, ela se convenceu de que não poderia ficar ali. Estava cansada de fugir, de esperar, de ser paciente.

Abandonou a praça, a bainha da saia ondulando ao redor das pernas. Pouco depois de um hotel, parou e esperou o bondinho passar para atravessar. Foi apenas ao pisar na calçada do outro lado que teve a atenção capturada por um homem em frente ao armazém da cidade.

Montado no cavalo, ele descansava sobre os braços cruzados, com as costas curvadas. Segurava um cantil aberto, do qual tinha acabado de beber. Como o grupo que ela vira pela janela do quarto dias antes, aquele homem também vestia roupas destoantes dos outros com quem Florence havia cruzado por todo o passeio.

Ela diminuiu o ritmo até quase parar. Algo nele a intrigava. Florence não conseguiria desviar o olhar, mesmo se tentasse. Tratava-se de um homem grande — não apenas alto, mas também robusto. As mãos largas e dedos compridos cobriam o cantil quase por inteiro. Sem falar no quê de selvagem. As roupas puídas; a camisa desabotoada, revelando uma amostra das clavículas e dos pelos do peito; o lenço de aspecto sujo amarrado no pescoço; e o chapéu de couro colecionando inúmeros arranhões.

Quando o homem levou o cantil aos lábios, Florence reparou na mão enfaixada. O lenço amarrado às pressas, de qualquer jeito, como se ele não tivesse tempo para se preocupar com coisas supérfluas como machucados e curativos. Porém, o detalhe mais impressionante e assustador era o coldre no quadril, de onde o cabo amadeirado de um revólver despontava, além da escopeta e do arco presos ao cavalo.

Ninguém mais demonstrava interesse na figura solitária. Nem mesmo pareciam enxergá-lo. Homens e mulheres desviavam do cavalo, seguindo o percurso como se ele fosse uma parte pouco interessante da paisagem.

Dois caubóis abandonaram o armazém e se juntaram a ele. Antes que sumissem por completo de seu campo de visão, ela viu o mais novo guardando latas de feijão na bolsa. Apesar do interesse, deu-se por vencida quando ficou impossível continuar espiando sem chamar atenção para si.

A luz do dia havia se extinguido quase por completo. Florence pressentia que cada minuto após o anoitecer a deixaria um pouco mais em apuros.

E não queria pagar para ver.

Capítulo 3

Henry fumava um charuto, recostado na fonte, quando Florence atravessou o portão. Por um lado, era um alívio encontrá-lo sozinho. Fizera todo o percurso angustiada com a possibilidade de que Phillip continuasse lá. Entretanto, o coração parou por um instante ao constatar que o pai a *esperava*. Do lado de fora, para piorar.

Ela esfregou as mãos na saia, procurando em vão sinais na expressão dele que a ajudassem a avaliar a situação. Mas a escuridão, somada à habilidade de Henry para transparecer somente o que queria, não lhe dizia nada.

Ele ergueu a cabeça e soprou uma nuvem de fumaça sem se dar ao trabalho de encará-la. Quem o visse de longe quase poderia acreditar que continuava sozinho. Por fim, ele indicou a fonte com um aceno preguiçoso.

— Sente-se.

Claro, uma ordem.

Com um aceno leve e desconcertado, Florence obedeceu. Sentou no resguardo da fonte, tomando o cuidado de se distanciar ao máximo do pai, sem que parecesse proposital — um erro de cálculo, mero acaso.

Henry não teve a menor pressa ao tragar. O polegar brincou com o rótulo do charuto quando cruzou uma perna sobre a outra, pensativo.

A espera foi angustiante.

Florence sabia que seria repreendida, e preferia que fosse de uma vez, mas havia aprendido a duras penas que a antecipação podia ser mais dolorosa que o próprio castigo.

Tentava se distrair com uma linha solta da luva quando o pai decidiu romper o silêncio.

— Você tem ideia da sorte que tem?

A voz não era mais que um sopro. O tom calmo e inabalável que ela tanto odiava. Preferiria que o pai gritasse, que expressasse raiva — ou qualquer sentimento, por mais explosivo que fosse. A dissimulação a tirava do sério.

Florence observou os sapatos. As pontinhas das botas escapavam da saia, revelando flores delicadas no mesmo azul pálido do vestido. Julgou que a pergunta fosse retórica e, por isso, se manteve quieta, à espera.

— Estou falando com você, Florence! Ou será que, do dia para a noite, perdeu todo o respeito?

Ela ergueu a cabeça, alarmada.

— D-desculpa. Achei que...

— Não importa o que achou, só responda à pergunta. — A voz dele tremeu na última palavra. — Tem ideia da sorte que tem?

— Sim, senhor.

— Me parece que não. Permita-me lembrá-la — falou Henry, pontuando as palavras com baforadas. — Sua criada trabalha catorze horas por dia. Enquanto você se diverte com a terra, ela junta moedas para investir numa chance, mesmo que pequena, de se casar. Junta salários de meses às vezes, só para fazer um vestido. *Um*, Florence. Quantos você tem mesmo? — Daquela vez, a pergunta foi retórica.

— E, ainda que ela consiga um coitado para chamar de marido, vai continuar na mediocridade, servindo aos caprichos de outros e sonhando acordada com uma vida que ela vê de perto, mas que nunca será dela.

Florence apertou a mandíbula, ardendo de fúria. A visão turvou com as lágrimas e o nariz queimou ao engolir o choro.

Henry brincou um pouco mais com o rótulo do charuto, aprisionando-a com o olhar, e prosseguiu:

— No fundo, a culpa é minha. Dispensei-lhe muita liberdade. Deixei que meus sentimentos ofuscassem a razão. Olhe para mim!

Muito contrariada, Florence se forçou a obedecer. O pai tinha os lábios crispados e as sobrancelhas unidas.

— Você *nunca mais* vai me deixar falando sozinho, nem a nenhum amigo que eu trouxer. Estou avisando desta vez. Na próxima, não serei tão compreensivo. Quando Phillip voltar, quero que peça desculpas pelo seu comportamento de hoje e da semana anterior. Entendido?

— Sim, senhor.

Ela descontou a raiva na grama, arrastando o salto para a frente e para trás.

— Francamente... andando sozinha pela cidade como uma qualquer, quando *criminosos* foram vistos em mais de uma ocasião. Além de estúpida, você esqueceu seu papel de mulher e deve ter achado que esqueci também. — Henry sorriu, os olhos brilhando. — Mas não se engane. Gostando ou não, você *vai* se casar. Vai ter uma casa para governar, um marido a quem obedecer. E será muito *grata*. Cada vez que encomendar um vestido novo e tomar café no seu jogo de porcelana favorito, vai *me* agradecer.

Uma lágrima desceu pelo rosto dela ao mesmo tempo que cravava o salto no chão. Um pouco à direita de onde estavam, um dos guardas patrulhava o quintal, evitando, a todo custo, se aproximar.

Um marido a quem obedecer.

Foi a vez de Florence de sorrir, ainda que não houvesse um pingo de graça no teor da conversa.

Henry apagou o charuto no resguardo, esmagando-o para além do necessário. Faíscas caíram na grama e se perderam entre os sapatos balmoral do pai.

— Phillip é um amigo de longa data, uma das pessoas que mais estimo. — Ele atirou a bituca na água. O *tibum* ecoou nos ouvidos dela, misturando-se às palavras de Henry. — E, logo mais, será também meu sócio. Se tudo correr como planejamos, devemos começar a construção da nova ferrovia ainda este ano. Não vou tolerar que você o desrespeite.

Os joelhos de Florence tremiam. Ela fungou, abraçando o próprio tronco. Demorou um momento para assimilar as palavras do pai.

— Ferrovia?

O dinheiro de Phillip, assim como o da família Greenberg, era antigo. Passado de geração em geração, muito antes de saírem da Europa e embarcarem no sonho americano. Os Langston foram direto para o Sul, onde aumentaram a fortuna com fazendas de algodão e, sobretudo, o comércio de escravizados. Florence ouvira, por mais de uma vez, que o pai de Phillip havia lutado na Guerra Civil contra a abolição, defendendo a separação do Sul e a ideia de que a economia escravagista era o único caminho para o desenvolvimento do país.

Foi mais ou menos naquela época que o pai e o avô de Phillip perceberam que precisavam mudar de ramo. Depois de venderem a maior parte das terras, abriram juntos a primeira instituição financeira localizada em St. Langley, e uma das primeiras do país, o Banco Langston, que viria a se tornar uma empresa enorme.

Phillip foi o único herdeiro da família Langston e, assim, mais de trinta anos depois, colecionava agências por toda a Costa Leste, além de alguns vilarejos a Oeste. Era também o membro mais bem-sucedido de toda a linhagem Langston — e um dos homens mais ricos dos Estados Unidos da América.

Henry a encarava em silêncio, dividido entre responder ou não. O que, por si só, foi uma surpresa. O pai não costumava lhe dirigir muito mais que ordens e sermões.

Por fim, depois do que pareceu uma longa batalha interna, ele pigarreou e desviou a atenção para um cachorro latindo na rua.

— Sim, uma ferrovia. Atravessando o país da Costa Leste a Costa Oeste. Phil será o investidor — Henry mordeu o lábio inferior —, graças a você.

Florence sentiu o sangue esvair do rosto.

— Graças a mim?!

Embora a resposta fosse límpida como a água jorrando da fonte, Florence precisava ouvir dele. O pai devia isso a ela.

Florence o encarou, esperando por uma justificativa, uma explicação, um bom motivo. O que ganhou foi apenas o silêncio incômodo e um rosto vazio de sentimentos.

Era como se Florence fizesse parte da fonte — algo tão mundano que nem era captado pelo olhar.

Primeiro, se sentiu ultrajada com o pouco caso.

Depois, profundamente triste.

Era sobre isso que a mãe falara na noite do jantar, enquanto o pai recebia Phillip.

Parece pior do que de fato é.

— Você sabe como o mundo funciona, Florence — sentenciou Henry, por fim. — Ninguém faz nada sem esperar algo em troca, por mais bem-intencionado que seja.

Com o passar dos anos, havia aprendido a esperar sempre o pior do pai. Mas isso era demais até para ele. Ou, quem sabe, pensou com um arrepio, ela o tivesse subestimado. Se Henry era capaz de tratá-la com tamanha crueldade, talvez o que fazia com Grace, quando estavam sozinhos, fosse ainda pior. Sabia muito bem o quanto a fúria do pai podia ser esmagadora quando não havia ninguém por perto para testemunhar.

— Vou me casar com ele. — Ela se ouviu dizer, resignada.

— Vai.

Simples assim.

Capítulo 4

Os dias que se seguiram foram desoladores.

Na manhã seguinte, quando se sentou ao piano, Florence o encontrou trancado. Um bilhete na caligrafia do pai esperava por ela sobre o porta-partituras:

*Sua vida pode ficar mais fácil ou mais difícil,
só depende de você.*

A partir de então, Florence passou a ser recompensada com regalias quando agia com mansidão e obediência, falando com a voz suave e tratando o pai como se fosse uma entidade a ser temida e adorada.

Por outro lado, ele não media esforços para puni-la ao menor sinal de rebeldia. Henry se mostrava bastante criativo e igualmente cruel em seus castigos: fosse limitando o acesso da filha a atividades prazerosas para ela, como o piano e a estufa; trancando-a no quarto; ou, se fosse especialmente desbocada, deixando-a um longo período sem comer, até que a fome falasse mais alto e a fizesse *colaborar*.

A grosso modo, Henry a adestrava — como sempre fizera. Dia após dia, reforçava positivamente os acertos e punia os erros com mão firme.

Apesar da humilhação, não restou muita opção a Florence a não ser aceitar. Se quisesse mesmo encontrar uma saída ao casamento com Phillip, precisava ter autonomia de existir fora do perímetro do quarto.

No meio da semana seguinte, quando Eleanor a buscou na biblioteca, Florence abandonou o livro de ervas que estudava. Secretamente, Florence ensinara a criada a ler e a escrever para que pudessem compartilhar leituras e discuti-las. Haviam crescido juntas e, apesar de Eleanor ser sua criada, Florence sempre a viu mais como uma amiga, uma cúmplice. Se tivesse que apostar todas as fichas em uma única pessoa, seria nela.

— Seu pai quer que você se apronte para a visita do sr. Langston — disse a criada, parada no vão da porta. — Já separei o vestido que ele pediu.

Florence assentiu. A fagulha de um novo plano a distraiu do fato de que precisaria receber Phillip. Seguiu Eleanor para o andar superior, até o quarto. Um vestido vinho de mangas bufantes e aplicações de rendas pretas estava aberto sobre a cama, ao lado dos sapatos Cromwell de cetim.

Henry havia encomendado aquele vestido como presente de aniversário para Florence. Ele não escondia o contentamento cada vez que ela o vestia; dizia que a cor lhe caía bem e que ressaltava o cabelo ruivo. O pai a embrulharia no vestido mais bonito para entregar ao amigo.

* ∩ *

Phillip a esperava diante da fonte.

Apoiava-se na bengala, usando a mão livre para segurar o charuto. Assim que saiu para o quintal, Florence sentiu o olhar demorado dele em seu corpo, acompanhado pela sombra de um sorriso.

O pai ria de algo que Phillip dissera quando a notou. De lábios crispados, ele lhe assistiu se aproximar, parecendo temer que Florence estragasse tudo em um estalar de dedos.

Ela cumprimentou Phillip com falsa cortesia, sem quebrar o contato visual com o pai. Havia um brilho de ameaça nos olhos dele, um aviso silencioso para que Florence não se esquecesse do que acontecia quando saía da linha.

— Está linda, querida — falou Henry, o charuto a meio caminho dos lábios. — Essa cor lhe cai bem.

Phillip alisou o bigode, assentindo.

— De fato. Parece impossível que fique mais bonita, mas você sempre consegue. — Ele alcançou a mão dela, levando-a aos lábios. — Senti sua falta.

Florence engoliu em seco e cruzou as mãos em frente ao corpo para criar uma barreira sutil.

— Fico lisonjeada, Phillip. O senhor veio tratar de negócios com papai?

Ele soltou um riso rouco. Florence ergueu o rosto a tempo de ver a breve troca de olhares entre os homens.

— Na verdade, não. Os únicos negócios que quero tratar hoje são com você... — Phillip trocou a bengala de uma mão para a outra. — Vim te ver. Me concede a honra de um passeio?

Voltou-se para o pai, incapaz de disfarçar o olhar de desespero. Henry deu de ombros.

— Claro — respondeu ela, os músculos enrijecidos.

— Vou pedir para as cozinheiras prepararem o café da tarde, para quando retornarem. — Henry apertou o ombro do amigo. — Phil, é bom tomar conta dela! É meu bem mais precioso.

— E será tratada como tal. Voltaremos logo. Vamos, Florrie?

Ele ofereceu o braço, e ela não teve escolha além de se prostrar a seu lado e se deixar ser guiada. Lado a lado, caminharam em direção à rua, sob o olhar satisfeito de Henry. Os sapatos de salto a deixavam alguns centímetros mais alta que Phillip. Era aterrorizante. Os ombros se tocavam e, conforme andavam, Florence sentia seu quadril roçar no dele. O clima abafado só piorava tudo, tornando a proximidade mais sufocante.

Seguiram em silêncio, até que dobraram a esquina e Phillip se empertigou. Virou o rosto para ela, mas Florence encarava a diligência com interesse forçado.

— Bem, acho que, a esta altura, sabe das minhas intenções.

— O senhor quer se casar comigo. — Florence não via mais motivos para fazer rodeios.

— Sim, quero. E vamos. O que acha disso?

— Desde quando minha opinião importa?

Phillip negou com a cabeça e a surpreendeu com uma risada. Ergueu a mão que segurava a bengala e pousou sobre a dela, mantendo-a ali.

— Você não costumava ser tão arisca. Apreciava minha companhia, se bem me lembro.

— Ainda aprecio — mentiu ela.

— Não precisa ser cínica comigo, meu bem. Isso é coisa do seu pai. — Ele afagou o dorso da mão dela, então a soltou. — Prefiro levar tudo da forma mais honesta possível. É melhor uma verdade amarga a uma mentira doce.

Ela prendeu um cacho solto atrás da orelha. Estava encurralada. Continuar fingindo contentamento se tornara insustentável; contudo, expressar sua verdadeira aversão e revelar o quanto o achava repugnante estava fora de cogitação.

— Não é nada contra o senhor. Eu apenas... não me via casando em um futuro próximo.

Phillip pigarreou para chamar a atenção dela, então acenou com a cabeça para que virassem à direita.

— Algo me diz que não é apenas isso.

Florence contorceu os dedos dos pés dentro do sapato. Ele não desistiria.

— O que espera que eu diga?

— O que houver para dizer. Tudo fica mais fácil quando as cartas são postas na mesa.

— Com todo respeito, *Phillip*, mas nada nesta situação é favorável para mim. — O maxilar de Florence tremeu. — O senhor me viu crescer e tem a idade de meu pai. Em muitos aspectos, foi uma figura mais paternal que ele. Sinto muito se não consigo ficar radiante por ser empurrada contra algo que não desejo. Ainda mais sabendo que sou seu pagamento. E o que dizer de sua falecida esposa? Mal partiu, e o senhor seguiu em frente, como se ela nunca tivesse existido.

Pararam no meio da calçada. Uma mulher que vinha logo atrás, empurrando um carrinho de bebê, desviou deles. Phillip girou Florence pelos ombros até que estivessem frente a frente.

— Agora, sim! — Ele encaixou o indicador embaixo do queixo dela. — Não quero seu mal, Florrie. Vai descobrir que sou um homem generoso. Se for boa para mim, também serei para você.

Ele tateou o blazer até localizar o que procurava: uma caixa de veludo comprida e estreita. Curiosa, Florence observou Phillip abrir a caixa e remover o conteúdo. Segurou o objeto com delicadeza, elevando-o até a altura dos olhos dela. Um colar de ouro. Tinha uma corrente delicada, com um pingente de arabescos incrustado de diamantes. Na ponta, uma pérola.

Florence percebeu que ele a encarava com expectativa e, por isso, se ouviu exclamar, fingida:

— É lindo!

— Posso?

Assentiu, virando-se de costas. As mãos dele foram parar no pescoço dela, posicionando a joia contra a renda que protegia sua pele. Os pelinhos da nuca de Florence arrepiaram enquanto ele fechava o colar. Esperou Phillip se afastar e olhou para baixo.

— Obrigada. Não precisava se incomodar.

— Não é incômodo algum. Apenas uma pequena amostra do que posso lhe proporcionar. — Ele estendeu o braço e tocou o polegar no pingente, ajeitando-o sobre o peito de Florence. O coração dela se comprimiu com o toque. — Não medirei esforços para te dar uma vida de realeza. Vou cuidar de você, minha querida. Você só precisa cuidar de mim também.

Florence deu um passo para trás, estreitando os olhos.

— Cuidar?

Phillip segurou a bengala com as duas mãos e projetou o corpo para a frente.

— Como uma mulher cuida de um homem. Você é inteligente, não finja inocência.

— Não estou fingindo nada — respondeu ela, ríspida. — Queria me certificar de que você está mesmo falando assim com uma dama. E em público!

— Assim como? Sugerindo o que faremos quando formos casados?

— Não somos casados ainda. Você não tem esse direito, Phillip.

Ele ofereceu o braço para que retomassem a caminhada, mas foi ignorado. Florence o fulminava com o olhar, desejando que o homem tivesse um mal súbito e caísse morto.

— Não há motivo para isso, querida. Em menos de um mês, você será minha. E, se me permite confidenciar um segredo... mal posso esperar. Há muito tempo te observo de longe.

Foi como levar um tapa. Florence entreabriu os lábios e recuou, parando na beirada da calçada, a uma distância segura.

— Não faça essa cara, estou te elogiando! Não há crime em dizer para minha futura mulher que a desejo.

— Pois saiba que observar é a única coisa que vai fazer. Você não vai encostar um dedo em mim!

O rosto dele endureceu.

— É sua obrigação como mulher consumar o casamento e me dar filhos. E, se depender de mim, vamos praticar bastante o ato.

Florence não teve tempo de ponderar o que estava prestes a fazer; o impulso foi mais rápido. Phillip mal terminou de falar quando a mão dela encontrou a lateral do rosto dele com força, provocando um estalo abafado pela luva.

— Fique longe de mim, seu velho nojento!

De súbito, ela notou o que havia acabado de fazer e foi acometida pelo choque. Olhou para a mão aberta no ar, em seguida para a expressão enfurecida de Phillip. A garganta bloqueou a passagem de ar e Florence sentiu-se sufocar.

Ele afagou a face onde fora atingido.

— Vai se arrepender de ter feito isso. Eu teria agido com carinho, mas agora faço questão de tratá-la como merece.

Florence o encarou no fundo dos olhos, então ergueu a barra do vestido e correu. Quase foi atropelada por um cavalo ao atravessar a rua, mas nem mesmo isso a refreou. O pavor corria em suas veias.

Diminuiu a velocidade ao avistar sua casa, hesitando ao pensar no pai. Ele saberia muito em breve. Bastaria Phillip voltar, e Florence estaria perdida. Precisava agir depressa. Entrou na propriedade, acenando para o primeiro guarda com quem cruzou.

— Papai está em casa?

— No escritório dele, senhorita.

Agradeceu com uma mesura e tornou a correr. No interior, esbarrou com uma das criadas, Bertha, espanando os móveis.

— Onde está Eleanor? — perguntou, ofegante e sem floreios.

— Na área de serviço, senhorita.

Florence assentiu, abandonando a sala sem agradecer. Percorreu os corredores e atravessou a cozinha até alcançar a escada que levava ao porão.

Desceu as escadas, tropeçando nos próprios pés. Na metade do caminho, vislumbrou Eleanor conversando com Bettie, a lavadeira, ocupada em passar uma camisola.

— Eleanor, posso trocar um dedo de prosa com você?

Talvez algo em seu rosto tivesse denunciado a urgência e o desespero, pois a amiga assentiu imediatamente, dando as costas para Bettie. Florence não esperou que ela a encontrasse para refazer o caminho até a cozinha. De lá, correu para a estufa, onde teriam privacidade.

Eleanor chegou logo em seguida.

— Phillip vai voltar em poucos minutos e contar ao meu pai que acabei de estapeá-lo.

Eleanor reagiu com um arquejar de surpresa. A criada olhou por cima dos ombros, como se esperasse encontrar os dois homens a caminho da estufa.

— Florence...

— Ele fez insinuações inapropriadas, e eu perdi a cabeça. — Ela alisou a saia do vestido, andando de um lado a outro. — A questão é que meu pai vai voltar a me trancar, na melhor das hipóteses. Talvez até o casamento. Você tem acesso à chave mestra, não tem?

— Sei onde fica guardada. É fácil conseguir.

— Ótimo. Consegue passar no meu quarto hoje de madrugada? Ficarei esperando acordada.

Eleanor assentiu sem hesitar. Franziu o cenho, criando um vinco profundo entre as sobrancelhas.

— Assim que todos tiverem se deitado. Espero seu pai sair e te encontro. Mas, Florence... o que está planejando?

— Nada concreto, ainda. Por isso preciso de você. Para traçar um plano.

— Um plano...?

Florence sentiu o queixo tremer. Negou com a cabeça, de alguma forma captando a pergunta não dita e respondendo da mesma maneira.

— Não posso ficar aqui. Phillip vai me torturar. Deixou bem claro que pretende ser tão cruel quanto meu pai.

A amiga anuiu, o rosto pálido e sério. Então assentiu uma vez mais; o entendimento parecia vir por partes.

— Você sabe que pode contar comigo. Uso nosso sinal à porta para você saber que sou eu...

Sua voz morreu assim que ouviram um assobio. O som chegou abafado e baixo na estufa, mas, ainda assim, expressivo o suficiente para chamar atenção. Dan, o guarda que Florence havia abordado ao chegar, se aproximava depressa, com a escopeta apoiada embaixo do braço e a postura rígida.

Saíram da estufa e o encontraram no meio do caminho. Tratava-se de um rapaz de olhos castanhos enormes, que davam a impressão de estarem sempre arregalados.

— Phillip acabou de entrar no escritório de seu pai, senhorita. Não parecia nada feliz. — Ele olhou ao redor, engolindo em seco antes de continuar, em um tom mais baixo: — Não sei o que houve enquanto estiveram fora, mas talvez seja melhor ficar fora do caminho, até ele esfriar a cabeça.

Florence sentiu a força abandonar o corpo e precisou se apoiar por um segundo nos joelhos.

— E-eu... Obrigada. Mesmo. Vou subir. Obrigada.

Os saltos deixaram uma melodia alta para trás, amplificada pelas paredes da casa. Florence segurou a saia, ansiosa para desaparecer escada acima, mas, assim que passou pela porta do saguão principal, deu de cara com o pai.

Congelou no lugar, sentindo como se a boca estivesse cheia de areia. O mordomo, Maurice, parado ao lado da porta, olhou na direção deles sem esconder a preocupação. A mãe também estava ali, sentada no sofá de frente para o piano, com um livro aberto no colo. No final do corredor, Florence viu Phillip pela porta entreaberta, sentado em uma das cadeiras do escritório do pai. Eleanor foi a última a se juntar à plateia, parando pouco atrás dela.

As narinas de Henry inflaram, ao mesmo tempo que o maxilar tensionou. Ele foi até ela feito um touro.

— Venha cá. Venha aqui agora — rosnou, estendendo o braço em sua direção.

Florence só se deu conta do que acontecia ao sentir os dedos dele se fecharem em seu cabelo. Ela berrou ao ser arrastada na direção do escritório. Ouviu arquejos dos criados e capturou, pelo canto dos olhos, a movimentação da mãe.

— Você perdeu o juízo? Quem pensa que é para falar assim com meu sócio?

O choro explodiu assim que pararam diante do escritório. Henry terminou de abrir a porta com o pé e ergueu a cabeça de Florence até que estivesse olhando para Phillip.

— Peça desculpas.

Lágrimas quentes percorriam seu rosto e pescoço. A humilhação a impediu de encarar o banqueiro. Ela focou no cofre de Henry, na extremidade esquerda.

— Está surda?! — Ele aumentou a força, arrancando mais lágrimas da filha.

— Peço perdão, sr. Langston.

— Outra vez.

— Me perdoe, por favor. Estou arrependida.

Phillip deu um gole de conhaque e sorriu.

— Obrigado, querida. Está perdoada.

O rosto dela queimou de vergonha e raiva. Desviou o olhar para ele e o encontrou com a expressão tranquila de quem conseguira o que queria. Florence adoraria estar do outro lado, estalando o dedo e decidindo qualquer coisa, incluindo o destino de alguém. Amaldiçoou-o, encarando-o com o sentimento mais vil e primitivo dentro de si.

Ao dar-se por satisfeito, Henry tornou a arrastá-la.

A dor aguda se espalhou pelo couro cabeludo e provocou um novo acesso de choro.

— Eu juro, Florence, se você faltar com o respeito outra vez, quebro seus dentes. Ouviu?

— Sim, senhor.

Mais criados haviam se juntado a Eleanor e ao mordomo, formando uma massa uniformizada ao lado da porta. A mãe era a única diante da escada, escorada no corrimão de madeira polida, como se temesse despencar.

— O que você está fazendo? — Grace segurou Henry pelo antebraço quando alcançaram o primeiro degrau.

Educando sua filha. Trabalho que devia ter sido seu.

A mãe jogou o peso do corpo para trás, na tentativa de libertar Florence, o que só piorou tudo. Florence choramingou de dor ao sentir vários fios de cabelo serem arrancados de uma vez.

— Solte-a! Não basta tudo o que fez comigo?

Henry aliviou o aperto no cabelo da filha e riu baixo, o que soou como um rosnado. Ele se voltou para a esposa, agarrando-a pelo pescoço até que ela se engasgasse.

— É bom se calar. É culpa sua que ela esteja agindo como uma selvagem. Você é uma incompetente em tudo, não é mesmo?

Grace balançou a cabeça com dificuldade, caindo no choro. Sem se comover, Henry a encarou com o mais profundo asco e a empurrou, fazendo-a cair no chão. No segundo seguinte, Florence foi arrastada escada acima, testemunhando o ápice do amor paterno.

Ouviu as vozes baixas e apressadas dos criados amparando a mãe e se sentiu grata.

Assim que chegaram à porta do quarto, Henry fez com que ela levantasse.

— Talvez não tenha ficado claro, então permita-me explicar melhor — disse ele, com o indicador a milímetros de sua bochecha. — Você vai se casar com Phillip, *sim*! Vai abrir as pernas, *sim*! Vai virar a ninfeta dele, se assim ele quiser. Vai fazer o que for preciso para expandir nossos negócios.

Florence mordeu o lábio inferior, o queixo trêmulo. Encarou o pai como se o visse pela primeira vez. Pensou em Phillip no escritório, no sorriso mordaz e no regozijo da vitória. Embora ainda não fossem casados, ela já pertencia a ele.

O couro cabeludo de Florence latejava, mas era a humilhação que doía mais. O pai rompera com qualquer limite que ainda existisse ao agredi-la diante de uma pequena plateia, além de deixar bem claro que a havia reduzido a um objeto, a um nada.

— Você me dá nojo.

O tapa veio no mesmo instante. A mão do pai era pesada e a fez cambalear.

— Cuidado, Florence. Está brincando com a sorte.

— Tudo pelos negócios, papai. Ao menos agora você não precisa mais fingir que se importa comigo.

Henry abriu um sorriso de desdém.

Deu um passo para trás, sem se dignar a responder, e bateu a porta com força, girando a chave na fechadura.

Capítulo 5

Eleanor honrou sua promessa. Naquela madrugada, chegou com um prato de comida e ficou ali ao longo de uma hora. Florence devorou os cogumelos salteados. O couro cabeludo latejava, e ela ganhara uma marca avermelhada na bochecha.

— Quero vender minhas joias e conseguir algum dinheiro. Durante o dia é impossível — declarou para a amiga. Florence lambeu os dedos, lamentando que não pudesse repetir o prato. — Precisa ser durante a madrugada. Meu pai tem saído quase todas as noites, não?

— Sim. Na maioria das vezes retorna depois do amanhecer.

Florence deixou o prato sujo na penteadeira e se pôs a andar em círculos. O sangue borbulhava de adrenalina, não parava de repassar fragmentos daquele dia infernal. Os olhos frios do pai, sua raiva animalesca, o sorriso vitorioso de Phillip, e, a lembrança mais impressionante de todas: a prova de que sua mãe continuava lá.

Grace abandonara o esconderijo de sua mente para enfrentar Henry. Florence nunca havia testemunhado nada parecido. Não teria esperado nem em mil anos, ainda mais sabendo que a mãe pagaria um custo alto.

Dentre todos os acontecimentos recentes, aquele foi decisivo. Enxergar bravura naquela mulher tão subjugada lhe deu uma dose de coragem, um sinal de que precisava fazer algo enquanto ainda podia.

Sentada na beirada da cama, Eleanor absorveu as palavras de Florence. Cutucou a costura do avental, ponderando.

— Bom, tem o Beco da Meia-Noite. Conhece?

— Não. — Florence se sentou ao lado dela. — Fica aqui na cidade?

— Fica, na saída, perto do porto. Lá tem o que você procura. Quer dizer... não só isso. É um lugar de péssima reputação.

A criada se ajeitou na cama, juntando as mãos entre as coxas. Desceu o olhar para a madeira corrida do chão enquanto lhe explicava que o beco era um lugar conhecido pelo entretenimento noturno e atividades ilícitas, para as quais as autoridades faziam vista grossa graças aos subornos. Apesar de nunca ter estado lá, Eleanor contou que, até onde havia ouvido falar, o lugar tinha de tudo. Prostíbulos, brigas de rua, jogos de azar, saloons clandestinos que vendiam moonshine, drogas e mercados ilegais, que compravam e vendiam coisas roubadas, por isso não fariam perguntas.

Quando Florence quis saber se corria perigo se fosse até lá sozinha, Eleanor ponderou por poucos segundos antes de dizer que não devia ser mais perigoso do que qualquer outra região da cidade de madrugada. Afinal de contas, ninguém frequentava o Beco da Meia-Noite esperando ser visto, e o ar mitológico acabava sendo benéfico para todos.

Florence assentiu, hesitando conforme a decisão tomava forma. Respirou fundo, olhando para a amiga com um misto de gratidão e súplica.

— Temo não poder contar com o cocheiro. Ele é muito leal ao meu pai — declarou Florence.

— Sim... concordo. O irmão da Matilde, uma das cozinheiras, é cocheiro. Vou conversar com ela e descobrir se ele está aberto a atividades menos convencionais. — Eleanor engoliu em seco. —- Assim que tiver resposta, te aviso.

— Certo... tem só mais uma coisa... esse não parece ser o tipo de lugar frequentado por pessoas da minha posição.

— Não mesmo, você está certa. Precisamos te deixar irreconhecível. — Eleanor olhou para baixo e alisou a costura que conectava a saia ao topo do vestido. — Consigo arranjar um uniforme para você, mas apenas no dia. Antes disso, levantaria suspeitas e poderia ser encontrado pelas camareiras quando viessem limpar seu quarto.

— Eleanor...

Florence suspirou, o coração apertado de culpa. Levantou, calada, e caminhou até o armário, de onde tirou o porta-joias. Voltou a se sentar ao lado da amiga, a caixa de madeira apoiada no colo.

Era difícil enxergar na escuridão do quarto. Florence passou a ponta dos dedos por entre brincos, anéis, colares e acessórios de cabelo que ganhara ao longo de seus 20 anos. Fechou a mão ao redor de um colar de esmeraldas muito valioso e o arrancou do porta-joias.

— Tenho consciência do risco que você corre apenas por estar aqui comigo, Eleanor. Sou muito grata por tudo o que fez e está fazendo por mim. Se formos descobertas, você será a primeira a pagar. — Florence esticou a mão fechada na direção da amiga. — Não posso permitir que isso aconteça sem, ao menos, retribuir de alguma forma.

Os olhos arregalados de Eleanor a fitaram com assombro. Minutos se passaram até que ela soltasse um engasgo.

— Não posso! Agradeço pelo gesto, mas é... demais.

— Ninguém precisa saber. Você pode usar o valor para escolher um pretendente que lhe agrade e sair daqui depressa. Quando eu fugir, todas as suspeitas se voltarão para você. O ideal seria que viesse comigo. Mas, por ora, aceite, por favor.

— Mas, Florence...

— Você tem onde esconder?

A criada assentiu devagar, relutante, como se apenas pensar na possibilidade fosse incriminador.

— Eu queria poder oferecer mais, mas as joias são tudo o que tenho. Elas são minha única chance de liberdade, e podem ser a sua também.

Um sorriso minúsculo surgiu nos lábios de Eleanor.

Florence soltou o colar, que atingiu a palma de Eleanor com o barulho suave das gemas colidindo.

— Eu sei que você vai conseguir — garantiu Eleanor, levando as mãos ao peito e encarando Florence com urgência. — Que vai viver por nós. Realizar todos os sonhos que tivemos juntas... e, quando tudo isso passar, vai voltar para me visitar. Vou preparar um café da tarde na minha casa e te apresentar para a minha família. Eu acredito em você.

✳ ∩ ✳

Florence ouviu barulhos vindos da rua e levantou da cama depressa. Esgueirou-se até a janela e viu o pai entrar na diligência sob a luz fraca dos postes. O cocheiro arrancou em seguida, com um estalo do chicote, o som dos cascos nas pedras alto o bastante para que ela conseguisse ouvir.

Ela sentiu o peito apertado. Voltou para a cama, roendo as unhas. Logo Eleanor estaria ali, como nas últimas madrugadas. Entretanto, pela primeira vez, isso significaria mais que palavras sussurradas ou pratos de comida contrabandeados quando todos dormiam.

Quatro dias haviam se passado desde que fora humilhada e agredida pelo pai. Quando decidira, depois do passeio com Phillip, que fugiria de casa. Florence sabia que não tinha competência ou aptidão para sobreviver sozinha; mas o plano ainda parecia mais promissor do que o futuro planejado pelo pai.

Seu coração quase subiu pela garganta quando Eleanor surgiu com uma pequena pilha de roupas embaixo do braço e a expressão aflita.

Aquela tinha sido a primeira noite que Florence fora autorizada a sair dos aposentos para se juntar aos pais durante o jantar. Tinha sido uma refeição incômoda e silenciosa. Henry quase não falou; dirigiu-se vagamente aos criados, ignorando a ela e a mãe.

Florence não teve tempo de se importar com a falta de afeto do pai, tampouco com o fato de que a mãe estava mais acuada que o usual. Após dias se alimentando da comida fria contrabandeada por Eleanor, tudo o que queria era se deleitar com aquela refeição quente e recém--feita sem restrições.

O que também acabou calhando com a data em que o cocheiro, irmão de Matilde, a levaria ao Beco da Meia-Noite. Talvez o universo tivesse se alinhado para que tudo corresse bem e, dali a poucos dias, ela abandonasse aquela prisão.

Eleanor a vestiu com o uniforme tão rápido que pareceu um passe de mágica. Escondeu o cabelo de Florence com a touca branca e ateou a capa com um laço apertado no pescoço.

Florence pegou a bolsinha de couro recheada com as joias que venderia. Amarrou-a na coxa direita, tomando cuidado para esconder o volume. Colocou o capuz e se encarou no espelho por um segundo. Irreconhecível. Ninguém diria que era filha de um magnata, dono de ferrovias. Desde que tivesse cuidado na hora de falar, ficaria bem.

Eleanor parou em frente à janela e apontou para fora, para o outro lado da rua, na esquina de um casarão azul.

— Fique atenta, o cocheiro vai te esperar ali. Conversei com Dan, ele está fazendo a ronda esta noite e vai distrair os outros quando a diligência chegar. Os portões ficam encostados, é só empurrar. — Eleanor roeu a unha do polegar com inquietação. — Na volta, você vai precisar ser mais cuidadosa, mas ele me disse que normalmente os guardas ficam mais relaxados de madrugada.

Florence secou o suor da palma das mãos na saia do vestido.

— Eu dou um jeito. Obrigada, Eleanor.

— Boa sorte. Você vai se sair bem, tenho certeza.

— Assim espero. Obrigada mais uma vez.

Antes de se esgueirar para fora do quarto, Eleanor se adiantou para a frente e a envolveu em um abraço. Florence se permitiu ser confortada, recebendo a dose de coragem de que precisava.

Plantada em frente à janela, usando vestes de criada e prestes a sair sozinha madrugada adentro com um completo estranho, ela soube com toda a certeza que havia perdido o juízo. De qualquer maneira, era tarde demais para voltar atrás. Muitas pessoas estavam se arriscando para que tivesse aquela chance.

Para se distrair do pânico enquanto o cocheiro não chegava, ficou fantasiando com o futuro. Para onde iria, como seria sua casa, com o que trabalharia... Esboçou um sorriso ao imaginar uma pequena botica para vender tônicos, remédios e tudo o mais que preparasse por conta própria.

Sonhava acordada quando a diligência parou no lugar indicado por Eleanor. A barriga de Florence revirou. Ela abandonou o posto e respirou fundo, abrindo a porta destrancada do quarto com o maior cuidado.

Como combinado, Dan tinha desviado os demais guardas do caminho. Florence fez uma varredura pelo quintal para se certificar de que estava sozinha, então o atravessou. Dan estava muito além da fonte, de costas para ela, conversando com outros dois homens. O nervosismo a deixou ligeiramente tonta. Ela inclinou o corpo para a frente, encolhida, para sumir na escuridão. Sentia o impulso de vomitar a cada passo.

Encontrou os portões encostados, como Eleanor garantira. Abriu uma fresta pequena, a tempo de ver o cocheiro abandonar o banco da diligência.

Florence segurou o capuz bem firme. Puxou-o para baixo sobre a cabeça, torcendo para que fosse obscurecida pelas sombras. Deu uma rápida conferida na janela das propriedades ao redor ao atravessar a rua e contornar o veículo.

O homem esguio e levemente corcunda acenou, aproximou-se da porta e encaixou a mão na maçaneta.

— Senhorita Eleanor?

Florence o encarou e, sem encontrar a voz, limitou-se a assentir.

— Minha irmã disse que você precisa ir até o Beco da Meia-Noite... conheço a área. — O homem tirou o chapéu e coçou a cabeça. — Vou parar um quarteirão antes e te esperar enquanto você resolve suas questões. Tudo bem?

— Perfeito — respondeu Florence, obrigando-se a pronunciar as palavras. — Obrigada. Não acho que demore muito, de toda forma. Se importa se acertarmos na volta?

— Como preferir, senhorita. Fique à vontade.

Ele tornou a colocar o chapéu, abrindo a porta para ela. Florence aceitou a ajuda para subir e se acomodou no banco voltado para a frente, colada na janela. O homem fechou a porta e Florence sentiu um leve balançar quando ele se sentou.

Mal registrou o caminho. A cidade passou em um borrão conforme avançavam em direção ao porto, a nordeste. As vias estavam quase vazias. As ruas de paralelepípedo deram lugar a calçamentos enlameados em que as rodas da diligência deixavam rastros profundos.

Avançaram até que os estabelecimentos comerciais se extinguissem e as casas se tornassem todas de madeira, muito menores e mais humildes do que no bairro de onde tinham partido. Quando parecia que iam deixar a cidade de vez, uma sinfonia caótica de urros, aplausos e risadas a alcançou. O cocheiro deu o comando para que os cavalos virassem em um pequeno terreno abandonado, escondido por uma cerca de madeira apodrecida.

Meia dúzia de cachorros cercava a carcaça de um animal. Uma coruja os observava do alto de uma árvore ao fundo do terreno. O homem parou diante da porta e a abriu, a mão estendida para que se apoiasse.

— É só seguir a rua. Vai saber quando bater os olhos. Procure pelo sr. Brown... A entrada para a loja dele é uma porta estreita e mal iluminada. Se não me engano, ao lado da Madame Silks.

Florence concordou. Olhou para o caminho isolado e engoliu em seco.

— Vai mesmo me esperar?

— Não vou sair daqui.

— Jura? — insistiu ela, pois precisava se agarrar a qualquer promessa.

— Se o senhor me deixar para trás, não tenho como voltar...

— Só não te acompanho porque não posso me meter em problemas, senhorita. Vou tirar um cochilo aqui atrás. Quando voltar, bata na janela que acordo fácil.

Florence refez o caminho até a calçada. Sentiu o olhar dele nas costas e só ouviu o barulho da porta sendo fechada quando não estava mais em seu campo de visão.

Cruzou com dois homens embriagados na esquina que dava para o beco. Um deles assobiou para ela; o outro andava na diagonal, ao mesmo tempo que dava tudo de si para não despencar no chão.

A melodia animada de um piano se somou aos demais barulhos assim que o Beco da Meia-Noite se abriu diante de Florence. Apesar do nome, o lugar estava mais para um largo. Além das construções comerciais que contornavam o espaço, dezenas de barraquinhas de metal se perdiam por todos os lados, em uma organização sem lógica. A luz vinha de lampiões e velas, posicionados em cada superfície que os olhos alcançavam. Havia luzes por toda parte e, mesmo assim, a escuridão ainda predominava.

Mais à frente, avistou a Casa da Luz Vermelha da Madame Silks a que o cocheiro havia se referido. Na porta, duas jovens mulheres de idade próxima à dela se abanavam com leques de penas. Usavam o cabelo solto, maquiagem forte e corpete decotado que revelava o começo dos seios. Uma delas ria sem parar, fazendo gestos com a mão para atrair um homem de meia-idade. Florence sentiu o rosto queimar.

Ela empurrou a porta descascada ao lado da Madame Silks, e um sino anunciou sua chegada. Ela olhou para as prateleiras empoeiradas repletas de bugigangas que não conversavam entre si. Utensílios de cozinha, livros, peças de roupa, itens de caça, presas e garras, entre outros milhares de artigos que Florence nunca imaginara ver juntos.

A luz fraca a fazia forçar a visão. Ao contrário do que aparentava do lado de fora, o interior era muito maior: ramificava-se em vários corredores menores, em um labirinto de quinquilharias.

Ela tinha acabado de avistar o balcão quando um senhor franzino veio em sua direção. Usava uma boina surrada e óculos por sobre os olhos estreitos, e se apresentou como sr. Brown.

Florence se apressou a explicar que tinha joias a vender. Apesar do olhar descrente, ele a guiou até o fundo da loja, para um balcão surrado.

O velho contornou o móvel, enquanto ela tateava por baixo da saia para alcançar a bolsinha de couro.

O brilho do ouro e das pedras preciosas se sobressaiu ao ambiente sujo, escuro e bagunçado. O sr. Brown arquejou, a mão sob o queixo.

— Como a senhorita possui tanto ouro? — perguntou ele. Em seu tom, uma falsa inocência. — Onde arranjou tudo isso?

Florence engoliu o nervosismo e firmou a voz ao responder:

— Não é da sua conta. E, até onde sei, o senhor não é pago para fazer perguntas.

Pensou que talvez tivesse ido longe demais quando ele desapareceu pela cortina de contas que dava para um corredor estreito atrás do balcão, deixando a melodia suave que faziam ao colidirem umas nas outras. Florence olhou ao redor, angustiada, e esperou.

O velho homem retornou segurando uma lupa de joalheiro. Com a barriga colada ao balcão, tomou um anel de safira e se inclinou para a frente, examinando-o. Depois alcançou o lápis preso atrás da orelha e anotou algo em um pedaço de papel perdido no balcão.

— São legítimas.

— São — concordou Florence, ansiosa.

Depois de averiguar cada uma das peças, ele coçou a nuca e se debruçou para somar tudo o que havia anotado. Sem se dar conta, ela também se inclinou para a frente, tentando enxergar para além da mão enrugada.

— Toma — disse o sr. Brown, por fim, ao arrastar o pedaço de papel até ela. — É o que posso pagar por elas neste momento.

A atenção de Florence foi atraída para o número circulado ao final da lista e seu queixo caiu. Buscou o olhar do comerciante, sem esconder o misto de choque, surpresa e euforia. O homem a encarava de cenho franzido, as mãos cruzadas sobre o balcão. Talvez a emoção a estivesse fazendo ver coisas, porque Florence podia jurar que havia a sombra de um sorriso em seus lábios.

Ela assentiu, temendo que verbalizar a resposta a fizesse despertar de uma realidade generosa demais para ser verdade. Porque ali, naquele lugar abarrotado de segredos, a luz da esperança se fez brilhante como um farol na escuridão.

Capítulo 6

Uma confusão generalizada esperava por Florence do lado de fora. A desordem dificultava sua locomoção; mas a curiosidade a guiou na mesma direção que os outros. Ao se aproximar, percebeu que os homens gritavam nomes e torciam. Lembrou-se das corridas de cavalo nas quais acompanhara o pai. Henry se recusava a perder, levava competições muito a sério. Quem sabe por isso obrigar Florence a aceitar seu destino fosse ainda mais pessoal para ele.

Embora o juízo a mandasse dar meia-volta e partir, algo a fez se espremer na massa de homens. Desviou de ombros e cotovelos até enxergar o motivo da algazarra.

No centro do círculo, dois homens sem camisa se encaravam. Torsos suados, rostos marcados por hematomas e cortes. Um deles se inclinou à direita para escarrar sangue, limpando a boca com o antebraço. O corpo dela foi banhado por um calor incômodo e inoportuno. Sentiu as bochechas arderem; estava dividida entre o impulso de desviar a atenção da nudez masculina e a incapacidade de fazê-lo. O coração doeu como se mãos o tivessem apertado. A ânsia de fugir a cegou para a realidade, mas estar ali, diante do mundo como era, longe da proteção exacerbada do pai, obrigou Florence a encarar os fatos. Sentiu-se inadequada, errada e minúscula. Teve a estranha certeza de que cada indivíduo ali podia farejar sua inexperiência e o quanto se sentia assustada.

Os homens mais próximos da briga pareciam da mesma posição dela. Cartolas altas, ternos reluzentes, barbas bem aparadas. Homens brancos de meia-idade; alguns fumando charutos, outros bebendo de cantis. Ao contrário do restante dos participantes, a maioria negros e hispânicos, que pertenciam a classes desfavorecidas.

Florence se acomodou atrás de dois homens. Eles gritavam a plenos pulmões para que um dos lutadores, o mais baixo e forte, vigiasse os flancos. O adversário, com uma barba expressiva, seguia desferindo socos que iam das costelas às têmporas do oponente.

O homem em desvantagem cuspiu outra vez e cambaleou para trás, como se fosse despencar no chão. Ele recuperou o equilíbrio com a ajuda de algumas mãos que se estenderam para firmá-lo. Ergueu os punhos na altura do rosto inchado, os olhos lacrimosos encaravam a multidão com arrependimento. Estava muito mais machucado que o outro; a calça rasgada na coxa, o peito sujo de sangue.

Um apito ressoou alto e a luta recomeçou. Florence mal teve tempo de processar quando o homem barbado voou sobre o outro e o derrubou no chão. Ouviu xingamentos ao pé do ouvido e uma vaia mais à frente.

— Eu me rendo! — bradou o mais machucado, do chão. — Eu me rendo.

Gritos explodiram por toda parte. Florence olhou para trás à procura de uma rota de fuga, quando uma voz fez seu coração congelar:

— A luta só acaba com nocaute.

A voz do pai.

O choque a deixou sem reação. Florence ficou imóvel, temendo que o menor movimento a denunciasse.

O homem tomou impulso para levantar.

— Não consigo continuar, senhor.

Henry riu, contrariado. Florence acompanhou o som e o viu do lado oposto, com uma expressão sanguinária no rosto. Mal podia acreditar na ironia de encontrá-lo ali. Então era em lugares como aquele que o pai vinha gastando a fortuna? Era ali que comemoraria o grande negócio de vender a filha por uma ferrovia?

Pouco atrás, avistou Phillip, conversando com outro homem que ela conhecia de vista. Claro que ele estaria ali.

— Vamos lá, não seja um estraga-prazeres! — reclamou Henry, aproximando-se dos dois. — Meus companheiros fizeram apostas altas. Está quase no fim.

O homem alcançou a camisa embolada no chão e a vestiu, sem se abalar com as vaias nem com a veia estufada na testa de Henry. Massageou a gengiva com o polegar, cuspindo uma última vez antes de responder:

— Olha, com todo respeito, minha dignidade não vale a diversão de ninguém.

Henry alongou o pescoço ao tatear o bolso traseiro da calça, de onde tirou um revólver. Deixou evidente para todos, sem nenhuma sutileza. Várias pessoas exclamaram, e Florence sufocou.

— Ah, vale! Você estava bastante ciente das regras. A luta só termina com nocaute. Então, a não ser que derrube seu oponente, não vou permitir que saia daqui.

— Ninguém vai me obrigar, nem o senhor.

— Acho que não ficou claro. Você tem duas opções: derrubar seu oponente ou ser derrubado. Manter isso aqui custa mais dinheiro do que você jamais vai tocar em sua vida. Além do mais, esses senhores — Henry usou o cano da arma para indicar o público — saíram de suas casas à procura de um pouco de diversão. Não vamos negar isso a eles.

— Quero que o senhor e seus amigos vão todos pro inferno! Diversão?! Ver um bando de ferrados se matar por uns trocados? — A voz do homem soou trêmula de ódio.

Florence ouviu murmúrios baixos de aprovação ao mesmo tempo que o homem avançava na direção do pai dela o empurrava pelos ombros. Ele continuou:

— Por que não vem pra cá, então? Luto até o nocaute com prazer.

Henry fez uma careta animalesca. Usou a mão livre para espanar os ombros, como se aquele simples toque o nauseasse.

— Prefiro fazer as coisas do meu jeito — falou.

Apontou o revólver na direção do homem, engatilhando o cão. Como se tudo houvesse desacelerado, Florence o observou encaixar o indicador no gatilho e puxá-lo.

O estouro seco e alto invadiu seus tímpanos, e um grito de dor rasgou o céu. O homem perdeu o equilíbrio, levando a mão sobre o ombro atingido. Uma mancha vermelho-vivo se formou no tecido claro da camisa, crescendo depressa e tingindo as mãos dele.

Tomada por adrenalina, Florence despertou do transe. Vozes se sobrepunham, portas eram fechadas; mercadorias, recolhidas. Ela segurou o capuz ao costurar pessoas que corriam dali às pressas, desesperada para voltar à diligência, quando ouviu um segundo tiro.

Dobrou a esquina e percorreu a escuridão até o terreno abandonado. Os cachorros não estavam mais ali, tampouco a carcaça.

Os pulmões doíam ao alcançar a janela do veículo, por onde viu o cocheiro dormir um sono profundo. Esmurrou o vidro até que ele acordasse, assustado.

— Achei que tivesse sono leve — reclamou ela, assim que o irmão de Matilde abriu a porta e lançou as pernas para fora. — Acabaram de atirar! Precisamos correr.

O homem se empertigou, olhando na direção dos gritos e depois para ela. Florence aceitou ajuda para subir, à beira das lágrimas. Escorou o rosto no vidro e viu o cenário mudar em um borrão. Estava prestes a vomitar. A dor do medo era física, machucava até os ossos.

O estouro dos tiros ecoava vívido em seus tímpanos. Ela sacolejou junto ao veículo enquanto ouvia o estalo das rédeas e o resmungo baixo do cocheiro apressando os cavalos. Fechou os olhos. Mas, assim que o fez, foi acometida pela visão do pai. Jamais esqueceria a frieza dele ao disparar.

Perderam velocidade até parar. O rosto do cocheiro surgiu em seu campo de visão, segundos antes de a porta ser aberta.

— A senhorita está bem? Quer que eu chame alguém? Está pálida.

— Não. Não precisa. Andar de diligência sempre me dá vertigem. Balança muito — mentiu Florence.

O homem assentiu, calado, e a ajudou. O tremor nos joelhos a fez temer que despencasse no chão. Puxou a bolsinha de baixo da saia e pagou o valor combinado. Não parava de olhar para trás, com receio de ser flagrada. Mas não havia mais ninguém.

Florence estava atormentada. O sentimento de urgência era como fogo na pele, não podia perder tempo. Precisava fugir antes que seu futuro lhe fosse roubado para sempre. Depois de descobrir a vida dupla em que o pai e Phillip estavam metidos, temia dez vezes mais o casamento.

O homem guardou as moedas no bolso do colete com um aceno breve. Florence o observou dar um passo para trás, e depois outro, e então ela se deixou levar pelo desespero. Por impulso, levou a mão ao antebraço dele, o que o fez parar de supetão.

— Espere. Mudei de ideia. Pode me levar para a estação?

— O quê?!

— Por favor, eu imploro.

Ele esquadrinhou o entorno, a surpresa dando lugar à desconfiança.

— No que a senhorita está me metendo?

O estômago de Florence revirou ao perceber o muro de concreto que se erguia entre eles.

No horizonte, um laranja suave começava a se misturar ao azul cada vez mais claro do céu. Ela tinha pressa. Permanecer ali, tão perto de casa, era um risco que não queria correr.

— Pago o dobro... o triplo! Ninguém vai saber. Mas precisamos sair daqui!

Depois de ponderar por um momento, o homem fez um gesto para que ela entrasse.

Os primeiros sinais de vida surgiam na cidade, sobretudo quando atravessaram os bairros mais pobres. Nas ruas enlameadas e cheias de ratos, pessoas deixavam suas casas para mais um dia de trabalho.

A estação de trem margeava o porto da cidade, a poucos metros da rebentação. A movimentação dos trens escondia as embarcações que chegavam e partiam dali aos montes; era impossível ignorar o cheiro de maresia, peixe e madeira mofada que vinha em lufadas rebeldes de vento.

Como combinado, Florence pagou o triplo pela viagem.

Lembrou-se de Eleanor com uma pontada no peito, antes mesmo que a mãe lhe viesse à mente. A criada — não, não criada. A amiga. *Irmã*. A irmã que a havia ajudado a ter uma chance e se arriscado para que seu plano fosse bem-sucedido. Partir na calada da noite, sem que Eleanor soubesse, seria o mesmo que cavar a cova dela. Henry não era tolo, levaria pouquíssimo tempo para fazer as conexões necessárias até chegar a um nome. E, por conexão, queria dizer coação e tortura de outros funcionários. Ele faria o possível para descobrir quem o apunhalara pelas costas embaixo do próprio teto.

A vontade de vomitar retornou. Florence olhou ao redor, a mente em polvorosa em busca de uma solução razoável, se é que havia uma. Por fim, ofereceu outra quantia generosa para que o cocheiro voltasse até o casarão e procurasse *pela outra* Eleanor. Ignorou o olhar de desconfiança do homem ao instruí-lo no que dizer, de forma que não revelasse muito, e torceu para que ele de fato honrasse sua promessa.

Ele não a esperou. Mal ela havia se afastado e o homem deu o comando aos cavalos, partindo depressa.

Com uma rápida olhadela pelos arredores, ela descobriu dois guardas conversando a poucos metros, ombros recostados nas pilastras de madeira que suportavam o teto da estação. Nos bancos de frente para os trilhos, meia dúzia de pessoas aguardavam o trem, com impaciência.

A cabeça zonzeou. Florence baixou o rosto, escondido pelo capuz, e caminhou direto para a estação. O interior era arejado e silencioso como uma biblioteca. No fim do salão, atrás do balcão de vendas protegido por grades, um homem de uniforme bocejava.

Florence respirou fundo, munindo-se de coragem, e foi até ele. Tinha a sensação de que cada passo seu estava sendo vigiado. Que, quando menos esperasse, alguém apontaria o dedo para ela e chamaria os guardas aos gritos, então o pai chegaria com uma arma e...

Para ser justa, o fato de estar na *estação do pai* contribuía com a paranoia. Ali era o território dele. Florence sabia que, no escritório atrás do balcão, uma pintura da família decorava as paredes.

Mas comprar o bilhete para próximo trem foi mais fácil do que previra. O funcionário não demonstrou nenhum interesse na jovem, sem se importar com seu destino. Com um novo bocejo, ele deslizou o bilhete pelo tampo de madeira por baixo das grades. Florence o tomou nas mãos para descobrir que sua nova vida começaria em Yucca, no estado de Andaluzia. Nunca estivera lá, mas os burburinhos sobre o Oeste haviam chegado até mesmo nela. Era onde as oportunidades moravam, onde o sonho americano tinha início. Parecia apropriado para um recomeço.

Florence se sentou em um banco desocupado, distraída com o movimento do mar do outro lado dos trilhos. Respirou fundo, um curioso friozinho na barriga nascendo.

Pensou no pai, depois em Phillip, e engoliu uma gargalhada.

O pai a vendera por uma nova ferrovia. E, naquele exato momento, ela estava prestes a fugir em um dos trens dele. O sorriso abriu sem que percebesse, revelando todos os dentes.

Queria poder ver a cara dele quando descobrisse o que a filha tinha feito, mas se contentou em saborear aquela pequena vingança. Ao menos por ora.

parte 2

Parte 2

Capítulo 7

— Se importa se eu lhe fizer companhia?

Florence desviou a atenção da janela. A voz pertencia a um homem cujo cabelo começava a ficar grisalho. As roupas sujas combinavam com o odor de suor que exalava dele. Tinha acabado de se sentar de frente para ela e a estudava com interesse.

Florence sustentou o olhar por um momento antes de negar. Esperou que a reticência bastasse para passar a mensagem de que não queria conversar, porém estava cada vez mais ciente de que homens não sabiam lidar com recusas.

Ele se inclinou, com o cotovelo apoiado nas pernas, e tornou a examiná-la. Daquela vez, com menos pudor. Florence preferiu ignorar; não queria nem podia arrumar confusão.

Endireitou a postura à procura de uma posição confortável no assento de madeira — muito diferente dos bancos almofadados da primeira classe. Não que houvesse viajado muitas vezes, tampouco para lugares empolgantes. Quase sempre visitavam os avós paternos, quando ainda eram vivos; e, em uma única ocasião, foram mais longe, para sepultar a irmã mais nova de Grace, da qual Florence nem mesmo sabia da existência antes da notícia. Ela conhecia muito pouco da família de origem escocesa da mãe e lamentava por isso.

Cada detalhe que compunha o entorno da terceira classe era o oposto do que estava habituada. Paredes de madeira crua, bancos desgastados e muito próximos uns dos outros, tábuas desprendendo do chão. O bagageiro estava cheio de homens adormecidos, de forma que os outros passageiros precisavam deixar as malas entre as pernas. O ar denso e parado e o cheiro azedo de suor faziam seus olhos lacrimejarem.

— Tá indo pra onde?

Florence procurou um lugar para onde pudesse escapar. Quase não havia mulheres viajando naquele vagão; pelo que via, apenas duas além dela, nenhuma desacompanhada. Teria adorado se esgueirar até o lado de outra dama, para que fizessem companhia uma à outra e viajassem tranquilas, mas os poucos assentos vagos eram compartilhados com outros homens.

— Você não é muito de falar, né?

O homem sentado à sua frente esfregou as mãos, com um ruído áspero. A cada minuto, o pequeno espaço entre eles se tornava mais desconfortável. Dava para perceber a impaciência dele se transformando em algo mais. Um sentimento viscoso e primitivo.

O interior do trem estava tão abafado quanto a estufa de Florence. Ela sentia o cabelo empapar de suor perto da nuca, além do corpo todo úmido. Começava a ficar tonta. Precisava de um pouco de ar fresco, talvez forrar o estômago. Não havia comido nada desde que saíra de casa.

Ele estendeu a perna até tocar o pé de Florence com a ponta da botina. Apesar do impulso de se encolher, ela engoliu em seco e o encarou. A sombra de um sorriso atravessou os lábios dele.

— Com todo respeito, senhorita: eu não brincaria comigo. Sou muitas coisas, mas não paciente. — Ele esticou a perna de novo. Daquela vez, a canela roçou no tornozelo de Florence. — Vamos começar do zero. Tá indo pra onde *sozinha*?

O tom de ameaça fez os pelos da nuca de Florence arrepiarem. A alegria que sentiu quando viu o trem se afastando da estação naquela manhã pareceu apenas uma lembrança.

Quis responder, confiante, mas o pavor a impediu de inventar um marido esperando por ela em Yucca. Seu único pensamento era que talvez aquele homem estivesse indo para o mesmo destino. Talvez a visse desembarcar sozinha e percebesse que a cidade lhe era estranha e que, na verdade, não havia ninguém para recebê-la. O que ele poderia fazer diante da descoberta era o que mais a assustava.

Pela primeira vez desde que tomara a decisão de fugir, ocorria a Florence que a vida dela não estaria em risco apenas em St. Langley. Na verdade, sendo mulher, o perigo a acompanharia por onde fosse.

— Ei! Tô falando com você.

O homem estalou os dedos no ar, não muito longe do rosto dela.

A tontura piorava.

Antes que conseguisse se forçar a responder, percebeu a agitação dos outros passageiros sentados à janela. O homem também notou. Endireitou a coluna e afastou a persiana.

— Santa mãe de Deus!

Florence continuava trêmula, mas o burburinho crescente era difícil de ignorar, então lutou contra a náusea e afastou uma fresta da cortina para descobrir a que o homem estava se referindo. Em um primeiro momento, viu apenas o deserto. Um tapete interminável que se estendia ao horizonte, refletindo a luz do sol como se ardesse em brasa. Tão diferente da paisagem a que estava acostumada, na qual a natureza dava lugar a construções.

Os olhos dela se perderam pelas formações rochosas do mesmo tom dourado da areia, formas ondulantes de todos os tamanhos — desde pedregulhos até montanhas, mais ao horizonte. Os cactos se destacavam em meio à imensidão de areia e pedra. A beleza selvagem e estática da paisagem a lembrava dos quadros pendurados nas paredes da mansão.

Florence afastou mais a cortina. Foi apenas ao se inclinar para perto da janela que entendeu o motivo da comoção. Meia dúzia de cavaleiros cavalgavam em paralelo ao trilho, cada vez mais perto de alcançarem o veículo. O rosto deles estava escondido por lenços presos ao nariz, que terminavam pouco abaixo do pescoço.

O coração dela deu um novo salto no peito. Florence apertou a borda do banco, a visão turva. Não podia ser.

Quando reparou no reflexo prateado na mão de um deles — o que vinha na dianteira, guiando o grupo —, ouviu o primeiro disparo do outro lado do trem.

Florence rangeu os dentes ao se lembrar do pai atirando, mas os gritos e arquejos a trouxeram de volta. A maioria dos passageiros se encolheu, cobrindo a cabeça com os braços e se afastando das janelas. O homem à sua frente, porém, estava congelado como ela, o terror visível no rosto pálido e nos olhos arregalados.

Novos tiros pipocaram, arrancando mais gritos e palavrões. Os homens que dormiam nos bagageiros começaram a acordar, confusos com o barulho. De repente, o som intenso de metal contra metal arranhou os tímpanos dela ao mesmo tempo que faíscas subiam pelas janelas. Levou uma fração de segundo para compreender que o trem estava parando.

As pernas reagiram antes do cérebro. Florence levantou. Sentiu os olhares atordoados a acompanharem, sem se importar ou refletir se era uma boa ideia. Precisava escapar. Não sabia como, nem mesmo se tinha chance, mas precisava tentar.

Olhou para as duas direções. A primeira e a segunda classe ficavam no começo do trem, e seu palpite era de que aquele seria o destino dos pistoleiros, então apertou o passo até o fundo do vagão, agachada.

Uma janela quebrou às suas costas com o impacto de um tiro. Um bebê, que Florence vira chegar embalado nos braços da mãe, chorava a plenos pulmões, com os bracinhos esticados para fora de camadas de tecido.

Conforme forçava a porta que a levaria ao próximo vagão, o medo deu lugar à raiva, em sua forma mais pura. Não importava para qual direção corresse, era impossível escapar do destino. Ele estava sempre à espreita, com seu humor sádico, pronto para dominá-la. Não à toa era o destino — a dificuldade em aceitar a derrota só poderia ser masculina.

O vagão destinado aos passageiros negros estava em um estado ainda mais deplorável que o anterior. O ambiente estava superlotado, com muito mais gente do que o vagão podia comportar, e o calor sufocante parecia ainda mais severo ali. Era absurdo.

Florence o atravessou e fechou a porta. Foi recebida pela escuridão do depósito, um espaço estreito e sem janelas. Caminhou cuidadosamente entre os caixotes de madeira amontoados, tentando enxergar.

A respiração acelerada abafou a troca de tiros. Ela estendeu a mão e tateou o vazio até encontrar a maçaneta. Então, sem que fizesse esforço algum, a porta se abriu de uma vez, lançando-a para trás.

Florence cambaleou. Não caiu no chão com a força do impacto graças a uma pilha de caixotes logo atrás. Devido à luz que invadia o vagão, não enxergou mais que contornos. O tempo desacelerou. Pela segunda vez, se viu agindo sem que desse o comando ao corpo.

Ela se jogou contra a porta pesada que dava para o vagão anterior, provocando uma onda de gritos. Mal dera o primeiro passo para fora do depósito quando sentiu braços fortes envolverem sua cintura, puxando-a para trás com violência. Daquela vez, perdeu o equilíbrio e desabou.

— Calma lá, mocinha! — O homem a levantou pelo braço, sem nenhuma delicadeza. — Pra que tanta pressa?

Havia um ar de divertimento em sua voz e, Florence reparou, um sotaque rural do Sul, arrastado e nasalado.

Consumida pelo desespero, ela se debateu. Usou os cotovelos para golpear, sem muito sucesso, o peito do homem. Depois agarrou os braços dele, empregando toda sua força na tentativa de afastá-los, enquanto, com as pernas, procurava desequilibrá-lo.

— ME SOLTA! — A garganta ardeu com a força do grito. — TIRE AS MÃOS DE MIM!

A touca caiu em meio a luta corporal e o cabelo dela se soltou aos poucos. Desferindo um coice na canela dele, Florence conseguiu uma folga enquanto o homem a xingava. Libertou-se com dificuldade, mas não teve chance de se afastar.

Ele a puxou com rispidez pela segunda vez.

A intenção de continuar lutando lhe escapou ao sentir o cano da arma forçar o tecido do vestido na altura da nuca, até que o metal frio tocasse sua pele. Florence mordeu a língua, o gosto metálico de sangue na boca. Teve vontade de rir, chorar e gritar, como o bebê no banco.

O homem a girou no lugar. As sobrancelhas dele eram do mesmo tom loiro-acinzentado do cabelo, e olheiras profundas contornavam os olhos semicerrados. Ela acompanhou o movimento deles pelo seu rosto, cabelo e, por fim, pelo vestido. Percebeu o exato instante em que foi reconhecida: as sobrancelhas arquearam até sumirem por baixo do chapéu. Ele assobiou. Pelas rugas ao redor dos olhos, Florence soube que o homem sorria.

— Puta merda! — Ele pressionou o cano da arma na têmpora dela. — Caralho. Everett vai amar isso.

Na extremidade oposta do vagão, a porta foi aberta com um chute. A força do impacto a fez rebater na parede, mas, antes que se fechasse por completo, uma mão empunhando um revólver a deteve.

— Por aqui! — exclamou o homem atrás da porta, olhando para trás. — Tragam para cá! Nos dois últimos.

O homem passou para o vagão em que estavam e parou diante de todos. Cabeça baixa, escondida pelo chapéu. Ele apoiou as costas no batente, mãos cruzadas em frente ao corpo de modo que o revólver ficasse em evidência.

— Senhoras e senhores, isto, caso não tenham percebido, é um assalto.

Apesar de soar como deboche, nada em seu tom indicava que fosse o caso. Falava com seriedade, o sotaque mais cadenciado que o do homem que apontava a arma para a cabeça dela, embora igualmente preguiçoso e nasalado.

A bandana vermelha sobre o rosto era a única peça destoante no traje preto, que apresentava diferentes níveis de desgaste e tonalidade. Florence não sabia pontuar qual peça estava em pior estado.

— Não vamos machucar ninguém, a não ser que dificultem nossa vida. O que espero que não façam. Não estamos roubando *vocês*. — Ele ergueu a cabeça para examinar os rostos assustados que o encaravam de volta. A aba do chapéu projetava uma sombra densa nos olhos. — Sinto muito pelo inconveniente. Vamos fazer nosso trabalho, depois partimos e vocês seguem a vida, sem grandes dramas. Fui claro?

O silêncio foi sepulcral. Até mesmo o bebê tinha parado de chorar, como se compreendesse a gravidade, mas Florence estava com dificuldade em dar credibilidade ao que ele dizia quando tinha uma arma pressionada na cabeça a ponto de machucar. Mal ousava se mexer, temendo que o menor movimento fizesse seu captor puxar o gatilho.

O homem no começo do vagão tomou impulso para se afastar do batente. Deu alguns passos, as esporas martelando o chão.

Sem mais nem menos, apontou a arma para cima e disparou três vezes.

Florence deu um pulo, e uma nova onda de gritos dominou as paredes estreitas do vagão.

— *Fui claro?*

Resmungos baixos em concordância foram entoados de todos os lados e uma risadinha soou atrás de Florence. O homem que disparara, no entanto, permanecia sério. Atravessou o corredor devagar por entre os bancos, assentindo, as mãos novamente em frente ao corpo.

— Ótimo.

Ele uniu as sobrancelhas ao reparar nela e parou. Florence sentiu a espinha gelar e compreendeu, sem que nenhuma emoção perpassasse o rosto dele, que o homem a reconhecera.

Um calafrio desceu pelas costas. Tantos trens chegavam e partiam de St. Langley todos os dias. Ela poderia ter escolhido qualquer destino, em qualquer outro horário. Mas não. Embarcara justo naquele, que seria assaltado por bandidos que *sabiam* quem ela era. Não se tratava de um roubo a mero acaso, ou jamais seria reconhecida. Havia sido planejado.

Eles não apenas tinham a consciência de que aquele trem pertencia a Henry Greenberg, como o haviam escolhido por isso mesmo.

Florence temia pelo destino. Se não fosse morta com um tiro na cabeça, seria capturada para um resgate e, então, devolvida ao pai. O que, para ela, era quase tão ruim quanto a primeira alternativa.

Distraído, o pistoleiro retomou a caminhada enquanto encaixava a arma no coldre, virada ao contrário, como os homens que ela vira perto de casa. Ele já não olhava para ela, e sim para o homem que a mantinha cativa. Havia um brilho cruel em seu olhar que a deixou ainda mais apreensiva.

Ela sentiu um frio na barriga ao resgatar da memória a lembrança do estranho grupo que vira nas redondezas de casa em mais de uma ocasião. Foi com terror que percebeu a semelhança do pistoleiro com o homem que tocava gaita na noite em que haviam recebido Phillip para o jantar. Não podia ser coincidência. Ainda mais com alguém tão memorável e intimidante.

— Que porra é essa? — perguntou o pistoleiro.

Florence recebeu olhares de pena de alguns passageiros e respirou fundo, engolindo o choro. Seria patético, até mesmo para ela. Morreria de qualquer maneira; então que fosse com honra, ao menos. Cabeça erguida, olhos nos olhos. Ninguém precisava saber como estava apavorada.

— Uma mina de ouro, Russell! É nosso dia de sorte — respondeu o captor.

O tal Russell parou diante deles.

— Não estava falando dela.

Ele estendeu a mão, sem hesitar, e afastou o cano da arma da cabeça de Florence.

Nem mesmo o alívio de não ter mais uma arma apontada para si conseguiu dissipar o medo. De repente, ela se sentiu muito pequena e sozinha. Nunca desejara nada disso. Até aquela madrugada, nunca sequer ouvira um tiro.

Florence fechou os olhos. A cabeça girava. Não conseguia respirar. A pressão no peito era gigantesca. Sem que pudesse evitar, sentiu a primeira lágrima escapar e se odiou por isso.

Fraca! Era fraca e patética.

Se tivesse ficado quieta no lugar, como todos, jamais teriam descoberto sua identidade. Mas não, ela precisava agir como idiota e estragar tudo. Sua vida estava nas mãos daqueles lunáticos. Talvez a morte fosse a decisão mais misericordiosa dentre tudo o que poderiam fazer.

E pensar que, minutos antes, estivera preocupada com um único homem... Florence sufocava, e mais lágrimas percorriam suas bochechas.

Seu captor não se deixou abalar pelo gesto do parceiro. Estalou a língua nos dentes enquanto puxava os pulsos de Florence para trás e os segurava com uma só mão.

Russell suspirou. A pergunta não respondida pairou, como uma ameaça. Florence tinha acabado de testemunhar o que acontecia quando o ignoravam, e não fazia questão de ter outra amostra. Sobretudo por ser a única barreira entre os dois.

— O que você acha? — A voz veio de algum lugar às suas costas, cheia de desdém. Seu captor detestava Russell, e mais ainda precisar responder a ele. Um subordinado.

— O que eu acho é que ela é, *de longe*, o bem mais valioso deste trem. E você tá com a porra de um revólver apontado pra cabeça dela! Um deslize e você acaba com a nossa vida, Fred. Como se a gente já não tivesse problema o suficiente — rosnou Russell. — Você tem um jeito bem curioso de lidar com sua *mina de ouro*.

Florence engoliu um gemido de dor quando Fred apertou seus punhos.

— Ah, vai à merda! Everett vai ficar feliz pra caralho porque alguém fez alguma coisa útil em vez de encher a porra do saco dos outros. — Ela o sentiu se empertigar em suas costas e, contra sua vontade, foi puxada para perto. — E por falar nele... Everett! Aqui! Você não vai acreditar!

Um homem de cabelo grisalho e liso tinha acabado de passar pela porta. Era o único a não usar chapéu — os fios partidos de lado caíam por sobre os olhos. Vinha na direção deles em passos despreocupados; o fato de ter rendido um trem inteiro não o abalava. Era rotineiro. Ou, quem sabe, fosse mais que isso — como estar em casa.

Atrás dele, outros membros da gangue traziam passageiros amarrados pelos pulsos com cordas grossas, todos bem-vestidos e engomados, entregando que pertenciam à primeira classe. Homens, mulheres e até mesmo crianças; todos ostentavam os mesmos rostos apavorados.

Ao contrário do restante da gangue, Everett trajava vestes ajustadas e de aparência cara. Se fechasse os olhos, Florence quase podia visualizá-lo fumando charuto com o pai. Até mesmo a postura e a confiança eram como as de um aristocrata, e a única coisa que o diferenciava era uma certa excentricidade, uma aura cínica de quem compreendia o segredo da vida e não pretendia compartilhá-lo.

Florence o observou. Era nas mãos daquele homem que seu destino estava. Everett a encarava com interesse, assim como alguns dos outros bandidos. A presença dela não passava despercebida para nenhum deles. As reações eram parecidas — o estreitar de olhos, o arquear de sobrancelhas. As engrenagens do cérebro trabalhando até que entendessem.

— Florence Greenberg — afirmou, olhando direto para ela.

Florence mal mexeu a cabeça ao acenar. Foi o suficiente.

Russell abriu espaço e Everett parou um passo à frente. As pontas dos sapatos encontraram os dela, mas, ao contrário do homem que a importunara pouco tempo antes, ele nem sequer notou. Por mais contraditório que fosse, Everett passava a imagem de alguém confiável em sua calma. Enterrou os dedos no cabelo, puxando-o para trás. Então reparou na maneira como Fred a segurava pelos braços.

— Isso é mesmo necessário?

— Tinha uma arma apontada pra ela, Everett. Foi um avanço e tanto, vai por mim — resmungou Russell.

— Eu não ia atirar! — exclamou Fred, indignado. — Só não queria que ela fizesse nenhuma estupidez.

Russell apoiou as mãos no coldre.

— Então fez por conta própria. Sua inteligência sempre me surpreende.

Fred soltou uma risada fria e se adiantou para a frente, trombando em Florence. Tinha o dedo apontado em riste para Russell, que permanecia sério.

— Você não viu quantos guardas tinham nessa merda? — Sua voz estava trêmula de raiva. — Acha coincidência ela estar aqui? Na terceira classe, ainda por cima? Ela ia...

— Calados! — gritou Everett, e ela engoliu em seco ao perceber a frieza no olhar do homem, mas, ao se dirigir a ela outra vez, assumiu um desconcertante tom gentil: — Florence, querida, peço perdão pela confusão. Não esperávamos encontrá-la aqui.

Atrás deles, a movimentação era intensa. Pouco a pouco, os dois últimos vagões eram preenchidos pelos reféns. Parecia improvável que tanta gente coubesse em um espaço tão reduzido, mas lá estavam todos. Amontoados como os caixotes no armazém.

O calor era insuportável. Gotas de suor escorriam da testa de Everett quando ele a segurou pelo braço, pouco acima do cotovelo.

— Venha cá.

Ao dizer isso, começou a guiá-la em direção à saída. Não a machucou, como Fred, mas o aperto firme passou o recado: *não ouse fugir*.

Capítulo 8

Os olhos de Florence queimaram com a luz quando ela pulou do último vagão do trem. Sentiu o cascalho arranhar a sola dos sapatos, enquanto piscava sem parar. A areia refletia o sol como se emanasse luz própria.

— Por aqui — indicou Everett, retomando a caminhada.

Enquanto recuperava a visão, deixou que ele a guiasse sem oferecer resistência. Não fazia ideia de quantos eram, mas sabia que estavam armados e que bastaria a ameaça de um movimento para que estourassem seus miolos.

Contornaram o trem em direção à locomotiva.

— A dinamite tá pronta, Everett! Podemos seguir?

Uma mulher!

Em choque, Florence avistou um trio mais adiante, parado ao lado da entrada do primeiro vagão. Era ali que ficavam os cofres para transportar itens de maior valor e no qual os guardas se alojavam durante as viagens.

A dona da voz, uma mulher negra de pele clara, abandonou o posto ao perceber a movimentação e veio ao encontro dos homens que escoltavam Florence. A saia mal cobria o começo das botas, revelando a pele das canelas conforme caminhava. Usava a mão para proteger os olhos da claridade e, assim como os demais, tinha um coldre de couro na altura do quadril, além de uma cartucheira, com uma fileira expressiva de balas, atravessando o tronco.

— O que aconteceu? — perguntou ela, assim que os alcançou. — Quem é essa?

Russell e Everett se entreolharam. Ela notou a comunicação silenciosa e cúmplice que apenas a intimidade é capaz de proporcionar.

— Filha do homem que estamos roubando — explicou Everett, voltando-se para Florence. — Vamos acabar logo com isso e dar o fora daqui. Manda bala.

A jovem mulher assentiu. Levou os indicadores aos lábios, pronta para dar o sinal, mas os olhos permaneceram grudados em Florence, cheios de desconfiança. Precisou de alguns segundos para despertar do transe e soltar um assobio alto.

— Vamos, vamos, vamos! — gritou, erguendo a mão no ar e estalando os dedos para apressar os parceiros.

Os homens assentiram e sumiram dentro do primeiro vagão.

Florence pensou que a estivessem levando para lá, mas, com um aperto gentil no ombro dela, Everett indicou que parassem de andar.

Em movimentos sincronizados, os quatro a cercaram: Everett na frente, recostado nas paredes do trem, de braços cruzados; Russell e a mulher de cada lado dela e Fred, mais uma vez, na retaguarda.

— Este me parece o momento ideal para uma conversa franca — comentou Everett, casualmente, ao conferir o relógio de bolso preso no colete. — O que acha, Florence?

Mas ela não estava prestando atenção. Seu rosto lívido e petrificado de horror se voltava para os corpos caídos — *uma dúzia!* — ao redor. Pessoas, seres humanos. *Mortos.*

Sangue. De homens mortos.

Os olhos de Florence pularam de cadáver em cadáver, à procura dos buracos de tiro como quem ligava os pontos. Um na costela. Um no peito. E, o pior deles, a apenas poucos passos, atravessava as bochechas de um homem que aparentava ter a idade de seu pai.

Florence dobrou o tronco e colocou a bile para fora. A sensação era de que vomitava as tripas, tão intensos foram os espasmos. As imagens se misturavam até se transformarem em uma única pintura horripilante. O pai com o braço estendido para ela, as bochechas rasgadas, sangue por toda parte, e Phillip sorrindo ao dizer que Florence era uma fruta suculenta.

Com o gosto amargo na boca, ela endireitou a postura. Limpou o rosto com o antebraço, a respiração entrecortada. Era observada por três pares de olhos divertidos e a risada rouca de Fred vinha de trás.

Florence não conseguia encará-los e também não podia correr o risco de que os olhos focassem em um dos cadáveres. Por isso, manteve o olhar fixo na mão de Everett, que abria e fechava a tampa do relógio.

— Que tal saciar nossa curiosidade... — começou ele, o tom pomposo que parecia ser sua marca. — E nos contar a que devemos a honra de sua companhia?

Florence abriu a boca para responder, mas a voz tinha sumido. Não era prudente testar a paciência daquelas pessoas, mas como formular frases quando a única coisa que conseguia repassar eram as imagens dos homens baleados?

— Você só precisa dizer a verdade. — Foi a vez de Russell quebrar o silêncio. — Não temos motivo para fazer mal a você.

— Ainda — completou Fred, rindo.

Russell pinçou o dorso do nariz, fechando as pálpebras por um segundo. Dava para perceber a paciência lhe escapando depressa, como um punhado de areia entre os dedos.

— Vamos do começo. Seu pai tem alguma coisa a ver com isso?

— Não! — Florence se obrigou a dizer e, para enfatizar, negou com a cabeça. — Ele não sabe.

— Tem certeza? — soprou Fred em seu ouvido, enquanto forçava o rosto dela até um homem com um buraco de tiro na testa.

A garganta dela se fechou.

— Tenho! É c-claro que tenho — confirmou para Everett. Ele era o único que precisava convencer. Russell talvez tivesse um papel de liderança, pelo que notara, mas quem de fato comandava era o homem grisalho brincando com o relógio de bolso. — Você acha que tenho alguma coisa a ver com seja lá o que estejam roubando. Mas em que mundo um homem confiaria algo à própria *filha*?

Everett parecia prestes a responder quando a explosão no vagão com os cofres fez todo o trem tremer e arrancou novos gritos dos reféns. Mesmo a alguns metros de onde as dinamites foram estouradas, o barulho foi imenso. Os tímpanos de Florence apitavam baixinho quando o cheiro de pólvora os alcançou.

Ela olhou para a fumaça corpulenta escapando das janelas e cobriu a boca, temendo uma nova golfada.

— Maude.

Everett só precisou dizer isso para que a mulher assentisse e partisse ao encontro dos parceiros. Fred assumiu seu lugar; os olhos enrugados indicavam um sorriso por baixo da bandana.

Florence foi inundada por desprezo. Voltou, então, a encarar Everett, que conferia as horas com uma tranquilidade desmedida.

— Por favor.

Ela se adiantou um passo, sem pensar.

No mesmo instante, duas armas foram apontadas na direção de Florence. Ouviu os cliques dos revólveres sendo destravados e congelou. Surpresa, encarou Russell. Assim que os olhares se encontraram, ele negou com um movimento quase imperceptível, as sobrancelhas unidas.

Florence ergueu as mãos no ar, em rendição. Alternava o olhar entre Russell e Everett. Era melhor fingir que Fred não estava presente, ou acabaria fazendo alguma besteira.

— Por favor — repetiu ela. — Estou *fugindo* dele, foi uma escolha arbitrária, eu juro. Comprei um bilhete para a primeira viagem. Meu pai é um homem horrível e estou fugindo dele, é só isso.

Ela se atropelou no anseio para que a ouvissem. Não podia morrer assim, jogada no deserto, em meio a desconhecidos. Justo quando decidira tomar o controle de sua vida.

Suas palavras ganharam a atenção de Everett. O homem guardou o relógio no bolso do colete e se afastou do trem, levou a mão até a ponta da bandana e a puxou para baixo, revelando o rosto.

Tratava-se de um homem de maçãs saltadas, traços finos e uma barba por fazer do mesmo tom cinzento do cabelo liso. Sem dúvida, alguém com quem ela poderia ter esbarrado na ópera, ou passeando com a esposa no centro da cidade, em uma diligência elegante.

Ele flexionou os joelhos até estarem na mesma altura e a encarou com muito interesse.

— Um homem horrível... Você não faz ideia do quanto. — Ele umedeceu os lábios, olhando para o alto, como se a resposta estivesse estampada no céu sem nuvens. — Nosso tempo está acabando, Florence. Preciso decidir o que fazer com você.

Outra explosão.

Ela conseguia sentir a pulsação nos tímpanos. Espalmou o peito, o desespero subindo em espirais pelo estômago.

— Por favor! Eu não sou nada para o meu pai além de um investimento. Fugi antes de o sol raiar, queria ter uma chance de ser livre. Só isso. Não sei nada sobre os negócios dele. Eu juro. Juro por Deus. Por favor...

Um brilho perpassou os olhos castanhos de Everett. Ele deu um sorriso singelo, quase preguiçoso.

— Liberdade, é? Disso entendemos bem. O que vocês acham?

Apesar do plural, foi para Russell que o homem mais velho olhou. Fred, no entanto, não era tão perspicaz para reparar nos sinais, ou, quem sabe, tivesse decidido ignorar, pois se apressou em responder:

— A cabeça dela vale muito, muito dinheiro mesmo, Everett. Bem mais do que qualquer roubo que você esteja planejando.

Russell girou o revólver no indicador e o guardou de novo no coldre.

— Não sabemos se o que ela diz é verdade — pontuou Russell, com uma olhada rápida na direção de Florence. — E se não estiver fugindo? E se estiver acontecendo alguma coisa mais complexa aqui?

— Mais um motivo pra gente levar ela embora! — Fred elevou o tom de voz, a um passo de gritar. Apontou o dedo para Florence, muito perto de seu rosto. — Damos o pé daqui e pedimos um resgate. O cara pode ser o maior filho da puta de todos, mas não vai dar as costas pra única filha. Ainda mais se ela estiver falando a verdade. Henry vai querer a maior propriedade dele de volta. Caralho. Eu nem devia precisar *convencer* vocês.

Everett cruzou as mãos na frente do corpo. Parecia ponderar a respeito. Ao se dar conta disso, Russell bateu com as mãos nas pernas e fuzilou Fred com o olhar.

— Nós não somos assim, Everett. Dinheiro abaixo das pessoas, nunca o contrário.

— Não precisamos fazer nada com ela — interrompeu Fred.

— Não somos assim! A única coisa que temos é nosso código, nossa honra. Everett, o que me diz? Você nem teria considerado isso em outros tempos. Inferno... — falou Russell, com tanta mágoa que parecia negociar pela própria vida, não pela dela. O homem esfregou o rosto com as mãos imensas e, ao afastá-las, encarava Fred com um brilho selvagem. — Sua cabeça só serve para apoiar o chapéu, é?

— Ela representa tudo o que somos contra! — Fred tornou a apontar o dedo na direção de Florence. — É com ela que brigamos, porra. Desde quando você virou a merda de um covarde que só sabe chorar e amarelar?

— Porra nenhuma! Olha a cara dela! Olha como está apavorada. É uma vítima tanto quanto os outros.

Ele apontou o braço para a janela de onde tinham vindo. Everett assentiu, ainda com os dedos apoiados no queixo, irredutível. Sem dar tempo para que Fred rebatesse, Russell continuou:

— A gente leva ela embora e, quando Henry descobrir, vai colocar a porra do país inteiro atrás de nós. Você acha que tá ruim? Experimente cutucar o vespeiro!

Russell cuspia as palavras, como se tivessem um gosto tão intragável que ele não suportasse mantê-las na boca. O rosto de Fred era de um vermelho-vivo. Florence conseguia sentir o ódio que emanava dele, a raiva contida de quem não podia rebater, por mais que quisesse.

— Não só os Pinkertons virão atrás de nós, como todo caçador de recompensa com um pouco mais de cérebro que você, o que não deve ser difícil. E ninguém vai sossegar até nos ver na forca. Talvez te ver morto não seja má ideia, mas eu ainda vou viver muito. E sem você bostejando na minha orelha, de preferência, Fred.

Florence prendeu a respiração, esperando pelo confronto. Podia imaginar com precisão o barulho seco de socos sendo trocados. Os dois rolando pela areia, em uma disputa de quem arrancava mais sangue, uma paródia do que havia visto na noite anterior.

No entanto, antes que Fred perdesse a cabeça e avançasse sobre Russell, Maude deu um assobio alto. Quando olharam para a frente, a encontraram segurando uma pilha de papéis no ar.

Um homem vinha logo atrás, com uma saca de dinheiro nos braços.

Everett assentiu, tornando a erguer o lenço sobre o nariz. Depois se adiantou para o trem e deu três tapas em uma das janelas. A força foi suficiente para deixar uma rachadura fina para trás.

— Vamos! — gritou. — Acabamos por aqui.

O sangue de Florence congelou.

O que isso significava para ela?

Everett parecia ponderar a mesma coisa. Lançou um olhar demorado em sua direção, então se voltou para Russell, segurando-o pelo ombro.

— Coloque-a com os outros reféns. Você está certo. Não precisamos de mais confusão.

Russell não pensou duas vezes. Estendeu o braço e a segurou pelo cotovelo. Florence levou um pouco mais de tempo para processar. Como se o tempo passasse mais devagar, viu Everett e Fred retomarem a caminhada e ela ser forçada para trás, para seu fim.

Quanto tempo levaria para que os reféns fossem encontrados e resgatados? E quanto mais para que o pai descobrisse seu paradeiro?

Com lágrimas nos olhos, Florence jogou o peso do corpo para a frente, querendo se soltar de Russell.

— NÃO!

O grito ecoou pelo segundo que levou até os joelhos encontrarem o cascalho no chão. Everett e Fred deram meia-volta, depressa, ao mesmo tempo que Russell tornava a alcançá-la.

Fred gargalhou.

— Está entendendo a necessidade da arma?

Russell preferiu ignorar.

— Não faz assim — rosnou, baixo o suficiente para que apenas ela ouvisse. — Acabei de salvar sua vida. Colabora.

Ele estendeu a mão, em uma oferta de ajuda e, quem sabe, paz. Florence a segurou, levantando depressa. Parou tão perto que bastaria um passo para os corpos se tocarem. Em um impulso de desespero, agarrou a camisa dele na altura do peito e o encarou nos olhos.

As mãos dele cobriram as suas, mas, antes que Russell pudesse afastá-la, Florence disparou as palavras, a voz desafinada e uma oitava acima:

— Não, por favor! Apenas me ouça. Não me leve de volta para o trem. Vocês não entendem! É o mesmo que decretar minha morte. Se vocês me deixarem, eu vou morrer. É melhor me executarem de uma vez, então. Ele não vai ser tão generoso.

Pela visão periférica, viu Everett e Fred se aproximarem. Florence inferia que a única razão para que não a tivessem arrastado dali ainda era a curiosidade.

Russell a atravessava com o olhar, aprisionado naquele instante. Havia um vinco profundo entre as sobrancelhas, e ele continuava a envolver as mãos de Florence.

Ela precisava aproveitar enquanto ainda tinha a atenção do bandido.

— Por favor, eu imploro! Faço qualquer coisa, só não me deixem aqui. Ele vai me matar. Eu vou *morrer*! — falou, entre dentes, e apertou o tecido com mais força, sentindo que o juízo lhe escapava. — Eu fugi. Fugi. Imagine o que vai ser de mim quando voltar. Não façam isso comigo, por favor.

Ele a encarou, atordoado, e enfim se libertou. Em um rompante, afastou as mãos dela e deu um passo para trás, segurando o cabo de madeira lustrada do revólver. Procurou Everett para mais uma conversa silenciosa como a que ela presenciara havia pouco.

Foram interrompidos por Maude, que gritava, metros adiante:

— O que estamos esperando? Precisamos ir!

— Vão na frente! — ordenou Everett, sem interromper o contato visual. — Você também, Fred.

— Mas...

— *Vá.*

O tom cortante e frio havia voltado. Florence cruzou os braços, ameaçada. Preferia a versão despreocupada e excêntrica. Essa a lembrava demais do pai.

Everett examinou o relógio. O estalo de língua veio logo em seguida.

— Precisamos correr. O tempo está contra nós.

— O que faço com ela? — questionou Russell.

O homem mais velho deu de ombros, tombando a cabeça para o lado de maneira exagerada. Alguns fios de cabelo penderam no ar.

— Essa é uma briga que queremos comprar?

— Não. Não sei. Continuo tendo a mesma opinião. Mas...

— Mas, se a deixarmos, como fica nossa consciência, certo? — Os olhos de Everett ficaram menores, no que Florence julgou ser um sorriso.

— Vocês não estão me *escutando*! — bradou Florence, atônita com o tom despreocupado com que decidiam seu futuro. — Pelo amor de Deus, estou implorando para que não me deixem com o *meu pai*. Percebem a insanidade disso?! Não estou exagerando quando digo que minha vida corre perigo. Ele vai me matar. Vai matar *todos nós*! Meu pai não joga para perder, vocês mexeram com a pessoa errada. Acabarão mortos, assim como eu, no momento em que ele descobrir que foram vocês que o roubaram e largaram a filha dele no deserto.

Florence tomou um momento para encher os pulmões de ar. Alternou o olhar, suplicante e brava. Quantas vezes mais precisaria se humilhar para que tivesse os desejos respeitados? Quando lhe enxergariam como um ser humano digno de tomar decisões?

Ao pressentir que Everett diria algo para retomar o controle da conversa, se apressou em disparar suas últimas cartas na mesa.

— É dinheiro que precisam? Eu tenho. Muito dinheiro. Posso comprar a minha liberdade, se esse for o caso. Mas não me deixem aqui.

Homens pulavam do último vagão, bem atrás de onde estavam. Um a um, passaram correndo, acenando para o líder.

Quando o último passou por eles, Everett estalou os dedos no ar para chamá-lo.

— Roy, aqui! Dê um jeito nisso, por favor. Libere o freio e faça o trem andar. Precisamos que ele vá para longe. Vamos na frente pra encontrar o restante da gangue.

Roy, um homem indígena de cabelo liso e preto terminando na cintura, olhou de Everett para Russell, e então para Florence, com uma pergunta implícita.

— O que faço com ela? — insistiu Russell, a voz mais firme.

— O que você quiser, filho. Confio no seu julgamento. Só não demore, você não quer estar aqui quando as autoridades chegarem. Ainda mais com ela.

Everett deu meia-volta para a mesma direção dos outros, por entre as formações rochosas e onde, Florence suspeitava, estavam os cavalos.

— Ela vai com os reféns? — perguntou Roy.

— Excelente pergunta — comentou Russell, irritado.

Quando a encarou, porém, não foi raiva que encontrou em seus olhos, mas dúvida e preocupação.

— Por favor — suplicou Florence.

Trêmula, ela ergueu a saia até a altura dos joelhos e se inclinou para a frente, enquanto deslizava a mão para dentro da anágua até tocar a bolsinha de couro. Desfez o laço com dificuldade e a soltou da perna. Tornou a endireitar a postura, em estado catatônico, o braço estendido com a oferta.

Não queria pensar na possibilidade de que a traíssem. Aquele dinheiro era tudo o que tinha, a única chance de conseguir escapar das garras do pai. Sem ele, estaria à mercê.

Florence pestanejou, sentindo os olhos queimarem.

Sentia-se tola. Desesperada. E, bem no fundo do peito, havia um lampejo de esperança. Idiota. Negociando seu único trunfo.

Russell suspirou. Um suspiro alto e cansado, de quem só queria ter um pouco de paz e mais nada. Florence reparou nas linhas de expressão ao redor dos olhos dele e pensou em tudo o que deviam ter testemunhado em seus anos na Terra.

Ele acenou para Roy, enquanto tornava a segurá-la pelo cotovelo.

— Pode ir. Ela vem com a gente.

Capítulo 9

Uma onda de alívio dominou Florence. Seu maior impulso foi o de ajoelhar diante dele e agradecer até que o sol desaparecesse no horizonte e desse lugar à noite. Contudo, antes que tivesse a chance de expressar o tamanho de sua gratidão, Russell a arrastou dali, a um passo de correr.

Caminharam depressa para trás de uma rocha arredondada, pouco maior que eles, onde encontraram um cavalo pastando, solitário. Um garanhão preto, de pelo sedoso e bem-cuidado, a crina caindo pelo pescoço. Havia uma sela de couro sobre ele, alforjes dos lados, além de um rolo de tecido preso por cintos, uma escopeta e um arco encaixados perto das patas dianteiras do animal.

— Não sei andar nele! — Florence foi logo dizendo, assim que pararam.

— Nela — corrigiu Russell. — E não tem problema, quem vai guiar sou eu.

Russell mal tinha terminado de falar quando encaixou as mãos na cintura de Florence. Ela nem sequer entendeu quando foi erguida no ar como uma boneca de pano e colocada de lado, atrás da sela, sobre o tecido enrolado.

Sem perder mais tempo, ele apoiou o pé no estribo e segurou a rédea, depois se lançou para cima. Passou a perna por trás, tomando conta para não acertar Florence ao contornar o dorso da égua. Com a maior facilidade do mundo, ele se sentou e se ajeitou sobre a sela. Parecia tão natural para ele quanto andar ou falar.

— Confortável? — perguntou ele, por cima do ombro. — A viagem vai ser longa.

Florence se remexeu. Apesar do assento improvisado oferecer um pouco de conforto, ainda era possível sentir o lombo duro da égua. Pressentia que chegaria ao destino toda rígida e travada, além de dolorida. Não era exatamente o transporte que teria escolhido para uma viagem de horas, mas a gratidão por estar sendo levada dali falava mais alto. Devia a vida àquele homem. Aguentaria até mesmo o mais desconfortável dos assentos com um sorriso no rosto.

— Estou ótima, não se preocupe comigo. Obrigada. Mesmo.

Ele assentiu, voltando-se para a frente. Deu tapinhas carinhosos na égua e falou, em um tom suave que não combinava com homens que roubavam trens e matavam pessoas:

— Boa garota! Sinto muito, Opal. Não vai ser fácil, mas prometo te recompensar com bastante açúcar.

Continuou a acariciar a égua, ao mesmo tempo que fazia um movimento com as pernas que pareceu incentivá-la a andar. O molejo suave fez Florence sacolejar de maneira alarmante.

— Preciso que se segure em mim.

— *Hum?*

Florence estava ocupada demais tentando se equilibrar para prestar atenção.

— Segure em mim. Para não cair — explicou Russell.

Incrédula, ela examinou as costas largas do caubói, a camisa suja de terra e ensopada de suor, o cabelo escapando do chapéu e as mangas arregaçadas até a altura dos cotovelos, revelando a pele bronzeada e respingada de sangue. Sangue de *outras pessoas*. Engoliu em seco.

Impaciente, Russell estendeu o braço, agarrou a mão de Florence e a puxou para a frente. Envolvendo a cintura dele.

Meu Deus.

Ele a segurou ali por um segundo então a soltou. Florence não ousou se mover. O choque impediu qualquer reação.

— Segura — disse ele, e não foi um pedido. — Vamos ganhar velocidade, e juro por Deus que nem olho pra trás se você cair.

Quando Russell tornou a encará-la, Florence teve um vislumbre dos olhos estreitos e constatou, com um arrepio, que ele falava bastante sério.

Ela entrelaçou os dedos, empregando força no abraço desajeitado. Não abusaria da sorte, por mais *desconfortável* que fosse estar tão próxima de um homem daqueles. Pensou na imagem dos corpos espalhados na areia e se encolheu, rezando para que não fosse a próxima.

Russell se deu por satisfeito e segurou as rédeas. Bastou um toque das esporas em Opal para no segundo seguinte estarem percorrendo o deserto a galope.

Foi fácil entender a insistência dele para que se segurasse. Sentada de lado, não podia usar as pernas para firmar o corpo, como imaginava que ele estivesse fazendo. Era jogada de um lado ao outro conforme avançavam pelo deserto, rasgando o vento.

Florence tinha total consciência de cada parte de si que estava em contato com Russell. O movimento suave da barriga dele ao respirar, que fazia os braços dela subirem e descerem. O antebraço roçando em sua coxa esquerda. O cabelo que, vez ou outra, tocava seu nariz.

Naquele mesmo horário, no dia anterior, Florence jamais teria acreditado que estaria ali, e não fazia ideia do que viria pela frente. Conseguiria viver em paz sendo perseguida pelo pai aonde quer que fosse? Seria o inferno na Terra, sempre temendo o pior. Isso supondo que conseguisse se virar sozinha.

No entanto, qual a alternativa?

Não aquelas pessoas. Ainda que a aceitassem no bando, como Florence poderia deitar a cabeça no travesseiro e dormir sem culpa?

Os olhos, o nariz e a garganta queimavam com a areia levantada por Opal. Sentiu o gosto de poeira e o arranhar incômodo cada vez que engolia. O sol castigava o rosto, assim como a ventania rebelde, que chacoalhava seu cabelo.

Foi impossível não evocar a fantasia recorrente em que fugia cavalgando no deserto. O sol, o vento, o cavalo — tudo estava presente. Mas o contexto era outro. A sensação era outra. Não havia liberdade; apenas medo, culpa e uma tristeza sem fim.

Russell não prestava atenção, por isso Florence aproveitou para chorar. Soluçou pela inocência perdida e pela ruptura com tudo o que conhecia. Sentiu que choraria por toda a vida. Com a visão turvada pelas lágrimas, foi fisgada pela paisagem árida — a beleza e a solidão opressivas. Sobre uma encosta, dois cervos pastavam; pássaros sobrevoavam o céu; um lagarto pulou entre duas rochas. Nenhuma intervenção humana.

A natureza intocada a distraiu. Florence convivia com pessoas que se enxergavam como o centro do universo, mas, ali, percebeu como eram, na verdade, apenas grãos de areia. Uma parte pequena do todo.

Cerca de uma hora depois, Russell estalou a língua nos dentes e Opal perdeu velocidade até um trote suave. Seguiram por uma estrada íngreme ao pé de duas montanhas. Florence olhou ao redor, mas nada era familiar. Não sabia onde estava, tampouco quão longe de casa havia chegado.

Foi corroída pelo nervosismo. Enquanto eram apenas os dois, deslocando-se pelo deserto, era mais fácil fingir que não haveria um depois. Florence havia se distanciado emocionalmente dali, os pensamentos em Grace e Eleanor. Não parava de se perguntar como estariam. Se a amiga teria conseguido escapar em segurança, e o quanto da atitude da filha transgressora respingaria na mãe — e em todos os outros membros da mansão Greenberg.

A gangue os esperava em uma baixada do outro lado do vale. Para a surpresa de Florence, havia ainda mais pessoas. Uma dúzia, pelas suas contas. Homens e mulheres distribuídos entre cavalos e três carroças. Dois homens carregavam, até uma delas, um baú de madeira grande o suficiente para esconder uma pessoa.

Ela reparou na fogueira cuja brasa dava os últimos suspiros e desconfiou que tivessem acabado de desmontar o acampamento, enquanto parte do grupo aprisionava reféns e deixava alguns mortos para trás.

Everett foi o primeiro a notar a presença dela. Como estava sem o lenço cobrindo o rosto, Florence teve um vislumbre do sorrisinho indecifrável que surgiu assim que os viu. Logo em seguida foi a vez de Fred, que soltou o ar dos pulmões e balançou a cabeça, contrariado. Um a um, pescoços se torceram na direção deles, pares de olhos curiosos e inquisitivos, sobretudo o das pessoas que não haviam participado do roubo.

— Tudo certo? — perguntou Everett, logo depois de espetar o cavalo com as esporas para que o levasse até eles.

Russell assentiu. Dobrou o corpo para a frente, os braços cruzados sobre Opal.

— Roy está pra chegar. Veio logo depois de nós — informou ele, e pigarreou, diminuindo o tom de voz até beirar um sussurro: — Valeu a pena?

O sorriso de Everett desapareceu.

— Conversamos melhor no acampamento, tem muita estrada adiante. — O homem mais velho puxou as rédeas e girou no lugar até estar voltado para os demais, projetando a voz para que todos ouvissem:

— Fred, Lloyd e Elmer, vão na frente. Encontrem algum lugar perto de Lupino, mas não muito. Vamos esperar Roy chegar e seguimos atrás de vocês.

Os três assentiram em sincronia. Fred, que estava mais adiante, segurou o chapéu e o ergueu ao passar por Everett. Na sequência, dois homens contornaram o acampamento, quase lado a lado, e passaram por eles, repetindo o gesto. O primeiro aparentava ser pouca coisa mais velho que Florence e tinha a pele retinta, de um marrom frio, a barba por fazer falhando onde pequenas cicatrizes o marcavam. O outro, que vinha em sua cola, era mais velho. Tinha fios acinzentados no cavanhaque, e linhas de expressão marcavam sua pele negra, entre as sobrancelhas e ao redor dos olhos.

No tempo que levou até Roy chegar, os membros da gangue terminaram de juntar o que faltava e se ajeitaram para partir.

Exceto por Maude, as demais mulheres se instalaram na carroça coberta por tecido, sustentado por arames curvos e altos. Foi com choque que Florence notou a gravidez pronunciada da última dama a sumir para dentro do veículo, engolindo em seco ao imaginar como seria uma vida de fugitiva enquanto gerava uma criança.

Os homens assumiram a condução das carroças. Quando Roy surgiu pelo vale, todos estavam prontos para partir.

Russell tateava o colete em busca de algo enquanto Everett e Maude abriam a comitiva, seguindo o caminho de terra onde a grama falhava. Ele arrancou um pano preto amarrotado de um dos bolsos e virou para trás, para entregar a Florence.

— Vai proteger da poeira.

Murmurando um agradecimento, Florence o pegou.

Russell se curvou para alcançar o cantil em um dos alforjes. Abriu e tomou três goles. Ao afastar os lábios, soltou um gemido baixo e rouco que a desconcertou.

— Sede?

Sem esperar por resposta, ele entregou o cantil.

Restavam apenas os dois na baixada. A última carroça sumia pelo declive acentuado, deixando para trás uma nuvem de terra que a fez tossir. Florence levou o gargalo até o nariz para conferir o que havia no interior. Colou os lábios onde os de Russell estiveram havia pouco e entornou a água, fazendo o possível para ignorar o constrangimento. Não bastava que o homem estivesse com o cotovelo apoiado em sua perna e que ela fosse obrigada a abraçá-lo pelas próximas horas.

Estava assustada. A realidade perdera os contornos sólidos e se transformara em um tecido frágil, que ameaçava rasgar a qualquer momento. Florence evitou o rosto dele ao devolver o cantil, resmungando outro agradecimento. Russell o enfiou de novo no estojo, seguido por dois tapinhas na tampa de couro.

— Está aqui, se quiser mais.

Ela assentiu. Estava ocupada amarrando o lenço ao redor do rosto, como eles. O cheiro salgado de suor e fumo impregnou as narinas dela. Florence se sentiu intimidada. Apesar de parecer uma criminosa, era um alívio se esconder de Russell também.

A viagem foi exaustiva.

Cavalgaram em ritmo constante até o sol se esconder atrás das montanhas no horizonte, e muito depois de a lua atingir o topo do céu, com o brilho pálido iluminando a estrada cada vez mais árida. Na escuridão da noite, Florence viu a silhueta de coelhos e esquilos correndo para longe deles e do barulho por onde passavam.

Com o cansaço começando a pesar nos olhos, Florence mal percebeu quando o grupo reduziu a velocidade e desviou a rota ao avistar um urso-pardo na estrada. Ela já não conseguia focar mais nada além da dor constante nas pernas e costas. Depois de se embrenharem em uma floresta, seguindo o fluxo de um rio, finalmente fizeram uma parada. Russell desceu de Opal e, como antes, segurou Florence pela cintura para ajudá-la a apear.

As pernas dela quase cederam. Enquanto Russell arrancava a sela da égua, os colegas também abandonavam os cavalos e pulavam das carroças, alongando-se. Um dos homens se deitou ao pé de uma árvore, a cabeça recostada no tronco e braços cruzados no peito. Chutou as botas e cobriu o rosto com o chapéu, pronto para dormir.

— Vamos ficar *aqui*? — perguntou Florence, em um engasgo.

Não sabia o que tinha imaginado, mas certamente não era aquilo. Dormir no meio da mata, como animais.

Despreocupado, Russell dava torrões de açúcar para Opal.

— Até o amanhecer — respondeu, voltando-se para ela. — Os cavalos precisam descansar, e nós também.

Florence quis responder, mas se calou. Que direito tinha de reclamar, sendo ela uma intrusa? Além disso, a antiga vida de luxos não lhe pertencia mais. Fora sua escolha, precisava arcar com as consequências.

Parecendo ler seus pensamentos, Russell bateu com as mãos na calça e se aproximou.

— São poucas horas, não compensa montar acampamento. Seguiremos viagem ao raiar do dia.

Ele se agachou ao lado da sela, remexendo no estojo até tirar duas latas. Sacou uma faca do coldre, apoiou as latas no chão e furou a primeira com um golpe certeiro.

— É arriscado avançar à noite — continuou. — Não temos visão, e é quando os animais maiores estão caçando... Toma, tenta comer e descansar um pouco. Amanhã vai ser pior.

Florence segurou a lata com as duas mãos. Nem precisou aproximar do rosto para sentir o cheiro de feijão. Russell ofereceu uma colher, que ela pegou sem muita convicção. Segurando a própria lata, ele caminhou para a margem do rio, onde os cavalos matavam a sede de horas de cavalgada.

Com um suspiro, Florence afundou a colher para pegar uma porção generosa de feijão cozido. Resignada, forçou-se a comer todo o conteúdo, ainda que, a cada colherada, ficasse mais difícil.

Naquele momento, a liberdade lhe parecia amarga e muito menos convidativa.

Engolindo o orgulho e a humilhação, Florence se afastou por entre as árvores, até estar a uma distância segura para que pudesse esvaziar a bexiga prestes a explodir. Certificou-se de que ninguém a acompanhara e se aliviou, agachada atrás de uma moita.

Foi até o rio, em seguida, cuidando para não se aproximar de Russell e Opal, e ajoelhou na terra. Lavou as mãos e o rosto, depois tomou água direto da fonte. O que diria seu pai se a visse naquela situação? Florence conseguia prever um sorriso vitorioso, seguido por um *eu avisei*.

Não sabia quem eram aquelas pessoas, nem se podia confiar nelas. O que sabia era que não pensavam duas vezes antes de puxar o gatilho; e sabe-se lá Deus o que mais... preferia passar despercebida pelo máximo de tempo possível.

Secou as mãos na saia do vestido no caminho de volta, mas manteve certa distância quando se encolheu em posição fetal, escondida atrás de uma carroça.

O chão duro e desconfortável machucava os ossos. Mas, se fosse sincera, o cheiro fresco de grama somado ao da terra molhada era um afago em meio ao caos. Uma dose de normalidade. Embalada no aroma tão familiar, Florence adormeceu.

✶ ∩ ✶

Russell não exagerou ao afirmar que aquele dia seria pior. Foi mesmo. O corpo inteiro de Florence reclamava de dor, a cabeça rodopiava de cansaço e o estômago roncava de fome.

Entretanto, se já estava ruim no amanhecer do dia, a situação piorou conforme o sol avançava.

A areia do deserto rebatia o calor direto para o rosto. Florence passou quase toda a viagem de olhos semicerrados, recusando-se a acreditar que seguir *naquelas condições* era melhor do que no frescor da noite, quando pelo menos a luz não queimava seus olhos.

Fizeram outra pausa no meio da tarde, bem mais curta que a primeira. Florence ganhou um naco de pão, que devorou como um animal enjaulado, mas não foi o suficiente nem para forrar o estômago.

Não parava de ralhar consigo mesma por todas as decisões insensatas que a haviam levado até ali, no cavalo de Russell, sendo carregada para onde quer que estivessem indo. O que seria de Florence? Tinha mesmo sido melhor do que ficar para trás, com os reféns do assalto?

Sem dinheiro e tão longe de casa, ela não conseguia nem começar a pensar em um plano caso os desdobramentos fossem desastrosos. Cada possibilidade que lhe passava pela mente aumentava o sofrimento e a náusea.

Que Deus tivesse piedade dela.

Foi só quando o sol começava a rumar para o horizonte de novo que Florence viu uma luz no fim do túnel — um dos homens que viajara na frente, o mais novo, galopou de encontro a eles.

— Achamos o lugar perfeito! — informou, para logo em seguida alinhar o cavalo ao lado de Everett. — Uma clareira na beira do penhasco. A uma hora de Lupino. O começo da floresta é logo ali.

Everett pendeu a cabeça para a frente, relaxando os ombros. Florence conseguiu sentir o alívio dele, mesmo de longe. Até Russell se mostrou animado com a notícia.

— Pela primeira vez na vida fico feliz com essa sua cara feia, Lloyd!

O jovem gargalhou, erguendo o dedo do meio.

— De cara feia você entende melhor que ninguém.

Russell a surpreendeu com um balançar suave acompanhado de uma risada pouco mais alta que um gemido. Um gesto inocente que a fez se sentir inadequada e esquisita, com os movimentos do corpo dele entre seus braços.

Alcançaram a floresta que Lloyd tinha mencionado e passaram por uma plataforma de exploração de petróleo do lado oposto, o cheiro podre os acompanhando por muitos metros. Foi apenas quando as caldeiras não passavam de pontinhos que ela reconheceu Fred recostado em uma árvore, segurando uma escopeta como os guardas do pai dela faziam.

Capítulo 10

O lugar era uma obra de arte, Florence precisava admitir.

Escondida por uma mata fechada, cujas copas das árvores se embrenhavam em uma massa uniforme e pouco iluminada, a clareira terminava em um penhasco altíssimo. Estavam no topo da montanha, com vista para a cachoeira que desbocava em um riacho de correnteza forte. Rochas cinzentas se aglomeravam perto das margens; pequenas e médias, arredondadas e afiadas, algumas se perdendo no meio da água cristalina, que refletia as cores do céu poente.

Pararam ao lado de uma árvore, onde Russell a ajudou a descer. As mãos dele foram para a cintura de Florence de uma maneira tão espontânea que, em vez de dois dias, parecia até que vinham cavalgando juntos durante meses.

Ela deixou um gemido escapar ao sentir a rigidez das pernas. Enquanto o restante da caravana chegava, Russell se ocupou em remover a sela de Opal, a qual largou no chão, ao pé da árvore.

— Bom trabalho, garota — murmurou, alternando entre acariciar a crina da égua e deixar uma trilha de tapinhas gentis ao longo do pescoço. — Muito bem. Estou orgulhoso.

Mais adiante, Florence viu as mulheres pularem para fora da carroça coberta, com expressões abatidas e ombros caídos.

Russell limpou as mãos e puxou a bandana para baixo.

Florence não podia negar sua curiosidade para conhecer o rosto das pessoas com quem havia fugido, e enfim ganhou uma oportunidade de analisar o rosto endurecido de Russell com mais afinco. Era marcado por uma cicatriz profunda que atravessava o dorso do nariz, de um lado o outro. Ele tinha a pele queimada de sol e um cabelo escuro e liso que terminava pouco acima dos ombros. Queixo e maxilar angulosos; olhos castanhos impacientes; testa destacada por finas linhas de expressão; a barba rala, falhada por cicatrizes menores.

Então aquele era Russell.

— Você está bem? — perguntou ele, de cenho franzido.

— Muito melhor do que se tivesse sido deixada para trás — respondeu Florence, por mais que não acreditasse totalmente nas palavras.

O homem arqueou as sobrancelhas, com uma expressão divertida.

— Você está com uma cara péssima.

Florence fechou os olhos, soltando algo entre um riso e um suspiro. Sentiu a lateral do rosto afagada pela brisa vinda do penhasco e, sem entender a razão, o nariz começou a queimar com o choro reprimido.

Uma voz masculina os alcançou, chamando por Russell.

Ela ergueu as pálpebras a tempo de trocarem um olhar demorado, como se ele quisesse se certificar de que podia deixá-la sozinha. Florence sentiu uma onda de alívio ao observá-lo se afastar para encontrar Lloyd, o jovem que havia partido na frente e voltado para mostrar o caminho do esconderijo.

Florence acariciou o pescoço de Opal como vira Russell fazer e observou a movimentação frenética da gangue, que começava a montar o acampamento. Um dos homens se ocupava cortando lenha com um machado, sobre o toco de um tronco. Na direção contrária, três jovens mulheres armavam uma tenda. Um homem mais velho, com poucos fios de cabelo cobrindo a cabeça manchada, tinha acabado de quebrar o pescoço de uma galinha e se ocupava em depená-la.

Ela compreendia a pressa: o sol se escondia no horizonte, levando embora a pálida luz do fim de tarde.

Querendo continuar passando despercebida, Florence se esgueirou pelas árvores até a beira do abismo. Deixou-se cair sentada no chão e arrancou um punhado de grama, com um suspiro cansado. Conforme o sangue esfriava e os pensamentos se acalmavam, mais se dava conta da exaustão. Cada músculo do corpo protestava de dor, as pálpebras pesavam, a cabeça zunia como se abrigasse um enxame de abelhas. As horas não dormidas enfim cobravam o preço alto.

Pensou no cocheiro parando a diligência em frente à estação. Tinha a estranha sensação de que aquilo acontecera havia semanas. Era difícil conceber que comprara a passagem nas primeiras horas do dia anterior.

Sentiu vertigem ao tentar imaginar como estaria a mansão Greenberg naquele momento. No melhor dos cenários, Eleanor teria fugido com o cocheiro ao perceber a gravidade da situação... isso se ele não tivesse ido embora com o dinheiro sem honrar sua parte do combinado. Àquela altura, a amiga estaria longe de St. Langley; quem sabe em uma pequena cidade rural nas redondezas, pronta para recomeçar a vida.

Florence enterrou os dedos no cabelo e o puxou até que o couro cabeludo ardesse. Por que tinha envolvido Eleanor? Colocara a amiga em maus lençóis, mesmo no cenário mais otimista. O peito se enchia de remorso e culpa só de considerar a outra alternativa... a que o pai estaria sozinho com Eleanor, longe do olhar dos curiosos, as mangas arregaçadas e punhos cerrados para descontar a fúria que o consumia.

Pensar na mãe era pior. Florence sabia, tão certo quanto o céu era azul, que voltaria para resgatá-la e a tiraria daquela prisão de décadas que sugara sua alma até não restar nada. Grace nunca voltaria a ser como antes, claro, mas testemunhara um vislumbre da mãe no dia em que o pai arrastara Florence. Havia tanto tempo que não a via interceder diante das crueldades de Henry, mas, naquele exato momento, Grace teve um lampejo de lucidez e o enfrentou. Por Florence. Era por isso que a garota voltaria. Quando se estabelecesse, daria um jeito de buscar a mãe. Seriam apenas as duas, em algum lugar onde o pai não as encontrasse.

Ouviu o som suave e fofo de passos na grama e olhou para trás a tempo de ver Russell se aproximar. Ele acenou, depois parou para riscar um fósforo na bota e acender o cigarro. Deu um trago. Com um arfar cansado, sentou-se em um tronco ao lado dela.

O cheiro dele a atingiu em cheio. Suor, sangue, couro, tabaco e pólvora. Uma mistura que a fez estremecer. Tornou a olhar para a paisagem além do penhasco. A falta de luz a impedia de observar os detalhes, como quando haviam chegado, mas ainda era possível distinguir fragmentos.

Não sabia identificar o mar de sentimentos que a afogava. Havia a angústia dilacerante na boca do estômago por estar ali, no meio do nada, com desconhecidos. E também uma deliciosa e inesperada sensação de que, não importava quanto tempo passasse e quantas experiências vivesse, ela jamais se esqueceria daquele instante. O penhasco; o sopro selvagem do vento, jogando o cabelo de um lado para outro; o cheiro daquele homem tão diferente que, apesar de bons motivos para não o fazer, decidiu estender a mão e a ajudar.

Soube, então, que o sabor da liberdade estaria para sempre atrelado àquela memória. Agridoce, confuso e, sobretudo, solitário. Agarrou mais um punhado de grama, esfarelando-o entre os dedos.

Russell pigarreou. Também olhava adiante, para a escuridão do abismo, perdido nos próprios pensamentos.

— Estou ficando velho pra isso...

Ela o encarou. *Velho?* A barba, os finos pés de galinha ao redor dos olhos e a postura rígida não deixavam dúvidas de que era alguns anos mais velho. Mas nem de longe tanto quanto fazia parecer. Quantos anos teria, afinal?

Permaneceram em silêncio por outro longo intervalo antes que ele se remexesse, atirando o cigarro para longe. Apoiado com os cotovelos nos joelhos, Russell virou o rosto para ela. Mesmo ali, no escuro, não tirava o chapéu. Era impossível enxergar seus olhos, mas ela sentia o peso deles.

— Por que fugiu? — questionou ele.

Russell balançava a perna para cima e para baixo, e Florence se perguntou se sua companhia o inquietava. Talvez, já de cabeça fria, estivesse arrependido. Florence não podia culpá-lo. No calor do momento, e com uma quantidade sedutora de dinheiro em jogo, era fácil se compadecer da dor dos outros. Mas quando o tempo entrava na equação, transformando emoção em razão, o cenário mudava. Ajudar Florence era comprar briga com Henry Greenberg. Uma briga *feia*.

— Minha vida ficou pequena demais — falou ela.

Florence esperou pela risada de escárnio, mas tudo o que recebeu foi o silêncio. Ele ainda a encarava, quieto. Queria mais.

Florence pegou um graveto e o fincou no chão.

— Estou tão cansada de me sentir encurralada. Sei que não devia... não tenho o direito de reclamar...

Russell parou de balançar a perna e coçou o pescoço.

— Não?

— Olha para mim!

Ela sorriu, amargurada, arrancando o galho do chão para fincá-lo de novo.

— Todo mundo tem seus motivos... alguns soam mais nobres, mas no fim só a gente sabe o peso que carrega. — Russell passou a língua nos dentes. — E você está aqui.

— Estou.

— Sua casa não me parece um lugar assim tão bom se precisou escapar.

Florence espetou o chão mais vezes.

— Fiquei esse tempo todo encarando o penhasco... — Ela umedeceu os lábios, a garganta áspera. Quando tornou a falar, a voz saiu em um sussurro: — Não seria mais fácil se... você sabe.

Russell deu de ombros. A luz fraca da fogueira projetava sombras ondulantes no rosto dele, evidenciando os ângulos e o deixando mais rígido.

— Talvez.

Um riso áspero lhe subiu pela garganta. Era isso? Florence esperou que ele tivesse algum conselho sábio escondido no chapéu, a resposta para a pergunta que ela tampouco sabia formular. Ela puxou o galho uma última vez e o quebrou em duas partes.

— O que me impede? Por que não acabo logo com isso?

— Não sei. É o que você quer? Pareceu bem determinada a continuar viva ontem. Frederick que o diga.

Russell a surpreendeu com um meio sorriso, que logo se transformou em uma risada baixa. Florence relembrou a luta com Fred, que tinha pelo menos o dobro de sua força, e riu também.

A atmosfera do acampamento havia se transformado. A movimentação frenética de antes dera lugar a um clima festivo e leve. Ao olhar para trás, Florence avistou os membros da gangue se aproximarem da fogueira, pouco a pouco, rodeando as chamas alaranjadas: alguns sentados em bancos e caixotes, outros em pé, em grupinhos menores. Brindavam com garrafas de vidro, risos e conversas altas se sobrepondo, enquanto dois homens posicionavam um caldeirão sobre o fogo.

Com um suspiro, endireitou a postura e encontrou Russell olhando para ela.

— Está pensando em quê? — questionou ele. Em seguida, outro sorrisinho. — Não no penhasco, espero.

— Estou com *tanto medo*. De tudo.

— Ninguém vai te encontrar aqui. Abrimos uma boa distância de St. Langley e, de toda forma, nunca ficamos parados por muito tempo. Vamos seguir viagem em algumas semanas.

Russell a encarou, obscurecido por sombras.

Florence se pegou imaginando uma vida como aquela. Solta pelo mundo como uma folha ao vento, flutuando para caminhos inimagináveis.

Saberia existir assim?

— Queria poder dizer que você não precisa se preocupar — declarou Russell, rasgando o silêncio. A voz severa e cortante.

Quando tornou a se erguer, a mão apoiada na coxa, manteve o rosto escondido pelo chapéu, evitando o rosto de Florence.

— Mas preciso — constatou ela.

— Não somos homens bons, senhorita.

— Vocês me ajudaram.

Russell negou outra vez.

— *Não somos* boas pessoas — repetiu ele, incisivo. Mas Florence não deixou escapar a pontada de tristeza. — Estamos longe de ser, você viu. Somos maus. Talvez mais até que o seu pai. E você não é bem-vinda pela maioria.

As entranhas de Florence gelaram. O barulho se intensificara. Algumas pessoas cantarolavam, acompanhadas por palmas animadas. Duas mulheres dançavam de braços dados, aos tropeços, rindo até perderem o fôlego. As saias esvoaçavam, seguindo os movimentos. Reconheceu uma delas do assalto: Maude.

— Há quanto tempo você não dorme pra valer? — quis saber Russell.

— Uns três dias. Por quê?

Ele escolheu ignorar a pergunta.

— Deve estar com fome também.

Florence prestou atenção no cheiro de ensopado que chegava até eles. A boca salivou.

— Estou, mas...

— Você precisa comer e dormir, foram dias intensos. Os próximos também serão — interrompeu Russell, dando um impulso com as mãos para se levantar. — Pedi para a srta. Carson preparar uma cama pra você. Ela vai ajudar com o que precisar.

Sem lhe dar tempo para responder, Russell se afastou depressa em direção à farra, as mãos apoiadas no coldre. Ela o observou passar uma perna e depois outra pelo tronco que alguns usavam de banco, e então se inclinar para perto de uma mulher para cochichar em seu ouvido. No mesmo instante, o olhar dela procurou Florence, que soltou um suspiro desanimado.

Ela se levantou e se arrastou para o acampamento, onde a srta. Carson a esperava, em pé, segurando o lampião na altura dos seios.

Embora a aparência fosse de alguém poucos anos mais velha que a mãe de Florence, a mulher possuía a energia de uma jovem. A srta. Carson tinha a pele branca e era encorpada. O quadril largo requebrava ao caminhar, e os seios avantajados eram evidenciados pelo decote. O cabelo preto e liso se soltava do penteado, esvoaçando conforme se aproximava.

— Russell tem razão, você está péssima. — Ela suspirou, com as mãos na cintura. — Pelo jeito sobrou pra mim ficar de babá. Venha, pode ficar na minha tenda hoje. Depois vejo o que faço com você.

Florence achou que seria levada até a fogueira, onde o restante da gangue começava a se servir em cumbucas de metal. No entanto, as duas seguiram para a extremidade oposta, para uma das tendas. Tratava-se de uma estrutura piramidal sustentada com madeira e arrematada em tecido de algodão, parecido com o que Russell carregava consigo. Mal batia em seus ombros. Ao pararem diante da barraca, a srta. Carson a abriu, revelando um interior revestido com colchões e forrado de cobertas.

— Vou trazer um pouco de ensopado quando tiver um tempo. Consegue se virar com as roupas ou vou precisar te ajudar?

Florence alisou a cintura, envergonhada. As mulheres dali sabiam montar acampamento e manipular explosivos, mas ela não conseguia nem mesmo se despir. Admitiu que não conseguiria sozinha, tomando o cuidado de evitar os olhos sábios da mulher. A srta. Carson deixou o lampião no chão com um muxoxo e a girou até que estivesse de costas.

— Temos roupas pra você aqui. Os tamanhos são bem parecidos, mas... — A srta. Carson hesitou, ameaçando olhar por cima do ombro, mas mudando de ideia no meio do caminho. — *Hum...* fique com as suas mesmo. Isso é assunto pra amanhã. Mereço uma folga depois desses dias terríveis.

Foi fácil imaginar que as mãos puxando o vestido de seu corpo pertenciam a Eleanor, e não a uma completa desconhecida. Se forçasse um pouco, Florence quase podia acreditar que estavam no próprio quarto e as vozes vinham do primeiro andar.

— Sem falar que isso aqui não é nada prático — reclamou a mulher, ao desamarrar o corpete com a habilidade de quem havia repetido o ritual centenas de vezes. — Eu jogaria fora se fosse você. Vai te dar mais liberdade e... bem, *autonomia*.

Que humilhante ser lembrada de que não conseguia tomar conta de si mesma. Mas Florence concordou. Olhava para a roupa de baixo, uma camisola branca e esvoaçante, o único tecido cobrindo a nudez. Ali, embaixo das estrelas, onde qualquer um podia cruzar com elas...

Assim que a srta. Carson a deixou sozinha, Florence arrancou o sapato, doida para se ver livre daquilo depois de tantas horas com os pés espremidos. Aproveitou a sensação dos dedos na grama, sem nada apertando, antes de se enfiar na tenda.

Alisou o vestido imundo, e o dedo sumiu por um buraco feito no trem. Enquanto o amontoava em um cantinho, as notas melancólicas de uma melodia conhecida percorreram o acampamento e invadiram a tenda. Florence a reconheceu, de coração acelerado, confirmando o que sabia desde que os vira se aproximarem do trem, erguendo fumaças densas de areia ao galoparem para alterar o curso de sua vida.

Capítulo 11

Florence sonhou que cavalgava.

Montava com uma perna de cada lado, feito um homem. A saia erguida até a altura do joelho, a rédea enrolada nos pulsos. Apenas ela e o garanhão branco, de longa crina esvoaçante.

Parecia real. Quando começou a ganhar consciência, a sensação da pele aquecida pelo sol e do vento soprando nos ouvidos continuava tão vívida quanto o toque áspero da camisola.

— Não tem café?! — Ouviu alguém gritar.

Mas quem? Olhou ao redor, à procura. O cavalo parou de supetão, sobre os trilhos de trem que, até um segundo antes, não existiam.

— O Wiley ainda não levantou.

— E não vai tão cedo. Você viu o estado dele ontem?

Florence estreitou os olhos, observando o trilho. O cavalo desaparecera. Sozinha, no meio do deserto, ela os viu. Um bando mascarado, carregando revólveres reluzentes e dinamites.

Precisava agir. Talvez, se corresse bem rápido, conseguisse encontrar o cocheiro a tempo e escapar. Olhou para baixo e descobriu, com horror, que vestia apenas a camisola.

— Wiley, seu preguiçoso de merda! Cadê a porra do café?

Então o som alto e muito próximo de palmas.

O coração deu um pulo no peito e Florence abriu os olhos. Tateou as cobertas, olhando para o teto. A princípio, não reconheceu o espaço apertado e quente; tampouco os sons do lado de fora.

Lentamente, as imagens surgiram como peças de um quebra-cabeça. O roubo, a longa viagem a cavalo, o acampamento. Lembrou-se da srta. Carson voltando à tenda com o ensopado e uma caneca de cerveja que lhe entregara com certa impaciência.

Florence devorara a comida. Estava tão faminta que dera colheradas sem nem respirar. Os pais teriam ficado horrorizados com a falta de modos.

A música soprada na gaita tinha ficado mais alegre, acompanhada por palmas e risadas. Seus olhos pesaram. Depois de entornar a bebida, caiu na cama e dormiu quase instantaneamente.

Esfregou o rosto, desanimada.

Havia uma aura surreal nas lembranças recentes, assim como as imagens do sonho. Florence não estava preparada para lidar com a nova realidade.

— Maude, você foi a escolhida. Precisamos de café!

— Me deixa em *paaaaaz*.

— Alguém tem que fazer.

— Por que você não para de encher a porra do saco e vai fazer alguma coisa de útil?

Meia dúzia de risadas sonolentas rompeu o silêncio. Pelo visto, fora uma longa noite.

Florence tomou impulso para se levantar, o gosto amargo da angústia invadindo a boca. Estava relutante em abandonar a tenda. Enquanto permanecesse ali, escondida, podia fazer de conta que a viagem dera certo e, naquele instante, estava acordando no quarto de um hotel.

— Eu faço! Eu faço! Só, por favor, calem a boca!

— Lloyd vai fazer o café? Meu Deus, deve ser o dia do juízo final.

Munindo-se de coragem, Florence engatinhou até a abertura da tenda e botou a cabeça para fora. Se quisesse ter uma chance, não podia mais ser a jovem assustada. Não era para isso que havia fugido, afinal? Para recomeçar? E que sentido faria se arriscar para, no fim, continuar fazendo tudo da mesma maneira?

Dentro dela, uma decisão brotara sem que nem sequer pensasse muito a respeito: a certeza de que deixaria a antiga Florence Greenberg para trás. Precisaria fingir no começo. Interpretar um papel, como os atores nas peças de teatro a que assistira em St. Langley, até que convencesse os demais. Talvez, em seu íntimo, nunca chegasse a se convencer por completo, mas os outros não precisavam saber disso.

Seria ousada e destemida como aquele grupo de bandidos, sobretudo as mulheres. Autossuficiente, dona de si, recusando-se a baixar a cabeça para qualquer outra pessoa.

Florence olhou ao redor e viu, na tenda mais próxima, os pés descalços de alguém que ainda dormia. Os demais integrantes da gangue rodeavam a mesa de carretel, mais adiante.

Seguiu o conselho da srta. Carson de deixar o corpete de lado e se vestiu sem dificuldade. A sensação era esquisita; sentiu falta da sustentação que a peça lhe conferia. Além disso, de alguma forma parecia estar nua, apesar da camisola e do tecido grosso do vestido.

Tentou calçar a bota apertada de Eleanor, mas mudou de ideia ao perceber o quanto os pés estavam doloridos. Dedos e calcanhares cheios de bolhas, músculos endurecidos que doíam ao serem pressionados no chão. As pernas latejantes a faziam caminhar de maneira engraçada.

Descalça, de cabelo solto e usando o uniforme da criadagem outra vez, caminhou na direção das vozes que se tornavam cada vez mais altas e animadas.

Assim que alcançou a mesa, as preocupações foram varridas de sua mente. Vendo-os naquele instante, com caras inchadas de sono e alguns até com roupas de baixo, mais pareciam uma família. Não saberia apontar a razão. Não faziam nada de mais, só estavam juntos, como também haviam estado na noite anterior. Mas Florence captou a cumplicidade na atmosfera; um calor aconchegante que não existia em sua casa havia muitos anos. Se fosse honesta, talvez nunca tivesse existido.

— Olha só quem acordou! — Everett foi o primeiro a notar Florence. Abriu um sorriso, indo na direção dela. — Está com uma cara melhor. Como está se sentindo?

Ele segurou seu rosto, virando-o para os dois lados para examiná-la. As conversas cessaram quase de uma vez e todas as cabeças se voltaram para eles. O clima, antes tão festivo e íntimo, pareceu se transformar. A princípio, Florence não soube identificar exatamente o que havia mudado, mas todo o corpo dela entrou em estado de alerta. Sentiu o coração comprimir ao responder, com neutralidade:

— Praticamente nova. Exceto pelas dores... não estou acostumada a montar.

Sentado próximo dela, Fred se remexeu no lugar, rindo. Passou a mão no cabelo loiro, os olhos brilhando ao encontrarem os de Florence.

— Primeira vez, hein? Não se preocupe. — O sorriso dele entortou, assumindo uma expressão maliciosa semelhante à de Phillip, o que a fez estremecer. — É doloroso no começo, mas com prática pode se tornar uma experiência muito prazerosa.

Alguns homens soltaram risos contidos, encarando os próprios pés com culpa. Everett revirou os olhos, parado diante da mesa. Parecia prestes a dizer algo quando a jovem gestante soltou um gemido de insatisfação alto o suficiente para ganhar alguns olhares, resmungando:

— Seu nojento...

Como resposta, Fred mandou uma sucessão de beijinhos no ar e ganhou um dedo do meio.

— Foi assim com você, Fred? — provocou Florence, encarnando a ousadia que prometera a si mesma. — Doeu no começo, mas depois se tornou prazeroso?

Uma explosão de risadas tomou conta do acampamento. O olhar dela foi atraído para Russell, que pela primeira vez estava sem o chapéu, com o cabelo desalinhado caindo sobre o rosto. Ele permaneceu sentado ao outro lado da mesa e riu com prazer da provocação.

Frederick estreitou os olhos. Pressentindo que o colega estava disposto a continuar aquela discussão, Everett abriu os braços e, com um sorriso genuíno, começou:

— Bom, aproveitando que estamos reunidos...

— Menos o Wiley — interrompeu um dos homens, arrancando uma nova onda de risadas.

— Menos o Wiley — repetiu Everett, assentindo. — A esta altura, todos vocês sabem que nossa ilustre convidada é ninguém menos que a filha de Henry Greenberg. Não esperávamos encontrá-la no trem; e é natural dizer que ela também não ficou feliz com a nossa chegada. Mas aqui estamos nós, não é? E precisamos lidar com isso.

Havia um magnetismo natural em Everett, algo em sua figura que prendia a atenção e despertava curiosidade. Essa característica se sobressaía quando ele falava, com o tom pomposo que era sua marca registrada. A cordialidade quase teatral e o sotaque aristocrata que não combinavam com o estilo de vida.

— Você acordou em boa hora. Estávamos prestes a começar nossa reunião. Gostamos de colocar as coisas em perspectiva depois de um roubo... Não me leve a mal, mas você é um tópico importante a ser levantado. — Everett jogou a cabeça para trás, afastando o cabelo grisalho dos olhos. — Quanto antes resolvermos isso, melhor.

Florence mal teve tempo de reagir. Tinha acabado de se acomodar em um assento vago quando uma jovem mulher atirou a pergunta que, apostava, todos queriam fazer:

— *Por que* ela está aqui?

— É uma excelente pergunta, Kath. — Fred esfregava as mãos. — Até onde eu sabia, isso colocaria *a porra do país inteiro atrás da gangue...* e, de repente, não é mais um problema. Parece que alguns de nós podem fazer o que quiserem.

Russell arqueou as sobrancelhas, esparramado na cadeira, com os braços cruzados.

— Na hora de apontar uma arma na cabeça dela, você é todo machão. Mas pra me confrontar fica assim, parecendo uma donzela assustada? Francamente. Seja homem e pergunte direito.

Frederick se espreguiçou, com um riso de escárnio.

— Como queira. Por que diabo você trouxe ela pra cá, seu imbecil?

— Senhores, estão me fazendo perder a paciência. Será que podemos acalmar os ânimos? — interveio Everett. Apesar do tom leve, dava para captar a ameaça implícita. Florence se perguntou que tipo de coisa acontecia quando a paciência dele se esgotava e estremeceu. — Ela está aqui porque assim achamos melhor.

Uma Kath inconformada se inclinou para a frente, as mãos apoiadas nos joelhos.

— Não, Everett. Se vamos carregar a princesinha indefesa pra cima e pra baixo, merecemos uma boa justificativa.

Everett suspirou, buscando Russell com o olhar, que assentiu e se endireitou na cadeira.

— É provisório, só até a poeira baixar. Ela é mais útil com a gente — disse ele.

— Para um resgate? — insistiu Fred.

— Não. Talvez. Ainda não decidimos.

Florence se sobressaltou, encarando-o indignada. O que faltava decidir? Pelo amor de Deus, ela dera todo o dinheiro para aquele crápula e ele vinha dizer que seu futuro continuava incerto?

A srta. Carson afastou o cabelo rebelde do rosto e parou diante de Everett.

— Qual a serventia dela?

— Ora, Gemma. Somos pessoas, não máquinas. Desde quando essa é uma preocupação?

— É diferente. — O tom da srta. Carson continuava neutro. — E você sabe disso.

— Olha pra gente, Everett! — protestou Kath, a voz trêmula. — Ela se parece com algum de nós?

— Eu sei, fique calma, querida. Alguma vez falhei com vocês? — Ele projetou a voz, alguns fios grisalhos caindo sobre um dos olhos. — Não precisa se sentir ameaçada por ela. Vocês sabem que nossa força está em lidar com o mundo juntos. Sempre foi assim.

— Você diz que a sociedade virou as costas para todos nós, mas que não deixaríamos barato... Mas foram pessoas *como ela* que viraram as costas para nós, Everett!

— Meu pai quer me vender! — disparou Florence, cansada de ouvir falarem dela como se não estivesse bem ali. — Ele me vê como uma propriedade para usar como bem quiser e ia me vender para um homem que jurou fazer as piores coisas comigo. Não tenho para onde ir. Passei a vida inteira sendo podada pelo meu pai, mas aprendi tudo o que se pode saber sobre plantas, posso ser útil. Não sou o que vocês pensam.

O silêncio incômodo que se seguiu foi interrompido por Lloyd, que anunciou:

— Pronto, café feito! E minhas mãos não caíram, dá pra acreditar?

Os ombros de Russell balançaram quando ele riu. Fez uma aba com a mão por sobre os olhos, como se examinasse o céu.

— Também não choveu, por incrível que pareça — comentou.

Florence quase sorriu, observando-os alcançarem canecas de estanho e esperarem a vez de se servirem. Foi surpreendida quando Russell trouxe uma para ela. Deixou na mesa com tanta força que alguns respingos voaram.

— Obrigada — disse, apenas para ele. Então projetou a voz para alcançar o restante do grupo: — Obrigada por me acolherem, ao menos por ora. Nem quero pensar no que seria de mim se tivesse ficado para trás. — Ela tomou um gole de café. — Eram vocês em St. Langley? Tive a sensação de vê-los em mais de uma ocasião.

— Éramos nós, sim — respondeu Everett, o rosto escondido pela caneca amassada.

— Por que roubaram justo o trem em que eu estava?

O líder pousou a bebida na mesa, apoiado em uma das mãos enquanto girava a caneca no lugar.

— Não me leve a mal... mas confiança é uma construção. Vamos responder às suas dúvidas, mas acho justo que você comece respondendo às nossas. O que acha?

— Claro. Tudo o que quiserem saber.

— Que tal começar pelo mais óbvio? — Russell a atravessava com o olhar. — Por que fugiu?

A mesma pergunta do dia anterior.

Florence respirou fundo, sentindo frio apesar do clima quente. Roy pigarreou, ajeitando-se no tronco em que estava sentado para ter uma melhor visão dela.

As palavras saíram facilmente. Começou do dia em que viu o bando pela primeira vez da janela do quarto, quando notou o olhar lascivo de Phillip que viraria sua vida de ponta-cabeça. Cuspiu as palavras ao narrar tudo o que passara nas mãos do pai, assim como a ajuda de Eleanor e a ida até o Beco da Meia-Noite. No entanto, tomou o cuidado de não mencionar as joias, limitando-se a contar que foi a procura de oportunidades de negócio, sem se aprofundar mais. Não sabia a dinâmica da gangue para situações como aquela; se Russell teria contado a todos ou guardado o dinheiro para si. Achou prudente não criar outro inimigo. A voz estremeceu ao relembrar a imagem que ainda a atormentava, de Henry atirando em um homem inocente.

Florence brincou com o tecido das mangas. Sentia-se minúscula no silêncio incômodo que pairava sobre o grupo. Rostos pensativos, de quem absorvia tudo, estavam voltados em sua direção.

Elmer, um homem mais velho, cujo cavanhaque começava a ficar grisalho contra a pele negra, cuspiu no chão. Mas foi Everett quem quebrou o silêncio. Tirou o relógio de bolso de dentro do colete e passou a abrir e fechar como fizera no roubo do trem.

— Conta para ela, Katherine.

A jovem mulher loira, de pele branca como papel e cabelo dividido em duas tranças que terminavam acima da cintura, se mostrou relutante ao endireitar a postura. Os olhos eram fendas estreitas ao se voltarem para Florence. Dava para sentir a raiva que Katherine remoía.

Foi preciso que Everett pigarreasse para ela começar.

— Seu pai é pior do que você pensa. Metido com vários negócios escusos. — A voz da mulher era ríspida e impaciente, dava a impressão de que mal suportava dividir o mesmo espaço que ela. — Se esteve no beco, deve ter visto a Casa da Luz Vermelha.

Florence abriu a boca para responder, mas foi interrompida.

— O puteiro, você quis dizer? — provocou Fred, deleitando-se ao pronunciar a palavra que Kath procurava evitar.

— Obrigada pelo esclarecimento. — Ela respirou fundo e deu as costas ao homem. — Bom, Florence, seu pai é o dono daquele lugar. — Kath praticamente cuspiu as palavras.

Florence franziu a testa.

— Achei que fosse da Madame Silks. Era o que dizia o letreiro.

Katherine revirou os olhos, como se lidasse com uma idiota e precisasse dizer o óbvio.

— Bom, cada bordel tem uma madame para gerenciá-lo. Madame Satin, Madame Velvet, Madame Lace... as mulheres vêm e vão, mas os nomes continuam iguais.

— Não sei se estou acompanhando... — falou Florence, olhando para Everett na expectativa de uma explicação.

Ele compreendeu o pedido silencioso — parecia ser bom em interpretar olhares. Mudou o peso do corpo de uma perna para outra e então começou a explicar em tom gentil:

— Seu pai tem bordéis por todo o país. Não existe nenhuma Madame Silks. É tudo fachada. — Everett fechou o relógio e tornou a guardá-lo. — Nunca se perguntou o que ele tanto faz durante a madrugada?

— Nunca pensei a respeito. Normalmente me sentia grata por ele estar longe de mim.

As palavras arrancaram risadas de quase todos.

Russell tinha os braços cruzados e a cabeça inclinada para o lado, atento.

— Eu também ficava aliviada sempre que ele ia embora. Henry Greenberg é um homem asqueroso. Faz esses aqui parecerem meros arruaceiros. — Katherine indicou as pessoas ao redor da mesa com um aceno. — Seu pai é conhecido pelo tratamento especial que dá às garotas dele... como marcá-las com suas iniciais.

Florence se engasgou diante do absurdo.

— Marcar?! Como?

A jovem mulher jogou as tranças para trás e deslizou o decote para baixo o suficiente para revelar a cicatriz rosada em alto relevo, no começo do seio direito, com as iniciais H.G.

Florence sufocou um grito, cobrindo a boca com as mãos. Katherine prosseguiu, satisfeita com a reação:

— A maioria das garotas era aliciada. Íamos esperando uma coisa, mas encontrávamos outra totalmente diferente. Depois era tarde demais. Se não fosse pelo Everett, eu ainda estaria lá.

Katherine subiu a blusa de novo, cobrindo a marca que assombraria Florence pelo resto da vida. Imaginou o pai com um ferro em brasa em mãos, a expressão plácida, de quem não se abalava com nada. Era dele que tinha fugido. De repente, pensou no que seria dela caso Russell a tivesse deixado para trás. Lembrou-se da ameaça que o pai fizera, ao lhe arrastar pelo cabelo, de que estava abusando da sorte.

— Não sei o que dizer. Sinto muito pelo que passou, você e todas as outras mulheres. Eu sabia que meu pai era um homem terrível, mas estou chocada com o quanto.

— Ele é um homem perigoso e sem escrúpulos. — Kath deu de ombros, brincando com a ponta de uma das tranças. — Me pergunto se você não vai seguir os passos dele. O fruto não costuma cair longe do pé.

As palavras doeram como bofetadas. Florence entreabriu os lábios, sentindo o rosto ferver.

— Não tenho culpa pelo que meu pai fez, Katherine. Não somos a mesma pessoa.

— E, ainda assim, desfrutou da ótima vida que os negócios dele proporcionaram.

— Acredite em mim, se pudesse, se *soubesse*, teria tentado interferir nos planos dele. Mas você diz isso como se fizessem caridade aqui, não é?

Foi a primeira vez que viu a outra rir. Que bom que, ao menos, Florence servia para diverti-la. Kath deslizou no assento e olhou ao redor, recuperando o fôlego.

— Não demora muito pra gente como você mostrar os dentes. Vocês têm essa mania de se acharem melhores que nós. Nos tratarem como escória.

Maude se levantou, apontando a caneca vazia para Florence.

— Chega, Kath. Caralho. Por acaso você está vendo Henry Greenberg aqui?

— Ah, Maude... pensei que fosse mais esperta. A paixão não te cai bem. Você sabe o que gente da laia dela pensa de você, não?

— Dane-se, não importa! Nem sabemos por quanto tempo ela vai ficar. Sei que você ama odiar qualquer coisa que respire, mas acabamos de passar pela droga de um assalto imenso e estamos todos exaustos. Arriscamos a vida enquanto você tricotava na sua tenda, então será que dá pra não piorar tudo, porra?

A srta. Carson acompanhava a confusão com uma expressão tensa e urgente, como uma mãe que vê os filhos em apuros. Deu um passo à frente, a mão ao redor do pescoço como um colar.

— Ela precisa *mesmo* ficar, Everett? Quer dizer... não podemos deixá-la em algum lugar? Vale a pena colocar todos em risco?

Pelo canto dos olhos, Florence viu Russell se preparar para responder e decidiu agir. O pai costumava dizer que respeito é algo a ser conquistado; ninguém ganha sem merecer.

Florence esfregou os olhos com os punhos. Não podia chorar toda vez que as coisas ficavam difíceis. Não duraria desse jeito. Teria que encontrar uma maneira de endurecer o coração, e principalmente uma maneira de se fazer ser ouvida.

— Sem querer abusar da *hospitalidade*... mas receio que, a esta altura, meu pai tenha atribuído meu sumiço ao roubo do trem e deva pensar que fui sequestrada. — Florence respirou fundo, repousando as mãos no colo para que não notassem o leve tremor nos dedos. — Não estou pedindo para que gostem de mim, apenas para que sejam razoáveis. Se pedirem um resgate, meu pai vai preparar uma emboscada e não vai sossegar até que cada um de vocês esteja morto. Mas... se me abandonarem aqui, depois de terem arruinado minha fuga, farei questão de ajudá-lo até que a gangue Fortune não passe de uma lembrança.

Ao se ouvir dizer aquilo, Florence precisou se segurar para não despencar, desesperada para esconder o pavor que subia pelas entranhas. Tinha ido longe demais?

Ouviu alguns arquejos e uma voz masculina, talvez de Fred, resmungar baixo. No entanto, nenhum deles se atreveu a responder.

No fundo, ela não havia mentido. Conhecendo o pai, sabia que a morte daquelas pessoas seria o único ponto comum para qualquer desdobramento da história.

Se eles não estavam certos quanto a mantê-la ali, não fazia mal apresentar motivos para reconsiderarem.

Sentiu um afago desajeitado no ombro esquerdo e se deparou com Maude ao erguer o rosto. A mulher que Florence vira comandar uma explosão de dinamites no dia do roubo lhe oferecia uma garrafa de vidro cheia até a metade.

— Para acalmar os nervos.

— Olha quem fala... a sra. Boca-Suja e Cabeça-Quente.

— Vai à merda, Lloyd!

— Viu só?

Pela segunda vez, Loyd conseguia evitar que a discussão acabasse em uma catástrofe. Aproveitando-se do fato de que o clima se atenuara — apesar da expressão azeda de Katherine, que dizia o contrário, Florence aceitou a garrafa. Tomou-a nas mãos e arrancou a rolha para cheirar o gargalo. Olhos e nariz queimaram de imediato.

— O que é isso?

— Moonshine — respondeu a mulher grávida, alisando a barriga proeminente com uma das mãos. — O segredo é prender a respiração e tomar de uma vez. Ajuda.

Foi como se fogo líquido escorresse pela garganta. Florence tossiu, com uma careta, ao devolver a garrafa para a mulher parada em sua frente.

— Jesus, agora entendo por que isso é ilegal.

Risadas tímidas quebraram o silêncio incômodo. Russell piscou para ela, com um sorriso torto.

— Você se acostuma. É como cavalgar, comer feijão enlatado ou dormir em tendas... — comentou ele.

— Sinto muito por me exceder. Estou por conta própria em um território desconhecido. Não é segredo que dependo de vocês. Só quero me certificar... de que, *hum*...

— Você é livre para ficar por quanto tempo precisar. Dou minha palavra de que não lhe faremos mal. Mas, se ficar, vai ter que ajudar. — Foi Everett quem respondeu. — Katherine? Gemma? Tudo bem?

A srta. Carson deu de ombros.

— Minha única preocupação é com o bem-estar da gangue. Somos nós por nós, Everett.

Katherine retorceu o rosto, ruminando o desprezo. Deu uma olhada fugaz em Florence, então assentiu, contrariada.

— Tudo bem. Mas não vou dividir os aposentos com ela.

— Basta! Não lhe cabe decidir como as coisas funcionam aqui. Lá é o único lugar com espaço para mais uma pessoa, então é lá que ela vai ficar. Ponto-final. — O tom cortante foi suavizado no instante em que Everett voltou a se aproximar de Florence. — Sou um homem que honra suas promessas. Respondendo à sua pergunta, estávamos em St. Langley porque recebemos a dica de que Henry e Phillip eram parceiros de negócio.

Ele apontou brevemente para Katherine com a caneca amassada, que assentiu, de braços cruzados. Florence abriu a boca para falar, mas Everett ergueu o dedo em riste, pedindo silêncio.

— Seu pai mentiu. Ele não ofereceu sua mão em troca da sociedade com Phillip, porque os dois colaboram um com o outro há anos, pelo que descobrimos. Ele é responsável pelo transporte de todos os ganhos dos bancos Langston. Aquele trem estava partindo com o dinheiro do cofre de St. Langley.

Florence ponderou.

— Pelo que conheço dele, e levando em conta que Phillip ficou viúvo recentemente e não tem herdeiros, me parece que o casamento seria um ótimo negócio para os dois. — Ela pigarreou, raspando o dedo na farpa de madeira na cadeira. — Isso faria de mim uma Greenberg-Langston e, dos meus filhos, Langston legítimos. Seria um acesso direto à herança e à fortuna de Phillip, coisa que meu pai não tem e da qual jamais poderia abrir mão. Não há limites para a ganância dele, tampouco laços de amizade ou de sangue que o impeçam de colocar a mão em tudo a que ele julga ter direito.

Everett arqueou as sobrancelhas, passando a dar voltas na mesa.

— Eles costumam fazer esse tipo de operação em viagens com passageiros, para evitar roubos.

— O que não foi tão efetivo, no fim das contas... — resmungou Russell, fazendo Lloyd rir.

— Por isso tantos guardas... — falou Florence para si mesma.

Everett assentiu, parado diante dela com as mãos cruzadas atrás do corpo.

— Interessante você mencionar a nova ferrovia. Descobrimos umas coisas curiosas no cofre.

— Infelizmente não posso contribuir com isso. Meu pai não falava de negócios comigo, ou de qualquer coisa. Receio que tenha me contado da sociedade apenas para me persuadir a aceitar o casamento.

— Encontramos muitos títulos. Terras públicas compradas a preço de banana, quase de graça. Temos recibos, contratos, concessões do governador de Halveman... Meu palpite é que seja apenas uma cortina de fumaça para esconder o objetivo maior deles.

— Que é?

Everett agachou na mesma altura de Florence.

— Vamos lá, querida. No fundo você sabe.

Não chegou a ser rude; o brilho no olhar de Everett demonstrava que, diferente de Henry, ele queria estimular Florence a pensar.

— Se há políticos envolvidos, acredito que tenha muito mais dinheiro em jogo e não seja apenas sobre a compra de terras... — arriscou ela, enquanto os pensamentos se embaralhavam. — O que também me soa mais complexo e perigoso do que uma simples parceria dele com Phillip.

— Corrupção?! — perguntou Elmer, com ironia. — Aqui, nestas terras? Ora, quem diria...

Everett gargalhou, o rosto inclinado para baixo, de modo que alguns fios penderam no ar. Russell apoiou as mãos nas coxas e se levantou. Acendeu um cigarro e encaixou nos lábios ao se espreguiçar.

— Não podemos descartar o bom e velho dinheiro sujo. Já sabemos que Henry tem uma predisposição quase tão grande quanto a nossa a cometer crimes... Uma ferrovia que atravessa o país é o disfarce ideal. — Russell fez uma pausa para tragar. Soprou uma nuvem de fumaça para cima, antes de falar, sorrindo: — Qualquer que seja a situação, será um prazer tirar tudo dele.

— Já começamos com a filha — pontuou Roy, bem-humorado.

— Deus queira que o resto das posses dele também venha até nós de braços abertos — acrescentou Russell.

Florence ouviu tudo em silêncio, de cenho franzido. Compreendia que o pai era uma criatura detestável e que devia ter feito uma multidão de inimigos ao longo da vida. Alguns membros da gangue, como Katherine, haviam sido afetados de forma direta por sua tirania; tinham razão para detestá-lo e, por consequência, devolver na mesma moeda. Além disso, existia o fato de Henry ter muito dinheiro, claro. Mas quantos outros não tinham em St. Langley? Por que logo o pai? Eles falavam com tamanha convicção que quase lhe parecia pessoal.

Perguntou-se o que motivaria a gangue Fortune, afinal. Apenas a fortuna? Vingança? Oportunidade? Ou um pouco dos três?

— Não quero ser estraga-prazeres... — começou Fred, mas foi interrompido por Lloyd.

— Impossível.

— Duvido que a gente consiga roubar um centavo sequer enquanto estivermos com ela. É correr com um alvo nas costas. Henry vai colocar os Pinkertons atrás de nós.

Apesar das palavras agourentas, era a primeira vez que Frederick não aparentava querer irritá-la. A testa vincada mostrava que a preocupação era real.

— Pinkertons? — perguntou Florence.

— A agência nacional de detetives Pinkerton — respondeu Fred, como se o novo conjunto de palavras lhe dissesse tudo que precisava saber.

Florence negou, envergonhada por conhecer tão pouco da vida para além do que os livros guardavam. Percebeu alguns integrantes se entreolharem, assim como Katherine, que se remexia no lugar.

— É claro — resmungou ela, em tom ácido.

Elmer se inclinou para se servir de mais café quando começou a falar, a voz grave e ponderada.

— Os Pinkerton são uma agência privada de detetives. A maior de todas. Trabalhavam para o governo, mas agora são contratados por figurões como seu pai, que os pagam para resolver as merdas deles. São implacáveis. O tipo de gente que não se quer ter na cola.

— São como policiais, então? Particulares?

— Não — respondeu Elmer, com um sorriso gentil. — Não... Eles têm maneiras menos ortodoxas de lidar com os problemas, se é que me entende.

Russell deu uma última tragada e atirou a guimba para longe.

— Eles matam. Torturam. Invadem. Fazem o que for preciso, sem escrúpulos.

— E essas pessoas virão atrás de nós... por minha causa?

— Não é como se já não fôssemos procurados e pudéssemos andar livremente pelo país — comentou Russell, parecendo inabalado.

— É. Mas você acabou de ouvir tudo o que disseram? Sobre esse cara ser maluco? — Fred olhou para ela com pesar. — Não é nada pessoal. Conheci homens como seu pai antes; ele vai até o inferno se for preciso. Qual é, Russell? Você mesmo disse isso!

— Sei que disse. E concordo que Henry vai investir muito dinheiro e energia nisso. Mas nós roubamos um dos trens dele. Aconteceria de qualquer jeito. — Russell colocou as mãos nos bolsos e parou próximo de Fred, sem a impaciência que costumava direcionar ao colega. — Na verdade, ela é um trunfo. Henry vai querer preservar a reputação dela e a imagem da família. Fora que, a esta altura, ele deve saber que estamos em posse de muitos documentos *difíceis de explicar*. Os movimentos dele serão calculados. — Russell respirou fundo e olhou para Florence. — E você sabe muita coisa.

— Vocês não estão me ouvindo! Nós mal nos falávamos.

Everett deu um aperto gentil no joelho de Florence, agachado diante dela.

— Mesmo assim, ele é seu pai e vocês conviveram a vida toda. Sempre há o que ser absorvido, até o que parece sem importância à primeira vista. Não se subestime. No tempo certo, virá à tona. — Ele se levantou, com um gemido baixo. — Bom, acredito que estejamos todos na mesma página.

Fez-se um longo silêncio. Florence pensou em tudo o que tinham conversado, nas descobertas, em como sua vida tediosa de repente dera um giro e tudo parecia emocionante, perigoso e assustador demais.

Algumas pessoas se levantaram ao perceberem que a conversa tinha chegado ao fim. Russell cruzou os braços, parado no caminho para as tendas, e projetou a voz para chamar a atenção de todos mais uma vez.

— Estou indo pra Lupino descobrir se há alguma oportunidade de *negócios* lá. Quem vem comigo?

Maude foi a primeira a se manifestar, a mão erguida pouco acima da cabeça. A jovem sentada ao lado dela com a cabeça pousada em seu ombro se remexeu e então falou:

— Eu vou também. Ouvi dizer que tem ranchos na região. Talvez estejam precisando de gente.

Elmer se ofereceu logo em seguida.

Em questão de minutos, todo o grupo se dissolveu. Alguns voltaram para as tendas, outros se espalharam pelo acampamento, dando início às tarefas diárias. Everett puxou Roy e Lloyd para conversarem e os dois foram para a beira do penhasco.

Florence se distraiu. Quando caiu em si, percebeu que tinha ficado sozinha. Nem mesmo Russell estava mais ali. Buscou-o com o olhar a tempo de vê-lo na própria tenda, protegida por uma carroça. Colocava o coldre na cintura, encaixando os revólveres e as munições em movimentos rápidos e experientes.

O coração de Florence saltou no peito quando, em um impulso, ela se pôs em pé e correu ao encontro dele. Não houve tempo sequer para se sentir inadequada ou se convencer de que não tinha o direito de pedir qualquer coisa.

Russell passou a mão no cabelo, penteando-o para trás, enquanto a outra mão segurava o chapéu a meio caminho da cabeça. Ele o encaixou, de sobrancelhas arqueadas, interessado na chegada dela. Florence calculou errado e parou com segundos de atraso, invadindo o singelo espaço de Russell. Ficaram mais próximos do que a etiqueta recomendava, até que ele deu um passo para trás e abriu uma distância segura. O olhar do homem foi atraído para os pés de Florence, descalços na grama, e um sorrisinho apareceu nos lábios dele.

— Entendo sua busca por liberdade, só tome cuidado para não ser mordida por algum inseto. — Ele apontou para além do ombro dela com o queixo. — Roy viu uma aranha enorme perto da tenda do Wiley.

Florence soltou um riso desconcertado, sem saber se ele brincava ou falava sério.

— Meus pés estão doloridos. O sapato que estou usando está apertado.

— Não viu com a srta. Carson se ela consegue outro?

— Prefiro continuar explorando minha liberdade, pelo menos até as bolhas sumirem.

Russell balançou a cabeça, mas tinha um meio sorriso no rosto.

— Você queria falar comigo?

Florence prendeu uma mecha de cabelo atrás da orelha, perdendo a coragem. Percebeu o pomo de adão de Russell subir e descer, em um sinal muito discreto que interpretou como impaciência.

— Queria. *Quero* ir junto.

Ele estreitou os olhos.

— Para Lupino?

— Tem espaço para mim?

— Não é esse o problema... — Ele a avaliou, de cenho franzido. — Do que você precisa?

Engolindo em seco, Florence balançou a cabeça. Começava a se sentir um pouco ridícula.

— Eu só queria conhecer a cidade...

As palavras morreram no ar. Ela deu de ombros, sentindo o fervor da vergonha a dominar. A verdade era que desejava tão ardentemente experimentar o que era estar viva. Passara 20 anos trancafiada no casarão onde nascera e crescera. Não havia podido estudar nem viajar para fora do país. Maldição, nem sequer viajar para outros estados. Tudo o que fazia era ditado por Henry, sem que fosse consultada, ou ao menos considerada como um ser humano.

St. Langley fora sua prisão. E, mesmo sendo a cidade em que passara toda a vida, a conhecia tão pouco quanto um forasteiro.

Florence ansiava por mais. Queria conhecer outras cidades, pessoas, histórias. A alma dela estava faminta por viver.

— Esquece, é capricho meu. Vocês não me devem nada.

Talvez ela fosse a única que devesse algo a si mesma.

Russell pigarreou, segurando-a na altura do bíceps por um momento.

— Ainda é cedo. Você vai chamar atenção, não quero problemas.

Ela passou a mão no cabelo desgrenhado, os cachos ruivos intensificados pela luz do sol, como um letreiro incriminador. Abriu a boca para responder, mas não encontrou a voz.

Ele pareceu ler seus pensamentos:

— É nossa primeira vez na cidade, vamos averiguar como estão as coisas depois de tudo. Basta ter um pouco de paciência...

Florence deu um passo para trás, sufocada com a presença massiva de Russell. Sentiu quando lágrimas se formaram nos olhos e se odiou por isso.

— Certo. É claro. Não me dei conta de que...

Ele deslizou os polegares por baixo dos suspensórios até a cintura e então percorreu o caminho de volta até o peito, respirando fundo.

— Você não é nossa prisioneira. — Russell se inclinou para alcançar a bolsa de couro sobre a cama. — Mas também não pode agir por impulso. Todos têm muito a perder. Tente descansar, foram dias intensos.

Ele transpassou a bolsa pelo peito, olhando direto nos olhos dela. Depois assentiu, silencioso, ao passar por Florence. O cheiro dele, tão particular, perdurou durante minutos. Ao longe, no palanque onde os cavalos ficavam presos, viu o pequeno grupo se reunir enquanto se preparavam para partir. Sentiu inveja ao observar duas mulheres juntas, aos risos.

Engoliu o sabor agridoce e olhou para o baú de madeira ao pé da cama, o pequeno espelho redondo e os porta-retratos ovais espalhados na superfície. Era engraçado que Russell não tivesse se importado em deixá-la ali, sozinha, no único espaço do mundo que parecia ser inteiramente dele.

Sentada na beira da cama, tomou uma das fotografias nas mãos. Um homem posava em um estúdio como os que Florence havia estado tantas vezes com a família. Era parecido com Russell, e tinha idade próxima à dele, embora o cabelo preto fosse curto e penteado para o lado.

Buscou a segunda foto com o olhar. Outra vez o mesmo homem, mas acompanhado de um Everett bem mais jovem e de um garoto que Florence chutava ser Russell. Deslizou o polegar sobre a imagem, estranhando vê-los congelados tanto tempo atrás. Talvez antes mesmo que Florence tivesse nascido.

A última era recente; quase todos os rostos que tinha visto aquela manhã ao redor da mesa, com o destaque em Everett e Russell. Alcançou o porta-retratos, virando-o para averiguar o verso, no qual encontrou duas palavras rabiscadas à mão: *Gangue Fortune*.

Sentiu-se estranha. Inadequada. Devolveu as fotografias no lugar e se levantou depressa, alisando a saia. Não deveria estar ali.

Olhou para a cama de Russell e o imaginou dormindo ali, noite após noite, ressonando baixo, a expressão tranquila de quem estava entregue no sono.

A garganta arranhava quando Florence abandonou os aposentos de Russell, às pressas, assustada pelo que a presença daquele homem despertava nela.

Capítulo 12

O acampamento ficou dolorosamente vazio depois que a comitiva liderada por Russell saiu a galope em direção ao assentamento de Lupino.

Florence perambulou, fazendo o possível para passar despercebida, assim como se habituara a fazer em casa. O peito doía ao relembrar a breve discussão no café da manhã, de como Katherine fora enfática e da forma como a srta. Carson havia encarado a situação — como se Florence fosse um problema a ser eliminado.

Sem nenhuma habilidade para contribuir com o acampamento, o que mais lhe restaram foram horas e horas ociosas, nas quais se perdeu nos próprios pensamentos e incertezas.

De longe, observou a jovem gestante, que depois descobriu se chamar Jennie, alimentar as galinhas e recolher os ovos escondidos no pequeno galinheiro. O conjunto de pele branca, cabelo preto e olhos azuis acesos era muito bonito.

Katherine, srta. Carson e Roy se preparavam para descer a encosta e buscar água no rio. Carregavam um balde de madeira em cada mão, enquanto Roy narrava, em poucas palavras, como o roubo do trem havia se desenrolado.

Ao lado da carroça usada como armazém, e perto de onde a fogueira fora montada, Wiley descascava cenouras, mascando tabaco e cantarolando palavras ininteligíveis, enquanto as mãos trabalhavam com agilidade.

Pela abertura da tenda de Everett, Florence o viu deitado, de pernas cruzadas, absorto no livro que lia. O único, além dela, que não estava envolvido em nenhuma outra atividade. Talvez a dinâmica nunca mudasse muito, não importava se estivesse em uma mansão ou em um grupo itinerante.

Foi até o penhasco, no exato lugar onde se refugiara na noite anterior, e ali ficou. Os mosquitos a castigaram. Com tapinhas nos antebraços e canelas, forçou a vista para enxergar alguma coisa além da escuridão sem fim, mas sem sucesso. Os sons, por outro lado, contavam infinitas histórias. Florence nunca ouvira tantos. O vento se fazia presente com sopros agitados, e a orquestra de animais e insetos acalmava um pouco a angústia.

Ela se deitou com as costas no chão e contou as estrelas, fingindo não notar a tristeza paralisante, ou aquele outro sentimento que se avolumava em seu interior, tão mais doloroso e difícil de ignorar. Como pudera nutrir esperança? O que a fizera pensar que poderia mudar a própria história? Pobre criança... Se era possível, tinha conseguido piorar a vida — dela e de outros — apenas por um capricho.

Ninguém a procurou. O estômago roncou de fome e a garganta arranhou de sede, mas Florence sequer se mexeu. Foi apenas quando o silêncio tomou conta da noite e a temperatura sofreu uma queda significativa, que juntou as últimas forças para percorrer o caminho de volta.

Enfiou a cabeça em um dos baldes e aliviou a sede, mas não comeu nada. Apesar de tudo, não seria uma preocupação a mais para nenhum deles.

Florence se encolheu ao lado da fogueira, já pela metade, recostada contra um tronco usado de assento. Chorou pensando no antigo lar. No conforto, na comida, nas roupas e nos banhos. E, ao se sentir fútil e idiota, chorou um pouco mais. Sonhava em ser como as heroínas de romances. Independente, dona de si. No entanto, os soluços lhe escapavam ao encarar a saudade devastadora de Grace, de Eleanor. Tudo o que mais queria era colo. Abraçou o próprio tronco, sentindo frio mesmo com o calor das chamas a lhe lamberem a face.

Em casa, ao menos tinha Eleanor para contrabandear comida e lhe dar apoio depois das humilhações recorrentes do pai. Sua cumplicidade, suas palavras sábias.

Florence limpou o rosto ensopado na manga encardida do uniforme de Eleanor. Desejou, uma vez mais, que a amiga estivesse em algum lugar seguro, bem longe do pai e de toda a podridão que o cercava.

No dia seguinte, Florence acordou com as conversas esparsas e preguiçosas dos demais, que se levantavam e iam até a mesa se servirem de café. Esfregou os olhos sem nenhum ânimo para encarar outro dia vagando como uma alma penada e enrolou o máximo que pôde, fingindo que dormia.

Quando o desjejum terminou e todos se dispersaram pelo acampamento, Florence foi vencida pela inquietação e se sentou. A fogueira estava apagada. Pelo visto Wiley montara outra, de tamanho reduzido, mais próxima à mesa de preparo.

Avistou as mulheres reunidas mais adiante, longe das tendas, na direção em que as árvores se avolumavam. Protegidas pela sombra, ajoelhavam-se diante de bacias que Florence reconhecia a serventia, embora jamais tivesse precisado usar uma. Jennie despejou água limpa do balde na bacia que carregava, seguido por um pouco de sabão de cinzas, então afundou uma calçola na água.

Uma pilha de roupa suja se projetava como uma pequena montanha diante das três. Katherine usava uma tábua de esfregar para lavar uma camisa azul com o dobro do tamanho dela, fazendo tanta força que as bochechas ganharam um tom vívido de vermelho.

Florence se levantou, repentinamente desperta. Por toda a vida, assistira de perto à criadagem da mansão Greenberg cuidar para que tudo funcionasse.

Tantas vezes vira as lavadeiras passarem dias inteiros para lavar as roupas, as testas brilhando de suor pelo esforço físico e os dedos feridos pelos produtos que usavam. No entanto, diante dela, faziam sempre sorrindo. Nunca reclamavam das atividades ingratas e intermináveis de manter uma casa.

Se queria mesmo ser alguém que sabia cuidar de si e não dependia de mais ninguém — e levando em conta que sua condição financeira estava longe de ser a mesma —, Florence compreendeu que permanecer sentada, de braços cruzados, lamentando, não lhe traria nada de bom. Faria tudo o que estivesse a seu alcance e, assim, mataria dois coelhos em uma cajadada só: aprenderia a ter noções básicas de sobrevivência e provaria seu valor. Mostraria para todos que sua posição anterior não a impediria de ser um deles, se assim permitissem.

Aproximou-se devagar, a coragem vacilando a cada passo. Mas, antes que pudesse desistir, foi abordada pela srta. Carson:

— Pois não?

— *Hum...* posso ajudar?

Katherine ergueu o rosto, achando graça. Não se deu ao trabalho de parar de esfregar o punho de uma camisola encardida com as mãos.

— Você? Até parece. Aqui não é lugar para as suas mãozinhas delicadas. Só a ralé lava roupa — zombou ela.

A srta. Carson respirou fundo.

— Katherine, por favor. Não piore as coisas.

— Por acaso você já fez isso antes? — perguntou Kath, sem se deixar abalar pela bronca.

Florence umedeceu os lábios, contrariada. Queria poder surpreendê-la dizendo que, sim, lavara roupas dezenas de vezes antes. O que mais a chateava era que Kath era certeira em suas suposições, e o silêncio foi a melhor resposta que a outra poderia ter. Katherine arqueou as sobrancelhas loiras, lançando um olhar demorado e vitorioso para a srta. Carson.

— Viu só? — Ela se voltou para Florence, séria. — Obrigada, mas não. Estamos cheias de roupas pra lavar, com duas a menos, ninguém tem tempo de pegar você pela mão e ensinar.

Florence engoliu a humilhação e o impulso de fugir dali como uma garotinha assustada. Repetiu para si mesma que precisaria lutar para se tornar a mulher que gostaria.

— Eu aprendo rápido — A voz de Florence soou bem mais firme do que ela se sentia. — E uma pessoa a mais, mesmo inexperiente, ainda é melhor que nenhuma. Vamos lá. Não é porque eu nunca precisei fazer que não possa começar agora.

— Ela tem razão — falou Jennie, um pouco ofegante. — Já estou exausta e mal começamos. Não quero ter que lavar o dobro de roupa por pura implicância sua, Kath.

A srta. Carson assentiu. Tirou um porta-cigarros do decote e acendeu um, fechando os olhos ao tragar. Estudou Florence por um momento, e então Katherine, até tomar uma decisão.

— Tudo bem. Espero que aprenda rápido mesmo.

Jennie a chamou com a mão.

— Vem aqui. Eu ajudo. Não consigo fazer esforço por muito tempo.

Florence não se demorou. Foi até a mulher grávida e se ajoelhou a seu lado, diante da bacia abarrotada de peças boiando na água terrosa e de cheiro forte. Observou a jovem se curvar sobre a tábua e deslizar o tecido para cima e para baixo, com toda a força.

Gotículas de água voaram no colo dela. Florence imaginou como sairia ensopada de lá e se perguntou o que faria depois, sem roupas secas para vestir. Balançou a cabeça para afastar os pensamentos e segurou uma peça com firmeza, pronta para reproduzir os movimentos de Jennie.

— Última chance de voltar atrás. — A srta. Carson tinha a mão com o cigarro perto do rosto e a acompanhava com interesse. — Seus braços vão ficar doloridos. Nem vai conseguir levantá-los amanhã.

— Na verdade, como é a primeira vez, pode até dar febre. Quando comecei a trabalhar de lavadeira no orfanato, fiquei acamada — contou Jennie ao secar a testa com o antebraço, a barriga de grávida apoiada contra a bacia. — Se você sofreu com a viagem, vai ver só essa semana.

Jennie empurrou a tábua para Florence, que a posicionou diante de si e respondeu:

— Bom... vocês sobreviveram, não? Tiveram febre e ficaram doloridas, mas não morreram por isso. Então eu também consigo.

As três se entreolharam, em silêncio. Florence não conseguiu identificar se a expressão da srta. Carson era de admiração pela determinação que ela vinha fingindo ter, ou se vê-la ali, brincando de ser gente grande, era uma piada tão boa que mal podia conter o riso.

Florence agarrou o tecido e empregou força ao manuseá-lo pela tábua. De fato, era um trabalho muito mais puxado do que qualquer um que já fizera em toda a vida. Sentiu-se envergonhada, pensando na rotina que costumava levar.

Era fácil clamar pela liberdade quando jamais precisara colocar a mão na massa para coisa alguma. Será que aquelas três mulheres também haviam se sentido presas um dia? Ou o trabalho pesado não deixava que restasse tempo para tanto?

No intervalo que levava para Florence subir e descer as mãos uma vez, as outras faziam pelo menos quatro. Muito antes do que esperava, os bíceps começaram a queimar. Estendeu a primeira peça no gramado, ao lado das outras, para que o sabão de cinzas reagisse com o calor e clareasse as peças brancas; como Jennie lhe explicara.

O sol se movimentou e em pouco tempo as sombras recuaram, deixan-do-as desprotegidas. O calor e o cheiro forte fizeram com que Florence ficasse levemente zonza. Ela diminuiu o ritmo, sem se importar que estivesse pecando na qualidade.

— Valeu a pena? — perguntou Kath. Ela secou as mãos na saia, apoiando-as nas coxas. — Trocar sua vida por isso aqui?

Florence ficou com raiva. Mordiscou o lábio inferior, ponderando se deveria responder. Era uma armadilha, sabia disso.

— Ainda não entendi se você não gosta de mim por causa do meu pai ou porque eu era rica — declarou Florence, e empregou mais força nas mãos, descontando o rancor. — Talvez não tenha percebido, mas eu não sou mais rica.

Ao contrário do que esperava, Kath permaneceu calma.

— Aham. Você não é mais por opção. Ficou entediada e resolveu ser rebelde.

— Você conhece meu pai!

— Mas você não conhece o mesmo Henry que eu. — Katherine deu um tapa na água que sobressaltou as outras três. — Por acaso ele te marcou alguma vez? Ou abusou de você?

— Então estamos competindo? Para ver quem sofreu mais?

— Não! Até porque você perderia de longe. Que tipo de sofrimento uma mocinha bem-nascida passa?

A srta. Carson massageou as têmporas, deixando um pouco de espuma em cada lado da cabeça.

— Katherine, pelo amor de Deus! Basta.

— Sinto muito pelas coisas que meu pai te fez passar. Eu não teria sobrevivido um dia no seu lugar. Mas você também não teria no meu, não sem se tornar o que eu sou. — Florence soltou a roupa, que afundou na água. — Cada vez que ousasse erguer a voz para ele, seria castigada. A lembrança mais recorrente da minha vida é a de ser trancada no quarto por tantos dias que o tempo deixava de fazer sentido. Sem ver outras pessoas, fazendo minhas necessidades na latrina, sem comer. E ele é *meu pai*. Só posso imaginar como seria minha vida casada com Phillip. Ele deixou bem claro, em mais de uma ocasião, que não via a hora de colocar as mãos em mim. Eu fugi. E teria feito de novo e de nov...

A voz de Florence morreu no ar. Cobriu a boca retorcida com o antebraço, sem querer que a vissem chorar outra vez. Não sabia o que tinha esperado ao colocar tudo aquilo para fora, mas certamente não as palavras que saíram da boca da srta. Carson.

— Obrigada pelo esforço, querida. Pode voltar para o acampamento, nós continuamos daqui.

Florence arregalou os olhos.

— Eu só quero ajudar...

Jennie alisou a barriga, de sobrancelhas unidas.

— Senhorita Carson... — começou, mas foi interrompida pela mulher mais velha, que espalmou a mão no ar.

— Eu sei. Mas muito ajuda quem pouco atrapalha. Você pode contribuir com outras coisas, nós temos pressa.

A inadequação acompanhou Florence pelo caminho de volta. Pisou, ainda descalça, em um graveto que se partiu e grunhiu de dor. Mesmo assim, continuou de queixo erguido, sem querer dar o braço a torcer.

O estômago roncou de fome. Pelo canto dos olhos, avistou Wiley apoiado sobre o balcão de preparo, a cabeça tombada para a frente entre os braços. Ele nunca ia para muito longe dali. Mesmo quando se sentava ao redor da fogueira para compartilhar a refeição com os demais, ou para ouvir Russell tocar gaita, continuava a lançar olhares esporádicos para lá e sempre dava um jeito de chegar primeiro quando via alguém se aproximar. Everett brincara, na tarde anterior, que ele gostava mais da cozinha improvisada do que de qualquer outro membro da gangue.

Wiley aparentava ter a mesma idade de Everett, que, por sua vez, parecia ter idade aproximada à do pai. A pele branca e bronzeada era manchada e coberta por sardas — inclusive no topo da cabeça, no qual o cabelo havia raleado até quase não existir. Apesar da calvície evidente, os fios continuavam bem pretos, assim como o bigode e as costeletas enormes.

Deixou-se guiar pelo instinto e se aproximou da bancada, Wiley tinha as mãos cruzadas em frente ao corpo. Florence não sabia o que ele estava fazendo. Talvez rezasse? Pessoas como eles tinham fé? Pigarreou, indicando sua presença. Wiley abriu os olhos devagar.

— Está tudo bem?— perguntou Florence.

Ele a encarou, confuso. Tinha um nariz de batata que, assim como todo o resto, era coberto por manchas de várias tonalidades.

— Onde você esteve? Até esqueci que estava com a gente.

— Ah... aqui e ali. Aprendi muito cedo a não ficar no caminho dos outros.

— É uma boa ideia. — Ele gemeu baixinho e passou a tamborilar os dedos na mesa. — Precisa de algo?

— Eu só... Eu queria saber se... — Por coincidência, seu estômago roncou. — Você se importa de me arrumar alguma coisa para comer?

Wiley estreitou os olhos e coçou a careca, estudando-a. Assentiu sem dizer nada e se virou. Pegou um prato fundo de estanho ao lado de uma bacia e foi até o caldeirão, de onde tirou duas conchas de ensopado.

O prato foi colocado diante dela com uma leve batida. Florence sentiu a boca salivar.

— Ficou sem comer na noite passada? — indagou ele.

Mas Florence já havia enfiado a primeira colherada na boca, e tudo que fez foi dar de ombros. Mal terminara de engolir e já enfiava a segunda.

Com uma careta, Wiley tampou o caldeirão com um pano manchado. O cozinheiro fechou a mão em frente à boca e soltou um arroto baixo, sem desviar para o lado.

Inspirada pela má educação dele, e como não conseguiria parar de comer até que limpasse a comida do prato, perguntou de boca cheia:

— O que você tem?

— Dor no estômago. — Wiley balançou a cabeça, os lábios pálidos.

— É recorrente?

Ele esfregou o pescoço, a outra mão encaixada no quadril.

— Não tão forte. Está sempre aqui, mas as crises vêm e voltam.

Assentindo, Florence raspou o caldo do prato e lambeu a colher. Empurrou os utensílios sujos na direção dele no automático. Wiley arqueou uma sobrancelha e apontou para a bacia cheia de água e sabão que ficava ao lado da louça lavada. Ela entendeu o recado, o rosto queimando.

Foi até a bacia e mergulhou primeiro o prato. Não tinha certeza se estava fazendo certo, mas admitir mais uma vez que não tinha conhecimento de coisas tão básicas estava fora de cogitação.

— Essa dor... é como uma queimação? Ou enjoo, talvez?

Começava a remexer a memória em busca de plantas que poderiam ajudar. Ouviu o riso de descrença enquanto se virava de frente para ele, sacudindo as mãos.

— Você é médica ou o quê?

— Eu posso ajudar...

— E aquela história de não ficar no caminho dos outros? Olha, quem avisa amigo é: você não vai durar aqui se não ficar na sua.

Ela secou as mãos no vestido, um pouco mais calejada do que quando foi enxotada pela srta. Carson.

— Me perdoe, não vou mais ficar no seu caminho. Passar bem — concluiu, com uma mesura cínica ao lhe dar as costas.

Florence saiu pisando duro, os punhos cerrados ao lado do corpo.

Os calcanhares descalços afundavam primeiro na grama, com fúria, enquanto murmurava uma porção de xingamentos. Sujeito ridículo. Katherine ainda possuía alguma credibilidade em todo seu ódio — o pai lhe fizera muito mal. Mas e Wiley? Quem ele achava que era para agir como um cretino?

Avistou Everett perto do penhasco, sentado em um tronco com o corpo curvado sobre um maço de documentos que segurava. A outra mão se ocupava com o charuto, de onde uma fumaça pesada surgia.

Isso a lembrou do pai, da mania que tinha de brincar com o polegar no rótulo. Cerrou os dentes ao continuar andando na direção para a qual vira a comitiva partir, no dia anterior. Não sabia ao certo o que pretendia, além de perambular, descobrindo os segredos que a natureza intocada guardava. Com sorte, talvez conseguisse se acalmar e tirar aquele peso enorme das costas.

Lloyd estava metros adiante, praticamente escondido pela mata densa. Empunhava uma espingarda, recostado em uma árvore. De longe, Florence teve a sensação de que ele tinha cochilado no meio da vigília, mas não quis conferir. Desviou para a direção oposta, para onde o som de animais ficava mais evidente.

Abriu as mãos, permitindo que roçassem nas plantas por todo o caminho. Andou devagar, de olhos fechados. Inundou o pulmão com o cheiro fresco de grama, permitindo que o ar atravessasse todo o corpo e a banhasse com vida. Era como estar em uma estufa gigante. Pegou-se sorrindo, aliviada. Subiu as pálpebras, sozinha em meio a uma vastidão de verde.

Foi quando avistou uma erva conhecida. As folhas pareciam veludo prateado vistas de longe e, do miolo, projetavam-se hastes forradas de pequenas florezinhas brancas. A garota fisgou o lábio inferior, empolgada.

Ela se adiantou até o pé de sálvia branca, sentou ao lado e começou a arrancar as folhas com delicadeza. A luz do sol penetrava timidamente por entre as árvores, acariciando a pele.

Ao retornar para o acampamento, encontrou Lloyd da mesma maneira, o que comprovava sua suposição de que o vigia dormia. Wiley não estava na "cozinha" quando se aproximou, mas bastou que pegasse a chaleira entre os utensílios limpos para que ele viesse averiguar o que ela fazia.

Florence o ignorou. Sair do caminho dos demais não significava se enfiar em um buraco, certo? Além do mais, não usaria nada além das folhas e de água, se a preocupação dele era em racionar ingredientes.

As chamas da pequena fogueira estavam mais baixas, mas continuavam a crepitar. Ela queimou as pontas dos dedos ao encaixar a chaleira no suporte de metal da fogueira e agiu como se nada tivesse acontecido sob o olhar de Wiley.

Separou as folhas e preparou o chá. Viu quando Roy alcançou um dos fardos de feno em uma das carroças e levou até o palanque, à direita deles. A atenção de Florence foi dividida entre a preparação do chá e os movimentos de Roy ao espalhar o feno para os cavalos.

Por fim, ao terminar, encheu uma das canecas de estanho que usavam para tomar café e deslizou na mesa até Wiley. Derrubou um pouco pelo caminho.

Wiley nem se mexeu. Olhou para baixo e então para ela, a expressão confusa.

— O que é isso?

— Chá de sálvia branca. É ótimo para dores no estômago, vai ajudar. Tem mais na chaleira. Eu recomendo uma caneca agora e outra ao anoitecer, depois de ter jantado.

Ele pigarreou, apoiando-se na mesa para averiguar a caneca. Florence não ficou para saber se Wiley tomaria a bebida ou jogaria tudo na grama — afinal, ele seria a única pessoa a perder.

Tranquila, deu-lhe as costas pela segunda vez. Começava a lhe ocorrer que, talvez, precisaria impor sua presença à gangue. Nem que fosse goela abaixo.

Capítulo 13

Florence soltou o fardo de feno em frente aos cavalos, grunhindo pelo esforço de atravessar o acampamento com aquele trambolho pesado. Gotas de suor escorriam pela testa quando se agachou e cortou as amarras de sisal, sob o olhar atento dos cavalos. Em seguida abraçou um punhado de feno e começou a espalhar no chão.

Ouviu vozes ao longe, seguido pelo som discreto de cascos na grama. Pegou uma nova braçada de feno quando avistou Opal surgir de trás de uma árvore, com Russell no dorso.

O coração de Florence palpitou. Ela se atrapalhou e acabou soltando o feno no mesmo lugar de onde o havia pegado. Notou quando ele estreitou os olhos. Os dois, caubói e égua, se aproximaram em um passo lento que os fazia ondular os corpos de um lado a outro, como se dançassem timidamente.

Russell desmontou, guiou Opal para junto dos cavalos e a amarrou no palanque, sem tirar os olhos de Florence. Em silêncio, o caubói ergueu o chapéu para cumprimentá-la. Florence também respondeu calada, com uma pequena reverência.

Ele umedeceu os lábios.

— Vejo que arrumou algo com que se ocupar.

— Odeio me sentir inútil. As outras damas me ensinaram a lavar roupa ontem, mas não me saí muito bem...

Russell soltou um riso, baixando o rosto até que a aba do chapéu o escondesse. Ele fazia bastante isso, Florence notara. Era difícil encará--lo nos olhos, quase sempre escondidos.

— Você precisa dar um desconto pra si mesma, nunca teve que se preocupar com nada disso. Quem te mandou pra cá pra pegar feno?

Florence se desesperou. Esfregou as mãos secas na saia, percebendo, com remorso, a bagunça que fizera.

— Ninguém. Fiz algo errado?

— Não, está ótimo. — Russell usou o pé para afastar um pouco de feno. — Foi Everett que te ensinou?

— Eu vi ontem quando Roy fez. Não pareceu difícil, resolvi tentar. Para me redimir pelas roupas... e, quem sabe, mostrar para as damas que não sou de todo ruim.

Ele apoiou o pé no palanque e cruzou os braços sobre o joelho. A cabeça levemente inclinada enquanto lhe dirigia aquele olhar intrigado. Florence não tinha certeza de como se sentia quando os olhos dele brilhavam com tamanha intensidade ao encontrarem os dela.

— Estou surpreso... Alguns dos nossos homens podem ver os cavalos morrerem de fome e não movem um dedo a menos que alguém peça.

Ela notou seu sorriso discreto.

— Conseguiu trazer sozinha? Não se machucou?

Florence entreabriu os lábios, encaixando as mãos na cintura.

— Ora, veja só! Vai mesmo zombar de mim? Estive preocupada com o bem-estar do acampamento e isso é o que ganho?

A cabeça de Russell pendeu para a frente. A risada rouca roubou um sorriso tímido dela. Ele deu uma leve tossida para recuperar a expressão neutra de antes.

— Não me leve a mal, senhorita. Você não é exatamente musculosa...

— Para sua informação, não tive dificuldade alguma em trazer os fardos — mentiu. — Sou muito mais forte do que aparento.

— É que "forte" pode significar várias coisas. Você enfrentou mais do que se esperaria de uma mocinha bem-nascida. Isso é força, mas não física.

Ela arqueou as sobrancelhas, balançando o corpo para a frente e para trás.

— E o que esperava da mocinha bem-nascida? Se me permite a pergunta.

Russell reagiu com um leve dar de ombros seguido pelo tamborilar de dedos na parte interna da perna, no jeans desgastado, sujo e de péssima aparência.

— Que fosse dar trabalho. Não estava totalmente errado.

Foi a vez de Florence rir, contrariada. Ela se aproximou, parando um pouco ao lado. Inclinou o tronco para a frente e apoiou os cotovelos no palanque; assim teve tempo de pensar no que responder.

— Os senhores assaltaram meu trem, apontaram uma arma para a minha cabeça e sou eu que dou trabalho? — Fez um muxoxo. — Isso para não falar no que ganhei por tentar ajudar. Você tem uma maneira curiosa de enxergar o mundo... Ou é assim que pensam pessoas da sua laia?

Russell ergueu o rosto o suficiente para que os olhares se encontrassem, a expressão divertida e relaxada.

— Minha laia, é? Pois se acostume, sua vida de luxo ficou pra trás.

Com um impulso, o caubói se afastou do palanque e foi até Opal. Parou diante de um dos alforjes, do qual tirou uma grande caixa redonda e um par de botas. Refez o caminho com tranquilidade, parando próximo o bastante para roçarem os braços. Florence sentiu um arrepio, mas preferiu ignorar e focar no homem a seu lado, lhe entregando aquelas coisas sem dizer palavra alguma.

— O que é isso?

— Isso é o que você ganha por ajudar.

Ele deu uma piscadela.

Florence usou o quadril para equilibrar a caixa contra o palanque, concentrada primeiro no par de botas. De cenho franzido, pegou um dos pés com o maior cuidado. Era diferente de qualquer sapato que tivera. Bico fino de ponta quadrada; salto oblíquo e curto; cano folgado, terminando em abas. Botas de caubói, como as que Russell e os demais integrantes da gangue usavam. Observou as costuras trabalhadas no couro caramelo, admirada. Traçou um dos desenhos na superfície com o indicador, subindo o olhar até encontrar com o dele.

— São para mim? — perguntou. Russell assentiu, tão discreto que ela não teve certeza se havia imaginado. — São lindas.

Voltou a olhar para o sapato em suas mãos, alisando a superfície lisa. O cheiro de couro a alcançou.

— Você falou que as outras machucam. Veja se serve, escolhi no olho.

Ela assentiu, dobrando o joelho direito para alcançar a planta do pé, suja de terra, grama e feno. Espanou o melhor que pôde e deslizou as pontas para dentro da bota, com a ajuda das abas para terminar de calçar. Coube como uma luva. Repetiu o processo com o outro pé e deu alguns passos, a caixa em mãos. Rodeou o homem que a acompanhava com o olhar atento. O tamanho do salto mantinha os pés em uma posição muito confortável. Arriscou alguns pulinhos, arrancando uma risada dele.

— Tem razão. São os sapatos mais confortáveis que já tive.

— Quando aprender a montar, vai ver o quanto são úteis. — Russell deu duas batidinhas com o nó do indicador na tampa da caixa. — Não vai abrir?

Ela se recostou no palanque, de frente para os cavalos. Não teve paciência de fazer suspense, estava curiosa. Tirou a tampa, e alguns fios de cabelo esvoaçaram de encontro com o nariz. No interior, encontrou um chapéu do mesmo tom de caramelo das novas botas. Arquejou.

Antes que pudesse tocá-lo, Russell o tirou da caixa e encaixou na cabeça dela com as duas mãos.

Ela sentiu a leve pressão do chapéu ao redor da cabeça e entendeu muito rápido porque Russell não o tirava nunca — havia algo de libertador em ter o rosto parcialmente escondido pelas abas largas, uma sensação de disfarce que conferia privacidade.

— Oficialmente uma integrante da gangue Fortune. Vai ajudar com o cabelo. Na próxima, você pode ir junto.

Boquiaberta, tudo o que fez foi encará-lo. Quando conheceu Russell, jamais teria imaginado que se tratava de um homem que se preocuparia a ponto de voltar com presentes. Inúmeras vezes, Florence pensou na primeira impressão que aquelas pessoas tiveram sobre ela, porém ainda não tinha parado para pensar no oposto, nos julgamentos equivocados que vinha fazendo mesmo antes do assalto ao trem.

Sem pensar, avançou sobre Russell e o envolveu em um abraço.

— Muito obrigada — disse Florence, na ponta dos pés, com os braços sobre os ombros largos dele. — Mesmo. Você não precisava se incomodar comigo. Já fez tanto.

Russell permaneceu rígido enquanto ela entoava os agradecimentos, como se esperasse que ela fosse se arrepender e se desvencilhar. No entanto, Florence sentia que poderia ficar ali o dia inteiro e ainda assim não teria conseguido demonstrar como se sentia. Passados segundos, ouviu um pigarrear seguido pelos braços fortes que a aprisionaram na altura das costelas.

— Cuidamos uns dos outros. — A voz rouca e grave soou bem perto de seu ouvido.

Subitamente, o ar foi roubado de seus pulmões. Florence não soube pontuar o que significava aquela sensação gelada na barriga, tampouco como o corpo parecia pegar fogo nos pontos de contato com o pistoleiro.

— Espero poder fazer o mesmo — respondeu ela, desvencilhando-se, e se aproveitou do chapéu para fugir do olhar de Russell. — Mas... para ser franca, não acho que eu serei uma Fortune um dia. Nem todos estão entusiasmados com minha chegada, e não posso culpá-los.

Ele coçou a barba na altura do pescoço, com uma expressão mais séria.

— Bem, você pode ver as coisas assim: somos uma família. Toda família tem problemas, nenhuma é um mar de rosas.

— *Vocês* são uma família, uma em que não existe lugar para mim. Mas, de qualquer forma... obrigada. Você fez com que este dia fosse consideravelmente melhor do que minhas últimas semanas. — Florence raspou o polegar pela quina da caixa, suspirando. — Enfim. Onde estão os outros?

— Frederick e Elmer subiram as montanhas pra tentar encontrar alguma caça. — Enquanto falava, Russell tateava dentro dos alforjes em busca de algo. — Acho que Maude e Maggie devem voltar ainda hoje. Por quê?

— Como partiram juntos, imaginei que voltariam juntos. O estilo de vida de vocês é novidade para mim, ainda estou tentando entender.

Depois de encontrar o que queria, afastou-se de Opal e estendeu dois objetos para Florence: um cantil de prata e a famosa gaita, e trocou os objetos pela caixa que ela ainda segurava. Florence girou a gaita na mão. Era prateada, com muitos arranhões, e um pequeno amassado perto do bocal. Lembrou-se de quando Russell a tocara, na melodia melancólica, e no quanto se sentiu compreendida pelas notas.

Alheio ao teor dos pensamentos de Florence, ele se abaixou e agarrou o restante do feno. A prática se evidenciou na tranquilidade e velocidade com que o espalhou. Ao terminar, bateu as mãos enquanto usava os pés para assentar o que faltava.

— Estou menos orgulhosa de mim agora.

— É preciso começar por algum lugar.

Ele pegou o cantil de sua mão e o encaixou nos lábios. Florence percebeu a pequena gravação em uma das laterais: Joseph Fortune. Seria o homem de quem Russell guardava fotografias?

Sem dizer nada, ele lhe ofereceu o cantil. Florence aceitou e, lembrando-se do conselho de Jennie quando tomou moonshine pela primeira vez, prendeu a respiração.

Russell esperou que ela bebesse para começar a caminhada. Enquanto davam passos preguiçosos em direção ao penhasco, Florence retorceu o rosto em uma careta.

— Isso é horrível! Não consigo entender.

— Tome um pouco mais e entenderá.

Olhou para ele, descrente.

Alcançaram o tronco em que Russell se sentara para conversar com ela na primeira noite. Daquela vez, porém, seguiram contornando a beira do precipício, para a direita. Ela juntou coragem e deu dois longos goles, que a fizeram soltar uma espécie de ganido. Russell riu, de cabeça baixa, brincando de assoprar a gaita de longe.

Os dois se sentaram debaixo de uma árvore, onde a grama se dissipava e dava lugar ao solo rochoso da montanha. Florence se recostou no tronco, os pés cruzados à frente. A barriga se revirou quando os olhos foram atraídos pelas botas mais uma vez. Russell se acomodou a seu lado, também usando a árvore como apoio. No entanto, devido à natureza curva do tronco, acabaram voltados cada um para uma direção.

O silêncio os acompanhou por um tempo. Florence inclinou a cabeça para trás e fechou os olhos, permitindo que a natureza falasse por eles. Estava quase cochilando quando a música começou; sentiu o cotovelo de Russell na lateral do corpo conforme deslizava a gaita pelos lábios.

O coração dela ficou minúsculo. Aquele era o lugar mais bonito onde estivera, e a música tocava o fundo da alma. Tocava lugares que não sabia ao certo se queria visitar. Era uma melodia linda, mas também desoladora. E incrivelmente sombria; espelhava a dor que sentia. Fungou, limpando uma lágrima solitária.

— Já sentiu falta de algo que nunca viveu? — perguntou ela.

A aba do chapéu de Russell bateu no dela ao assentir.

— Já.

Florence respirou fundo, brincando com a tampa do cantil.

— Eu também. Não sei bem de quê... é um vazio que toma conta de tudo, faz parecer que perdi um pedaço de mim, acho. De uma vida que não vivi, mas sei que seria mais feliz.

Um riso exasperado a alcançou. Florence sentiu o rosto corar ao mesmo tempo que ele estendia a mão no ar, pedindo pelo cantil.

— Qual sua idade, mesmo?

— Tenho 20 anos.

Russell estalou a língua nos dentes depois de beber.

— Meu sonho era comprar terras no Oeste. Fugi a vida toda, parar seria bom. Ter um rancho longe da cidade e perto da natureza... — Um suspiro. — É um sonho impossível. Mas gosto de me imaginar pastorando o gado, preocupado apenas com coiotes... compreendo o sentimento.

— Não parece um sonho impossível.

— É complicado. Uma vez que se entra nesta vida, não tem como voltar atrás.

Russell devolveu o cantil. Ao tomá-lo de volta, Florence reparou no lenço amarrado em torno da mão do caubói. Era o mesmo que se lembrava de ter visto dias antes, perto da praça da prefeitura, em St. Langley. O tecido encardido a deixara perplexa, sobretudo pela forma desleixada com que havia sido enrolado. Ver que ele continuava ali, tanto tempo depois, sem o devido cuidado, a intrigou.

— O que houve com sua mão? — questionou ela, virando para encará-lo.

Russell ficou confuso por um instante. Abriu e fechou os dedos, a palma voltada para cima, e se remexeu no lugar. Em seguida, desatou o nó e começou a desenrolar o lenço.

— Tive a brilhante ideia de me proteger de uma facada segurando a lâmina.

— Meu Deus! Não dói?

— Me acostumei.

A ferida estava em péssimo estado. Continuava aberta, mesmo depois de mais de duas semanas, e muito inflamada. Um corte atravessando toda a palma.

— Russell... se continuar assim vai ter que amputar.

Ele deu de ombros. Ergueu a cabeça para fitá-la com aquele olhar melancólico e magnético feito a música que tocava na gaita.

— Estava melhorando. Mas aconteceu tanta coisa... Acabei esquecendo.

— De cuidar de você?

— Não é nada. Você precisava ver quando ganhei esta cicatriz — disse o homem, apontando para o nariz. — Ficaria horrorizada.

Florence se ajeitou no lugar até estar de frente para ele, abandonando o apoio do tronco. Esfregou o pescoço, sem compreender como uma pessoa que cuidava tanto dos outros podia ser tão relapsa consigo mesma.

Ocorreu-lhe, então, que não tivera a oportunidade de fazer a pergunta que vinha remoendo desde o assalto:

— Por que quis me ajudar, Russell?

— Não sei. Pareceu certo.

Ele roçava o polegar sobre o nome gravado na lateral da gaita. Frustrada, Florence insistiu:

— Você falou para Fred que o melhor era me abandonar... e, por mais que diga que sou um trunfo, e tenha aceitado minha barganha, duvido muito disso.

— Mesmo naquela hora eu estava intrigado. Havia um brilho selvagem no seu olhar. Desespero, vivacidade, um fogo intenso... chame como quiser.

A escolha de palavras a fez se empertigar.

— Curiosidade valia o risco?

— O que espera que eu diga? — retrucou o caubói, impaciente.

— A verdade.

Russell se deixou deslizar no chão, a meio caminho de se deitar. Olhou para ela de baixo, a cara amarrada.

— Não tem uma resposta profunda. As coisas são o que são. — Ele apoiou o antebraço no joelho. — Foi um pouco de tudo. O dinheiro que você negociou, sua vontade de escapar, a coragem de nos enfrentar... fiquei curioso. E, pra ser sincero, era uma chance de fazer a coisa certa.

Florence abraçou as pernas, puxando-as para perto. Apoiou o queixo nelas, absorvendo aquelas palavras.

— Obrigada. Comprar briga com meu pai é uma decisão sem volta. Você salvou minha vida.

Russell virou o rosto, fugindo dela. Raspou a unha do indicador na calça jeans, seguindo a direção das fibras.

— Gosto da sua urgência. Me faz lembrar de antes... quando eu ainda não estava anestesiado. Quando a gente não tem nada a perder, a vida deixa de ter sentido. Todos os dias ficam iguais, nada surpreen-de. — Russell umedeceu os lábios. — Vale a pena comprar briga por alguém que ainda tem fé. Não perca isso.

Florence mexeu os dedos do pé dentro da bota. Em poucos dias, tornara-se outra pessoa. Alguém tão diferente, uma estranha até para si.

Observou a luz do sol no antebraço de Russell, a forma como desta-cava o desenho dos músculos e das veias enquanto ele batia o polegar na quina da gaita com desatenção.

— Você sempre toca a mesma música... — comentou, distraída.

— Sempre?

— Vi vocês rondando a casa do meu pai. Lloyd estava caindo de bêbado. Passei dias tentando aprender, mas obviamente não sou tão habilidosa quanto você.

Russell girou a gaita entre os dedos, achando graça.

— Posso te ensinar, se quiser.

— Obrigada. Mas não toco gaita. — Ela descartou a ideia com um aceno de mão. — De toda forma, é uma música muito bonita. Quem é o compositor?

— Um tal de Russell Fortune. Uma das poucas coisas boas que esse cretino fez.

Florence sorriu. Descobrir que ele quem havia criado aquela melo-dia a desconcertou. Talvez por sentir que, enquanto o ouvia, conseguia enxergar mais dele do que Russell pretendia mostrar.

— Um pistoleiro gaitista... É evidente que conheço muito pouco da vida.

Ele riu, soltando o instrumento ao lado do corpo, que afundou na grama.

— Aprendi com meu velho. Era um gaitista de primeira.

— Foi com ele que aprendeu a ser um pistoleiro também? — Florence se ouviu perguntar, no automático.

Russell tirou o chapéu e o usou para cobrir o rosto, como se estives-se prestes a tirar uma soneca. Não parecia irritado, o que a fez relaxar.

— De certa forma, sim. Ele era melhor como vigarista. Tinha uma mente afiada para enxergar oportunidades onde mais ninguém via.

— Você é um bandido... assim como seu pai.

Ele soltou um muxoxo.

— É uma vida traiçoeira. Uma vez dentro, a única alternativa é a morte. Mas, sendo justo com meu pai, Everett tem muito mais a ver com o que sou hoje do que ele.

Ele cruzou os braços, deslizando até estar deitado.

Florence esperou que continuasse contando, porém, conforme os minutos passaram, percebeu que o assunto tinha acabado. Quis perguntar mais, descobrir mais, mas a coragem esmaeceu. Pareceu inoportuno perturbá-lo quando Russell deixara bastante claro que não queria mais conversar.

A atenção de Florence foi atraída para a cachoeira, o movimento brutal da água que despencava até encontrar o rio com uma explosão. Ficou ali, observando a natureza que os cercava, quando o leve ressonar dele a buscou de volta para o presente. A cabeça de Russell havia caído para o lado, e o chapéu parecia prestes a despencar do rosto. O peito subia e descia devagar, acompanhando a melodia baixa da respiração.

Ela não podia ficar ali, mas também não queria acordá-lo.

Preparou-se para se levantar, mas o olhar dela parecia capturado por uma força magnética que a impediu de desviar. Observou-o dormindo por mais tempo do que deveria. O pescoço largo e o trecho de pele bronzeada do peito. Os pelos grossos e as mãos grandes. O jeans justo nas coxas musculosas, os antebraços salpicados por cicatrizes e as orelhas abertas, cujas pontas escapavam pelo cabelo.

Florence quis tocá-lo. Sentir o calor de sua pele com a palma das mãos, a rigidez dos músculos, a aspereza dos pelos. Desejou enterrar a cabeça pouco acima de onde a camisa estava abotoada e sorver seu cheiro. Aquele cheiro que, por alguma razão, permanecia impregnado na memória. Imaginou-o com as mãos em sua cintura, firmes, e o olhar intenso e perigoso como sempre era.

Foi tomada por um anseio cheio de urgência. Florence engoliu em seco, com um aperto esmagador no peito.

Ajeitou o chapéu de Russell para que cobrisse o rosto dele por inteiro e se levantou.

Precisava arrumar algo para fazer. Ocupar a mente, ou se tornaria uma pilha de nervos. Deu uma última olhada antes de refazer o caminho até o acampamento, querendo se distanciar de Russell o mais depressa possível.

As pernas a levaram para uma caminhada pelos arredores, em busca de algo que pensava ter visto no dia anterior. Enveredou pelas árvores, aproveitando para arrancar ervas aqui ou ali. Encontrou ginseng e orégano perdidos entre a vegetação. As botas afundavam no chão fofo e o chapéu a protegia dos feixes de luz que atravessavam a copa das árvores. Desceu pela encosta, segurando firme as mudas que arrancava pelo caminho.

Não havia imaginado coisas — estava quase no nível do riacho que vira do alto do penhasco quando avistou o pé de hidraste, muito maior do que o que cultivava na estufa; uma planta com propriedades medicinais anti-inflamatórias e cicatrizantes. Correu até lá. Segurou uma das grandes folhas palmadas, alisando-a entre os dedos. Pensou em Russell.

Sentou-se ao lado do pé para começar a cavar, trêmula. Não esperava se sentir atraída por alguém como ele. Que ideia estúpida! Como poderia? Eram lados opostos da mesma moeda. Quando Florence nasceu, a vida de Russell já havia sido trilhada. Uma longa estrada de crimes e decisões contestáveis. A cada passo que ela dera, por dias insossos e guiados a rédea curta pelo pai, o pistoleiro planejara e executara roubos, além de deixar uma trilha de cadáveres para trás. Era o que dizia a manchete no jornal.

Agarrou a raiz e a puxou com delicadeza. Quanto mais tentava afastar as imagens, mais pensava nelas. Não conseguia compreender o que estava sentindo, muito menos se reconhecer. Talvez... talvez estivesse sensível. Ele não era avesso a ela, como outros integrantes da gangue. Tinha pensado nela durante a estadia em Lupino e comprado presentes. Tudo bem que talvez fosse com o dinheiro que ela lhe dera, mas ainda assim... Qual era a obrigação de Russell com Florence?

Ouviu passos vindos da direção do riacho e se empertigou, o coração acelerado. Não lhe ocorrera, até aquele momento, que talvez não fosse prudente sair sozinha por longos períodos, perambular longe do acampamento, quando não sabia se proteger direito.

No entanto, antes que a mente seguisse por cenários sombrios, Wiley surgiu por entre as árvores, carregando dois baldes de madeira cheios. Apesar da carranca emburrada, parecia melhor do que no último encontro deles. Um pouco mais corado.

— Tá fazendo o que aqui sozinha? — perguntou o cozinheiro, desconfiado. — Procurando mais problemas?

Florence deu de ombros.

— Conhecendo a área.

— Fique aí conhecendo a área até acabar encontrando um urso-pardo.

Um sorriso amargo surgiu no rosto dela.

— Vai dizer que vão sentir minha falta na gangue Fortune?

Wiley abriu a boca para responder, mas se viu sem argumentos. Fez um gesto com a cabeça para que ela o acompanhasse de volta ao acampamento. Alguns respingos de água caíram ao retomar a caminhada.

— Preciso, *hum*... agradecer. Não que o chá tenha sido milagroso nem nada. Mas ajudou.

Florence foi tomada pela surpresa. Segurou o maço de plantas junto ao peito e diminuiu a distância entre eles.

— Olha só! Fiquei me perguntando se você jogaria fora.

— A ideia me passou pela cabeça. Mas você não seria tão burra de me envenenar.

Ela o viu erguer uma perna e então outra sobre um tronco caído e atravessado no caminho deles. Os baldes balançaram, derramando mais água limpa. Florence o imitou.

— Fico satisfeita que tenha ajudado. Posso fazer mais quando tiver outras crises.

— Não sei o que mais você colocou naquele chá... mas fez efeito. — Ele a olhou de esguelha. — Não precisava se incomodar.

— Se fosse mesmo um incômodo, eu não teria feito — respondeu Florence, pensando em Russell e nos presentes que lhe dera. Então uma questão lhe ocorreu. — O assalto... vocês foram bem-sucedidos?

Wiley olhou por cima do ombro, parecendo confuso, como se não tivesse certeza de ter ouvido direito.

— Com todo respeito, senhorita, mas não é da sua conta.

— Pergunto com a melhor das intenções. — Ela apertou o passo para acompanhar o ritmo apressado dele. — Quero entender... como funciona isso de ser um fora da lei.

— Funciona não metendo o bedelho onde não foi chamada e deixando o trabalho pra quem sabe.

O tom mordaz de Wiley a pegou desprevenida.

Florence se sentiu atacada. Examinou-o de cima a baixo, cansada do azedume do cozinheiro da gangue.

— Ah, você *também* não sabe. Falha minha — enunciou ela, com prazer. — Difícil entender uma vida da qual você não faz parte, não? Afinal, da cozinha não se comete crime algum.

O homem parou de súbito, de maxilar trincado. Apertou a alça dos baldes até que os dedos perdessem a circulação.

— É assim que procura se estabelecer aqui? Desrespeitando quem já está há mais tempo?

— E o senhor espera que eu o respeite quando tudo o que tem feito é me tratar com hostilidade? — falou Florence, entre dentes.

Wiley ruminou palavras que nunca escaparam da boca. Tombou a cabeça para trás, encarando o céu com um suspiro cansado. Depois retomou a caminhada, mais depressa que antes.

— Que seja. Inferno, eles inventam cada uma... O assalto deve ter sido bom, pelos ânimos de Everett.

— Como assim? Ele ainda não contou quanto faturaram?

— Isso não nos diz respeito. O lema de Everett é que a união é a nossa força, mas a nossa maior fraqueza também pode vir de dentro.

— Mas como vocês sabem que ele não está... eu não sei... — A voz dela morreu no ar, mantendo a pergunta implícita.

Florence fugiu da expressão severa de Wiley, olhando para a frente. O palanque era visível de onde estavam, faltava pouco.

— É assim que as coisas funcionam por aqui. Everett é o líder e *confiamos* nele. Assim como ele confia que vamos manter o foco no que importa, sem que o dinheiro nos distraia. — Wiley soltou um balde no chão para secar o suor da testa com o antebraço. — Ganância é um veneno que pode dar ideias perigosas.

Capítulo 14

Enquanto Wiley despejava os baldes na bacia sobre a bancada de preparação, Florence deixou a raiz na mesa e se acomodou em um dos assentos vazios sob olhares curiosos. Bateu com as mãos na saia, livrando-se da maior parte da terra. Russell se espreguiçou com um gemido baixo e longo.

— Perambulando sozinha, hein?

O tom amigável escondia o mesmo orgulho surpreso de quando a encontrou alimentando os cavalos. Roy se levantou da cadeira e foi até ela, agachando-se para ficar da altura da mesa. Era nativo americano; com o longo cabelo preto e liso, a pele marrom-avermelhada, as maçãs do rosto proeminentes e o nariz reto e largo evidenciavam.

— O que é isso aí? — perguntou Roy, alisando uma flor que mais lembrava um pequeno pompom branco. — Hidraste? Quem se machucou?

O homem virou o pescoço e olhou para Florence, desconcertado. Claro que Roy sabia de que planta se tratava, já o vira pelo acampamento colhendo folhas e estudando flores, provavelmente entendia mais que ela do assunto.

Florence se sentiu corar.

— Russell — respondeu, por fim. — É para a mão dele, antes que acabe apodrecendo.

Roy olhou para o amigo, que se limitou a tirar o pano carcomido e erguer a mão no ar, exibindo a ferida infeccionada. A srta. Carson arquejou, cobrindo a boca com as mãos, e Lloyd, que tinha acabado de se juntar ao grupo, fingiu ânsia.

— Cruzes, Russ! Perdi a fome.

— Quem sabe assim a comida dura mais tempo — resmungou Russell, brincando. — Mas o que tem essa raiz?

Roy se apoiou nos joelhos para se levantar.

— Vai garantir que você continue sendo nosso melhor atirador.

— Há controvérsias — provocou Lloyd, batendo com o ombro no dele.

Russell mostrou o dedo para Lloyd, que tinha acabado de tomar para si a lata de biscoitos diante do amigo. Enfiou um na boca e pegou mais dois, para logo depois empurrar a lata até Florence.

— Quer?

Ela aceitou, mas não teve tempo de agradecer, pois Roy cruzou os braços e se dirigiu apenas a Florence.

— Vou pegar o pilão pra você. Recomendo um pouco de argila também, pra acalmar a pele. Se me permitir, vai ser um prazer ajudar. Esse cabeça-dura podia ter falado comigo, mas não... Que bom que você viu a tempo.

De boca cheia, Florence assentiu sem parar. Um nó se formou na garganta. Ao ser confrontada com pequenas gentilezas vindas de pessoas diferentes, permitia-se ser dominada pela esperança.

Quando viu a gangue Fortune se aproximar pela janela da locomotiva do pai, acreditou que tudo estivesse perdido. O pensamento persistiu ao longo dos primeiros dias no acampamento. Naquele momento, no entanto, começava a lhe ocorrer que talvez a vida ainda pudesse surpreendê-la de maneira positiva.

✶ ∩ ✶

Florence terminava de macerar a pasta de hidraste e argila no pilão de pedra, no meio da tarde, quando Frederick e Elmer voltaram para o acampamento com um cervo enorme, poucas horas depois de Maggie e Maude terem chegado. Sentada sozinha sob uma árvore com o penhasco às costas, tinha visão completa de tudo o que acontecia ao redor. Testemunhou quando a dupla desmontou dos cavalos, expressões cansadas e orgulhosas, chamando atenção de quem estava por perto.

O céu escurecido se armava para uma tempestade que agitava o vento com ferocidade. Segurando o pilão firme nas mãos, Florence se levantou e correu para o acampamento outra vez.

Pigarreou ao se aproximar de Russell, fumando sozinho à mesa. Ele vestia apenas a camisa de baixo, aberta nos primeiros botões, e não usava o chapéu. Desde o roubo ao trem, sua barba crescera consideravelmente, cobrindo parte do rosto no mesmo tom de preto que o cabelo.

— Terminei. Posso?

Ele deu o último trago, coçando o olho com o punho e então assentiu.

— Não precisava gastar seu tempo livre comigo, senhorita.

— Mas isso é o que amo fazer no meu tempo livre. Sempre fui apaixonada por plantas, graças à minha mãe. Eu tinha uma estufa enorme em casa... passava a maioria dos dias lá. — Florence deu de ombros.

— Precisamos lavar bem sua mão. E de um pano limpo para a atadura.

— Sabe que não vai ficar limpo por muito tempo, né?

— É para isso que serve água e sabão.

Ele assobiou, as mãos apoiadas na cintura, e riu.

— Nunca pensei conhecer uma dama da primeira classe com a língua afiada.

Florence sorriu. Olhou ao redor, fingindo confusão.

— Engraçado... não vejo nenhuma aqui. Apenas uma camponesa que quer ajudar o companheiro de gangue, embora ele esteja se esforçando muito para atrapalhar.

O sorriso de Russell alargou. Ele umedeceu os lábios, os olhos escuros brilhando com um sentimento vivaz.

— Se você faz questão...

— Ao que parece, sua mão é de muita importância para a gangue. E prezo pela minha segurança.

— O que te faz pensar que eu a defenderia?

Boquiaberta, Florence usou a mão que segurava o pilão sujo para apontar para ele.

— Muito cuidado, sr. Fortune. Não é prudente irritar alguém como eu.

Com um sorriso, Russell indicou a direção antes de começar a andar. Florence o acompanhou.

— Alguém como você? — Ele não escondeu a diversão.

Florence deu de ombros, com falsa inocência.

— A mesma mão que prepara o antídoto faz o veneno.

— Começa a me ocorrer que você pode ser uma bruxa. O bebê de Jennie corre perigo?

Ela arfou de surpresa antes de cair na risada. Não um riso passageiro, que não convencia, mas uma gargalhada que se espalhava por todo o corpo e a aquecia de dentro para fora, como havia muito tempo — ela não saberia apontar quanto — não fazia. Russell também riu, embora de forma mais contida. Tocou nas costas dela para que contornassem a carroça coberta ao lado da qual ele se instalara.

Uma bacia de água, semelhante à que havia na cozinha, repousava ao lado de uma das rodas do veículo.

— Não posso acreditar que tinha água limpa aqui esse tempo todo.

— Andou negligenciando sua higiene?

Florence desferiu um tapa espontâneo pouco acima do cotovelo do caubói. Apoiou o pilão com o cataplasma no tabuado da carroça e se abaixou ao lado da bacia.

— Você tem coragem de me falar isso andando por aí com esse trapo pestilento? Sinto muito, mas não é nenhum exemplo de boa higiene. — Florence mergulhou as mãos na água, esfregando-as. — E, para sua informação, fui até o rio.

— Não precisa se ofender. — O sorriso que teimava em surgir no rosto de Russell contrariava o tom sereno empregado por ele. — Não julgamos ninguém. Tem espaço para todos nessa gangue.

— Ah, tenha paciência! Venha aqui, vamos tratar essa mão.

Rindo, Russell se ajoelhou ao lado dela. Ofereceu-lhe a mão esquerda, em silêncio, com a palma voltada para cima.

Florence sentiu um nó na garganta. A simplicidade com que ele tinha aceitado que ela, uma desconhecida, tratasse dele a comoveu. Ela se lembrou daquela manhã, dos sentimentos que a bombardearam, e pigarreou.

Segurou-o pelo pulso, para em seguida mergulhar a mão do caubói na água.

— Me avise se doer — pediu Florence, um pouco rouca.

Mal terminou de falar e ele puxou o braço, chiando como se tivesse sentido uma fisgada intensa. O sangue se esvaiu do rosto de Florence, mas ela se voltou para ele e flagrou a expressão divertida. Bastou que estreitasse os olhos e fechasse a cara para que Russell transparecesse a culpa.

— Pode fazer seu trabalho, preciso da minha mão. Miro melhor com a direita, mas a esquerda costuma quebrar um galho e tanto.

Ela revirou os olhos, percorrendo o polegar sobre o corte com delicadeza. Notou a leve ruga entre as sobrancelhas espessas do caubói. Daquela vez, parecia genuíno.

— Você é sempre bobo assim?

— Não. Não sei o que deu em mim. — Russell crispou os lábios por um segundo. — Queria dizer que você leva jeito com isso, mas não é verdade. Você é péssima.

— E você é péssimo em receber ajuda. Alguém já disse isso pra você?

— Não é exatamente uma surpresa.

Florence concordou. Não o conhecia. Tudo o que sabia sobre Russell eram deduções baseadas nos pouquíssimos dias de convivência. No entanto, era fácil presumir que ele não se tinha como prioridade, uma vez que sua mão, que devia ser o mais próximo de uma ferramenta de trabalho, tinha chegado àquele estado.

— Tem álcool?

— Tenho, nas minhas coisas.

Ele abriu o baú com a mão boa e tirou um frasco de vidro marrom de dentro, que entregou a ela, e logo em seguida procurou por ataduras limpas. Florence pegou o rolinho da mão dele.

Abriu o frasco, e o cheiro forte fluiu entre eles.

— Preparado? — perguntou Florence, segurando-o com firmeza pelo antebraço.

Russell assentiu. Sem lhe dar tempo de mudar de ideia, verteu o álcool sobre a palma dele, que estremeceu e contraiu algumas vezes até quase se fechar. Ele xingou baixinho, subindo e descendo a perna.

Florence aplicou o emplastro com o maior cuidado sobre o corte, sem querer causar ainda mais sofrimento. Porém, apesar do rosto sério e rígido, Russell não demonstrou mais nenhum sinal de dor. Permaneceu durão e reservado, como quando ela o conhecera.

— Você ia deixar assim? Não ia fazer nada? — perguntou ela, enquanto enfaixava a mão grande e calejada.

— Estava esperando sarar sozinho. E, se ficasse muito feio, eu procuraria Roy.

— E se não desse tempo?

— Então a vida seguiria e eu teria que aprender a me virar.

Florence fisgou o lábio inferior, tentada a perguntar se ele pensaria assim caso a ferida fosse em Everett. Algo lhe dizia que não, que ele não permitiria que o líder fosse relapso a ponto de colocar a integridade física em risco. No entanto, obrigou-se a engolir as palavras. Era cedo para se intrometer na vida daquelas pessoas. Ainda que Russell a tratasse tão bem quanto tratava os demais, Florence não podia esquecer que não sabiam nada um do outro. O caubói não confiava nela, não mais do que devia confiar no dia do assalto.

Apertou o pilão, enquanto ele abria e fechava a mão ferida, observando o curativo.

— Se importa se eu perguntar como foi a estadia em Lupino?

Russell uniu as sobrancelhas e a encarou.

— O que quer saber?

— Tudo. O que faz um bandido quando não está rendendo pessoas?

— Depende. Dessa vez eu fui fazer o reconhecimento da cidade. Descobrir se temos oportunidades de dar golpes menores... Investigar se sabem algo sobre a gangue, e se conseguimos passar despercebidos por um tempo. Procurei saber sobre você também, que história estão contando.

Florence não esperava que ele fosse ser tão franco, ainda mais depois da conversa com Wiley, desconfiado e arredio. Ela se moveu para a beirada da cama ao mesmo tempo que soltava o pilão sobre o baú.

— E o que descobriu?

Ele olhou para cima, pensativo, como se tentasse organizar os pensamentos.

— Os jornais não falam em outra coisa. As autoridades acham que podemos estar envolvidos, mas ainda estão investigando. Está sendo noticiado como o maior roubo a trem da história do país. — Ela reparou quando um dos cantinhos do lábio dele se curvou para cima. — Ao que parece, você foi sequestrada. Estão esperando o pedido de resgate. Ah, e seu pai contratou os Pinkerton.

— Como previsto.

— Como previsto. Foi bom você não ter ido conosco. Tem fotos suas na capa dos jornais.

— Não que eu esteja muito parecida com o que costumava ser... — Então ela abriu os braços, indicando o vestido encardido de Eleanor que vinha usando desde que fugira.

— Melhor não arriscar.

Florence esfregou uma mão na outra, pensativa. Lá fora, viu Maude segurar o rosto de Maggie, sorrindo, enquanto Lloyd tagarelava sem parar. Estavam muito próximas, as pontas dos narizes praticamente coladas, mas ninguém demonstrava o menor estranhamento.

— E depois?

Russell pigarreou, confuso.

— Depois o quê?

— Depois de fazer essas coisas na cidade e ter voltado, o que vai ser? Você e Everett já têm em mente o próximo passo?

A risada dele a pegou desprevenida. Russell negou com a cabeça antes de responder:

— Sua visão de nós me fascina. — Ele continuava abrindo e fechando a mão, distraído. — Não, não funciona assim. No passado, os intervalos eram menores; mas sempre existiram. É preciso dar um tempo entre um roubo e outro. Desaparecemos até que nos esqueçam. Enquanto isso procuramos por novas oportunidades e começamos tudo de novo. Além de aproveitar. Nada disso faz sentido se não aproveitarmos.

Florence afundou os dedos na beirada do colchão.

— Sem querer ser desrespeitosa, mas não sente a consciência pesada? Consegue aproveitar sabendo que rouba de outras pessoas? Isso quando as mantém vivas.

Russell adotou uma expressão severa e cruzou os braços.

— Nós nunca atacamos inocentes, temos um código. Só disparamos depois de atirarem em nós.

— Mas no roubo...

— Foram os homens do seu pai que começaram. Estávamos nos defendendo.

— E eles estavam defendendo o trem!

Russell pinçou a ponte do nariz, parecendo cansado como no dia em que haviam firmado acampamento ali. Florence se perguntou se ele compartilhava da mesma opinião de Katherine, de que Florence era o outro lado da moeda e que jamais seria como eles.

— Sabe o que esse roubo significou para seu pai? Nada. Henry não deixaria de ser rico nem se fizesse muito esforço. A fortuna dos Greenberg é antiga, e construída sobre décadas de exploração.

O pistoleiro se endireitou no colchão para ficar de frente para ela. Fechou os dedos ao redor do antebraço dela e continuou:

— São dessas pessoas que roubamos. Pessoas para quem o único prejuízo é ter o ego ferido. Seu pai é tão criminoso quanto nós, Florence, mas não é ele que está nos cartazes de procurados.

Florence engoliu em seco, a cabeça dividida entre o que Russell dizia e a sensação dos dedos dele contra sua pele.

— Eu entendo. Na teoria é perfeito. Mas, na prática, os homens que morreram eram funcionários.

— Que preferiram matar para proteger os bens de Henry. Todos os trens que saem da estação têm seguro. Eles escolheram puxar o gatilho sabendo disso.

Russell a encarava direto nos olhos. O tempo congelou. Havia algo neles que a desconcertava. Florence não saberia apontar o quê; uma vez que era engolida pela escuridão dos olhos dele, era impossível escapar. Além disso, também não era como se ela precisasse. Russell a fazia querer seguir em frente e descobrir mais.

— E você dorme tranquilo? Tudo bem, o que você falou faz sentido. Mas ainda assim...

— Por matar? Claro que não. Ninguém gosta disso. Mas o tempo ajuda a anestesiar.

— Corro perigo estando com vocês?

— Corre tanto quanto qualquer um de nós. Somos fora-da-lei. O perigo é uma presença constante.

— Russell.

A mão áspera dele continuava na pele de Florence, em um aperto firme. Ele arqueou as sobrancelhas, meneando a cabeça.

— Ter alguém como você no bando é inédito. Nunca passamos por algo assim, e isso assusta algumas pessoas. E medo é o sentimento mais perigoso.

— Mas não assusto *todos* vocês, certo?

O que Florence procurava saber era se assustava Russell em específico. Mas lhe faltou coragem.

— A esta altura do campeonato, é difícil me assustar. E, sendo franco, você me intriga.

— Por quê?

— Você não é uma de nós. Mas também não é uma deles.

Capítulo 15

Depois de ter tratado a mão de Russell, Florence se refugiara na beira do precipício — o único lugar em que podia baixar completamente a guarda e se sentir à vontade.

Por tanto tempo sonhara com o mundo, sem se preocupar de fato com o que significava. Como era a vida das outras pessoas, todas as possibilidades existentes, e o fato de que, assim como para ela, o controle também lhes fugia.

Foi consumida pelo ódio do pai ao pensar na bagunça que fizera e no quanto sentia falta de casa. Do conforto, da comida boa, das roupas limpas e dos banhos de banheira. Sobretudo, da mãe e de Eleanor. A mãe estaria bem, sabendo que a filha estava perdida no mundo? Saberia a verdade, que ela havia fugido por conta própria, ou ouvido a versão de que a filha fora sequestrada? E Eleanor, inteligente como era, estaria intrigada com a forma como o caminho de Florence se cruzara com o dos fora da lei?

Abraçada aos joelhos e embalada pelas vozes animadas de quase todos os membros da gangue, sentiu a garganta apertar e o coração acelerar. Repassou a conversa com Russell um punhado de vezes, com tudo o que sabia do pai em mente. Lembrou os tiros que ele disparara contra um inocente, estremeceu ao reviver o dia em que fora arrastada pelo cabelo.

Por fim, quando temeu que a alma se envenenasse com o ódio que sentia, Florence percorreu o caminho de volta até o acampamento. Era noite. Avistou a srta. Carson sentada sozinha diante de uma tenda aberta, abanando-se com um leque desgastado, o olhar perdido na escuridão do céu.

— Com licença, srta. Carson. Podemos conversar? — pediu, parando perto da mulher.

A matriarca fechou o leque com um movimento forte no ar e a encarou, mostrando-se infeliz com a interrupção.

— Fala.

— Preciso de um abrigo. Não quero perturbar, sei que é muito ocupada. Mesmo assim, não é justo que eu durma ao relento como um animal quando não fiz nada de errado.

A srta. Carson ergueu o queixo para analisá-la de cima a baixo. Rodou o leque fechado, passando-o de uma mão para outra.

— Você dormiu como um animal porque quis. Foi dito que dividiria a tenda com Kath e Jennie, não?

— Bom, sim. Mas é evidente que Katherine não me suporta.

— Ela pode odiar e espernear à vontade, isso não muda o fato de que uma decisão foi tomada. Não cabe a ela nem a você questionar.

Florence sentiu vontade de bater nela. Quis agarrá-la pelo cabelo e gritar até que deixasse de agir como uma cretina, ao mesmo tempo que precisou engolir o choro e o impulso de implorar para que a srta. Carson a tratasse como tratava as outras mulheres. Com paciência e carinho, como uma mãe.

— Ela me assusta. Tem motivos de sobra para me detestar, e me parece o tipo de pessoa que aproveitaria minha fragilidade para se vingar. Como vou descansar dividindo o mesmo teto que ela?

A mulher parou de brincar com o leque e cruzou as mãos sobre o colo. Mordiscou o lábio inferior, pela primeira vez aparentando a idade que tinha. Florence notou as olheiras fundas, as rugas talhadas na testa, as manchas de sol no colo.

— Não quero que me leve a mal, o que vou falar é para o seu bem: o mundo vai te engolir se você permitir, querida. Quando alguém gritar que você não pode fazer algo, grite mais alto ainda para conseguir. Brade aos quatro ventos. — A srta. Carson estalou a língua nos dentes. — Essa é a única verdade da vida. Ninguém vai te dar nada, agora menos ainda que antes. É preciso conquistar tudo o que você quiser ou achar que tem direito.

Florence ouviu a voz de Everett vindo da fogueira. Ria, animado, narrando alguma aventura de quando eram apenas ele, Joseph e Russell.

Ela alisou as mãos na saia, na altura das coxas, a língua seca como uma lixa. Sabia que se tratava de um conselho genuíno, mas também soava como um sermão.

— Obrigada. Perdão por tomar seu tempo.

— Espere. Tenho algo para você — falou a srta. Carson, assim que Florence girou nos calcanhares.

Parou onde estava e acompanhou com curiosidade quando a matriarca se levantou com um gemido baixo, curvando-se para entrar na tenda.

Florence esperou pelo que pareceu uma eternidade até que a outra voltasse segurando uma pequena pilha de roupas dobradas.

— Por você ter cuidado de Wiley e Russell. Vi seu talento com as plantas.

Florence tomou as roupas das mãos dela e as abraçou com força, temendo que a srta. Carson mudasse de ideia e voltasse atrás.

— Não foi nada de mais.

— Foi o suficiente. Você fez por merecer. Se quer ser aceita aqui, continue impondo sua presença com o que *sabe fazer*. Mostre para nós do que é capaz, meu bem.

Florence engoliu o choro, assentindo sem parar. Trocaram um olhar demorado e significativo. Saber que ela não era exatamente querida pela mulher mais velha tornou o gesto ainda mais tocante.

Agradeceu algumas vezes e deu as costas. Alisou o polegar pelo tecido do vestido. Era amarelo, como o que pertencera à mãe e do qual o pai não escondia o desprezo.

Tomada pela saudade, Florence empregou mais força nos braços, como se, em vez do tecido, fosse a própria mãe que estivesse ali. O que ela diria se visse a vida que a filha vinha levando nos últimos tempos? O choque da descoberta poderia despertar um pouco da personalidade que se perdera após anos de abuso? Tentou visualizá-la com o rosto vermelho de raiva, ou então gargalhando com a selvageria em que Florence se metera. Qualquer coisa além do olhar distante e perdido pelo amontoado de mágoas deixados pelo caminho.

Pensar em Grace foi a dose extra de bravura de que precisava para reivindicar seu direito à tenda que Kath e Jennie dividiam. Andou pelo acampamento. A gaita de Russell, que havia se tornado uma presença constante na vida dela, soava da fogueira.

— Filho, agora aquela que Joseph não parava de tocar — pediu Everett, a voz se derretendo como manteiga. Parecia bêbado.

Elmer riu, emendando com um gemido de cansaço.

— E pensar que vocês viviam brigando por causa dela... Você até escondeu a gaita dele. Joseph, onde quer que esteja, espero que seja testemunha da hipocrisia de Everett.

A soma das três risadas fazia parecer que eles estavam atrás dela. Florence olhou para as tendas, dando-se conta de que não sabia qual delas pertencia a Kath e Jennie.

Everett ostentava a maior tenda de todo acampamento, posiciona-da diante de todas as outras. Havia também o espaço de Russell, forti-ficado por uma das carroças que guardava os suprimentos. Depois vi-nham as duas tendas individuais da srta. Carson e de Elmer. Descartou as tendas de estilo gazebo, formadas apenas pela cobertura e estrutura de madeira, com colchões espalhados direto no chão, onde os demais homens dormiam, sem se importar com privacidade.

Por fim, sobravam duas tendas maiores, com capacidade de abrigar de duas a três pessoas. Uma delas pertencia a Maggie e Maude, a outra seria o novo aposento dela. Olhou de uma para outra, até decidir pela que ficava mais afastada de Everett.

Respirou fundo e se adiantou para lá.

— Com licença, não quero arrumar confusão — começou Florence, ao enfiar a cabeça para dentro. — Só preciso d...

A voz dela sumiu.

No interior, Maude segurava o rosto de Maggie com uma mão e a beijava lentamente. O cabelo castanho de Maggie estava úmido de suor, olhos fechados de prazer enquanto se balançavam com suavida-de, seguindo o mesmo ritmo. Uma coxa desnuda de pele retinta contras-tava com a pele pálida e sardenta da outra. Um par de seios cintilava à luz da lamparina. O lençol era a única barreira que impediu Florence de ver os corpos totalmente nus.

— Santo Deus! — exclamou Maggie, com um fiozinho de voz.

O cérebro de Florence levou uma eternidade para assimilar. Arquejou, recuando até estar do lado de fora por completo. Respirava com dificuldade, o rosto fervendo. O choque se misturava a um sen-timento difícil de compreender; desconforto, vergonha e, embora fosse difícil admitir, inquietação, como se tivesse feito algo errado.

O que tinha acabado de testemunhar era inimaginável. Algo tão profundamente avesso a tudo o que sabia que jamais considerara sequer a possibilidade. Não no mundo em que havia crescido. Ver mulheres tão desprendidas dos preceitos e do que era esperado delas, tão à vontade para compartilharem um momento de intimidade como aquele... tornava o fato de conviver com pistoleiros fora da lei um detalhe de menor importância.

Duas mulheres se amando. Era a ruptura da realidade na qual crescera acreditando, as convicções e verdades profundas que compunham quem Florence era.

Não sabia o que fazer. Não entendia por que, entre tantas outras realidades que fugiam a seu conhecimento — as diferenças de raça, os passados que haviam banido alguns da sociedade —, havia sido justamente aquela a cena que a quebrou.

— Florence?!

Maude.

O que faria? Como deveria agir?

Ponderou virar as costas e fingir que nada havia acontecido. Talvez evitar o olhar das duas pelo resto da vida. Céus... como pôde invadir um momento tão íntimo?

Florence se obrigou a responder:

— E-eu... sinto muito, muitíssimo. Não quis...

Cobriu o rosto com as mãos. Desaprendera a falar, pelo visto. O único desejo dela era correr para bem longe.

Maude, que havia vestido o conjunto de baixo, apareceu pela fresta da barraca. O cabelo crespo solto, como um halo. Parecia tão ou mais constrangida que ela.

— Florence... droga. Nem sei o que dizer. Nós duas...

— Não precisa dizer nada. Sinto muito. Pensei que aqui fosse o aposento de Kath e de Jennie. Não devia ter entrado assim, sem chamar primeiro.

Com um suspiro longo e cansado, Maude passou as mãos pela cabeça.

— Você não tinha como saber. Eu sei que, *hum*... você não imaginava...

Florence sentiu vontade de gritar. Balançou, em pânico com a perspectiva de precisarem conversar sobre o que tinha acabado de acontecer.

— Não vou contar para ninguém, eu juro. O segredo de vocês está a salvo comigo.

— Não é isso... — Maude mordeu o cantinho do polegar. — *Não é* um segredo. Todos aqui sabem, somos uma família. O que quero dizer é que... talvez seja uma novidade *para você*. Também foi para nós duas, em algum momento. Nós nos amamos...

— *Foi* uma surpresa, mas não tenho nada a ver com isso. Eu só preferia não ter visto...

— Acredite, nós também.

Ainda que aquela fosse a última coisa que ela teria esperado, as duas trocaram sorrisos constrangidos. Era curioso ver aquela face frágil em Maude, sobretudo quando Florence a conhecera colocando dinamites em um trem e a jovem mulher lhe parecera tão durona.

— Não precisam se preocupar comigo, realmente não é da minha conta. E vai continuar sendo assim. Vou fingir que isso nunca aconteceu.

Foi uma escolha equivocada de palavras. Maude arqueou as sobrancelhas, o rosto severo e irritado. Havia também certa mágoa no olhar, incompreensível para Florence. Elas haviam trocado meia dúzia de palavras naqueles dias.

— Não estamos fazendo nada de errado. Amar alguém não deveria ser um crime. Quer dizer, para alguém como eu, o simples fato de existir já é um crime. Mas você entendeu aonde quero chegar.

— Tirando a parte de roubar e matar — falou Florence, no impulso.

Foi surpreendida por um riso baixo de Maude, que lhe apontou o dedo em riste.

— Engraçado você falar isso, porque nem quando me viu explodir parte de um trem pareceu tão assustada e desconfortável quanto agora.

— Bom, você estava vestida na ocasião.

As duas se entreolharam e então riram em uníssono. Maggie resmungou de dentro da tenda, chamando por Maude, que relaxou assim que a ouviu. Florence aproveitou a deixa.

— Nada mudou. Não que vocês precisem da minha bênção; afinal, quem sou eu para tanto?

— Obrigada. Boa sorte com Kath. Ela sabe machucar com as palavras, mas é o máximo que pode fazer. Está assustada e quer que todos se sintam assim também.

Florence observou Maude lhe dar as costas e sumir dentro da tenda. Corou ao imaginar que continuariam de onde tinham parado e se sentiu péssima por isso. Maude não estava errada, o choque de flagrá-las em um momento de intimidade era inegável. Mas também era verdade que não existia motivo no mundo que justificasse qualquer resistência em relação a elas. Que mal lhe fariam por estarem juntas? Quem Florence era para achar que sua opinião e visão de mundo eram as únicas corretas e valiam mais do que as dos outros?

Correu até a tenda certa. Daquela vez, queria evitar outro momento como o anterior, então elevou o tom de voz do lado de fora, anunciando sua chegada.

Os sussurros vindos de dentro acompanhavam as silhuetas formadas nas paredes da tenda, iluminadas por um único foco de luz vindo do chão. Depois de um tempo deliberando, foi Jennie quem a convidou a entrar.

No interior, colchões forravam grande parte do chão, sobre uma lona dobrada. Na extremidade da direita, perto de onde o lampião fora alocado, havia uma cadeira de madeira e uma mesinha de cabeceira.

Kath, sentada ao lado dos móveis, escovava o cabelo longo e loiro, deixando-o ainda mais brilhante. Meio sentada e meio deitada, Jennie escrevia uma carta com a pontinha da língua para fora. As duas a encararam ao entrar, carregando as roupas dadas pela srta. Carson.

— Em qual canto posso dormir?

— Como? — Katherine parou com a escova no ar, de olhos semicerrados.

— Vamos dividir a tenda, não é? Preciso saber onde posso me acomodar.

A jovem mulher soltou a escova na mesa de cabeceira, com um barulho estridente que acelerou os batimentos de Florence.

— Até no inferno, se for do seu interesse. Mas aqui, não. Não vou dividir o teto com você.

Florence umedeceu os lábios, retomando as palavras duras e verdadeiras da srta. Carson. Soltou a pilha de roupas no colchão, na extremidade oposta à que Kath se acomodava. Quando falou, carregava uma pequena nota de cinismo em seu tom:

— Que estranho... Se bem me lembro, Everett deixou bastante claro que nós três dividiríamos o aposento. Talvez você queira avisá-lo de que é contra uma ordem dele?

A risada fria e cortante de Katherine arrepiou os pelos da nuca de Florence. Ela se levantou da cadeira em um pulo, o que pareceu sobressaltar Jennie, que parou de escrever.

— Olha só... De besta, só tem a cara. Você é bem espertinha quando quer, não?

— Não estou interessada em brigas, Katherine. — Florence ergueu as mãos no ar. — Muito menos em te convencer a gostar de mim. Se acha que me odiar vai te confortar pelo que passou, tudo bem. Só preciso de um lugar para dormir.

— E não vai ser aqui! Não venha agir como se fosse moralmente superior, como se fosse boa demais para tudo isso, porque você não é. — Katherine cuspia as palavras, à beira das lágrimas. O brilho no olhar refletia a mais profunda repulsa. — E quer saber o que mais? Todos detestam ter você aqui. Não se sinta especial porque Russell te deu esse chapeuzinho de merda. Ele só quer garantir que seu pai não tenha razão para ficar contra nós, quer mostrar que cuidamos de você. Mas isso não muda o fato de que você é um lembrete constante de tudo o que odiamos.

Florence abriu a boca para responder, mas se encontrou sem palavras. Pensar que Russell, a única pessoa que parecia apreciar sua companhia de verdade, pudesse estar apenas cumprindo uma obrigação fez com que ela sentisse um aperto no peito.

Por outro lado, não havia Russell, Maude, Katherine nem ninguém mais por perto quando Florence saiu de casa na calada da noite para nunca mais voltar. Ela sabia tudo pelo que havia passado. E sentia orgulho de si mesma por ter conseguido se libertar.

Sentou-se na beirada do colchão, esperando que o simples gesto fosse claro o bastante.

— Céus... — resmungou Florence, alongando o pescoço para aliviar a tensão. Não cairia na isca de Katherine, não se deixaria levar pelas emoções. — Eu não me importo, tudo bem? Sejam quais forem os motivos dele, ao menos tenho um novo par de botas. E roupas limpas, que a srta. Carson me deu. Pode me insultar o quanto quiser, isso não muda o fato de que é aqui que vou ficar.

Katherine rangeu os dentes, encarando-a com um olhar ferino. Parecia prestes a voar sobre Florence, quando Jennie, que vinha acompanhando a discussão como quem estava no teatro, com a caneta-tinteiro pendendo da mão, prestes a cair, se ajeitou no travesseiro que usava de apoio e fez um muxoxo.

— Será que vocês podem, pelo amor de Deus, parar com isso? Kath, foram ordens de Everett. Se precisa tanto reclamar, que seja no ouvido dele. — Percebendo que seria interrompida pela colega, Jennie ergueu o dedo em riste. — Não aguento mais esse inferno. Vai fazer mal pro meu bebê.

Florence aproveitou o momento para descalçar as botas e deixá-las junto ao colchão, sobre as quais repousou o montinho de roupas. Não via a hora de se livrar do uniforme de Eleanor. Colocaria fogo nele, se pudesse. Arrancou o chapéu, libertando os cachos ruivos.

Katherine a acompanhava com o olhar quando Florence começou a arrancar o vestido. Soltou o ar dos pulmões, com um riso amargo, o cabelo loiro caindo sobre os braços cruzados.

— Ótimo. Perfeito — grunhiu Kath, dirigindo-se até a entrada da tenda. Então, com um último olhar por cima do ombro, enunciou as palavras que rodopiariam na mente de Florence por muito tempo:

— Se eu fosse você, dormiria de olhos abertos.

Capítulo 16

Fazia um dia lindo quando Florence decidiu alimentar os cavalos. Não se via nenhuma nuvem no céu azul, suave como uma pintura. O clima não estava mais tão abafado como poucas semanas atrás. Os raios dourados do sol aqueciam a pele de forma moderada, ao passo que as brisas ficavam cada vez mais frescas a ponto de as noites pedirem xales e ponchos jogados sobre os ombros.

Florence ficou surpresa ao se deparar com Maggie e Maude — era a primeira vez que encontrava outras pessoas ali. Maggie conversava com um cavalo enquanto escovava sua crina, segurando o animal pelo queixo. A voz dela estava uma oitava acima, gentil, como se ele pudesse compreender tudo o que a mulher dizia. Maude, por sua vez, estava sentada de pernas cruzadas na grama, a alguns metros atrás, terminando de enrolar um cigarro.

Florence parou de súbito, na ânsia de dar meia-volta. O solado da bota arranhou nos pedregulhos do chão e chamou a atenção das outras duas.

Foi Maude quem a chamou. Gritou o nome de Florence, impedindo que pudesse alegar não ter ouvido, e acenou com a cabeça para que se aproximasse. Florence suspirou, esfregando as mãos na altura da coxa.

— Veio atrás de algo? — perguntou Maude, as palavras se enrolando na língua de maneira preguiçosa.

— Alimentar os cavalos. Não sabia que vocês estavam aqui.

— Nós sempre estamos. Quer dizer, *Maggie está*. Eu venho por causa dela.

Florence sorriu, apesar de ainda achar estranho. Quando parava para pensar, sem o constrangimento anuviando a mente, lhe admirava que nunca tivesse percebido ou sequer desconfiado de que havia algo além da amizade entre elas.

Exceto pelos roubos, em que apenas uma delas participava, Maggie e Maude nunca se desgrudavam. Faziam tudo na companhia uma da outra: dividiam a tenda, lavavam a louça, iam até a cidade ou desciam até o rio para tomar banho. Sem contar as demonstrações de carinho que Florence flagrava aqui ou ali.

Florence olhou para Maggie, cujo cabelo castanho acabava pouco acima dos ombros brancos. Distraída, verbalizou o foco de seus pensamentos:

— Eu não sabia que ela levava jeito com eles.

— É mais que isso... os cavalos são a vida dela. Maggie cresceu em um rancho, com os pais e o avô.

Maude colocou os dedos na boca e deu um de seus assobios que furavam os tímpanos. Maggie parou de tagarelar com o cavalo da vez, um garanhão branco de crina enorme, que ela trançava com paciência. Olhou para as duas, confusa.

— Vem cá. Florence quer saber por que você *leva jeito* com animais. — O tom de Maude era brincalhão.

Florence quis refutá-la com um movimento veemente de cabeça, mas Maggie se limitou a sorrir, concordando. Tinha imaginado um futuro de olhares constrangidos e sorrisinhos amarelos, mas pelo visto aquela noite não as afetara em nada. Enquanto esperavam que Maggie fosse até elas, Maude ofereceu um trago do cigarro, que Florence aceitou. Era a primeira vez que fumava.

Estava no meio de um acesso de tosse quando Maggie se sentou de frente para elas, pousando a mão sobre a perna de Maude.

— Perdão — falou Florence, tossindo. — Não queria interromper.

— Eu precisava sentar um pouco. O cavalo de Everett, aquele mais troncudo de pelo marrom, está com um dos cascos machucado. Deu abscesso. — Maggie apontou para um cavalo com a cabeça escondida dentro do bebedouro. — Eu estava tentando fazer um agrado... Everett é um cabeça-dura! O certo era ele deixar esse cavalo quieto.

— Meu bem... No mundo ideal, os cavalos seriam tratados como reis. — Maude a encarava com ternura, o rosto relaxado. Nem mesmo parecia a mesma pessoa que Florence conhecera. — Mas as coisas apertaram, você sabe. Tentamos fazer o que podemos.

— Eu sei. Mas, depois que o cavalo morre, não tem mais o que fazer.

Florence não se apegou tanto à discussão, mas sim à parte que lhe interessava.

— Posso dar uma olhada depois?

Elas concordaram quase ao mesmo tempo. Maude descruzou as pernas pequenas e esguias e as esticou ao lado de Maggie.

— Claro. A srta. Carson comentou que você deu um jeito no estômago de Wiley... Normalmente é Roy quem prepara os tônicos, mas ele não tem muito tempo, até porque é *ótimo* com uma arma na mão.

— Consigo diagnosticar, e até encontrar uma solução, se for mais prática, mas não posso chegar na raiz do problema sem ter o remédio. Sua ajuda será muito bem-vinda. — Maggie esfregou os braços. O vento empurrou seu cabelo liso e curto sobre o rosto, mas ela não pareceu se importar. — Tem sido difícil para os cavalos... Estamos exigindo bem além do que é justo, eles não têm culpa de nada.

Maude apagou a brasa do cigarro na bota, soltando um suspiro cansado. Florence teve a sensação de que não era a primeira vez que tinham aquele tipo de discussão.

— Agora estou me sentindo insensível! — reclamou Maude, com um beicinho.

— Não é isso. Mas vocês todos esquecem que eles são seres vivos e não máquinas.

— Ainda bem que temos você para lembrar — sussurrou Maude, mas foi possível ouvir cada palavra. Ela enterrou os dedos no cabelo de Maggie e prendeu uma mecha atrás da orelha. Florence sentiu a pele pinicar e se remexeu. — Eu estava aqui contando para ela seu passado caipira, mas ninguém melhor que você para isso.

Maggie riu, de ombros relaxados.

— Passado caipira, é? — Ela deu um chute de brincadeira na lateral da coxa de Maude. Mordeu o lábio inferior, estudando Florence por um momento. O silêncio começava a ficar incômodo quando ela abraçou os próprios joelhos, apoiando o queixo sobre eles. — Tudo bem, mas já aviso que o assunto não vai ser dos mais fáceis.

Florence concordou, a curiosidade enfim fisgada.

— Minha família tinha um rancho. Meu avô passou a vida toda trabalhando para os outros, economizando, até conseguir comprar as terras... mas você sabe como a vida é. Ele ficou acamado, mal nos reconhecia. Chamava pela minha avó diariamente, que morreu muito antes de eu nascer. Meu pai acabou tendo que tocar o rancho por conta própria. Minha mãe até ajudava, mas tinha uma casa para colocar em ordem e bocas para alimentar... — Os olhos de Maggie brilhavam, melancólicos e saudosos, ao passo que a voz descia o tom. — Por isso meu pai me levava por toda parte. Me ensinou a arar a terra, o que plantar em cada época do ano...

Maggie olhou para cima, para o céu imaculado, como se procurasse uma dose de coragem em algum lugar dele.

— Ele deve ter sido um pai incrível — falou Florence. Porque qualquer que fosse o fim daquela história, não podia ser bom. Ou Maggie não estaria ali.

— Ele foi. Minha mãe sempre contava que fui uma bebê difícil. Tinha acessos de choro que as vezes duravam toda a madrugada... meu avô se agitava e ficava agressivo. Então meu pai me pegava no colo, saía comigo até o cercado dos cavalos e montava o garanhão da família. Trotava por toda a propriedade, até eu me acalmar e dormir. Quase todos os dias, enquanto os choros duraram.

Maude esfregou o joelho de Maggie sobre a saia de trama xadrez, um gesto simples e terno.

— Ela tinha um pônei só dela na infância — contou, para que Maggie pudesse retomar o fôlego. — E depois, quando cresceu, trocou ele pelo garanhão do pai. Não é, meu bem?

— Ele era tão arisco! — Maggie sorriu, em meio a lágrimas. — Não aceitava ninguém. Certa vez deu um coice em um peão que tentou se aproximar. Mas me respeitava. Meu pai percebeu minha conexão com os cavalos. Me ensinou a adestrar. Os comandos, como acalmá-los e conquistar a confiança deles... Passou a ser minha função no rancho. Eu os escovava, alimentava, limpava as baias, trocava ferraduras. Não muito diferente do que faço aqui.

Absorta, Florence inclinou o tronco para a frente, para mais perto dela. Maude olhava para Maggie com carinho.

— Não muito tempo atrás, capturamos três cavalos selvagens. Ela treinou os três para que Everett vendesse. E fez isso melhor que ninguém — comentou Maude, então buscou a mão de Maggie e a abriu sobre as pernas, massageando-as. Talvez fosse o sinal de que os acontecimentos ficariam mais sombrios a partir dali.

— Sempre amei estar com os cavalos... me sinto em paz. Quando ninguém precisava de mim, eu passava todo o meu tempo no estábulo. Em algumas noites de verão, deitava no feno e dormia em uma das baias.

Maggie pigarreou, ficando séria. Maude se deslocou para trás dela. Envolveu-a com os braços e apoiou o queixo em seu ombro. Os dedos se afundavam na cintura, os movimentos parecidos com os que Florence fazia ao tocar piano.

— O rancho foi invadido por uma gangue de fora da lei numa noite como outra qualquer. Dispararam contra toda a minha família. Minha mãe, meu pai e até meu avô, que não representava risco nenhum... — Um soluço alto escapou dos lábios de Maggie, que usou a barra da saia para secar o rosto. — Acordei assustada. Os cavalos se agitaram com os tiros e com a arruaça que vinha da casa. Os bandidos riam muito. Gritavam. Espiei pelas tábuas bem a tempo de ver dois homens carregarem minha mãe para fora... E-eles a largaram ali como um saco de batata. — A voz dela vacilou. — Eu quis gritar. Precisei cobrir a boca para não colocar tudo a perder. Estava tremendo de medo quando me escondi no feno.

"Não preguei os olhos — continuou. — Eles foram até o estábulo apenas ao amanhecer, bem quando passei a sentir cheiro de carne na brasa. Falavam de mim, tinham visto retratos da família e lamentavam que eu não estivesse lá para distraí-los... Levaram nossos cavalos e me deixaram para trás naquele silêncio aterrorizante. Demorei horas para reunir coragem de abandonar meu esconderijo... e descobrir que o cheiro de queimado vinha da minha família. Minha mania de dormir no estábulo acabou me salvando... mas, sabe, eu teria preferido estar em meio ao fogo, junto deles, a carregar essa dor.

— Santo Deus! — Florence cobriu a boca com a mão, a visão enturvecida. — Sinto muito, Maggie. Isso é... Não tenho nem palavras. Horrível. Nauseante. Revoltante. Ninguém jamais deveria passar por isso.

Apesar do rosto lavado por lágrimas e da voz frágil, Maggie se mostrava tranquila para alguém que perdera a família inteira de forma brutal. Ela balançou a cabeça, com um suspiro. Maude tomou a mão dela entre as suas e deixou um beijo no dorso.

— Nós a encontramos no dia seguinte, em posição fetal. Estava em choque. Não tinha comido nada, mal conseguia ficar em pé.

— Faz quanto tempo?

— Dois anos — revelou Maggie. — Dois anos e cinco meses. Não tem um dia que eu não pense na minha família. E naqueles filhos da puta.

Florence cruzou os braços, o corpo inclinado sobre os joelhos. Como em tantas outras vezes, sentiu-se pequena. Feito uma das mudas frágeis de árvore que o pai trazia das viagens, que podiam ser despedaçadas com facilidade entre os dedos.

Jamais suportaria o que Maggie tinha passado. Ou mesmo Katherine, nas mãos de Henry.

— Vocês descobriram quem fez isso?

Maude concordou.

— Foram os Blackwood. Aqueles merdas varrem todo o Oeste causando o máximo de destruição. Russell e Everett também têm um passado com eles. É difícil continuar ileso com esses animais vagando.

— Admiro sua força, Maggie. Não sei se conseguiria encarar tudo com tanta leveza.

— A opção é definhar até a morte. Eles já tiraram tudo de mim. Preciso estar viva pra dar o que eles merecem. — Maggie fez uma concha com as mãos e assoprou para esquentá-las. — Meus pais não iam me querer lamentando. Tento honrar a vida deles fazendo o melhor que posso. Cuidar dos cavalos da gangue é minha oportunidade de me conectar com o passado. Foi meu pai quem me ensinou, por isso mantenho o legado dele vivo.

Florence assentiu.

Pensou nas pessoas com quem passara a viver. Cada um deles escondia um universo. Histórias felizes, tragédias particulares. Ela era apenas mais uma marcada pela vida, conectada ao grupo pelo desejo de fugir. De si, de quem fora, de quem ainda era.

★ ∩ ★

Os dias se amontoaram. Florence perdeu a noção do tempo.

O acampamento esvaziara depois que algumas pessoas, incluindo Katherine, conseguiram empregos temporários nos ranchos de Lupino para levantar dinheiro para a gangue. Enquanto isso, o trabalho dobrou para quem tinha ficado para trás.

Ela se viu consumida pela rotina. Acordava com os demais, tomava café e começava os afazeres. Por saber costurar, se encarregou de reparar as roupas de todos. Passava horas sentada na beira do penhasco, na árvore que dividira com Russell, remendando meias, ceroulas e camisas.

Depois ajudava Roy a alimentar os cavalos, assumindo algumas tarefas de Maggie. Em dois, espalhavam o feno em poucos minutos. Vez ou outra, saíam juntos para caminhar pelos arredores e encontrar plantas medicinais e comestíveis, além de frutas silvestres. Haviam se aproximado muito graças ao interesse por herbalismo. Maceravam raízes juntos, preparavam tônicos e remédios para a botica da gangue.

Certa tarde, Roy contou que era filho de mãe indígena e pai branco. Não se sentia pertencente a nenhum dos dois mundos e, por isso, depois que a mãe morreu, saiu para encontrar seu lugar. Acabou conhecendo Everett e seus ideais, e ficou por ser tratado como igual.

Ele era ótimo caçador e rastreador. Movia-se pelas folhas quase sem emitir ruídos. Observava a direção do vento, a posição do sol, dos astros e estrelas. Florence adorava ficar perto dele e absorver o conhecimento que Roy compartilhava de bom grado. Passou a ensinar Florence como segurar o arco, ouvir o ambiente, apagar seus rastros. Era uma fonte inesgotável de informação, apesar de não parecer tão mais velho. Sua alma era antiga. Roy possuía uma sabedoria ancestral.

Além do tempo que passava com ele, Florence também transformou em hábito as visitas até o palanque dos cavalos.

Depois de examinar o interior ferido do casco do cavalo de Everett, Florence foi atrás do hidraste que usara para tratar Russell e voltou no dia seguinte com o cataplasma. Maggie não disfarçou a alegria, agradeceu tantas vezes que parecia até que o animal era dela.

Tratar o cavalo exigiu que Maggie, Florence e Maude trabalhassem juntas. Maude segurou a perna, para impedir que Maggie acabasse levando um coice ao aplicar o remédio. A Florence foi incumbida a escova de cerdas macias, que usou na pelagem curta e áspera, cantarolando baixinho para acalmá-lo.

Vistos bem de perto, cavalos eram ainda maiores e mais majestosos. Dividida entre o êxtase e o pavor, um desejo antigo voltou à tona enquanto Maggie enfaixava a pata do animal, de modo que a pergunta escapou a Florence sem que ela pensasse:

— Você já ensinou outra pessoa a montar?

Maggie bateu uma mão na outra e a encarou, intrigada.

— Algumas. Kath, Jennie... e outras tantas que não estão mais nesse plano. Por quê? Quer umas aulinhas?

Florence captou o tom de brincadeira na pergunta. Como se não fosse uma possibilidade a se considerar de fato.

— Na verdade... quero. Se não for problema.

— Está falando sério?

— Meu pai jamais me permitiria qualquer passatempo que aludisse à liberdade. Mas cresci sonhando com isso... eu, cavalgando sozinha ao pôr do sol.

— Uma hora horrível, se quer saber minha opinião. Dependendo de para onde se vai, a luz bate em cheio nos olhos — observou Maude, apontando para o rosto.

Maggie assentiu, apoiando-se no palanque de braços cruzados. Fisgou o lábio inferior, pensativa, então se voltou para Florence:

— Amanhã. A gente vem logo que acordar, é mais fresquinho. O cavalo de Maude é bem dócil. Se importa, meu bem?

— De jeito nenhum. É de vocês. — Ela afundou os dedos no cabelo crespo e volumoso, afofando-o. — Só não pode ter vergonha da plateia.

Florence juntou as mãos em frente ao rosto, como se rezasse. Quis gritar e pular no lugar, mas conseguiu se segurar. Em vez disso, parou entre as duas e as abraçou ao mesmo tempo, cada uma em um braço.

— Obrigada. Vocês não imaginam o quanto significa para mim.

— Merecemos ver você cavalgando no pôr do sol, mas só quando for versada nisso — pontuou Maude, séria, fazendo com que as três caíssem na risada.

✳ ∩ ✳

Foi impossível dormir naquela noite, mas a falta de sono não impediu Florence de correr até o palanque na manhã seguinte, empolgada para começar. A partir de então, nenhum dia passou sem que dedicasse parte dele à nova atividade.

Aos poucos, Florence ganhou confiança com os cavalos. Primeiro, passou a limpá-los e alimentá-los com cenouras e maçãs, sempre com a ajuda de Maggie. Com o tempo, a colega começou a ensiná-la sobre aquele universo novo e desconhecido, explicando desde os comandos básicos de equitação — como alongar e encurtar a andadura, e fazer meia-volta — até a forma correta de guiar os cavalos pela mão.

Certo dia, Maggie se aproximou e parou ao lado de Uísque, o cavalo de Maude, para demonstrar como montar.

— Preste atenção — disse Maggie.

Florence, em pé ao lado do cavalo, acompanhou enquanto Maggie mostrava como encaixar o pé no estribo e como lançar a perna esquerda por trás. Maggie também demonstrou como segurar e conduzir as rédeas, além de usar as pernas para dar comandos.

— A gente usa mais de uma coisa pra comunicar algo. Olha — pediu Maggie, estalando a língua nos dentes e pressionando os joelhos de leve.

Florence retinha cada gesto e palavra. Sabia que, quando fosse a hora de colocar tudo em prática, deveria estar pronta. Assim, sem que percebesse, a garota se distanciou cada vez mais da dama desesperada por uma liberdade que lhe parecera inalcançável; descobria o mundo e a si mesma a cada passo que dava.

✳ ⋂ ✳

— Você está perdendo o foco! — vociferou Russell. — Depois pode ser tarde demais.

Florence passava pela tenda de Everett, voltando de uma aula com Maggie, quando ouviu a discussão acalorada que vinha de dentro. Não fosse a voz de Russell, teria seguido adiante. No entanto, a curiosidade falou mais alto, e ela se aproximou discretamente.

— Seu problema é esperar sempre pelo pior, filho. Entendo sua frustração. Acredite, eu também estou frustrado. Às vezes é preciso desviar do que mais queremos.

Florence se aproximou mais ao ouvir Russell bufar. A irritação era perceptível até mesmo fora da tenda. Observou a silhueta dele andar em círculos no interior, ao passo que o líder permanecia sentado e imperturbável. Havia também uma terceira sombra, até então em silêncio, que Florence não soube identificar.

— Desviar é tudo que temos feito.

— O que espera que eu diga? Enfrentamos obstáculos ao longo do caminho, é normal.

— Everett, *por favor*.

— Não! — A voz do líder soou mais firme. — Eu que peço por favor. Quando foi que você deixou de acreditar em mim?

— Não é isso. Os últimos anos foram infernais, e não estamos mais perto de realizar o que sempre sonhamos. Quantos desvios mais precisaremos fazer até você admitir que gosta dessa vida e que não quer parar?

Florence prendeu a respiração, esperando pela repreensão de Everett. Mas foi surpreendida por um riso de escárnio.

— Você tem muitos defeitos, filho, mas hipocrisia? Sério? Essa é nova.

— Tá bom, chega. — A voz grave de Elmer ressoou na tenda pela primeira vez. — Isso não vai nos levar a nada. O que você tem em mente, Everett?

Um arquejar de indignação precedeu a voz de Russell.

— Você concorda com ele? Perdemos o juízo, é isso? Simplesmente vamos dar as costas a tudo que somos?

— Ouvir não custa nada. E Everett está certo sobre precisarmos de dinheiro. Tudo o que temos feito é fugir e nos esconder. Considerando que precisamos alimentar treze pessoas, mais os cavalos, não chegaremos longe assim.

— Fico feliz que alguém pense como eu. Russell tem estado mais melancólico que o normal. Um pouco de otimismo não faz mal a ninguém. — Everett apoiou a mão na coxa, suspirando. Florence percebeu quando a cabeça do líder se voltou para ela. Ao tornar a falar, havia uma nota de impaciência na voz: — Senhorita, vai nos dar a honra da sua companhia ou pretende continuar aí fora?

A vergonha subiu pelo pescoço e ferveu as maçãs de seu rosto. Florence mordeu o lábio inferior. Desejava se enterrar no chão, apenas para fugir da humilhação de ter sido pega no flagra. O coração ecoava em suas têmporas, prestes a ser vomitado.

Henry Greenberg a teria punido com severidade se a pegasse em situação parecida, espionando uma de suas conversas com Phillip.

Sem querer piorar as coisas, se adiantou pela abertura da tenda, os olhos semicerrados de medo.

— Desculpa. Eu não quis... Não sei o que deu em mim — disse Florence, enquanto reunia coragem para encará-los. — Sinto muito mesmo. Não vai se repetir.

O silêncio a forçou a abrir os olhos.

Everett tinha as sobrancelhas unidas e um sorrisinho desconcertado.

— Não existe segredo nesta gangue — avisou ele, e o olhar desviou dela para Russell por um segundo. — Sente-se. Uma opinião neutra é justamente do que precisamos.

Pigarreando, ela obedeceu. Ocupou a cadeira de madeira em frente à cama.

A tenda de Everett era de longe a mais luxuosa. O chão forrado por tábuas dava a sensação de que Florence fora transportada para longe do acampamento. Havia uma cama, duas cadeiras e uma mesinha, na qual um amontoado de papéis se espalhava, junto a um lampião aceso. No fundo, o baú de pertences, acima do qual se equilibrava uma pequena pilha de livros. Everett era um homem refinado, disso não restava dúvida.

Russell a encarava, interessado, parado em frente ao baú com as mãos no coldre.

— Eu estava dividindo com estes senhores meu desejo de fazer um novo roubo. Sei que é recente — Everett se dirigia a Russell, cortando-o com o olhar —, mas precisamos do dinheiro. Tudo o que faço é pensando no bem dessas pessoas que confiam em mim. Precisamos de uma quantidade expressiva de dinheiro para abandonar essa vida.

Russell abriu e fechou a boca, desistindo de retrucar. Inclinou a cabeça para a frente, o rosto escondido pelo cabelo.

— Russell e eu achamos que é cedo — falou Elmer. — Ainda mais com você na jogada. Por isso quero saber o que Everett tem em mente. Essa cabecinha sempre me surpreende.

— Outro trem? — perguntou Florence.

— Não. Seu pai estará preparado. A ferrovia terá o dobro de proteção. — Everett tomou impulso para se levantar, com um gemido. — Nada disso. O elemento-surpresa é o que temos a nosso favor. Temos de pegá-los desprevenidos.

— Phillip — sussurrou ela.

Everett apontou na direção de Florence, animado.

— *Voilà!* Vamos assaltar um banco. Mas não qualquer um, precisamos descobrir para qual deles vai o dinheiro das outras cidades. — Ele esticou a palma aberta no ar e a fechou em punho. — Meu palpite é que seja entre St. Langley e Yucca.

Ele se inclinou para alcançar um papel sobre a mesinha e o entregou para Florence, sob o olhar de Russell e Elmer. Um mapa com o percurso do trem destacado, cidade a cidade.

Florence o segurou diante do rosto, percorrendo o trajeto com o olhar. A princípio, curiosa para descobrir o quanto havia se distanciado de sua cidade. Porém, conforme seguia para perto do final da linha, um nome em particular chamou sua atenção.

Apontou para uma das cidades, erguendo o rosto para Everett.

— Sheridan.

— Em Greenwood? — indagou Elmer, sem se convencer.

Florence confirmou.

— Meu pai viajava para lá com bastante frequência. Se eu fosse apostar em um lugar, seria esse.

Everett refletiu por um instante. Em seguida, voltou a atenção para um Russell inquieto, que tinha voltado a andar em círculos pelo pouco espaço livre. As esporas batiam na madeira, como no dia do assalto ao trem. Florence sentiu um nó na barriga.

— Eu não disse? — falou o líder, cheio de satisfação. — Você guarda informações importantes aí dentro, querida. E todas virão à tona na hora certa. O que vocês acham?

Elmer deu de ombros.

— É um começo. No mínimo descobriremos mais coisas interessantes por lá.

— Ainda acho que é cedo. Mas concordo que é uma boa pista — cedeu Russell. — Posso ir na frente, investigar. Tenho certeza de que Lloyd topa ir comigo.

— Eu vou junto.

Os três homens a encararam, surpresos. No entanto, foi Russell quem mais se mostrou desconcertado. Havia um quê de ultraje no olhar dele que fez Florence prender a respiração.

— Perdão? — perguntou Elmer, alisando o cavanhaque grisalho.

— Quero ir junto — respondeu Florence, com firmeza. — Posso ser útil. Como Everett disse, guardo informações importantes.

Russell estava com os olhos semicerrados. Mal piscavam. Sobrancelhas unidas, maxilar travado. Sua irritação emanava em ondas até atingi-la.

— Florence... — Ele deixou a voz morrer assim que Everett estendeu o dedo em riste.

O líder jogou a cabeça para trás. Cruzou as mãos sob o queixo, os indicadores cobrindo os lábios. Segundos correram enquanto ponderava, encarando o teto.

— Você é uma garota esperta. Estou certo de que entende todas as implicações dessa decisão.

Elmer olhou para o amigo como se ele tivesse enlouquecido. Bateu com as mãos nas coxas antes de se dirigir a Florence:

— Você não precisa provar nada pra ninguém. Na maioria das vezes, bravura tem mais a ver com estupidez do que coragem.

— Florence — chamou Russell novamente. A voz mais suave, embora o rosto continuasse talhado em pedra. — Você lutou pela sua vida. Metade do país deve estar atrás de você a esta altura. É o mesmo que pintar um alvo na testa.

— Eu sei. Mas preciso fazer parte disso. Não tenho nada a perder, você sabe que tudo o que me resta é ser uma fugitiva. Para sempre. Russell, não quero passar a vida com tanto medo.

Encarar os olhos dele brilhando de raiva a transportou de novo para o dia do assalto. O momento em que Russell enfim tomara a decisão de salvá-la. A raiva com que falou para Roy que levaria Florence com ele.

Ela abraçou o próprio tronco. Compreendia sua objeção, afinal ele havia arriscado tudo por uma pessoa que mal conhecia e para quem não devia nada. Por mais que Russell negasse o peso de sua permanência ali, ela não era boba. Sabia que a raiva em seu olhar, na ocasião, correspondia à resignação diante das consequências de comprar aquela briga. Naquele momento, a raiva era pela traição de ver seu esforço ser desvalorizado com tanta ingratidão.

Ele se voltou para Everett, como se buscasse ajuda. Porém, pela primeira vez, ela testemunhou uma falha na comunicação silenciosa entre os dois. O líder deu de ombros, de braços cruzados, antes de desviar o olhar para os próprios pés.

Russell coçou a barba do pescoço, encarando-o fixamente.

— Achei que fizesse tudo pensando no bem das pessoas que confiam em você.

— Quem sou eu para decidir o que é melhor para ela?

Florence observou Russell assentir, de lábios crispados, por mais tempo que o necessário. Parecia querer se conformar de que havia perdido a discussão. Passou por ela, tomando o cuidado de não esbarrar nenhuma parte do corpo em Florence, enquanto se dirigia à saída da tenda.

Afastou o tecido e parou em frente à abertura, olhando para eles com pesar.

— Espero que não se arrependa. Arrependimento não traz ninguém de volta dos mortos.

parte 3

Parte 3

Capítulo 17

O mau tempo os impediu de seguir viagem pelos próximos dois dias. Russell fez o máximo para convencer Florence de que era possível contribuir de outras maneiras, mas ela permaneceu irredutível. Mesmo que a escolha não fosse a mais sensata, acreditava ter o direito de cometer os próprios erros.

No final da segunda noite, quando o aguaceiro por fim deu trégua, transformando-se em uma garoa fina e ininterrupta, Russell a procurou. Ele a chamou, do lado de fora da cabana, a voz pouco mais alta que um sussurro.

Jennie, ocupada com um bordado, se sobressaltou e espetou o dedo. Desferiu meia dúzia de xingamentos a Russell, enquanto Florence se levantava e calçava as botas. Olhou para baixo, para a combinação que vestia, e corou. Pegou o xale dado por Maude e o jogou nos ombros.

Ele a esperava plantado na frente da cabana. Gotículas de água se acumulavam no topo da cabeça, emaranhadas no cabelo preto. Russell deu um passo à frente assim que ela saiu.

Trocaram um olhar tenso; reflexo das inúmeras discussões que haviam tido nos dias anteriores. Florence ajeitou o xale. Uma vez que estavam frente a frente, sentia-se muito exposta.

— Veio tentar me convencer mais uma vez que estou sendo tola?

Russell balançou a cabeça. Havia um sorriso torto em seus lábios.

— Não. Você é uma cabeça-dura com tendência a se meter em confusão. Não há nada que eu possa fazer.

Florence esperava por mais brigas, mas acabou diante do Russell espirituoso de sempre. Riu.

— Que bom que ficou claro.

— Ainda assim, me vejo na obrigação de perguntar. Você tem certeza? Mesmo sabendo dos riscos?

O corpo dela agiu mais rápido que a mente. Quando deu por si, Florence segurava a mão enorme e calejada de Russell. Dava duas das dela. O toque áspero não abandonaria os pensamentos de Florence tão cedo.

Russell examinou as mãos dadas e em seguida olhou para ela. Os olhos brilhavam daquele jeito magnético que a impedia de desviar.

— Tenho. — Ela umedeceu os lábios e apertou a mão dele com mais firmeza. — Desculpa se fiz parecer que não valorizo tudo o que você tem feito por mim.

— Você nunca...

— Porque valorizo. Muito. Talvez você não entenda meus motivos...

— Redenção — interrompeu ele.

Florence, que já tinha tomado uma lufada de ar para responder, piscou algumas vezes, confusa.

— *Hum?*

— Seus motivos. Você acha que precisa disso para se libertar.

— Isso — afirmou ela, devagar, procurando decifrá-lo. Era difícil ler Russell quando ele se fechava daquela maneira, mas não desistiria. — Por que foi contra, então?

— Entender é diferente de concordar. *Eu sei* como é ter tanta raiva fervilhando dentro de si, Florence. Mas buscar vingança é cavar duas covas.

Ela reprimiu o impulso de retrucar ao perceber que não sabia nada sobre ele. Nada a não ser que o pai havia morrido muito tempo antes.

— Não precisa fazer essa cara — falou Russell, de repente. Um riso de deboche pairava em seus lábios. — São apenas conselhos, você não precisa ouvir esse tolo que só tomou decisões erradas a vida toda.

Ele a soltou para alcançar algo na parte de trás do coldre. A mão de Russell reapareceu segurando uma faca. Tinha o cabo em madrepérola, a lâmina afiada refletindo a luz fraca vindo das barracas.

Florence a pegou. Era mais pesada do que aparentava. Robusta. O tipo de objeto passado de geração em geração, como uma relíquia. Segurou o cabo e golpeou o ar. A sensação de poder que experimentou era diferente de tudo que já havia sentido.

— É linda.

— *Luz do Deserto*. Ganhei numa aposta, quando tinha 15 anos. Me livrou de poucas e boas.

Florence deslizou o polegar pelo cabo, deleitando-se com o toque liso. Imaginou um Russell bem mais jovem, repleto de rebeldia, ferindo o ego de algum homem. Ela a estendeu no ar para devolver. Russell não moveu um músculo para tomá-la.

— Não posso aceitar. Tem valor sentimental.

— Não se nega um presente oferecido de bom grado. Você vai precisar. — Ele indicou o céu com a cabeça. — O tempo abriu. Partimos amanhã cedo.

Florence inclinou a cabeça para trás e se deparou com o céu estrelado. O pálido luar os banhava sem nenhuma neblina para interferir. Um ótimo sinal.

Arregalou os olhos, sem esconder a euforia.

— Fala sério?

— Quando não falei? — Ele a encarou, achando graça. — Vista roupas confortáveis, e veja se alguma das meninas pode te emprestar uma touca. Passo aqui para te chamar.

Florence pestanejou, a visão turva. Havia temido que o pistoleiro a contrariasse e desse um jeito de partir sem ela, mas Russell não cansava de surpreendê-la.

Ele encaixou a mão na lateral do pescoço de Florence e deu um beijo em sua testa. Foi rápido e, ao mesmo tempo, durou uma eternidade. O cheiro dele a inundou. Sentiu os lábios úmidos na pele, assim como o leve pinicar da barba. Foi tomada pelo mesmo anseio de outrora, quando haviam passado horas conversando no penhasco. A vontade de que o momento durasse mais, de que Russell a cercasse com os braços e ficassem ali, na garoa leve. Ela quis se afundar no cheiro dele e acreditar que nada no mundo a atingiria.

Por outro lado, Florence se assustou com a constatação. Não tinha certeza do que pensar da sensação de queda livre que gelava os ossos. Tampouco do aperto intenso no peito quando o viu se afastar, sério.

A garganta dela arranhou, como se tivesse engolido um punhado de areia.

— Descanse — falou Russell. — A viagem será longa.

Com um breve aceno, ela fugiu para dentro antes que desmoronasse. Jennie a observou por minutos, sem dizer nada, antes de perder o interesse e voltar para o bordado.

Florence precisou de mais tempo para se recompor. Rolou a faca de uma mão a outra, extasiada por carregar algo que fora de Russell por tanto tempo. A testa formigava onde os lábios dele estiveram.

Deitou-se, atordoada, escondendo o presente embaixo do montinho de roupas que usava como travesseiro. Pelos próximos dias, seriam apenas os dois.

✶ ∩ ✶

A viagem era extensa para fazer só de cavalo, mas não havia outra alternativa. Florence se conformou em ficar com os músculos em chamas e as costas doloridas.

Russell calculava que levariam cerca de quatro dias até Sheridan, em Greenwood. Fariam três paradas ao longo do caminho, para dormir e recuperar as energias.

Seguiram ao Norte, fazendo uma breve incursão por Lupino. Florence se decepcionou ao constatar que a cidade não passava de uma avenida enlameada cercada por ranchos, com uma dúzia de comércios e construções de madeira com letreiros pintados à mão. Criara tanta expectativa que se sentiu boba ao notar as patas de Opal afundando na avenida, deixando pegadas misturadas às outras dezenas de marcas existentes.

Pararam em frente ao armazém. Russell prendeu a égua, ajudou Florence a descer e caminhou até o senhor atrás do balcão, pedindo tudo de que precisava. Enquanto isso, ela se permitiu passear por entre as prateleiras intermináveis. Havia tanta coisa que Florence mal dava conta de olhar tudo. Latas de conserva; garrafas de bebida; sacos de farinha, açúcar e café; carne-seca; panelas e utensílios de cozinha; lâminas de barbear e escovas de dente; além de caixotes com frutas e verduras dispostos no meio da loja.

— Quer alguma coisa? — perguntou Russell, tateando os bolsos.

Ela negou, com um sorriso. Não. A única coisa pela qual Florence ansiava era *ver*. Conhecer todas as coisas escondidas por aí. Os milhares de armazéns perdidos pelo país, iguaizinhos àquele e, ao mesmo tempo, completamente diferentes.

Russell a guiou para fora pelo ombro, parecendo achar graça do deslumbre dela.

Florence observou o pistoleiro guardar as provisões. Ele havia se barbeado em algum momento entre a conversa da noite anterior e quando passara na tenda dela, naquela manhã. A pele estava lisa e levemente irritada onde raspara a lâmina.

— Preparada?

— Estou. Mal posso esperar para ficar com o corpo todo dolorido logo no primeiro dia.

Russell riu, de cabeça baixa. O chapéu cobriu os olhos dele quando as mãos vieram parar na cintura de Florence. O gesto sempre a deixava fora de si, aquela despreocupação em tocá-la e erguê-la como se não pesasse mais que um fardo de feno. Russell a colocou sentada sobre Opal.

— Acho melhor ajustar a posição — sugeriu Russell. Soltou um breve assobio, indicando com os dedos que ela colocasse uma perna de cada lado. — É mais confortável.

Florence olhou apavorada para baixo, na direção do vestido amarelo que vestia. Imaginou-se de pernas abertas, abraçada às costas de Russell, e negou.

— Não dá.

Havia leveza e descontração na expressão dele ao se apoiar de braços cruzados sobre a sela.

— Deixou tudo para trás, mas não consegue se livrar de costumes antigos?

Sem que ela tivesse tempo de retrucar, Russell deslizou a mão para baixo da saia, tomando o cuidado de não encostar nas pernas de Florence. Parou abaixo dos joelhos, sobre a fita na barra da calçola e escorregou o polegar entre o tecido e a pele.

Então tirou a mão outra vez, tão de repente quanto a tinha colocado. Florence lutava para recuperar o fôlego.

— Você está de calçola, não precisa se preocupar com o vestido.

Sem encontrar qualquer resquício de voz, ela concordou com a cabeça, o rosto em chamas. Apoiou-se na sela assim que Russell se afastou e passou a perna esquerda sobre a égua. Se quisesse montar por conta própria um dia, precisaria se acostumar com a ideia.

A saia do vestido ergueu consideravelmente, revelando a barra da calçola. Florence engoliu em seco, contrariada. A posição era infinitamente melhor, embora humilhante.

— E então? — insistiu Russell, sem se livrar do sorrisinho ridículo de satisfação.

— Você tinha razão.

— Eu sei. Queria que me dessem ouvido com mais frequência.

— Já que teve o ego amaciado, pode subir para seguirmos viagem?

A expressão deslavada do caubói a deixou irritada. Rindo, Russell se preparou para montar em Opal quando a atenção foi capturada pelo jornaleiro pouco adiante.

— Um minuto — disse Russell, ao se afastar. Voltou enrolando um jornal com as mãos. Ergueu o rolo no ar, antes de guardá-lo no alforje próximo da perna direita de Florence. — Vamos descobrir a que pé anda a investigação. Trouxe seu lenço?

O lenço *dela*. Uma curiosa escolha de palavras quando, na verdade, pertencia a ele.

— Trouxe. — Florence o alcançou no bolso do vestido e o balançou no ar.

— Ótimo.

Ele amarrava o próprio lenço sobre o nariz, o mesmo tecido vermelho que usara no assalto ao trem. Tomou impulso e se ajeitou sobre Opal.

Florence terminou de cobrir o rosto e encaixou o corpo no dele. Sentiu um arrepio descer pela coluna. Naquela posição, a proximidade entre os dois era ainda mais íntima e desconcertante. A barriga dela acompanhava as costas de Russell, ao passo que o sentia respirar sob as mãos entrelaçadas.

Ele estalou a língua nos dentes algumas vezes e Opal se pôs a andar.

Florence respirou fundo, trêmula de nervosismo e empolgação.

✳ ∩ ✳

Horas e mais horas se acumulavam à poeira deixada por Opal.

Florence foi consumida pela paisagem, a vista se perdendo na pradaria interminável.

A princípio, conversaram bastante. Ela quis saber por que Russell era tão contrário ao roubo, e o ouviu falar sobre como os ideais do bando haviam se perdido.

— As coisas eram muito diferentes antes. Não só na gangue... aquele mundo não existe mais. O Oeste transbordava de possibilidades. Promessas de tudo o que poderíamos ser e ter. Sem regras, xerifes nem nenhuma dessas bobagens.

Florence observou o leve movimentar da coluna de Russell, que acompanhava o trotar de Opal, e o esperou desviar de uma carroça no caminho.

— No começo, éramos só eu, meu pai e Everett, e arrancávamos dinheiro de pessoas muito respeitadas, como Henry Greenberg, sem que eles notassem. Quando percebiam algo faltando, era tarde demais. Estávamos muito longe. Havia burburinhos, mas continuávamos anônimos, e esse era nosso maior trunfo. Isso mudou quando meu pai morreu. Ele era genial como vigarista, a mente por trás de cada movimento traiçoeiro que fazíamos. E, de alguma forma, era o único a colocar rédeas nos sonhos grandiosos de Everett. Elmer até consegue um pouco, mas nem chega perto.

"De toda forma, a morte do meu pai foi um baque que todos sentiram; principalmente Everett — continuou Russell. — Ele ficou doente, tive medo de perder os dois em um único golpe. Mas não. De uma hora para outra, ele renasceu. Estava diferente, como se a tragédia o tivesse feito enxergar tudo com novos olhos. Everett passou a repetir algo que ainda acredita: que ninguém deveria ter tanto dinheiro acumulado, que poderia estar nas mãos de pessoas que fariam melhor proveito, que merecíamos cada centavo. Estávamos destinados a isso. Ele costumava repetir que, *hum...* seríamos pioneiros de uma nova era. Também insistiu que as mortes eram para um bem maior e, por isso, nunca atiraríamos primeiro."

Russell soltou um riso consternado e melancólico.

— E vocês compraram a ideia? — perguntou Florence.

— Sinceramente, não acho que continuaríamos seguindo Everett se não acreditássemos.

— Você ainda pensa assim?

— De certa forma, sim. Quando eu era mais novo, impressionável, tudo fazia sentido. A vontade de fazer justiça fervilhava em nós, foi a era de ouro da gangue Fortune. Éramos revolucionários, um símbolo. — Russell engoliu em seco, como se ponderasse continuar ou não. Florence sabia que era doloroso para ele abrir tanto de si. — Everett achava que, quanto mais pessoas na gangue, mais fortes seríamos. E que apenas outros renegados da sociedade poderiam compartilhar desse sentimento. Ele vivia repetindo que um dia conseguiríamos bater de frente com as leis federais e nos tornar algo muito maior do que uma gangue de pistoleiros. Eu sei... sei que ouvindo tudo isso pode parecer ilusório. Mas zombávamos mesmo do sistema.

"Dávamos parte do dinheiro roubado para quem precisava. Fazíamos circular. Orfanatos, pequenos agricultores, mulheres vulneráveis e estrangeiros. Não importava. Contanto que estivessem contra quem comandava o país, ajudávamos sem pensar duas vezes. Chegamos a ter mais de trinta pessoas na gangue, embora nem metade realmente colocasse a mão na massa. Everett sempre teve o coração mole demais. Começamos a farrear muito, não levar nada a sério... Os roubos continuavam dando certo, mas não tínhamos mais a carta do anonimato na manga."

Os dois ficaram em silêncio durante um trecho, em que Florence aproveitou para repassar tudo o que havia descoberto. Sem se dar conta de que o fazia, tamborilou os dedos na barriga de Russell, onde se segurava. Ele não pareceu se importar. Manteve-se absorto nos próprios fantasmas enquanto viam a paisagem mudar ao redor deles.

— Somos muito menos que trinta pessoas agora — falou ela, incomodada com o silêncio.

— Nesse tipo de trabalho, a morte está sempre à espreita. Não dá para fugir por muito tempo.

— O que aconteceu?

Russell deu de ombros, com a postura rígida.

— O mundo mudou, há cada vez menos espaço para bandidos como nós.

— *O que* mudou exatamente? Pelo que me lembro, matar e roubar são crimes desde que o mundo é mundo.

A risada rouca dele a pegou desprevenida.

— Você sempre tem um argumento na ponta da língua. Gosto disso.

— Nunca tive dúvida de que você fosse um homem peculiar.

— Bem, aqui no Oeste era diferente. Não havia interferência. As coisas eram resolvidas de forma mais... natural, eu acho. Na natureza não há certo ou errado, há apenas os que caçam e os que fogem.

Russell baixou a bandana, respirando fundo antes de olhar por cima do ombro. Florence estremeceu com a intensidade da expressão dele.

— Ou talvez tenha sido sempre igual, mas estivéssemos deslumbrados com nossa sorte, que nunca nos abandonava. A pior coisa que se pode fazer é tomar algo como certo, Florence. Nossa glória durou pouco. Vi tantos de nós morrer... pessoas a quem jurei proteger, a quem jurei uma vida melhor. Perdemos grande parte do dinheiro nas fugas, e perdemos nossa moral. Um roubo bem-sucedido se tornou a exceção. Por isso, preferimos planejar bem e passar longos períodos longe dos holofotes.

Florence assentiu, embora ele não olhasse mais para trás. Imaginou-o mais jovem, empolgado e sorridente, confiante de que os tempos áureos jamais terminariam.

— Ninguém se rebelou contra Everett?

— Ah, sim. Alguns. E não posso culpá-los. Não somos a única gangue do mundo.

Ela mordeu o lábio inferior, munindo-se de coragem para fazer a pergunta na ponta da língua.

— Eu conheço vocês há pouco tempo, mas não posso deixar de me perguntar se a situação é mesmo tão crítica, ou foi *você* quem deixou de enxergar tudo com a mesma perspectiva otimista de Everett.

Russell balançou a cabeça, gemendo de frustração. Tocou a mão dela, como fizera da primeira vez que a levara consigo, como se tivesse medo de que ela o soltasse.

— Um pouco dos dois. É difícil continuar acreditando depois de quebrar a cara tantas vezes, o discurso para de fazer sentido. Havia tanta preocupação em fazer justiça, em tirar algo de bom do que fazíamos...

— Você acha que ele teria cobrado uma recompensa para me entregar, como Fred sugeriu?

— Não sei. Acho que sim. Deve ter considerado, por um segundo. Se fosse antes, ele não teria hesitado em negar. — Russell afastou a mão e guiou Opal para que virassem à esquerda, sobre uma pequena ponte de madeira. — Somos doze. *Treze*. E não temos faturado tanto quanto antes. Everett voltou a falar sobre esse sonho antigo, de comprar um lugar nosso. Eu sei que não vai acontecer, nossa sorte acabou faz tempo.

Conforme a viagem avançava, a conversa se tornou escassa até enfim cessar. Era mais custoso perceber a passagem do tempo naquele silêncio opressivo, cercados por uma natureza estática. Por isso, quando Russell virou o rosto por cima do ombro e puxou a bandana para falar com ela outra vez, Florence tomou um susto.

— Vou parar um pouco. Preciso me aliviar.

O entendimento veio junto de um pigarro involuntário.

— C-claro.

— Você não precisa? — perguntou Russell, puxando levemente as rédeas enquanto dava beijinhos no ar para chamar a atenção da égua.

Florence olhou para as poucas árvores ao redor.

— Podemos parar depois?

— Claro — resmungou, descendo de Opal. — Quer esticar as pernas?

Florence fugiu do olhar dele.

— Estou bem.

Russell deu de ombros e se afastou. Sumiu atrás da árvore mais próxima, deixando uma Florence mortificada de vergonha para trás.

Ela se lembrou do jornal que tinham comprado mais cedo. Mal terminou de o desenrolar e sentiu o mundo girar. Pressionou as pernas em Opal, ganhando um relincho indignado como resposta.

— Desculpa.

Havia uma foto da mãe na primeira página. Uma foto antiga, de anos antes. Florence desviou o olhar para o texto, trêmula de nervosismo.

SUNRISE POST

Desaparecimento da herdeira do magnata ferroviário Henry Greenberg causa a morte de sua esposa

30 de agosto de 1895

O magnata ferroviário Henry Greenberg vem enfrentando um pesadelo terrível. O paradeiro de sua filha, Florence Greenberg, de 20 anos, sequestrada durante um ataque à locomotiva Greenberg, que fazia a rota de St. Langley a Yucca, segue desconhecido há vinte e cinco dias.

Na ocasião, testemunhas relataram que um grupo de homens mascarados e armados teria interceptado o trem nos arredores de Goldenbend, forçando uma parada brusca. Os criminosos, cujas identidades permanecem desconhecidas, não entraram em contato com a família para exigir o resgate até o fechamento desta edição.

O drama tomou um rumo ainda mais sombrio com o suicídio por enforcamento da esposa do magnata, Grace Greenberg. O corpo da sra. Greenberg foi encontrado sem vida em sua residência na manhã de quinta-feira, 29 de agosto.

> A Polícia Estadual de Halveman e a Agência Nacional de Detetives Pinkerton continuam a busca por Florence Greenberg em todo o país. As autoridades pedem à população qualquer informação relevante que possa levar à localização da jovem e à identificação dos sequestradores.

Florence soltou o jornal, que flutuou por um segundo até tocar a areia fina. O mundo ficou estático. Lágrimas desfocaram sua visão, borrando a paisagem. A realidade perdeu a solidez, o sentido, a palpabilidade.

Sentiu-se suspensa. Florence se via como se fosse um espetáculo de teatro. Distante, olhos úmidos, o rosto retorcido em uma expressão destruída de choque. Engoliu em seco. Desceu feito vidro moído, rasgando tudo. O gosto metálico de sangue subiu pela garganta, como veneno.

Os sentidos voltaram de uma vez. O grito veio do âmago, do lugar mais profundo em seu interior. Onde ainda guardava esperança e fé. A crença tola de que, quando as coisas melhorassem, Florence voltaria pela mãe e a resgataria de seu inferno particular. A salvaria do pai. Berrou a plenos pulmões. As cordas vocais arderam, assim como os tímpanos.

Estava tudo acabado.

Opal se agitou. Florence aumentou a pressão nas pernas para não ser atirada da égua. Russell surgiu de trás da árvore, pálido. Terminava de abotoar a calça ao examinar o entorno, certificando-se de que continuavam sozinhos. Correu até ela; no rosto, o reflexo da preocupação.

— O que aconteceu? — perguntou, segurando os braços dela.

Florence balançava a cabeça sem parar, e o grito se transformou em um soluço. Jorrou a dor através dos olhos, sentindo vontade de vomitar. Quis voltar no tempo, para o dia em que montaram acampamento e o penhasco a convidou. Quis nunca ter fugido. Casaria com Phillip um milhão de vezes para ter a mãe de volta.

Russell respirou fundo. As sobrancelhas formavam uma linha única. O caubói afastou o cabelo do rosto dela e apertou seu braço com mais firmeza.

— Florence, o que aconteceu?

A cabeça da garota rodopiava com lembranças da mãe. Ela se lembrou das incontáveis vezes que a vira sentada no sofá de frente para o piano, levando tanto tempo para tomar a xícara de café que o bebia gelado. Antes disso, quando as duas se escondiam na estufa e passavam horas com as mãos sujas de terra úmida. Pensou no dia em que o pai a arrastara escada acima pelo cabelo, quando a mãe enfrentara os próprios demônios para defendê-la.

O remorso atingiu Florence como um tiro. Perfurou a pele e se alojou no fundo da alma. Era sua culpa. A mãe aguentara enquanto Florence esteve por perto, mas, uma vez que partiu, não havia mais motivo para suportar o martírio. Se ela não tivesse fugido, se tivesse voltado antes...

Russell a soltou, recuando um passo. A atenção voltada para o jornal embaixo de seu pé.

Ela o observou se abaixar e o tomar nas mãos. Soluçou outra vez.

— Merda. — Os olhos dele rolavam depressa pela página. — Puta merda.

Ele ergueu a cabeça e a encarou. Amassou o jornal na mão, ainda mais pálido que antes. Murmurou xingamentos desconexos. A dor do reconhecimento em seu olhar. Russell respirou fundo, guardando o jornal de qualquer jeito e abraçando-a.

— Vem aqui.

Ele a tirou de Opal com gentileza. Florence se deixou levar. Seu único desejo era se encolher no chão e chorar até não ter mais certeza do que era ou não real. Derramar a dor para fora de si, ou acabaria sucumbindo como a mãe.

Sentiu os pés tocarem o chão irregular. O cascalho na sola da bota. Russell tirou a touca e passou as mãos pelo cabelo dela, afastando-o do rosto úmido. Depois secou suas bochechas com os polegares, os lábios tão apertados que sumiram.

Nunca mais sentiria o cheiro suave da mãe, ou se enxergaria nos traços dela. Jamais poderia convencê-la de que existia vida para além das paredes da Mansão Greenberg. Ou contar tudo o que passara desde que fora até o Beco da Meia-Noite.

— É minha culpa — murmurou Florence, ancorada nos olhos de Russell.

Ele franziu o cenho, mas, em vez de responder, envolveu a mão dela, oferecendo um pouco de calor. Florence se deixou cair nele e se firmou na solidez do corpo de Russell. Seus braços fortes a cercaram e trouxeram para si, ao mesmo tempo que ela afundou o rosto em seu peito, ensopando a camisa de lágrimas.

— É minha culpa — repetiu, a voz falhando. — É minha culpa...
Não vou aguentar.

Russell respirou fundo, firme como uma rocha, e permitiu que ela
absorvesse o impacto daquela notícia.

Capítulo 18

— Precisamos seguir — falou Russell no ouvido dela. — A próxima cidade não fica longe. Podemos nos hospedar em um hotel, pra você descansar.

Florence não lembrava mais o que estavam fazendo e por que *precisavam* fazer qualquer coisa. Afundou-se ainda mais no abraço. Não tinha nenhuma vontade de processar a morte da mãe. Ou melhor, o *suicídio*. Cada vez que a constatação voltava, era apunhalada de novo.

Florence sabia, mesmo ali, que jamais deixaria de doer. Se tivesse a oportunidade de envelhecer, passaria todos os dias de sua vida lamentando o destino cruel de Grace.

Esperou que Russell se mostrasse impaciente, mas tudo o que ele fez foi acariciar levemente as costas dela antes de se afastar:

— Ok. Vamos acampar aqui, mas temos que nos afastar da estrada. É perigoso.

Desnorteada, Florence olhou para o horizonte, para onde o sol se adiantava, e então para ele.

— Desculpa. Se eu não tivesse insistido em vir...

— *Shhh...* Não se martirize — disse Russell.

— Mas é verdade. Sou um fardo.

Depois de enrolar a rédea de Opal no pulso, ele espalmou a mão aberta nas costas de Florence para que começassem a caminhar.

— Não é. Mas, mesmo se fosse, isso não é da sua conta. Só a gente pode decidir o que leva e o que deixa.

Florence secou o rosto com o antebraço, pensando naquelas palavras enquanto se afastavam da trilha onde a grama não crescia, marcada pelo atrito de centenas de viajantes anteriores.

Depois de andarem por vários minutos, Russell se deu por satisfeito. Montou a tenda escondida entre duas árvores próximas, enquanto ela o observava sentada no chão, em um choro baixo e contínuo feito o de um animal ferido. A tenda era pequena, feita de lona como as do acampamento, mas de espaço reduzido; no interior, Russell estendeu cobertores dobrados para formar uma cama improvisada sobre a grama.

Ao terminar, ele bateu uma mão na outra, prendeu Opal em uma das árvores, tirou a sela e a alimentou com maçãs. Em seguida, passou um tempo considerável rodeando a área em busca de cascas, galhos, folhas secas e pedras para montar a fogueira.

Florence gostava de observá-lo trabalhar. Era focado, fazia o que era preciso sem rodeios. Os olhos semicerrados perscrutavam o ambiente como os de uma águia. Ela se remoeu por não ser capaz de viver em qualquer condição. Mesmo depois de dias com aquele grupo de itinerantes, não aprendera o suficiente. Desejou que tivesse se empenhado mais.

Russell fez uma varredura, encarando o sol poente, de braços cruzados.

— Trouxe a Luz do Deserto?

Florence a tirou do coldre que pegara emprestado de Maude e mostrou para ele.

— Logo vai anoitecer. Vi alguns coelhos pra lá. — Ele apontou o rosto para a direita, na direção de onde tinham vindo. — Vou buscar um pra nós...

Ela arregalou os olhos, em pânico.

— Não.

— Não vou demorar. Duvido passar alguém por aqui, mas Opal te avisa caso escute algum barulho. E a fogueira acesa mantém afastados os animais selvagens. De toda forma, vou estar por perto.

Apoiada nos joelhos, ela o segurou pelo punho da camisa, balançando a cabeça com veemência.

— Não me deixa aqui sozinha!

— Eu não...

— Russell, por favor. Fica.

O homem deu de ombros, perdido. Passou a língua nos dentes, com uma breve conferida na sela caída no chão, ao lado de onde Opal pastava.

— Só temos comida enlatada. Você não gosta.

Um riso perplexo escapou dos lábios de Florence. Piscou, pensando ser uma piada que aquele homem imenso e perigoso se preocupasse com detalhes minúsculos sobre ela.

— Comida enlatada é perfeito. Um banquete. Por favor, não me deixa aqui sozinha.

Ele concordou, raspando o pé na grama para a frente e para trás.

A fogueira crepitante diante da tenda a aquecia. Florence o acompanhou com o olhar quando ele assentiu mais uma vez e, calado, sentou-se a seu lado.

A presença dele era reconfortante. Por um momento, Russell não fez nada além de permanecer ali. Era o suficiente para Florence.

Os pormenores de Russell já eram familiares, tão enraizados na memória que ela podia fazer de conta que o conhecia havia anos. O cheiro salgado da pele, levemente suada depois de alguma atividade mais exigente. O som grave da voz, ou a risada rouca de quem fuma. A maneira como passava a maior parte do tempo de olhos estreitos, sempre em alerta, esperando pelo pior.

Ele acendeu um cigarro e o tragou profundamente, observando o movimento ondulante das chamas. Florence abraçou as pernas, o rosto apoiado nos joelhos e a cabeça perdida em pensamentos. Ela tinha sido atirada do penhasco e continuava em queda livre, esperando pelo fim.

Ele interrompeu o silêncio.

— Quer conversar?

Russell prendeu o cigarro entre os lábios, no canto da boca. Virou o rosto para Florence, que teve um vislumbre da melancolia que sempre o acompanhava, mas que surgia apenas quando baixava a guarda. Como quando soprava sua melodia na gaita, ou quando a aprisionava naqueles olhos profundos e tão escuros quanto as roupas puídas que vestia.

— Não é sua culpa.

— Se eu não tivesse fugido...

— Provavelmente acabaria tendo o mesmo destino — concluiu Russell, sério.

Florence prendeu um cacho atrás da orelha, encolhendo-se. Sentia como se estivessem viajando havia semanas, dia e noite, sem parar. As juntas doíam, assim como os músculos.

— Não é tão simples.

Russell arqueou as sobrancelhas.

— Quase nada é. Mas você pensou em se atirar do penhasco. *Depois* de ter fugido.

Novas lágrimas explodiram. O lábio inferior dela tremeu com o novo acesso de choro. O choque, cada vez que lembrava, era como o da descoberta.

— Quando eu era mais nova, minha mãe era resplandecente. Virava o centro das atenções em qualquer lugar... — contou Florence, com um riso saudoso involuntário. — Ela odiava. Era tímida, só queria passar despercebida. Mas era impossível. Tinha alguma coisa nela que enfeitiçava a gente, sabe?

Russell assentiu quase de imediato. O olhar preso em Florence, sério, urgente.

— Vi essa luz sumir aos poucos — continuou ela. — A chama apagou, ninguém mais prestava atenção nela. Minha mãe virou meu maior incentivo para partir, o-ou... — Florence deslizou o polegar pela trama do vestido, piscando na tentativa de segurar o choro. — Ou eu acabaria assim. Estou me sentindo tão egoísta, tão suja... Todo mundo viu minha mãe ficar vazia, mas ninguém fez nada, Russell. Nem eu.

— O que você poderia ter feito?

— Não sei. Mas eu teria cuidado dela, pelo menos.

— Até se casar.

Florence ergueu a cabeça dos joelhos, abrindo e fechando a boca algumas vezes. Não havia pensado por aquele lado.

— Por que está sendo tão gentil comigo?

— É o que acha? — Russell soltou um riso curto. — Não tem a ver com gentileza, estou apenas encarando de forma racional. O que aconteceu com sua mãe é terrível, mas você não tem nada a ver com isso. Foi uma decisão dela. Chame de desespero, eu não sei. As circunstâncias teriam te levado para a mesma direção. Ainda mais com aquele desgraçado como marido.

Fungando alto, Florence observou Opal arriscar alguns passos ao redor da árvore em que estava amarrada. Daquela vez, ela limpou os olhos nos braços, sentindo que as lágrimas nunca cessariam.

Abriu a mão sobre a coxa.

— Deixa eu ver o machucado — pediu Florence, com a voz embargada.

Russell obedeceu, cobrindo a mão dela com a sua. A casquinha tinha começado a se soltar, revelando uma cicatriz rosada e áspera. Muito melhor do que quando Florence a vira pela primeira vez.

Permaneceram quietos, pensando na mesma coisa, quando ele falou:

— Obrigado.

— Você precisa começar a cuidar de si como cuida dos outros. — Ela percorreu a cicatriz com a ponta do dedo. — Essa dor algum dia vai passar?

— Não. Mas fica suportável. Você aprende a viver com ela.

Russell inverteu as posições e embalou a mão dela. Acariciou a palma com o polegar, olhando sem rumo para algo visível apenas para ele.

Florence aceitou o carinho, recostando a cabeça no ombro dele.

O sol havia terminado de desaparecer no horizonte. Escurecia depressa. Além do mais, a temperatura havia caído consideravelmente. Mas a vista era de tirar o fôlego. O céu azul-índigo, passando por um turquesa-acinzentado, pincelado por tons de laranja e amarelo.

Ele apoiou a cabeça na de Florence.

— Eu tinha 15 anos quando meu pai morreu. Ainda dói. Fico me perguntando como ele seria, que decisões tomaria... se gostaria da pessoa que me tornei.

— É ele nas fotos do seu baú?

Russell não se mostrou surpreso ou incomodado pelo fato de ela ter visto as fotos. Concordou, balançando o pé de um lado para outro sem parar.

— Ele tinha a idade que tenho. Joseph.

— Vocês se parecem muito.

— Todo mundo falava. — Um sorriso minúsculo apareceu e sumiu com a mesma velocidade. — Ele conheceu Everett por acaso. Os dois resolveram assaltar uma estalagem ao mesmo tempo. Decidiram trabalhar juntos e dividir o dinheiro. Meu pai não era de confiar tão fácil em alguém, mas Everett sempre foi... bem, Everett.

— Ele tem o brilho que minha mãe tinha.

Florence o sentiu menear a cabeça.

— Eles se completavam. Um era razão; o outro, emoção. Um era criativo e ganancioso, o outro trazia o plano para a realidade. Depois da primeira noite, nunca mais deixaram de trabalhar juntos. A gangue Fortune começou assim. Meu pai fazia o possível pra não me envolver... O sonho de comprar terras começou com ele. — Russell balançava de leve com o movimento da perna. — Mas era inevitável. Conforme o tempo passou, mais fomos consumidos por essa vida.

Ela esfregou os braços, grata pelo calor da fogueira. Ouvia o sopro contínuo do vento agitar o mato e as folhas nas árvores, além do som de galhos partidos conforme animais pequenos corriam por perto.

— E sua mãe?

— Morreu no parto. Sempre fomos apenas meu pai e eu, até Everett entrar na jogada. E foi assim por um bom tempo.

— Até ele morrer, você diz?

Russell pigarreou, pensativo. Levou algum tempo perdido nos próprios pensamentos até murmurar a resposta.

— Não, antes. Mais gente foi chegando, a dinâmica mudou entre eles. Elmer e a srta. Carson apareceram nessa época. Everett e meu pai passaram a discutir o tempo todo. Não conseguiam mais entrar em acordo... — Russell deslizou o polegar sob o elástico do suspensório. — Meu pai estava cansado. Começou a falar comigo sobre partirmos, só nós dois. Não queria que eu seguisse o mesmo caminho. Já fazia quatro anos.

Florence alcançou a Luz do Deserto e a tirou do coldre. Segurou o cabo com firmeza, traçando a letra F no chão de terra com a ponta da faca.

— O que aconteceu?

— Não deu tempo. Os dois voltavam de um saloon numa madrugada quando cruzaram com os Blackwood. Não foi nada bonito. — explicou Russell, então soltou um suspiro e se desvencilhou dela. Alcançou a bolsa jogada no chão, próxima da entrada da tenda, de onde tirou o cantil. — Ainda lembro... Everett baleado, sangrando, com meu pai jogado no cavalo como uma carcaça.

— Russell...

Ele umedeceu os lábios, antes de levar o gargalo à boca. Florence observou o pomo de adão subir e descer. Russell fez uma careta e cuspiu para o lado.

— Lembro como se fosse ontem, mesmo depois de vinte anos. O jeito que Everett chorou, pressionando a costela para conter o sangue. O silêncio... A srta. Carson me tirou dali e passei a noite em claro. — Russell segurou o dorso do nariz, de olhos fechados. — É por isso que toco gaita, me aproxima dele.

— Sinto muito. Deve ter sido horrível perder seu pai tão cedo.

— Não posso reclamar. Everett se saiu muito bem. O amor pelo meu pai foi o que nos uniu. Também foi o que me manteve nessa vida. É tudo o que conheço.

Florence se remexeu, com um longo bocejo. A cabeça latejava e a barriga doía de fome. Pensou no acampamento com saudade. Em pouquíssimo tempo, aquelas pessoas lhe haviam oferecido um ambiente mais acolhedor que o próprio lar.

— Você se arrepende?

— Não. Fiz o que me pareceu certo. Eu faria diferente se tivesse outra chance, mas encarar as consequências foi justamente o que me fez aprender o que sei.

— Obrigada.

Florence deu um aperto suave acima do joelho de Russell e tomou impulso para se levantar sob o olhar questionador dele.

— Precisa de alguma coisa?

— *Hum...* me aliviar. — Apontou para uma árvore. — Já volto.

A cabeça de Florence zunia quando se esgueirou para trás do tronco.

Lembranças da mãe se misturaram à história que tinha acabado de ouvir. Pensou em Joseph, de quem Russell puxara grande parte das características físicas, e imaginou como seria a personalidade do homem. Russell teria herdado o jeito de ser de Joseph? Ou Everett teria contribuído mais? Como Russell seria se o pai estivesse vivo? Continuaria na gangue, encontrando outras desculpas para nunca ter partido, ou enfim teria realizado seu sonho?

Ao retornar, o encontrou esquentando duas latas de feijão na fogueira. Estava sem chapéu, além de ter se livrado do coldre com as armas. Daquela vez, Florence se sentou diante dele. Agradeceu por Russell ter se dado ao trabalho de esquentar a comida e devorou tudo como se fosse um dos banquetes preparados na mansão Greenberg.

Pegou o cantil esquecido no chão e tomou um pouco de moonshine. Àquela altura, o gosto forte não a incomodava. Na verdade, apreciava o ardor quente que corria pela garganta a cada gole.

Mesmo depois de comerem, nenhum dos dois se preocupou com o silêncio. Florence deslizou até estar praticamente deitada, apoiada pelos cotovelos. Admirou o céu estrelado interminável, a lua crescente, as poucas nuvens que insistiam em permanecer.

— Por que não tenta dormir um pouco? — sugeriu ele, sobressaltando-a. — Foi um dia difícil.

Russell apontou para a barraca.

Ela estudou o chão forrado no interior e o encarou.

— E você?

— Daqui a pouco. Estou sem sono.

— Mas vai dormir onde?

— Aqui mesmo... Tenho cobertores sobrando. Vou ajeitar uma cama aqui fora.

Ela arrancou a bota direita, esticando os dedos do pé.

— Acho que tem espaço o suficiente para nós dois. Não quer se instalar ali?

De braços cruzados, ele inclinou o tronco um pouco para a frente, para espiar a barraca. Pareceu ponderar enquanto Florence tirava o outro pé da bota.

— Pensei em te dar um pouco de privacidade...

— Ou o quê? Vou ficar malfalada? — debochou ela, sorrindo. — E aquela história de me apegar a velhos costumes?

Um brilho divertido perpassou os olhos de Russell por um milésimo de segundo.

— Se você insiste...

Sorrindo, Florence assistiu ao caubói se levantar para buscar os cobertores extras na bagagem.

— Insisto?!

— Implora. — Ele jogou os cobertores no ombro, piscando. Então afinou a voz em uma tentativa de imitá-la: — *Por favor, não me deixa sozinha.*

Florence foi surpreendida por uma risada. Achava que nunca mais riria depois de descobrir sobre o suicídio da mãe, mas talvez as coisas não fossem tão simples assim. Talvez Russell tivesse aquele dom.

— Você é muito baixo, Russell Fortune!

— Eu nunca neguei que não fosse.

— Pois saiba que retiro o convite. Você que durma ao relento.

Foi ignorada. Russell se ajoelhou para dentro da cabana e ajeitou as cobertas de forma que forrassem todo o chão. Saiu ostentando uma expressão de inocência, a mão apoiada na coxa.

— Tarde demais, senhorita. Devia ter pensado melhor.

Eles se entreolharam. Faziam muito isso. Florence ofereceu um sorriso para ele, que retribuiu com outro. Russell passou as mãos no cabelo longo, jogando-o para trás até que caísse de novo ao redor do rosto.

— Primeiro as damas — falou ele, com um aceno. — Vou dar uma última conferida nos arredores e armar uma armadilha no perímetro para sabermos se alguém se aproximar...

Ela engatinhou para dentro. A experiência era muito diferente da com que estava habituada: a cabana que dividia com Jennie e Katherine era pelo menos quatro vezes maior que aquela. Podiam ficar em pé tranquilamente no interior.

Deitou-se do lado direito, com as costas voltadas para a lona. Do lado de fora, Russell tirou as botas e suspensório. Então o observou rastejar para dentro, acomodando-se de frente para ela. Ocupava quase todo o espaço. Florence se sentiu minúscula ao lado dele. Mas, pela primeira vez, não se tratava de uma sensação negativa. Confiaria a vida a Russell. Sabia, na fibra de seu ser, que ele não lhe faria mal.

Russell Fortune, o bandido, atirava e matava a sangue-frio. No entanto, o homem diante dela era muito diferente. Ele daria a vida pelas pessoas que considerava família. Deixaria de cuidar de si, caso significasse dar mais atenção a quem amava.

Florence teve vontade de dizer alguma coisa. Quis agradecer por tudo que ele fizera por ela desde o encontro no trem. Quis perguntar mais, descobrir sobre os vinte e tantos anos em que vivia como fora da lei. Quis saber se ele já tinha amado alguém, e por que nunca pensara em seguir por conta própria. Mas o cansaço a venceu. O corpo cobrava o preço de tantas emoções.

Os olhos pesaram, a respiração ficou lenta. O cheiro dele a cercou, assim como o calor. Florence resistiu ao sono, recusando-se a perder um segundo que fosse daquele momento, ainda que fisicamente estivessem mais próximos que nunca.

Russell manteve os olhos colados nela mesmo quando o rosto começou a desfocar até desaparecer.

Capítulo 19

Amanhecia quando Florence despertou. Mas, para ela, foi como se tivesse acabado de fechar os olhos. Fora um sono pesado, sem sonhos, apenas a escuridão reconfortante na qual não precisou sentir.

Abriu os olhos para descobrir que ela e Russell continuavam na mesma posição em que haviam deitado horas antes. A única diferença era que, naquele momento, ele dormia a sono solto. Ressonava baixo, a cabeça apoiada no braço dobrado. As pálpebras inquietas contrastavam com todo o restante; ela nunca o presenciara tão relaxado. Nenhum músculo contraído, tampouco vestígios da carranca emburrada. Era fascinante.

A cicatriz cortando o nariz chamou sua atenção. Florence bocejou, inclinando-se para mais perto. Um corte profundo e espesso.

Sentiu tanta afeição por Russell que teve vontade de chorar. Desejou profundamente que um dia pudesse retribuir e fazê-lo compreender que não era uma pessoa horrível, muito menos indigno de ser amado e cuidado.

Desviou a atenção para o reflexo prateado atrás dele, no coldre esquecido desde a noite passada. Dois revólveres, além das cartucheiras entupidas de balas. Ela nunca tinha segurado uma arma. O mais próximo que estivera de uma foi quando Fred pressionou o cano do revólver em sua nuca.

Deixou-se levar pela curiosidade.

Sem ponderar se era uma boa ideia, Florence se ergueu do chão e ficou de quatro. Avançou na direção do coldre com cuidado, sem querer acordar Russell. Prendeu a respiração e estendeu a mão trêmula para o cabo lustroso da arma mais próxima. Fechou os dedos ao redor dela. Durou segundos.

Mal teve tempo de deslizar o revólver para fora do coldre e Russell despertou. Em movimentos rápidos que pareciam até ensaiados, ergueu o tronco e agarrou o pulso dela.

Florence não sabia o que mais a assustava: o ardor na pele, a rapidez com que Russell reagira, ou a frieza no olhar dele. Tornou a prender a respiração. Temia que o menor movimento desencadeasse um acidente.

Russell piscou algumas vezes, recuperando a consciência. Suavizou o aperto até que não a machucasse mais. Engoliu em seco. O olhar desceu pelo rosto dela e Florence se deu conta de quão próximos estavam. Centímetros os separavam, percorridos pela respiração quente e pesada de Russell. Pelo movimento sutil de seu peito. Ou pelo leve contrair do maxilar ao mesmo tempo que as pupilas dilataram, obscurecendo os olhos.

A mão dele continuava em seu pulso; quente, úmida. Florence sentiu dificuldade para respirar. Os braços dela rodeavam o tronco de Russell, o cabelo tocava pouco abaixo dos ombros dele. Florence cometeu o grande equívoco de olhar para os lábios dele. Estavam corados, entreabertos, emoldurados pela barba por fazer.

Foi inundada por um sentimento angustiante, como se o corpo todo estivesse coberto por formigas. Florence não conseguia ouvir a voz da razão, os pensamentos estavam inebriados, envoltos por fumaça, como a que Russell soprava ao fumar.

Ele a soltou. Parecia incerto sobre o que fazer. Ergueu o braço, prestes a acariciá-la, mas parou com a mão no meio do caminho. Florence estremeceu. Lamentava que ele não tivesse ido até o fim, sem compreender de onde vinha aquele anseio. Em que momento exatamente passara a esperar pelos toques dele?

Antes que se afogasse na corrente de sensações inéditas, soltou a arma e se afastou. As costas encontraram a lona da barraca, na urgência de aumentar a distância entre eles.

— Me desculpa — falou Florence, a voz fraquinha. — Eu só queria... saber como é. Nunca peguei em uma arma.

Russell enterrou as mãos no cabelo. Os lábios empalideceram, ele aparentava despertar de um transe. Calado, alcançou o cabo que Florence havia acabado de soltar e o puxou do coldre.

Estendeu a arma para ela, o cano voltado para si, sem hesitar.

O revólver era pesado, de construção robusta. A madeira lustrada, o metal arranhado e gasto. Abriu o tambor e observou as seis balas. Passeou o polegar sobre os vincos, acostumando-se com o formato.

Apontou para a entrada da tenda, o dedo no gatilho. Sentiu uma corrente elétrica passar da arma para a palma da mão. Visualizou o pai parado diante dela, sob a mira do revólver, vulnerável, como ela mesma havia se sentido por tanto tempo.

A fantasia não a assustou, tampouco surpreendeu. Florence precisava reconhecer que, bem lá no fundo, o desejo de ultrapassar aquele limite vinha germinando aos poucos. Mas, ao contrário de todas as vezes que usou um esforço consciente para afastar qualquer vestígio daquela insanidade, Florence se apegou ao momento. Sem nenhum remorso.

Florence estava exausta. Queria continuar gritando, como fizera no dia anterior, até expurgar a queimação intensa no peito. Ao longo dos anos, aprendera que, para pessoas como o pai, não existia errado. Ele ultrapassava todos os limites do inaceitável, com a despreocupação de quem sabia que podia, sem consequências.

Crescera sob as garras tirânicas do pai, sendo podada até quase sumir. Dócil, inofensiva, bonita e sem vida.

Fora assim com a mãe, não? Ela havia se saído bem. Havia se moldado tanto para caber no que esperavam dela, que, em dado momento, deixou de ter uma forma própria. Grace não existia sem a sombra de Henry pairando sobre ela.

Florence não podia permitir que ele continuasse impune. Em que mundo seria justo que aquele homem, que fizera mal a tantas pessoas, continuasse vivo, sem jamais pagar por nenhum dos crimes?

A mãe estava morta. Ainda era difícil aceitar, a lembrança vinha com novas punhaladas rasgando a pele. Grace ficaria congelada eternamente no passado, enquanto Henry, que a roubara de si mesma, seguiria. A mãe pagou por crimes que não cometeu. E, por ela, Florence estava disposta a carregar aquela cruz, apenas para fazê-lo pagar.

Não se via como uma assassina, mas se transformaria em uma se isso significava honrar as pessoas que ele havia destruído.

— Você me ensina?

Russell a estudava com uma expressão indecifrável.

— Ensino.

— Agora?

Um sorriso singelo se formou nos lábios dele.

— Podemos começar, mas leva tempo. Vai precisar treinar bastante, e temos que seguir viagem.

Florence devolveu a arma e engatinhou para fora.

— Obrigada — falou ela, fascinada com o quanto o revólver se encaixava bem na mão de Russell. Viravam uma coisa só. — Quero puxar o gatilho quando chegar a hora.

Do lado de fora, calçou as botas e esperou. Russell estava hesitante quando foi a seu encontro.

— É uma decisão sem volta. Tem certeza de que quer carregar essa culpa pelo resto da vida?

— Vai ser pior se eu não fizer nada. Preciso fazer. Por mim e pela minha mãe.

Ele assentiu. Em meio a um bocejo, levantou-se e acenou para que seguissem na direção oposta à das árvores que os escondiam, onde Opal estava amarrada. Florence o acompanhou, determinada a se provar.

Ganharam uma boa distância até que Russell parasse e se voltasse para ela. Nomeou as partes do revólver, com breves explicações. O tambor, onde iam as balas; o cano, por onde o tiro era disparado; o cão, que destravava o tambor; o gatilho, responsável pelo tiro.

Depois mostrou como descarregar e carregar as balas. Soltou os seis projéteis nas mãos de Florence, permitindo que os tocasse e conhecesse. Ela segurou uma bala entre os dedos e a ergueu diante do rosto. Um pequeno cilindro dourado, de tampa prateada e arredondada. Uma coisa minúscula capaz de estragos gigantescos. O cheiro metálico de pólvora fixou em sua pele.

Russell segurou a arma diante do corpo. Explicou, com paciência, sobre como mirar e como se preparar para o recuo cada vez que um tiro era disparado.

Quando chegou sua vez, Florence perdeu um pouco da coragem. Era bem mais simples visto de longe. Não conseguia imaginar ninguém preocupado em flexionar os joelhos em meio a um tiroteio. Além do mais, eram muitos detalhes. Pensou que bastasse puxar o gatilho, mas percebia que aquele talvez fosse o detalhe de menor importância. A decisão de machucar alguém vinha desde o momento irreversível em que se aprendia a empunhar uma arma.

Russell usou a ponta do pé para afastar as pernas dela, segurou-a pelos ombros para ajeitar a postura, endireitou a posição dos braços.

Então, sem mais nem menos, apontou para um toco de árvore e pediu a Florence que disparasse.

A garganta dela secou. Olhou para ele, por cima do ombro, sem saber se estava preparada. Ele piscou, o cabelo preto ondulando ao vento.

— Concentra. Não precisa ter pressa.

— Mas e quando eu estiver num tiroteio...?

— Isso não vai acontecer tão cedo. Não se eu puder evitar. — O tom petulante a fez sorrir. — Respire e sinta a arma. Sem pressa.

Florence obedeceu. Sentiu a arma na mão, o peso, a textura e, de alguma forma, o impacto. Concentrou-se, retomando as instruções. Ajustou a mira, encaixou o indicador no gatilho, respirou fundo e atirou.

No mesmo instante, as mãos e os braços vibraram. A arma foi empurrada para trás, na direção do rosto, mas Florence estava preparada. Firmou o corpo e empregou mais força, as narinas ardendo com o cheiro forte.

O tiro passou longe do tronco. Ela sentiu o rosto esquentar de vergonha ao entregar a arma para Russell, os dedos formigando.

— Cruzes! Eu teria matado um inocente com essa mira.

Russell riu. Os olhos se semicerram, cheios de ruguinhas.

— Num tiroteio, dificilmente a pessoa ao lado do seu inimigo seria um inocente.

— Bom saber. Fico mais aliviada.

Ele desarmou o cão e enfiou a arma no coldre, com o cabo para a frente, como era de costume. Apontou com o queixo para o acampamento e Florence compreendeu o recado. Caminharam lado a lado.

— Como foi?

— Diferente. Mais complexo do que imaginei.

— Com o tempo fica mais fácil, você faz no automático.

— É um pouco assustador.

Ele a estudou de lado.

— Piora quando há um par de olhos te encarando.

Florence desceu o rosto para os sapatos esmagando a grama por onde passavam. Não disse mais nada; refletia sobre aquelas palavras. Conseguiria atirar em alguém? Ainda mais se aquele alguém fosse uma pessoa que um dia fora o mundo dela?

Ao chegarem ao acampamento, Russell foi logo se enfiando na tenda para recolher os cobertores. Florence roeu a unha do polegar, de olho em Opal.

— Russell? Quero aprender a montar. Maggie começou a me ensinar... mas por enquanto só passou alguns comandos e me familiarizou com os cavalos do acampamento.

Russell revirou os olhos, parecendo achar graça, mas ainda concentrado em desmontar o acampamento.

— Quer se livrar de mim, é?

— De jeito nenhum. Tenho te dado muita dor de cabeça desde que cheguei. Vou é acabar tirando você do sério.

— É preciso muito mais que isso para me tirar do sério.

Russell dobrou a lona com cuidado, alinhando as pontas com perfeição. Em seguida lhe entregou para que a guardasse, enquanto ele próprio se ocupava em abrir uma lata de pêssego em calda.

— Quero me sentir útil — falou Florence, ao se sentar com ele. — Eu venho sendo um peso morto. Tinha uma criada para me dar banho e me vestir. Não fazia minha comida, não lavava nem passava minhas roupas. Todos os aspectos da minha vida eram controlados por alguém.

Ele terminou de mastigar e perguntou:

— O que é ser útil para você?

Florence aceitou a lata que ele lhe oferecia. Segurou a colher, a mesma usada por Russell, e pegou um pouco da calda. Gemeu baixinho, deleitando-se com a doçura que não sentia havia semanas, enquanto pensava a respeito.

— O contrário de ser um peso morto, acho. — Ela revirou os pedaços de pêssego dentro da lata. — Cheguei na gangue sem saber fazer nada. Sou um fardo. Um pouco menos que antes, mas ainda assim...

— Independência, então?

Com um leve dar de ombros, Florence devolveu a lata.

— Talvez.

Russell fez um bico, pensativo. Olhou para Opal, depois para ela, e concordou. A colher posicionada sobre os lábios.

— Você não é um fardo. Mas, como já se cansou da minha companhia, não há por que não te ensinar.

Ela riu, batendo com o ombro nele de levinho.

Trocaram um olhar cúmplice enquanto Russell levava outra colherada à boca.

Algo havia mudado drasticamente entre eles na noite anterior. Talvez houvesse certos tipos de verdades profundas que, uma vez atiradas ao vento, não deixavam nada no lugar.

Conhecer um pouco do passado dele, imaginar a perda que o assombrava, fez com que Florence o admirasse. Russell vinha se mostrando um homem muito diferente daqueles que conhecera. Colocados lado a lado, ele sempre perderia aos olhos das outras pessoas. A aparência suja, selvagem e robusta, repleta de cicatrizes e remendos. Quem, em sã consciência, preferiria ele a um homem de boa imagem, vestindo ternos bem cortados e ostentando sorrisos polidos na medida certa?

Mas Florence o escolheria mil vezes. Tantas quanto fosse preciso. Era desconcertante ter aquele nível de certeza, mas ela tinha. Depois da noite anterior, qualquer resquício de dúvida desvaneceu.

A dor moldava uma pessoa. Russell carregava cicatrizes, mas seguiu em frente apesar delas. Era o que havia de mais bonito nele.

★ ∩ ★

Depois de juntarem seus pertences, Russell esperou que ela montasse Opal e tomou impulso para subir e ocupar o lugar que costumava ser dela.

A barriga de Florence revirou quando ele se acomodou atrás. Russell teve a delicadeza de não colar o corpo no dela, mas ainda estava muito próximo, o que a deixava nervosa. Os joelhos dele tocavam na metade de suas coxas. Ela duvidava que conseguisse aplicar tudo o que Maggie havia lhe ensinado enquanto lutava contra as batidas frenéticas do coração e os pensamentos irrefreáveis. Era impossível ignorar a presença dele.

Russell estendeu os braços ao redor dela e alcançou as rédeas. Cercada por ele, sentiu a garganta arranhar. Talvez tivesse sido uma decisão precipitada. Florence não estava preparada, sobretudo depois do incidente na cabana. A mente continuava anuviada e o corpo, imerso naquele estranho torpor. Ao mesmo tempo que a proximidade era quase dolorosa, também a fazia desejar mais.

Relembrou todas as vezes que sonhou fugir montada em um cavalo. Sempre lhe pareceu improvável, para dizer o mínimo, mas ali estava. Por mais que os desdobramentos fossem penosos, era também um deleite constatar que havia se libertado do vaso pequeno que a reprimia.

Suas raízes se expandiriam sem nenhum obstáculo. Não havia limites para seu crescimento.

Russell deu beijinhos no ar e guiou as mãos, puxando as rédeas de leve. Opal diminuiu a velocidade até parar.

— Sua vez — falou o caubói, a boca muito próxima da orelha dela.

Um arrepio percorreu os braços e pernas de Florence. Ela fechou os olhos, abalada, e repetiu os comandos que repassara tantas vezes com Maggie.

Conforme avançavam pela estrada, o movimento de Opal trouxe o corpo dele para mais perto. O peito rígido cobriu as costas dela, as coxas encaixadas na cintura, os braços continuavam a rodeá-la.

Sentiu as rédeas escorregarem nas mãos suadas. Florence apertou o maxilar, o frio na barriga tão intenso quanto a vontade de vomitar. Maldição, era apenas o segundo dia de viagem. Sobreviveria a Russell Fortune?

— Calma. — A voz profunda dele vibrou em seu tímpano. Florence sentiu o hálito morno soprado em cada sílaba e se perguntou como poderia relaxar daquele jeito. Parecendo ler os pensamentos dela, Russell insistiu: — Opal vai perceber seu nervosismo.

Florence assentiu, a boca seca.

— T-tudo bem.

Ele a segurou pelos ombros.

— Está muito tensa. Solte os ombros. — Ao dizer isso, a mão de Russell deslizou pelas costas dela, parando na lombar. — Mantenha a coluna firme. Quando estiver sozinha, é o que vai te sustentar.

— Quer voltar a guiar? — perguntou Florence, rouca.

— Vamos um pouco mais, você está se saindo bem. Não precisa ter medo, Opal nunca me derrubou.

— Não estou com medo.

— Ali — apontou ele, indicando metros adiante, onde a estrada se bifurcava. — Vamos pegar a direita.

Concentrar-se foi uma tarefa dificílima, quase impossível. Mas Florence não queria desperdiçar a oportunidade, tampouco fazer parecer que não valorizava o tempo ou a boa vontade de Russell de permiti-la praticar.

Russell a guiou para que empregasse um pouco mais de força na rédea. Em seguida, levou a mão até a perna de Florence. Foi delicado ao empurrar a panturrilha dela contra Opal, o suficiente para que a égua desviasse para a direita a tempo de entrarem na estrada que se abria.

A mão dele permaneceu ali por um momento. Por cima da saia e, ainda assim, responsável por desviar todo o sangue do corpo de Florence para aquele ponto. A pele dela formigava. Não sentiu orgulho de si mesma pelo que havia acabado de fazer. Não sentiu nada além de Russell; sua solidez, seu calor, seu cheiro.

— Está gostando?

Ela assentiu de leve, voltando para o presente, para a realidade. A resposta soou quase como um sussurro:

— Estou me sentindo a melhor cavaleira da América.

A tentativa de piada saiu pela culatra; falou tão baixo que Russell não ouviu. Ele se queixou, com um resmungo. Antes que ela respondesse, o pistoleiro apoiou o rosto no ombro dela.

Florence sentia a pulsação no pescoço, na barriga e nas têmporas. As batidas do coração eram sentidas por toda parte. O peso da cabeça de Russell entorpeceu seu ombro. As lufadas de ar roçavam de leve atrás da orelha.

Apertou as coxas, sem pensar direito, e o trotar se transformou em um galope.

— Eu disse... — começou Florence, virando a cabeça na direção dele.

Uma decisão incalculada que a fez congelar. A ponta do nariz a milímetros de tocá-lo. A escuridão sem fim dos olhos dele. O breve umedecer de lábios. Florence estava perdida, sabia disso. Contava com isso. Deus, como queria isso.

Russell segurou a rédea e os fez reduzir a velocidade até quase pararem. Ela ficou ali, à mercê, querendo avançar e, ao mesmo tempo, paralisada. Aterrorizada e maravilhada. Queria aquele homem. Queria ser dele. Era claro como a luz do dia contornando as linhas duras e retas do rosto de Russell.

Girou o tronco um pouco mais e percebeu o foco do olhar dele — seus lábios. Por instinto, Florence os entreabriu. Russell engoliu em seco e avançou.

As mãos dele a alcançaram primeiro. Uma cobriu a lateral do seu rosto e pescoço, a outra a segurou pela nuca. Os olhos de Florence se fecharam no instante em que os lábios dele a tocaram. Eram macios e suaves, contrastando com a aspereza da barba. Ela respirou fundo, sorvendo o cheiro dele. Tabaco, suor. Agarrou sua camisa, apertando-a entre os dedos.

Russell invadiu sua boca, um gemido rouco vibrando nos lábios. O beijo tinha gosto de pêssego em conserva e cigarro, mas não apenas. Havia também o sabor de segredos não ditos, promessas não feitas, um futuro banhado pela luz dourada do Oeste.

Ele a guiou com movimentos calmos, como se a degustasse. Arrancou a touca dela, então os dedos se enterraram nos cachos. Florence arquejou na boca dele. A pele ardia pelo atrito da barba, o anseio a fazia formigar. Queimava. Queria mais. Queria tudo. Queria Russell e toda a sua experiência; as mãos calejadas do bandido percorrendo o corpo e aliviando a urgência dolorosa.

O beijo se tornou mais exigente. Ele entrelaçou a língua na dela como se a devorasse. Florence dava tudo o que Russell pedia. Subiu a mão pelo pescoço dele. Acariciou sua barba, permitiu que a mão se perdesse no cabelo liso e fino.

Sentiu uma fisgada intensa entre as pernas quando ele voltou a gemer, mordendo o lábio inferior dela. Russell fez uma trilha de beijos pelo queixo, maxilar e pescoço até alcançar a orelha de Florence, que sentiu a garganta arranhar. Sufocou com a umidade dos lábios e os estalidos baixos enquanto ele a levava à perdição.

— Russell... — sussurrou ela, segurando-se para não os colocar a galope outra vez.

Ele refez a trilha de beijos, com um último sobre os lábios. Recostou a testa na dela, parecendo embriagado por Florence. Penteou o cabelo dela com os dedos, de olhos fechados. Ofegava.

Florence desejou morar naquele instante, compartilhando a respiração e o torpor com ele. Ali, sob o sol escaldante e em meio à natureza selvagem, passado e futuro colidiram.

Russell a encarou com intensidade, então enroscou o braço no ombro dela e a puxou para si. Florence se deixou deitar no tronco dele, sentindo-se protegida por seu tamanho e firmeza. Foi acariciada suavemente no braço, com movimentos de vaivém, que a relaxaram até pesar os olhos.

A paz que a envolvia era inédita. Não se lembrava de ter vivenciado algo parecido.

Não soube precisar quanto tempo passou até que Russell afastasse o cabelo dela da orelha e aproximasse a boca para falar, em um tom baixo e preguiçoso:

— Vamos?

Florence não queria. Teria ficado ali pelo resto da vida, sem reclamar. No entanto, quando Russell desmontou de Opal sem esperar por uma resposta, soube que haviam sido arrastados de volta à realidade.

Deslizou para trás, resignada. A primeira coisa que Russell fez depois de se acomodar foi guiar a mão dela até a boca e deixar um beijo no dorso. Em seguida, levou o braço para trás, até que os dedos tocassem a panturrilha de Florence por baixo do vestido, onde ficaram por grande parte da viagem.

Capítulo 20

A viagem exigiu muito deles, sobretudo de Opal. Cavalgavam horas a fio, fazendo pausas curtas para esticar as pernas enquanto a égua se hidratava e recuperava o fôlego. Paravam tarde da noite, o clima abafado do dia dando lugar ao vento gelado que os fazia estremecer nas roupas úmidas de suor.

Na segunda noite, Florence buscou nos arredores o necessário para acenderem a fogueira, e Russell montou a barraca. Quando ele se afastou para caçar, Florence desenrolou os cobertores e escovou Opal como forma de agradecimento. Não estava sendo fácil para a égua. Acostumada a carregar apenas Russell, de repente viu-se com praticamente o dobro do peso e enfrentando um ritmo frenético para percorrer a maior distância possível a cada dia.

Demorou pouco mais de uma hora até que Russell retornasse segurando um esquilo pelo rabo, o rosto enrijecido pelo cansaço.

No tempo em que a carne assava, acomodaram-se ao redor do fogo. Florence corou ao se aproximar dele sem nenhuma sutileza, até que as cinturas se tocassem. Russell se voltou para ela, um sorrisinho quase imperceptível somado ao olhar curioso.

Florence respirou fundo. Não parou para refletir no que estava prestes a fazer ou perderia a coragem. Durante 20 anos, vivera na ignorância do que era compartilhar um momento tão íntimo com outra pessoa; mas, naquele exato instante, tudo o que conseguia era relembrar o beijo e as sensações deliciosas que havia proporcionado.

Não aguentaria mais um minuto sequer. Fora penoso estar próxima de Russell ao longo de horas e, ao mesmo tempo, tê-lo tão inacessível. Ser beijada daquela maneira para depois seguirem em frente como se nada tivesse acontecido. Não. Se ele não viria até ela, Florence superaria o orgulho e mostraria o quanto queria e precisava de mais. Se aquilo era estar apaixonada, ela mergulharia fundo, sem pestanejar.

Ajoelhou, os olhos colados nos de Russell, e viu o sorriso dele desaparecer. Florence passou uma perna por cima de Russell, montando em seu colo. Tinha feito uma cena quando ele sugeriu que ela abrisse as pernas sobre Opal, para naquele instante agir como uma... uma mulher inflamada de desejo, era isso.

Russell ergueu as mãos e afastou o cabelo volumoso do rosto de Florence, jogando-o para trás. Acariciou as bochechas dela, a luz da fogueira refletindo em seus olhos. Florence apalpou os ombros largos dele. Desceu as mãos pelos bíceps, apertou os antebraços. Fechou os olhos ao sentir o polegar dele em seu lábio inferior.

As respirações pesadas se uniram aos estalidos da brasa ao cruzar a distância entre eles, sedenta. Russell envolveu os braços em sua cintura e a puxou para mais perto. Ao senti-lo embaixo de si, Florence soltou um suspiro alto. Daquela vez, o beijo teve gosto de moonshine, e também desceu como a bebida. Queimando, embriagante. Florence derreteu nos braços de Russell, permitindo que ele a consumisse sem nenhuma pressa.

Quase se esqueceram do assado. Não fosse o cheiro para avisar, teria virado carvão. De lábios inchados e formigantes, ela aceitou a lasca da carne. Não parava de sorrir, os dedos engordurados, trocando olhares demorados e significativos com Russell.

Custaram a dormir aquela noite, apesar do cansaço. Florence aproveitava qualquer oportunidade para se aninhar nos braços dele. Conversaram por horas. Ela lhe contou dos bailes que frequentava, dos vestidos opulentos e da comida farta, cujo aroma atravessava cômodos ostensivos. Contou da alta sociedade de St. Langley, dos escândalos guardados a sete chaves e da hipocrisia que a rodeara por toda a vida.

O assunto pulou para o herbalismo. Empolgada, Florence descreveu a estufa, onde se escondia a maior parte do tempo. Falou sobre os livros que lia, sobre o acervo de plantas e a utilidade de cada uma delas. Poderia discorrer sobre o assunto por horas e mais horas, sem nunca se esgotar. Explicou para Russell por que considerava aquele um tema tão fascinante. O potencial de cura, mas também de destruição em cada espécie.

Com um sorrisinho preguiçoso, ele a ouviu. Acariciou as costas dela, com Florence deitada em cima do braço. Prestava atenção a cada palavra, como se fosse o assunto de seu maior interesse.

Florence só se deu por vencida ao sentir a garganta seca de tanto falar. Foi a vez de Russell lhe contar mais de sua vida. Falou muito sobre o pai. Sobre como Joseph gostava de escrever e sempre levava um caderno com capa de couro embaixo do braço. Contou sobre como tentara surrupiar o caderno uma dezena de vezes, louco de curiosidade para ver o mundo pelos olhos de Joseph, mas que sempre era pego em flagrante.

Por fim, decidiu narrar o dia em que conquistara a enorme cicatriz no nariz. A voz estava sonolenta ao contar, rindo, que, embora tivesse passado por incontáveis tiroteios e brigas, o corte fora especificamente por culpa e descuido dele. Russell tinha roubado uma carroça, desobedecendo a uma ordem direta de Everett. Em meio à perseguição, acabou perdendo o controle dos cavalos e colidindo com uma rocha. Uma viga de madeira se partiu e voou em seu rosto; por pouco não o deixou cego.

— Eu tinha sua idade. — Seu riso se transformou em uma tosse fraca. — Everett não me deixa esquecer que foi culpa da minha teimosia.

— Pelo menos você pode mentir e deixar a história mais interessante.

— Antigamente, eu contava uma versão diferente pra cada novato na gangue. Isso até a srta. Carson me pedir pra parar de assustar todo mundo.

Florence riu, afastando o cabelo de Russell do rosto.

Não soube precisar o momento exato em que a conversa deu lugar ao sono, mas tinha certeza de que o sorriso persistia em seus lábios quando acabou adormecendo.

* ∩ *

Cruzaram a ponte que levava a Sheridan tarde da noite, os cascos de Opal tamborilando na madeira. Depois de cinco dias de viagem, tudo que Florence queria era uma refeição quentinha e uma cama de verdade. Não aguentaria nem um dia a mais em meio ao nada; os músculos estavam enrijecidos depois de tanto tempo montada.

Fizeram uma curva até que Sheridan se abrisse diante deles e passaram pelo portal de madeira com o nome da cidade. Ao pé da montanha, era pequena e charmosa, cercada pela natureza. Dezenas de árvores atravessavam as ruas estreitas de pedra, e um rio cruzava a avenida principal, onde um grande moinho trabalhava de maneira incansável.

Não havia muita gente na rua. Três ou quatro homens sentados no banco em frente ao saloon, duas jovens mulheres na sacada de um casarão. O xerife conversava com um homem de meia-idade em frente à prisão, a estrela dourada brilhando no colete e um charuto aceso entre os lábios. Mesmo assim, tiraram os lenços do rosto para evitar suspeita.

Russell ergueu o chapéu ao passar, com um sorriso gentil. Sussurrou, para que apenas ela ouvisse, que a melhor maneira de passar despercebido sendo um procurado era agir como se não fosse. Florence constatou a verdade disso ao perceber que o xerife nem sequer deu bola para os forasteiros que chegavam tarde da noite.

Pararam no hotel, no topo da colina, uma construção elegante sobre as pedras da montanha, com uma longa escadaria de troncos. Russell amarrou Opal e desceu Florence. Estava tão exausta, que mal conseguia raciocinar. Sem nenhum remorso, deixou que Russell pensasse pelos dois.

Um tapete de pele de urso os esperava na recepção, além de um candelabro pendente e poltronas forradas. Um aposento mais familiar a Florence e, talvez por isso, sinistro. Ela esperou, afastada do balcão, enquanto Russell conversava com o concierge. Subiram os degraus da escada, a mão de Russell pousada nas costas dela, até chegarem ao quarto em que ficariam, no final do corredor.

Florence arrancou as botas assim que atravessou a porta. Chutou-as dos pés e correu até a cama e caiu sobre ela, de braços abertos. Arquejou de alívio quando sentiu a maciez do colchão.

— Nunca pensei que fosse ficar tão feliz de ver uma cama.

— A vida simples tem suas vantagens. — Russell pendurou o chapéu no cabideiro, se aproximou sorrindo. — Veja como você passou a se alegrar com pouco.

A gargalhada de Florence ocupou todo o quarto e dobrou o sorriso dele. Ela agarrou um travesseiro e atirou na direção de Russell, que o segurou no ar.

Ele jogou o cabelo para trás e se aproximou, devagar. Devolveu o travesseiro ao lugar e se sentou na beirada da cama, as mãos cruzadas entre as pernas enquanto admirava Florence ocupar o máximo de espaço.

— Você não vem para a cama? Dá pra ver na sua cara que está morrendo de vontade.

Russell baixou a cabeça. Os ombros balançaram, de levinho, no que ela julgou ser uma risada; mas não ouviu nada.

— É... você não faz ideia do quanto. — Ele pousou a mão sobre o tornozelo dela por um instante, tornando a erguer o rosto para revelar o rubor sutil nas bochechas. — O banheiro é do outro lado do corredor. Segunda porta à esquerda depois da escadaria. Pedi para prepararem um banho pra você.

Florence tomou impulso para se sentar, as sobrancelhas unidas com cinismo.

— O que está insinuando?

Russell deu de ombros, assumindo uma expressão severa.

— É preciso delicadeza para tratar de certos assuntos... ainda mais com uma dama.

— Ora, pois! — exclamou Florence, boquiaberta. — Que moral você tem para falar isso quando está cheirando a cavalo molhado?

Ela cutucou a coxa dele com o pé. As risadas se uniram, e ele se inclinou para beijar o tornozelo dela. O riso de Florence morreu ao sentir a barba de Russell em sua pele.

— Com sorte, resolvo isso logo depois de você. Vou atrás de comida. Já devo ter voltado quando você sair do banho, mas fica o aviso caso termine primeiro.

Revirando os olhos, ela o observou sair do quarto. Ouviu o som das esporas na madeira diminuir até desaparecer. Florence olhou ao redor.

O quarto era espaçoso e simpático. Papéis de parede vinho, lareira de tijolos ladeada por vasos de plantas diante da cama com dossel, duas cadeiras estampadas perto da janela, mesas de cabeceira com lamparinas acesas, um armário espaçoso. Perto da porta havia um penico de metal, além do biombo, do cabideiro e do espelho oval de corpo inteiro.

Pegou uma toalha no armário e foi até o banheiro, descalça.

Encontrou a banheira cheia de água e espuma, o vapor se espalhando pelo cômodo, deixando-o abafado. Mergulhou com um longo gemido de satisfação. Sem dúvida sentia falta dos banhos quentes de banheira. Não que se banhar no rio, ao pé da cachoeira, não tivesse seu charme, mas aquele era um luxo bem-vindo depois de dias terríveis.

Sem motivo aparente, se lembrou da mãe e quase perdeu o ar. Vinha tentando evitar pensar nela, temendo que desabasse de maneira irreversível, mas ao longo dos últimos dias a raiva e a dor da perda sempre a acometiam de surpresa. Pensar em Grace aprisionada em um caixão, recebendo nada além da frieza do pai como despedida, a torturava. Esfregou a pele, descontando em si mesma os sentimentos vis que vinha nutrindo.

Henry pagaria por aquilo.

Talvez fosse uma decisão da qual Florence não pudesse voltar atrás, e carregaria um fardo imenso pelo resto da vida. Não tinha escolha. Devia isso a Grace. A Eleanor. Até mesmo a Katherine. Devia isso a si mesma.

★ ∩ ★

Nenhum dos dois aguentou conversar. O que ainda restava de energia foi usado ao saborearem, em meio a gemidos baixos, os pratos de rosbife e purê de batata, acompanhados de duas canecas de cerveja.

De barriga cheia e relaxados graças ao banho de banheira, trocaram carícias preguiçosas até adormecerem, Florence nos braços de Russell. Quatro noites dormindo emaranhada no corpo forte e grande dele e não recordava mais um tempo antes disso. Tampouco fazia questão. Tinha se acostumado ao calor de sua pele, ao ressonar baixo de sua respiração, ao peso de seu braço na cintura.

Foi acordada com uma trilha de beijinhos no braço e ombro. Abriu os olhos preguiçosamente e se deparou com um Russell bem-humorado que a encarava sentado na beira da cama.

— Pronta para a aventura do dia?

Ela esfregou os olhos, confusa. Ele usava o chapéu e parecia bastante desperto.

— Faz tempo que acordou? — perguntou Florence, em meio a um bocejo. — Que horas são? Dormi demais?

— Acordei com o galo cantando. Não quis te chamar, você estava até babando.

— Que mentira!

Com um riso, ele se inclinou sobre ela e deu um beijo em sua testa.

— É mesmo, mas foram dias cansativos. E, de toda forma, aproveitei para dar uma sondada. O banco não fica muito longe daqui. Mas tem outra coisa que quero te mostrar.

Florence soltou o ar dos pulmões de forma teatral. Jogou as pernas para fora da cama, o rosto sonolento.

— Tudo bem, você me convenceu.

— Acho que ninguém vai perguntar, mas, para todos os efeitos, somos casados.

— Florence Fortune. Gostei.

— Curioso, nunca ouvi falar de nenhuma Florence. — Ele negou com a cabeça, caminhando até os pertences deles, de onde tirou um binóculo. — Minha esposa se chama Hazel. Hazel King.

Com um leve assentir, Florence parou diante do espelho depois de se vestir, pronta para esconder o cabelo.

— E meu marido se chama como?

— Leroy.

— Perfeito, sr. King. — Florence virou de frente para ele. — Estou bonita?

— Bonita como alguém que não é procurada pelo país inteiro. — Russell deu uma piscadela, estendendo o braço para ela. — Me acompanha em um passeio?

— Na alegria e na tristeza, meu bom marido.

Ela encaixou o braço no dele ao deixarem o quarto. Seguiu o conselho que Russell lhe dera na noite anterior e manteve o rosto erguido, oferecendo acenos e sorrisos educados a quem cruzasse o caminho. O dono da hospedaria os cumprimentou ao passarem pela recepção. Florence se deleitou na sensação de ser uma pessoa comum, com uma vida simples. Viajando com o marido, sem grandes dramas como gangues de criminosos ou pais que a tratavam como mercadoria.

Russell olhou ao redor para se certificar de que não eram vigiados antes de contornarem o edifício.

Quando chegaram aos fundos, Florence enfim compreendeu o que ele queria mostrar. Pararam diante de uma escada vertical que levava à cobertura do hotel. Olhou para cima e então para ele. O pistoleiro assentiu, ao mesmo tempo que recuava um passo para que ela fosse na frente. Florence começou a subir, degrau a degrau. Na metade do caminho, olhou para baixo, para a proximidade de Russell, para as mãos que quase tocavam seus tornozelos, e pigarreou.

Que loucura estar ali, planejando os primeiros passos para assaltarem o banco de Phillip — talvez o mais importante de todos.

Assim que alcançaram a cobertura, Russell engatinhou para a esquerda, em direção à beirada, onde a vista se abria para o topo da colina. Ela o imitou, cuidando para que ninguém os visse. Não seria fácil explicar o que faziam ali.

Perto do resguardo, ele se deitou de barriga para baixo e levou o binóculo ao rosto. Manteve os lábios crispados pelos bons minutos que mirou de um lado a outro, estudando a área.

— O que você acha?

Russell lhe entregou o binóculo, antes mesmo que Florence pudesse nutrir qualquer conjectura de que a opinião dela não era bem-vinda.

Ao longe, viu a fortaleza que queriam invadir. Escondida no alto da colina, a propriedade era vasta e bastante protegida. Uma construção imponente de madeira, em que se lia BANCO LANGSTON no letreiro. A cerca alta delimitava o terreno acidentado onde carroças estavam estacionadas. Guardas posicionados discretamente cobriam todo o entorno. Era pelo menos três vezes maior que a agência de St. Langley, ainda que ficasse em uma cidade muito menor.

Observou a diligência que tinha acabado de parar em frente ao banco. O condutor pulou do assento e abriu a porta para um jovem casal sair. Ela os observou desaparecer dentro do banco, a dama escondida por uma sombrinha de renda e trajando um vestido como os que Florence costumava vestir.

— Aposto todas as minhas fichas que esse é o lugar certo — falou ela, ao devolver o binóculo para Russell. — Você reparou na quantidade de homens perto do segundo prédio? O cofre deve estar ali.

Ele levou o objeto ao rosto outra vez. Assentiu, escondido por trás das lentes.

— Também acho. A estação de trem é pra lá — observou Russell, apontando para o portal. — Em vez de entrar na cidade, como fizemos, basta seguir reto. O que explica as carroças. Tem uma boa distância entre o banco e a ferrovia.

Florence cutucou a cutícula do polegar, de olho no banco. Imaginou como seria invadir um lugar tão bem vigiado por entre as rochas, ainda mais considerando a natureza íngreme da cidade.

— É o esconderijo perfeito — deixou escapar Florence, pensando em voz alta. — Na parte mais elevada de uma cidade, ao pé da montanha. Me parece bem difícil de acessar.

Assentindo, ele afastou o binóculo e a encarou. As sobrancelhas unidas e a boca torcida em uma expressão pensativa.

— Você tem razão. É uma operação complicada, pode ser nossa ruína se não for bem planejada. Precisamos estudar a rotina dos funcionários, chegada e saída das carroças... e, bem, qualquer outra atividade suspeita. — Russell guardou o binóculo na bolsa de couro. Apontou com o queixo na direção da escada e deixou que Florence rastejasse diante dele. — Mas já lidamos com roubos tão, ou mais, complicados. Particularmente, eu esperava mais guardas.

Eles desceram em silêncio.

Era constrangedor perceber como a barriga dela revirava ao considerar invadir a pequena fortaleza de Phillip Langston sob a mira de dezenas de homens altamente armados, correndo o risco de não conseguirem escapar das estradas tortuosas e perigosas da montanha.

Porém, por mais que o medo envenenasse o sangue de Florence e não a deixasse pensar em outra coisa, a vergonha de admitir isso era ainda maior e mais paralisante. Tinha batido o pé e feito Russell discutir com Everett por causa dela. Ele a arrastara para lá, ainda que a contragosto. Só restava a Florence encontrar uma maneira de se preparar para o inevitável.

Contornaram o hotel depressa. Russell conferiu se era seguro retornarem para a rua principal e então lhe ofereceu o braço. Voltaram, então, a ser Leroy e Hazel King, o casal acima de qualquer suspeita que fazia uma breve visita à cidade.

Duas damas subiam a rua, vindo na direção deles.

— Leroy? — chamou Florence, imitando o sotaque arrastado de Russell e dos demais integrantes da gangue.

— Sim, querida.

— Que tal darmos uma volta subindo a colina? Soube que a vista é formidável.

— Sinto muito, Hazel. Meu joelho não está bom, receio que vá chover — respondeu ele, alto o suficiente para que o ouvissem, depois, em um sussurro: — Vou te deixar no quarto e depois passar um telegrama pra Everett. Vamos ter bastante tempo para investigar.

— Mas e hoje, o que faremos?

— Descansar. — Ao perceber a careta de insatisfação de Florence, Russell sorriu e completou: — No futuro, você vai olhar pra esse momento e desejar que tivesse descansado. Acredite.

— Achei que a vida criminosa fosse mais interessante, Leroy.

Um riso divertido escapou da boca de Russell quando começaram a subir os degraus que levavam ao segundo andar.

— Então além de cansada da minha companhia, você me acha tedioso? — Ele abriu a porta do quarto e deu abertura para que ela passasse. Ergueu o chapéu da cabeça por um instante, com uma piscadela. — Tenho algumas ideias interessantes de como satisfazer sua sede de aventura, Hazel querida. Espere por mim.

Florence o observou trancar a porta com o rosto em brasa.

Satisfazer sua sede de aventura.

Abanou-se, plantada no meio do quarto. Isso significava o que ela pensava? Florence caminhou até a mesa de cabeceira, pegou a jarra d'água e encheu um copo até a boca. Verteu-o de uma vez, para se livrar do calor desajeitado que subia pelas pernas e barriga.

Em seguida, parou diante do espelho, arrancou a touca e ajeitou os cachos, enterrando os dedos para que ficassem mais volumosos. Será que deveria se preparar? Será que saberia como se portar? Quanto tempo Russell levaria para voltar?

Florence estava à beira de um colapso quando ouviu a maçaneta. As bochechas quentes, o cabelo uma bagunça, descalça e com parte do vestido desabotoado pelo calor.

Russell entrou, de ótimo humor. Parecia alheio ao que causara nela com um punhado de palavras deixadas para trás com falsa inocência.

— Está tudo bem? — questionou o caubói, de cenho franzido.

Florence abriu a boca para responder, mas não encontrou a voz. Queria Russell. Confiava nele. Então por que a ideia a apavorava? Aproximou-se. Céus, estava ofegante.

Antes que ele pudesse refazer a pergunta, Florence o segurou pelas laterais do rosto e avançou em seus lábios. Beijou-o com toda a confusão e desespero que sentia. O anseio de se entregar e o receio de que não soubesse como.

Russell não levou nem um segundo para reagir. Os braços se fecharam ao redor dela, aprisionando-a pela cintura. Subiu com a mão por sua nuca, onde a segurou firmemente. Com um suspiro, ele a trouxe para mais perto até que os corpos estivessem colados, envolvendo-a por completo. Beijou-a com igual entusiasmo, como se quisesse engoli-la. Florence mordeu o lábio inferior de Russell, atravessada por um leve tremor, sem saber se era de excitação ou ansiedade.

Com um suspiro demorado, ele passou a guiá-la em direção à cama, uma das mãos ocupada em desabotoar a própria camisa.

Assim que as panturrilhas dela foram pressionadas contra o colchão, Florence foi deitada, ainda nos braços de Russell. Ele pressionou o peso de seu corpo contra o dela, friccionando as cinturas enquanto os lábios percorriam a pele sensível pouco atrás da orelha de Florence. Ela gemeu baixinho, o que o fez gemer em seu ouvido, e deixou todo o seu corpo em estado de ebulição.

O coração disparou ao senti-lo rijo perto de sua barriga. Tornou tudo mais real. Ia mesmo acontecer? Fariam amor? Florence não conseguia desligar por completo e se entregar ao momento. Sentia-se atada a uma corda que não a permitia relaxar.

Arranhou-o nos braços, fechando os olhos quando ele mordiscou a pele da clavícula. Era tão bom... Por que ela não podia apenas se prender a isso e esquecer o restante? Por que precisava ouvir aquela vozinha lhe dizendo que era errado?

Ele segurou o rosto dela com firmeza e a beijou outra vez. Ao se afastar, apoiado pelos dois braços, revelou os olhos em chamas. Russell era uma imagem de tirar o fôlego. Olhos semicerrados, lábios entreabertos, os contornos duros do maxilar e queixo, até mesmo a cicatriz atravessando o nariz parecia certa ali. No entanto, o que realmente a deixava tonta de desejo era a expressão entregue e urgente, a vulnerabilidade sem nenhum constrangimento, a devoção com que a encarava.

O cabelo dele, pendendo no ar, fazia cócegas ao tocar sua testa e bochecha. Russell levou os dedos até os lábios, deixando-os brilhantes de saliva. Depois enfiou a mão dentro da saia dela e puxou a calçola sem dificuldade, mantendo o olhar fixo no de Florence.

A garganta dela arranhou assim que o sentiu entre as pernas, o coração prestes a sair pela boca. Russell traçou círculos em sua pele que a fizeram ondular sob ele. Era aterrorizante estar tão entregue a outra pessoa, querer tanto que ele mergulhasse nela e, ao mesmo tempo, não se sentir pronta para isso. Sem se dar conta do que fazia, Florence segurou-o pelo antebraço, surpreendendo Russell e a si mesma.

Ele afastou a mão dela, confuso.

— Ainda não — falou Florence, sem conseguir encará-lo. — Desculpa.

Sentiu o interior do nariz arder.

Russell ajeitou as roupas e se deitou ao lado dela, apoiado em um dos braços dobrados.

— Não peça desculpa.

— Eu achei que... estivesse pronta. Porque eu quero, mas...

Russell sorriu, interrompendo-a ao apoiar os dedos embaixo do seu queixo para que Florence o olhasse.

— Se um dia eu não quiser, *hum*... te beijar, por exemplo, você vai ficar com raiva de mim? — indagou ele.

— Claro que não.

— Vou ter que me desculpar?

Florence balançou a cabeça em negativa, inundada de afeição. Ele cobriu o pescoço dela com a mão pesada e passou a acariciar sua bochecha com o polegar.

— Uma hora vai acontecer. Até lá, as coisas estão boas como estão para mim.

— Para mim também — respondeu ela, cobrindo a mão dele com a sua. — Mas, Russell, esse dia não vai ser hoje, certo?

— *Hum?* — Ele uniu as sobrancelhas.

— O dia que você não vai querer me beijar.

Ele tombou a cabeça para trás ao gargalhar. Aproximou-se até recostar a testa na dela e disse, com a voz rouca:

— Francamente, Flo, não acho que esse dia vá chegar.

Capítulo 21

Russell não mentiu ao afirmar que ela lamentaria não ter descansado mais quando de fato começassem os preparativos para o assalto.

Nas duas semanas que levaram entre o envio do telegrama e a chegada do restante da gangue Fortune, a rotina deles passou a orbitar em torno do banco. Da hora que acordavam até o momento em que a noite avançava sobre Sheridan, tudo o que faziam era observar, investigar e fazer perguntas sutis aos moradores.

Como era arriscado a Florence que perambulasse pela cidade que seu pai e Phillip visitavam com frequência, ficou responsável de mapear a movimentação e anotar os pontos principais da rotina da agência em um caderno. Com qual frequência os carregamentos eram feitos, o fluxo de clientes, quais os horários mais tranquilos, e, sobretudo, o curso dos funcionários.

Enquanto isso, Russell usava os benefícios do anonimato para se infiltrar nos comércios da cidade em busca de informações. Rodeou a fortaleza pela montanha, descobrindo pontos cegos e possíveis rotas de fuga. Em certa ocasião, visitou o banco e até conversou com o gerente, passando-se por um novo morador que gostaria de abrir uma conta.

Pela complexidade do lugar onde ficava, os dois logo descartaram a possibilidade de um assalto noturno. A colina era íngreme e cercada por rochedos irregulares, e, à noite, sem a iluminação adequada, se transformaria em um labirinto perigoso que dificultaria a fuga. Sobretudo com o agravante de tiros sendo disparados contra eles.

Depois de identificar um padrão, Florence passou a acompanhar Russell nas vigílias noturnas aos arredores. Iam montados em Opal até parte do caminho, depois amarravam a égua e seguiam na penumbra pelas rochas derrapantes e caminhos sinuosos, aproximando-se ao máximo sem chamar atenção. Pelas cercas altas de madeira, ouviam conversas soltas dos guardas.

A maioria das conversas não levava a lugar algum; falavam sobre idas ao bordel da cidade vizinha, apostas de pôquer ou brigas no saloon. No entanto, quando menos esperavam, Florence e Russell eram surpreendidos por comentários sobre operações internas. Uma visita de Cifrão, que acreditavam se tratar de Phillip. Um carregamento especial. E alguém sendo chamado para ajudar na segurança do cofre — quando identificaram que este ficava mesmo no segundo edifício, uma construção consideravelmente maior que o prédio principal, além de mais protegida.

Também descobriram a senha usada entre eles. Sempre que um novo cocheiro estacionava em frente ao portão, havia uma breve conversa entre ele e os vigias, que seguia o mesmo padrão. "Teve notícias do sr. Thompson?", perguntava o cocheiro. Se a resposta fosse "Faz tempo que não o vejo", a carroça era autorizada a entrar; o que significava que as coisas estavam tranquilas por lá. Mas, quando respondiam com "Ele acabou de passar por aqui", indicava que havia algo errado e não era seguro que o cocheiro entrasse na propriedade naquele momento.

Por fim, em uma das últimas ocasiões quando passaram a madrugada em claro, ficaram sabendo que a última passagem de Henry pela cidade fora poucos dias antes, quando os dois já estavam ali. Florence ficou arrepiada dos pés à cabeça, pensando no que teria acontecido caso ela não estivesse passando a maior parte do tempo escondida no hotel.

As vigílias eram tediosas, mas não dava para negar a empolgação conforme descobriam informações novas. Era a injeção de coragem de que Florence precisava. Isso, e as conversas com Russell.

— Queria ser mais parecida com você — falou ela, certa noite, sentada no chão com a cabeça apoiada na cama.

Conforme o assalto deixava de ser uma ideia abstrata para se tornar algo sólido e cada vez mais próximo de acontecer, mais as certezas de Florence desvaneciam. Vinha sendo bombardeada por dezenas de possibilidades distintas de como o roubo poderia acabar mal. Nelas, sua inexperiência era posta em jogo e Florence colocava tudo a perder por erros absurdos.

Os pensamentos catastróficos teciam uma espiral interminável que resultava no coração disparado e no suor frio cobrindo a pele de

Florence. Ela temia não ser forte e corajosa o suficiente para concluir algo em que se enfiara por conta própria.

Russell, que se barbeava em frente ao espelho oval, parou com a lâmina no ar e a buscou no reflexo.

— Em que sentido?

— Queria ter sua tranquilidade. Estamos prestes a roubar um banco e você mal parece se importar.

Ele bateu com a lâmina na vasilha de porcelana com água, que estava sobre a cômoda, e se virou para Florence.

— O que está te preocupando?

— Tudo. E se, na hora, acabar dando tudo errado? E se formos presos? Ou, pior, mortos? — Florence desatou a falar, massageando as têmporas. — Não paro de pensar em dezenas de desfechos terríveis. E se conseguirmos escapar, mas os Pinkertons ficarem na nossa cola para sempre? Russell, e se...

Florence parou de falar quando ele se aproximou e se sentou a seu lado. Metade do rosto barbeado e a outra metade por fazer. Ele umedeceu os lábios, a cabeça apoiada na cama assim como ela, olhando para o teto como se visse algo de muito interessante.

— Ajuda se souber que todos se sentem assim?

— Desculpa, mas não dá para acreditar. Você faz isso desde antes de eu aprender a andar!

Russell gargalhou. Tirou a gaita do bolso e passou a girá-la entre os dedos. Em seguida, virou o rosto para o lado, sujando a cama com espuma de barbear.

— Gosto da sua delicadeza para me chamar de velho. Eu tenho 35 anos.

Traída por uma risada, Florence esticou a mão para limpar a espuma do queixo dele.

— Não foi a intenção. Quis dizer que você é mais experiente que eu no seu... ofício.

— Outra bela maneira de suavizar as coisas. — Russell tomou a mão dela e beijou o dorso. — Mesmo sendo um velho bandido, a preocupação é a mesma do meu primeiro assalto. Claro que a experiência ajuda a me preparar melhor, mas são inúmeras variáveis. Sempre há muito a perder.

— Você acha que esse roubo pode dar errado?

— Acho. As probabilidades estão sempre contra nós. Meu pai é a prova.

Florence respirou fundo. Entrelaçou os dedos nos dele, voltando a atenção para a luminária.

— Você nunca quis vingar a morte dele?

A sombra de um sorriso amargo perpassou os lábios dele.

— Quis. Passei parte da vida jurando matar cada Blackwood que cruzasse meu caminho.

— E matou?

A expressão dura no rosto dele dizia muito. Russell piscou devagar, como se lamentasse. Acomodou-se no lugar e respondeu:

— Nenhum deles trouxe meu pai de volta, Florence — falou Russell, com certa rispidez. Balançava a ponta do pé para cima e para baixo. — No fim, meu pai sabia dos riscos. Foi escolha dele continuar.

— Assim como a sua — acrescentou Florence, baixinho.

— E sua.

Apesar da natureza dura das palavras, havia um quê de melancolia em seu tom e olhar.

Não era segredo para Florence que Russell queria evitar que ela cometesse seus erros e seguisse o mesmo caminho tortuoso. Assim como não era segredo para ele que, uma vez que decidisse algo, dificilmente Florence mudaria de ideia.

★ ∩ ★

Everett e Fred foram os primeiros a chegar em Sheridan. Hospedaram-se no saloon, como seria esperado de dois cavaleiros em uma breve visita à cidade; mas naquela mesma noite, quando jantavam, foram reconhecidos por um vaqueiro que estava de passagem.

Everett negou, aparentando despreocupação, e o envolveu com a história de que eram apenas mineradores, viajando pelo país em busca de ouro. Quando o homem se deu por vencido e abandonou o saloon, Fred o seguiu e garantiu, com um pouco de força física, que nenhuma outra mentira fosse dita sobre eles.

Mesmo assim, Everett ficou paranoico e achou melhor não continuarem brincando com a sorte. Juntaram os pertences no quarto e abandonaram o saloon em busca de um lugar mais seguro. Acabaram encontrando uma estalagem simpática pouco depois do portal, com menos fluxo de pessoas e onde se sentiram mais protegidos.

Na manhã seguinte, Elmer, Lloyd e Maude fecharam a comitiva, fingindo ser um pai com os filhos, de passagem pela cidade. Alugaram um quarto em um pensionato para pessoas negras, que não eram bem-vindas nos outros estabelecimentos da cidade.

Naquela mesma manhã, Florence e Russell receberam um bilhete, deixado na recepção do hotel e escrito na caligrafia apressada de Maude, informando o horário e o local de uma reunião. Havia um pequeno mapa esboçado, com um X demarcando o ponto de encontro.

Florence empalideceu ao ler o bilhete antes de passá-lo para Russell. Estava acontecendo, tinha chegado a hora.

Pouco depois do almoço, abandonaram o hotel e desceram a avenida principal. Passaram pelo portal e cavalgaram cerca de vinte minutos antes de Russell entrar na trilha estreita que se abria ao redor de uma pequena cachoeira.

Subiram pela estradinha, os cascos de Opal raspando no cascalho, o som áspero deixado para trás. O grupo os esperava no planalto, Everett de pé, andando de um lado a outro, enquanto os demais se espalhavam pela grama, sentados.

Florence experimentou meia dúzia de sentimentos conflituosos ao rever os rostos conhecidos. Por um lado, o alívio em encontrar a família que a acolhera. Em contrapartida, parte de si lamentava que não pudesse ser para sempre daquela forma, apenas ela e Russell, sem o peso do crime pairando sobre suas cabeças.

Everett se adiantou na direção deles assim que desmontaram, braços abertos para abraçar primeiro Russell, depois Florence. O abraço foi breve, e, no entanto, o suficiente para lhe lembrar do pai. Pensou nos carinhos racionados, no afeto dado em pequenas porções insuficientes. Odiava aquilo. Talvez porque, dentre todas as pessoas da gangue, Everett fosse o mais parecido com o mundo de onde ela tinha vindo.

— Como ansiei por ver vocês! Aposto que têm muito a contar.

Russell riscou o fósforo na bota e o levou até o cigarro preso aos lábios.

— E eu achando que toda essa euforia era de saudade... — falou Russell, bem-humorado.

Os outros riram, aproximando-se aos poucos.

— Era saudade, mas não de *vocês* — brincou Lloyd, chegando mais perto de Russell para que se cumprimentassem com tapas nos ombros. — Chuto que seja mais da adrenalina do roubo.

— E do ouro — completou Elmer, com um meio sorriso.

Lloyd concordou, lançando uma piscadela para o líder. Frederick acenou para eles e arrancou o chapéu da cabeça para rodá-lo nas mãos. O cabelo loiro-claro voou ao sabor do vento.

— Everett não fala em outra coisa desde que recebeu o telegrama. Os olhos dele brilhavam mais à medida que nos aproximávamos. — Fred parou diante deles com um leve dar de ombros. — Não que os meus também não estejam brilhando como o diabo.

Gargalhando, Everett se colocou entre Russell e Florence para contornar seus ombros com os braços.

— Obrigado, Frederick. Conheço cada um de vocês o bastante para saber que estão todos tão ou mais empolgados que eu. Onde já se viu, ladrões que não amam o que fazem? — Everett abriu um sorriso largo, o rosto voltado na direção de Russell. — Quem sabe não conseguimos o suficiente para nos aposentar?

A risada descrente de Elmer veio antes da resposta de Russell.

— Nem todo o dinheiro do mundo faria você se aposentar, meu caro. Mesmo que a gente consiga as terras, aposto que vai continuar encontrando formas de aplicar golpes. Roubando galinhas dos vizinhos... Pulando a cerca para pegar figo... Prevejo uma aposentadoria bastante movimentada.

Em meio a risadas, Everett os soltou e se pôs diante de Russell. Mãos nos bolsos, rosto ligeiramente erguido, como se o olhasse de cima, ainda que o pistoleiro fosse bem mais alto. Tinha assumido a postura de líder, com a altivez que vinha à tona naquelas ocasiões e causava arrepios em Florence.

— Antes de comemorarmos a vitória, encaremos o dever. Quanto mais tempo passamos nesta cidade, mais riscos corremos. Me parece um lugar complicado... O que descobriram?

Russell pinçou o dorso do nariz, como se recapitulasse os últimos dias e todo o trabalho de formiguinha que fizeram. Segurou o coldre, baixando o rosto até que o chapéu o cobrisse.

Quando começou a falar, a voz firme e direta preencheu o planalto.

Florence o observou contar sobre a rotina deles e o que sabiam sobre a matriz até o momento. Maude tinha a cabeça inclinada para o lado, agarrando-se a cada palavra. Os demais também se mostravam compenetrados, com acenos esporádicos para indicar que acompanhavam.

No entanto, não havia ninguém mais absorto que Everett. Florence passou a entender as brincadeiras sobre ele jamais se aposentar. Algo vibrava nele quando estava envolvido em um roubo. Como um ator atrás das cortinas, esperando pelo momento de entrar no palco. A sinfonia de detalhes que precisavam funcionar o animava. Por mais que insistisse que precisassem do dinheiro, a motivação não poderia estar mais distante.

— Eles estão em maior quantidade, e o terreno os favorece. Nossa melhor chance é passarmos despercebidos — concluiu Russell. — Sabemos o procedimento padrão dos cocheiros. Vamos roubar uma carroça e nos infiltrar. Depois é fácil manter o jogo discreto. Pelo que vimos, não são *tantos* guardas. Não passam de vinte, mas parecem bem treinados. Se nos cercarem lá dentro, as coisas não vão acabar bem.

Everett apoiou os indicadores nos lábios, pensativo.

— Talvez, se conseguíssemos criar uma distração, isso desviaria o foco do que realmente importa e enfraqueceria a defesa deles.

— Distração? — perguntou Elmer.

— Algo que chame atenção, mas de forma controlada. — Everett se pôs a andar em círculos. Continuava com os dedos sobre os lábios. — Não queremos explosões nem nada que atraia o xerife para lá de cara.

Maude se aproximou, roendo as unhas. Assim como os outros, a confusão era refletida no rosto, sobretudo nas sobrancelhas unidas. Foi Lloyd, porém, quem externou a pergunta que pairava no ar:

— No que está pensando?

Everett girou nos calcanhares até estar de frente para Florence. Afastou os dedos do rosto e os apontou para ela.

— Não! — rosnou Russell, antes que o líder sugerisse qualquer coisa.

— O que foi que você disse esses tempos, filho? Que ela é o nosso trunfo?

— Everett.

Apesar do tom de ameaça na voz de Russell, o homem mais velho permaneceu inabalável. Na verdade, o humor dele parecia até ter melhorado. Segurou os ombros dela, as sobrancelhas falhadas entortadas para baixo.

— Não tenho o direito de pedir isso, mas precisamos de você.

— Puta merda! — explodiu Russell, chutando uma pedra para longe. — *Quem* é você?

— Russell, preciso que se acalme — advertiu Everett.

Florence quase pôde ver as faíscas quando se entreolharam. O silêncio dominou o grupo.

— Você quer que ela se entregue? — A indignação escorria das palavras de Russell. — Quer que ela volte para as mãos do cara que mantinha ela na porra de um cabresto?

De forma inconsciente, Florence recuou, para se libertar do toque de Everett. Ele suspirou, as rugas do rosto mais evidenciadas pelo cansaço.

— Esse é um lugar arriscado, não podemos errar. A garota disse que quer ajudar, cabe a ela decidir.

Russell riu, balançando a cabeça de leve.

Ninguém ousava se mexer ou falar. Era uma briga de titãs. Os dois homens com a mais alta patente na gangue discordavam; quem arriscaria contrariar um deles?

— Vai jogar a decisão nas mãos dela pra se eximir da culpa quando der tudo errado?

— Calado! — berrou Everett. Foi tão repentino que pegou até mesmo Russell desprevenido. A veia na testa saltou, e gotículas de saliva respingaram. — Está falando com seu pai. Quando você me viu mandar um dos nossos para morrer?

Russell cerrou os punhos, mas se manteve calado. Pelo visto havia níveis que nem mesmo ele podia ultrapassar. Everett se virou para Florence novamente:

— Precisamos de você, Florence. Se tirarmos o foco do cofre, podemos entrar e sair sem sermos notados.

— Você quer que eu me entregue.

— Não de verdade, querida. — Everett encaixou a mão embaixo do rosto dela, para que erguesse o olhar. Ao contrário de Russell, a pele dele era macia e suave. — Você só precisa fazer uma cena. Solte o cabelo e chegue chorando, diga que conseguiu fugir, eu não sei, dê um espetáculo. Mantenha o máximo de guardas envolvidos.

— E então o quê, Everett? — quis saber Russell. — Roubamos o banco e deixamos ela para trás com todos os nossos problemas?

Everett afastou a mão do rosto de Florence e ajeitou o colete ao se voltar para o pistoleiro. Pegou o relógio de bolso e iniciou o ritual de abrir e fechar.

— Essa é uma possibilidade. Quem sabe para outras gangues, como os Blackwood, mas é uma possibilidade — disse Everett, com um estalo alto do relógio. — Não, filho. Pensei em ter nosso melhor atirador à espreita na montanha, armado com um rifle de precisão, pronto para estourar os miolos de qualquer pessoa que tente alguma gracinha.

Russell abriu e fechou a boca. Arqueou as sobrancelhas, como se Everett tivesse enlouquecido, e, com o olhar, procurou Elmer, que veio em sua defesa.

— É um plano arriscado. E se entrarem com ela? Como Russell vai ajudar?

— Você acha uma boa ideia desperdiçar nosso melhor atirador? — questionou Lloyd, cheio de dedos.

— Vocês estão enchendo muito a bola dele — murmurou Frederick, mas foi ignorado.

Everett alisou o relógio com o polegar, atento ao movimento dos ponteiros.

— Não sei. Estamos aqui para isso, para evitar que restem pontas soltas. Um pouco de otimismo seria de grande ajuda. E, de qualquer forma, nada disso vai levar a lugar algum se não resolvermos o principal. O que me diz, Florence, querida?

Cutucando a costura das mangas, ela evitou encarar Russell. Em vez disso, mirou profundamente nos olhos de Everett.

— Se me der sua palavra de que não serei deixada para trás, estou de acordo.

O palavrão murmurado por Russell a quebrou. Talvez ele jamais compreendesse, mas, enquanto continuassem agindo como criminosos, Russell não poderia lhe dizer o que fazer. Não quando ele próprio não seguia seus conselhos.

Elmer se manteve sério, olhava com atenção para Everett.

— Acho que só precisamos *entrar* despercebidos... — declarou Lloyd, com um tom de incerteza. — Podemos imobilizar todos, como fizemos no trem. Evitar tiros o quanto for possível. Russell disse que existem dois acessos ao cofre. Se invadirmos pelos fundos, conseguimos chegar até Florence.

Everett apontou para Lloyd e abriu um sorriso cheio de dentes, girando nos calcanhares para que pudesse examinar cada integrante.

— É isso! Isso é o que espero, um pouco de cooperação. A união é a nossa força. Acho, e me corrijam se eu estiver errado, que Florence não corre risco de morte no tempo que levaremos para invadir. — Ele enterrou os dedos no cabelo, varrendo-o para trás. — Dois coelhos numa cajadada só. Não precisamos desperdiçar o potencial do Russell.

— Não. Quero garantir que o pior não aconteça.

— Filho...

— E se algo sair do controle e acabar levando mais tempo do que planejamos? Quem garante que não vão levar ela para bem longe?

— É uma ponta solta. — Elmer coçou a barba. — Russell tem razão. Se vamos pedir a Florence que se arrisque, precisamos oferecer toda a segurança possível.

Russell cruzou os braços, de cabeça baixa. Ela desejou poder ler a mente dele e descobrir o que o pistoleiro estava sentindo no momento. Se estaria contrariado, ou até mesmo irritado com ela.

— O ideal seria bloquear as duas entradas, ou os guardas podem escapar com ela pela frente — murmurou Russell, pensando em voz alta. — Seria bom ter mais alguém comigo para fazer a escolta dela. Nós nos escondemos nos arredores e, depois de garantir que o outro grupo entre pelos fundos, invadimos a entrada principal.

Maude se mostrou satisfeita. Esfregando as mãos uma na outra, falou:

— Parece um bom plano. Eu vou junto. Nós dois conseguimos percorrer o primeiro prédio de olhos fechados. — Ela piscou para Russell, sorrindo.

Uma a uma, todas as cabeças se voltaram para Everett. Florence prendeu a respiração, esperando pela palavra final que definiria seu destino. Imóvel, o líder examinou Russell por um momento antes de se voltar para ela:

— Acha que pode fazer isso por nós, Florence?

Se havia alguém em quem ela confiava para garantir sua segurança, era Russell.

Pensou em Phillip. Nas provocações e olhares lascivos. Na forma que já a considerava como uma propriedade antes mesmo de se casarem. Reviveu o último encontro, que resultara na agressão de seu pai, e sorriu.

Ela iria *adorar* fazer isso por eles.

— Vamos limpar aquele cofre.

Capítulo 22

Russell ergueu o lenço vermelho sobre o rosto e acenou para que Lloyd e Maude assumissem seus lugares na estrada entre a estação de trem e a cidade. Arrancou o rifle da sela e o segurou na vertical, na metade do cano, atento a Florence, posicionada atrás de uma grande rocha ovalada parcialmente escondida por arbustos altos. Da estrada, nem mesmo Opal estava visível.

— Se tudo der errado, quero que pegue ela e fuja sem olhar pra trás.

Florence pensou que fosse uma das brincadeiras ácidas de Russell, mas seus olhos não exibiam o menor vestígio de humor.

Buscou a mão livre dele, dividida entre comoção e culpa.

— Vai dar certo. Repassamos o plano centenas de vezes.

— Preciso que me dê sua palavra.

Maude assobiou alto para chamar a atenção de Russell.

— Não posso prometer te deixar para trás!

— Se as coisas ficarem feias, você vai se salvar. — Ele ergueu o braço no ar e fez um sinal de positivo, sem se dar ao trabalho de virar. — Entendeu?

Apesar do aperto no peito, Florence concordou. Apertou as mãos úmidas de suor uma na outra para aliviar o pânico crescente.

— Tudo bem.

Russell assentiu, recuando sem parar de encará-la. Sob os protestos de Lloyd, virou nos calcanhares e correu para alcançar o grupo.

Agachada, Florence espiou entre as folhas, tomando cuidado para não revelar o esconderijo. À primeira vista, não havia nada. Porém, se olhasse com atenção, veria Lloyd deitado entre a vegetação que ladeava a estrada; assim como Maude montada no galho da árvore que Russell usava para se esconder.

Fez o sinal da cruz, pensando na mãe.

Não acreditava em destino, mas quem sabe o seu estivesse selado desde o momento em que decidira partir. Quem sabe cruzar o caminho da gangue Fortune, especificamente o de Russell, fosse algo que tivesse que acontecer.

Os segundos se arrastaram enquanto roía as unhas. Um homem passou montado em um garanhão branco, sem nem desconfiar da quantidade de pessoas que o observavam.

Quando começou a parecer que ficariam ali para sempre, Florence ouviu o assobio de Maude outra vez.

Metros adiante, avistou a carroça verde do Banco Langston. Mesmo de longe, dava para ver os dois homens sentados no banco de condução, assim como outros dois pendurados atrás da carroceria fechada; todos armados.

A pulsação dela acelerou conforme se aproximavam. Florence procurou a Luz do Deserto no coldre e, apenas por desencargo de consciência, tocou a ponta dos dedos no cabo de madrepérola. Ao longe, viu o instante em que os cavalos de Everett, Elmer e Fred surgiram no horizonte, comendo a poeira deixada pela carroça.

Levou um tempo até que um dos guardas percebesse a movimentação e alertasse os demais. Àquela altura, os três tinham encurtado a distância até a carroça pela metade. Os rostos cobertos, como no dia do assalto ao trem, com as armas mirando o veículo.

O condutor estalou o chicote nos dois cavalos, gritando para que aumentassem a velocidade. Foi quando Russell, Lloyd e Maude abandonaram os postos e invadiram a estrada, armas apontadas para a frente.

Um dos cavalos empinou, relinchando. Florence ouviu os homens xingarem e assumirem uma posição defensiva. Aquele que acompanhava o cocheiro aproximou a espingarda do rosto, mirando direto em Lloyd. A carroça perdeu velocidade até quase parar, na metade do caminho entre os dois grupos.

— Senhores... — falou Russell, despreocupado, como se aquela fosse apenas mais uma manhã entre tantas outras. — Podemos fazer isso do jeito fácil ou do jeito difícil.

O condutor tateou a cintura, em busca da arma, que apontou para a cabeça de Russell.

— Saiam do caminho. Estou avisando — ameaçou o homem.

— É só o veículo que nos interessa. Não queremos machucar vocês, mas vamos, se for preciso.

— Estou falando sério. Se não saírem da frente, vamos atirar.

Russell negou com a cabeça, em um lamento. Florence quase podia ouvir seu suspiro por baixo da bandana.

— Vocês só precisam descer e ning...

A voz dele morreu no ar quando o primeiro tiro foi disparado. O homem que tinha Lloyd na mira se adiantou e puxou o gatilho. A bala acertou o ombro dele de raspão. O segundo durou uma eternidade. Florence viu quando o blazer estourou, revelando a pele ensanguentada, e um grito de dor escapou dos lábios de Lloyd. Foi o último som que ouviu antes do tiroteio.

Russell acertou um tiro certeiro na cabeça do condutor, assustando ainda mais os cavalos, que ameaçaram fugir.

— Calma, garoto! — disse Maude, a voz mansa, enquanto ela própria atirava sem parar. — Calma. Não é nada.

O chapéu de Fred foi arrancado com um tiro e voou longe. O rosto dele ficou vermelho-vivo, o ódio evidente.

— Meu chapéu da sorte, filho da puta!

Ele ergueu as mãos no ar, cada uma empunhando um revólver, e soltou uma rajada de tiros em um dos homens que vigiava a retaguarda da carroça. Florence fechou os olhos, engolindo o grito preso na garganta.

O tiroteio acabou logo em seguida.

Ela ouviu vozes que se sobressaltavam discutindo o que fariam com os corpos, já que não podiam deixá-los ali para que o plano não fosse por água abaixo. Florence limpou as lágrimas silenciosas, pulando de susto quando Russell fechou os dedos ao redor do antebraço dela. Havia respingos de sangue na lateral do rosto dele. Florence usou toda força que tinha para não cair no choro, apesar do ardor insuportável na garganta e nariz.

— Pronta?

Com um movimento sutil, ela negou. Dentre todas as pessoas, ele era o único a quem podia confidenciar. Russell puxou a bandana para baixo, sua expressão era severa.

— Você vai se sair bem — garantiu Russell, usando a própria bandana para secar o rosto dela. — Maude e eu não vamos deixar nada acontecer a você.

Florence assentiu, umedecendo os lábios. Temia que a menor palavra acabasse irrompendo um mar de lágrimas.

Russell tirou a touca dela com delicadeza, revelando o cabelo inconfundível. Ruivo, cacheado, volumoso. Um letreiro que a acompanhava para onde fosse. Ele arrancou uma faca do coldre e a usou para cortar uma das alças do vestido de Florence. Rasgou uma fenda na saia, pegou um punhado de terra e esfregou nos braços e no rosto dela.

— Melhorou. — Ele acariciou o cabelo de Florence, oferecendo um sorriso contido. Então a beijou. Um beijo casto e rápido que caiu como um bálsamo. — Temos que ir.

Eles se depararam com um cenário diferente ao abandonarem o esconderijo. Exceto por Maude, todos vestiam os uniformes no mesmo tom de verde-escuro da carroça. Elmer alimentava os cavalos com torrões de açúcar, enquanto Frederick terminava de encaixar o chapéu do uniforme na cabeça. Lloyd amarrou um pedaço de pano na ferida, usando os dentes para apertar o nó ao máximo. Everett subiu no assento, assumindo o lugar do condutor. Ele e Russell trocaram um olhar, seguido por um aceno do líder.

— Maude? — chamou Russell.

— Estou indo. Vou pegar meu cavalo e alcanço vocês.

Eles seguiram por um dos caminhos alternativos que Russell encontrara durante a investigação, contornando a cidade por trás. A trilha na montanha era estreita e traiçoeira, o que exigia menor velocidade. Florence olhava para o declive cada vez maior a um único passo mal calculado de distância. Agarrou-se em Russell, o rosto escondido em suas roupas, e sorveu o cheiro dele.

Maude assobiou para indicar que os tinha alcançado. Ao olhar para trás, Florence a viu com o cabelo crespo ao vento, a bandana sobre o rosto. Atravessaram o rio e pararam com os cavalos em uma cornija. Maude e Russell se armaram até os dentes, abrindo e fechando os alforjes depressa.

Florence fizera aquele caminho uma dezena de vezes com ele, mas era a primeira à luz do dia.

O céu azul limpo e o clima ameno eram piadas de mau gosto. Florence tinha acabado de testemunhar a morte de várias pessoas e pressentia que ainda veria muitas outras, mas o dia era um dos mais bonitos nos últimos tempos.

Pararam assim que avistaram o cercado de madeira que rodeava a fortaleza. Russell abriu o tambor do revólver para colocar mais balas. Em seguida olhou para ela, os ombros ligeiramente caídos.

— Não podemos seguir daqui — falou o pistoleiro.

— Tente enrolar o máximo que puder. — Maude atirou o cantil de metal para ela.

Florence nem precisou abrir para saber do que se tratava. Deu três goles de moonshine e devolveu. Alongou os ombros, respirou fundo e assentiu.

— Me desejem sorte.

— Vai ser moleza pra você. Não é como se já não tivesse interpretado um papel a vida toda — destacou Russell, com uma piscadela.

— É só pensar no seu pai. — Maude guardou o cantil na bolsa.

— Estaremos bem atrás de você. Fique tranquila.

— Eu estou — respondeu Florence, com um sorriso fraco.

Tratava-se de uma meia-verdade. Embora o pânico a dominasse, ela sabia que estava em boas mãos. Acenou para os dois e correu ao redor da propriedade, na direção da entrada.

Caiu no chão ao tropeçar em uma pedra. Ralou o joelho exposto pelo rasgo que Russell fizera em sua saia. Xingou baixinho, vendo o filete de sangue escorrer pela pele. Ao menos deixaria a história mais convincente.

Continuou correndo até se deparar com a estrada principal, a mesma que levava ao hotel e ao centro da cidade, colina abaixo. Ofegante, olhou para o banco. Pensou na mãe sozinha e assustada ao tomar a decisão de acabar com a própria vida, no medo que deveria estar sentindo, e sentiu os olhos queimarem.

Ótimo. Era o que ela precisava. Mancou em direção à entrada, exagerando de propósito. As mãos acima da cabeça, palmas abertas, o rosto contorcido de dor.

Foi avistada por três guardas. Eles se entreolharam, até que o mais próximo mirou a arma enquanto se aproximava.

— Parada.

Florence soluçou, o choro entalado lavando o rosto conforme observava o homem chegar mais perto.

Ele a examinou de cima a baixo, a expressão de pouquíssimos amigos.

— O que você quer?

O queixo dela tremeu. Encolhida, Florence se perguntou se já estaria na mira de Russell e Maude.

— Preciso de ajuda.

— Veio ao lugar errado. A delegacia é pra lá. — Ele apontou com o cano da arma.

— Você não está entendendo...

O som da arma sendo destravada a fez engolir em seco. Contraiu os dedos dos pés dentro das botas.

— Não, senhorita, é você quem não está. Não queremos problemas. Eu aconselho você a dar meia-volta.

Florence recuou, ainda com as mãos no ar. Olhou bem nos olhos dele. Não tinha chegado tão longe para estragar o plano logo de cara.

— Você não sabe quem eu sou?

A pergunta o desestabilizou. De cenho franzido, o olhar do guarda desviou para o cabelo dela por um milésimo de segundo.

Ela se aproveitou disso.

— Meu nome é Florence Greenberg.

O tempo ficou suspenso.

O homem a encarou, como se Florence tivesse falado uma língua que ele não compreendesse. Engoliu em seco, com outra conferida nada sutil no cabelo dela. Em seguida, assobiou para os colegas por cima do ombro.

Florence sentia que mãos invisíveis apertavam o coração dela. Lutou para não sufocar enquanto esperava, sob a mira de uma espingarda, que comprassem sua história e ela pudesse dar sequência ao plano.

Dois guardas os alcançaram.

— O que foi? — perguntou um deles, de olho nela.

— Ela diz ser a tal filha sequestrada.

Um silêncio incômodo se fez quando três rostos se voltaram em sua direção.

— As características batem — respondeu o outro, enquanto seguia o exemplo do primeiro e apontava a arma para ela.

O ultraje de ser tratada como uma criminosa, ainda que de fato tivesse se tornado uma, foi o estímulo necessário para Florence decidir que tinha chegado a hora.

Dê um espetáculo, dissera Everett.

— Chega! — gritou ela, caindo nos joelhos. O cascalho contra a pele arrancou mais lágrimas. — Por favor. Vocês não estão me ouvindo.

— Senhorita, preciso que mantenha a calma.

— Calma?! — berrou Florence, com toda a força dos pulmões. — Calma?! Os senhores sabem o inferno que tenho passado?! Imaginam o que foi viver apavorada, sem saber até quando me manteriam viva?!

Um quarto guarda surgiu do interior e avançou depressa. Pela porta aberta, Florence viu os rostos curiosos dos clientes que tinham escolhido aquela manhã para ir ao banco.

— O que está acontecendo? Quem... — Ele arregalou os olhos para os colegas. — Florence Greenberg?!

Ela assentiu, engatinhando até o recém-chegado. Não parou para refletir se era uma atitude exagerada; contanto que conseguisse o máximo de atenção para si pela maior quantidade de tempo.

— Sou eu! Por favor. — Florence se curvou diante das botas gastas do último guarda. Pensou na mãe sendo encontrada depois de horas, e sentiu o corpo balançar com a intensidade do choro. — Por favor, me ajudem. Eu não aguento mais. Só quero a minha vida de volta.

O homem sob o qual se curvava a agarrou pelo braço e a levantou. Lançando olhares de desaprovação para os colegas, encaixou a correia da arma no ombro.

— Qual o problema de vocês? Se Phillip sonhar com isso... se descobrir como ela foi recebida...

O primeiro guarda a falar com Florence deu de ombros, enfim a tirando da mira.

— Como eu ia saber?

O homem que a segurava revirou os olhos, e então se voltou para ela:

— O que houve com a senhorita?

— F-fui sequestrada no trem do meu pai. — Florence soluçou, com fungadas altas que atraíam ainda mais atenção de quem estava no interior do banco.

— Ei, fique calma. Coitadinha, é muita coisa para uma mulher. — Ele trocou olhares demorados com os outros guardas. Florence não saberia apontar qual deles aparentava estar mais perdido. — Chamem Eugene. Ele vai saber como agir.

— O que fazemos com ela?

— Vamos levar pra gerência, longe dos olhares curiosos — disse o homem, acenando para a meia dúzia de cabeças voltadas para eles. — Vou pegar um copo de água pra senhorita se acalmar.

Cercada por três guardas, Florence se permitiu ser guiada. Soltava soluços esporádicos. Assim que entrou e topou com todas aquelas pessoas ávidas por uma boa história para contarem no pátio da igreja ou no balcão do saloon, resolveu dar a elas o que queriam.

Chorou, a plenos pulmões, esgoelando-se como um bebê. Esquivou-se cada vez que um dos homens tentou segurá-la e a arrastar para longe dali. Pela segunda vez, cedeu ao peso do corpo e caiu no chão. Não teve tempo de sentir vergonha pelo papelão que prestava, tampouco se preocupar com a paciência dos guardas que se extinguia em velocidade surpreendente.

— Tire as mãos de mim! — bradou Florence, abraçada aos joelhos, de olhos arregalados. — Eu só quero meu pai. Eles estão atrás de mim! Vão me matar! Vocês não entendem?

— Ninguém vai te matar, senhorita — afirmou um dos guardas, o rosto lívido. — Por favor, vamos até a gerência.

— Vai ficar mais confortável lá — falou o homem atrás dela, com a voz cansada.

Um burburinho dominou a agência. Algumas pessoas murmuravam sobre a garota que vivia na capa dos jornais e sobre a fatalidade que tinha acontecido com sua mãe.

O som de passos se aproximando a sobressaltou. Um dos guardas voltava com Eugene, aparentemente o homem mais capacitado para lidar com a situação. No entanto, antes que ele tivesse a oportunidade de dizer o que fariam, foi interrompido com a chegada de dois novos elementos: Russell e Maude.

— Soltem as armas e chutem pra cá, ou todos morrem — ordenou Russell, sem nenhuma emoção.

Florence aproveitou o choque inicial dos guardas e engatinhou para trás dos dois. Aceitou a ajuda de Maude para ficar de pé, enquanto secava o rosto com o antebraço.

— Tudo bem? — perguntou a colega, em um sussurro.

— Tudo. Eles conseguiram...?

Maude assentiu.

— Estamos dentro.

Quando um dos homens do banco apontou a arma para Florence, a voz de Russell soou como um trovão.

— Estou falando sério. — Ele encaixou o dedo no gatilho e apontou para um senhor bem-vestido, próximo ao balcão de atendimento. — Colaborem e ninguém sairá ferido.

Contrariados, os guardas obedeceram. Um a um, colocaram as espingardas no chão e a chutaram na direção deles. O último a chegar foi o que mais relutou. O maxilar contraído e o rubor no rosto revelavam a insatisfação. Olhou para todos os inocentes que ocupavam o salão e soltou um suspiro ao se curvar para a frente e soltar a arma.

O mais rápido que conseguia, Florence se adiantou e as pegou do chão. Enquanto Maude e Russell amarravam os reféns, ela descarregou as armas. Trancou as portas duplas, encaixando a tábua como trava.

— Você não tem vergonha? — indagou um dos guardas. — Seu pai fazendo o impossível para te encontrar, enquanto você joga tudo fora se associando com criminosos?

Florence pegou do bolso a bandana dada por Russell e foi até o homem ajoelhado no chão. Tomada pela raiva, cuspiu para se livrar do gosto amargo. As mãos tremiam de nervosismo e medo. Estudou-o de cima, tentada a contar a razão pela qual o pai a queria de volta, e como havia sido *maravilhoso* ser sua prisioneira de honra durante toda a vida.

— O que ele faz não me importa.

Talvez, para cada uma daquelas pessoas, Florence não passasse de uma rebelde sem causa, que não merecia o amor do pai. Quem sabe, no fundo, eles até acreditassem que a tragédia de Grace Greenberg fosse culpa dela.

Antes, ela pensava que encarar a vida passada lhe doeria profundamente. Mas percebia que não podia ligar menos para aquelas pessoas. Se eles soubessem... Se imaginassem tudo pelo que havia passado...

Sem dar oportunidade para que o guarda dissesse mais nada, amarrou o lenço na boca dele, com um nó bem atado na nuca.

— Mais alguém? — interrogou Florence, olhando ao redor. Como resposta, um silêncio barulhento, repleto de respirações pesadas. — Ótimo.

Russell, que a observava de soslaio, assentiu quando os olhares se cruzaram. Estava sério, vazio daquilo que o fazia ser Russell Fortune. Era desconcertante estar diante da pessoa que conhecia tão bem sem enxergá-la.

— Sabe dar esse nó? — perguntou ele, assim que terminou de amarrar o último guarda. Quando Florence fez que sim, atirou a corda para ela. — Ajude Maude com o resto. Vou dar uma olhada na gerência.

Ao contrário dos funcionários, os clientes não dificultaram o trabalho delas, tampouco tentaram fugir. Florence sentia o peso dos olhares sobre si ao amarrar pulsos e tornozelos bem apertados, mas não se deixou intimidar.

Um tiro do lado de fora chamou a atenção de todos. Eugene xingou, a cabeça tombada para a frente. Florence não queria estar na pele deles quando precisassem explicar para Phillip como tinham sido roubados bem debaixo de seu nariz.

Russell voltou quando Maude terminava de prender a última pessoa.

— Pronto. Vão na frente, já alcanço vocês.

Ao atravessarem as grades de ferro que guardavam o cofre, o atendente, possivelmente o responsável por liberar o acesso, também estava amarrado e amordaçado, encolhido embaixo do balcão de madeira.

Seguiram pelo corredor estreito, que Florence inferia ser a conexão entre as duas construções. As vozes conhecidas do restante da gangue a tranquilizaram. Passaram por mais grades e por fim acessaram o lugar que escondia a maior parte da fortuna de Phillip.

Everett olhava para os cofres como se fossem feitos de ouro. Havia um brilho de euforia em seu rosto que beirava a loucura. O cabelo grisalho estava desalinhado e a manga do braço direito, ensanguentada.

Os demais se revezavam na preparação dos explosivos.

— Pensei que não fôssemos fazer barulho? — apontou Florence, confusa.

— A menos que saiba as senhas, temos que pegar o dinheiro de alguma forma — respondeu Everett.

Russell chegou, secando a testa com as costas da mão.

— Tudo certo por aqui?

Ao mesmo tempo que colava uma dinamite em um dos cofres, Elmer disse:

— Vamos explodir tudo de uma vez. Faltam aqueles. — E acenou para a esquerda com o queixo.

Russell entendeu o recado. Foi até a caixa de dinamites, junto de Maude, e pegou três.

— É uma obra de arte! — O sorriso de Fred ia de orelha a orelha. — O maior que já roubamos.

Everett estalou os dedos acima da cabeça, chamando a atenção de todos.

— Tudo bem, vamos lá. Todos para o corredor quando acendermos os explosivos. Elmer, busque duas carroças e as deixe perto da porta, para começarmos a carregar.

Ele bateu continência. Embora continuasse com a bandana, os olhos denunciavam o sorriso escondido.

— Deixa comigo.

— Precisamos correr. A explosão vai chamar muita atenção. Juntem o máximo de sacas que conseguirem. Títulos, documentos, tudo. Não olhem para trás. A gente se encontra no esconderijo. Preparados?

Murmúrios e acenos foram trocados. Everett tornou a subir a bandana sobre o rosto e, com uma última olhadela para cada integrante da gangue, riscou o fósforo na bota.

Capítulo 23

Florence sentiu o impacto da explosão nos ossos, que estremeceram com as paredes do banco, e um zumbido agudo tomou conta de seus ouvidos. Por um momento, temeu que tivesse ficado surda. Foram os gritos dos reféns que a fizeram perceber que não havia nada errado com a audição.

A fumaça densa se espalhou pelos cômodos. O chão estava repleto de estilhaços de madeira, poeira e fuligem. Tossiu, sentindo a garganta em carne viva. Russell arrancou o lenço do rosto e o jogou para que ela se protegesse. Enquanto o seguia, Florence amarrou o tecido sobre o nariz.

O cheiro de pólvora os recebeu com um abraço sufocante. Manter os olhos abertos era quase impossível.

Everett gritou ordens ao mesmo tempo que atirava sacos de estopa. Pouco a pouco, o grupo se dissipou. Ainda aérea, Florence precisou de um empurrãozinho de Lloyd para despertar do transe e correr até um dos cofres, apertando o tecido da sacola com firmeza entre os dedos.

O tremor nas mãos dificultou a tarefa de arrancar a primeira gaveta. Acabou encostando o pulso no ferro quente e soltou um gemido de dor.

Everett ergueu a mão aberta no ar e a fechou; um pedido de silêncio. Todos paralisaram no lugar, alternando olhares entre a porta e o líder. Ao identificar o som de uma arma sendo carregada, Florence procurou a faca. Prendeu a respiração, esperando pelo pior. No entanto, apesar dos sinais de alerta e da tensão sobre o grupo, foi Elmer quem surgiu pela porta.

O alívio imediato em ver o rosto amigo fez com que Florence levasse um pouco mais de tempo para perceber que havia algo errado. Talvez o fato de que estivesse sem a bandana, o filete de sangue escorrendo de um talho na testa ou os olhos arregalados de medo.

Elmer ergueu as mãos em direção à cabeça. Encarava Everett como se tentasse comunicar algo, mas não foi preciso. Assim que o parceiro de gangue se aproximou, a resposta ficou clara para todos. Vinha logo atrás, com uma arma encaixada na lombar.

Phillip Langston.

Antes mesmo que Florence concebesse a presença dele, sentiu Russell se aproximar. O pistoleiro se colocou entre os dois, escondendo-a.

Ao contrário do que tinha esperado, Florence não se sentiu diferente diante dele. Nenhuma das mudanças que passara na gangue Fortune fora profunda o suficiente para impactar as feridas antigas. Talvez jamais cicatrizassem, não importava quanto tempo passasse e o quanto de cuidado demandassem. Perceber aquilo foi como um soco no estômago.

— Estive esperando por vocês! — falou Phillip, educado, ao se apoiar na bengala com uma das mãos, o que só tornava a situação ainda mais absurda.

Assim que liberaram a passagem, uma dúzia de Pinkertons os seguiu pelo corredor. Mesmo o espaço amplo do cofre se mostrou diminuto para tantas pessoas o ocuparem.

— Vocês estão com algo que é meu — continuou Phillip. — Algo que prezo muito. Onde ela está?

Ao fazer a pergunta, o olhar frio do banqueiro percorreu o espaço enfumaçado até encontrar o dela. Florence estremeceu, a sensação de ser observada semelhante à de ficar nua diante de desconhecidos, uma vulnerabilidade quase física.

Phillip sorriu, abrindo o braço com a bengala ao lado do corpo, e desviou o cano da arma da lombar para a cabeça de Elmer. Ela sabia como era a sensação, o medo de que qualquer mínimo movimento pudesse desencadear danos irreversíveis. Lamentou pela captura de Elmer, e mais ainda que tivessem caído na emboscada com a mesma facilidade com que os guardas na entrada.

— Ah, aí está você! Cada dia mais parecida com sua mãe.

— Não fale dela — rosnou Florence, dando um passo para longe de Russell.

Ele não tentou impedir. Manteve as mãos posicionadas nos revólveres no coldre, um de cada lado do corpo. A espingarda às costas, pronta para ser usada.

— Florence... lamento imensamente o que aconteceu. Seu pai está arrasado. Perdeu as duas coisas que mais prezava. — Phillip umedeceu os lábios, de olhos marejados, representando tão bem aquele papel quanto Florence quando fizera seu espetáculo. — Nunca desisti de você, do nosso casamento. Nem por um segundo. Vou até o inferno se for preciso.

— Nada neste mundo vai me fazer voltar. Prefiro acabar como minha mãe.

Phillip soltou uma risada. Pinçou o dorso do nariz, de olhos fechados. Ao abri-los, revelou um pouco da raiva que vinha nutrindo desde a partida da garota.

— Sempre tão intensa... Você não sabe o que fala, Florrie. Está histérica com tudo o que passou. Mas eu e seu pai vamos cuidar de você. — O canto da boca dele repuxou. Phillip respirou fundo, sério, em uma expressão que quase a comovia. — Eu te amo. Vamos esquecer tudo isso.

Florence negou, recuando.

— Se você me amasse, me deixaria em paz e esqueceria que existo.

Phillip tornou a sorrir. Porém, como o restante do rosto permanecia sério, o gesto se assemelhou à careta de um animal prestes a atacar.

— As testemunhas do trem contaram que você implorou para que eles a levassem... — revelou Phillip, entre dentes, usando o cano da arma para cutucar Everett. — Não acreditei. Não quis aceitar que minha noiva é uma vagabunda estúpida.

Florence fechou o punho e sentiu as unhas arranharem a palma da mão. Ela olhou para Phillip com o queixo erguido, como gostaria de ter feito no dia em que ele a desrespeitara.

— Até ser uma *vagabunda estúpida* é melhor do que ser sua esposa. Aceite a derrota. Ninguém gosta de um mau perdedor.

Ele tombou a cabeça para a frente, rindo. Um som de gelar a espinha, que Florence fez questão de memorizar. O som da renúncia e da liberdade. O som de reivindicar o próprio destino.

— Mau perdedor? Eu não perco, querida.

Ao dizer isso, Phillip Langston apertou o gatilho à queima-roupa. A cena a assombraria pelo resto da vida. O estouro foi seguido por um silêncio doloroso. Uma explosão. O baque surdo de um amontoado de ossos e carne colidindo com o chão. Em um segundo, Elmer estava ali com eles. No seguinte, não havia mais que vísceras e sangue por todo lado. O cheiro de ferro alcançou Florence ao mesmo tempo que ela se dava conta do que tinha acabado de acontecer.

Boquiaberta, o grito ficou preso na garganta. Elmer estava morto. Por culpa dela.

A voz de Everett ecoou por todo o cofre, como o rosnado de um animal ferido.

— NÃO!

O líder sacou as armas, mas, antes que tivesse a chance de apontar para Phillip, o banqueiro tinha desaparecido pela porta.

Russell levou mais tempo para reagir. Foi apenas ao ouvir as primeiras trocas de tiros que voltou a si. Buscou Florence com os olhos injetados, parecendo prestes a desabar. Sem dizer nada, o pistoleiro a empurrou de forma abrupta para que não fosse atingida. Em seguida, apontou a arma para um Pinkerton e passou a disparar com todo furor.

— Dê a volta e saia pela frente — rugiu ele, desviando de uma bala.

— Maude, vá com ela! Fujam pro esconderijo e nos esperem lá.

Maude resmungou algo, enquanto procurava escapar do fogo cruzado e atravessar o cofre para alcançá-la. No entanto, acabou na mira de dois oficiais e precisou se esconder atrás da porta pendurada de um dos cofres. Caída de bruços no chão, Florence rastejou pelo corredor e passou pelas grades. No salão, encontrou os reféns assustados, ouvindo os tiros com resignação. Alguns guardas procuravam tranquilizar a todos, dizendo que muito em breve os reforços chegariam e os libertariam.

Ela tomou impulso para se levantar, correu até a entrada e abriu. Assim que empurrou as portas duplas, deu de cara com Phillip, que contornava a agência para fugir.

Ao perceber a presença de Florence, Phillip apontou a arma na altura do coração dela, a mesma usada contra Elmer, ainda respingada com o sangue dele. Sorriu com doçura, os olhos brilhantes de excitação.

— Aceite a derrota. Ninguém gosta de uma má perdedora.

Phillip a agarrou pouco abaixo do ombro, cravando os dedos em sua pele. Florence se remexeu sob o aperto, enquanto tateava discretamente em busca da faca.

— Você não vai me envergonhar nem macular meus negócios. Viva ou morta, sou eu quem decido seu futuro daqui pra frente. Você é minha. — Ele olhou para trás em direção à diligência que esperava por eles com a porta aberta. O condutor lançava olhares preocupados para a agência. — Anda, vamos. A brincadeira acabou.

— Não! — gritou Florence, para que a ouvissem lá de dentro, jogando o corpo para trás. — Me solta. Eu não quero.

Florence se debateu, como fizera no dia do trem com Frederick. No entanto, Phillip se mostrava menos preocupado com sua integridade física que o pistoleiro. Ouviu o cão sendo destravado e engoliu em seco.

— Quanto mais você dificultar a minha vida, mais vou piorar a sua, Florence.

Fred foi o primeiro a vê-los. Saiu pelas portas duplas raspando o solado da bota na madeira. O chapéu furado no centro, o cabelo loiro manchado de sangue. Ela o viu engolir em seco, antes de voltar para dentro do banco e gritar:

— Ele pegou a Florence!

Uma sucessão de tiros vindas do banco sobressaltou Phillip. Ele xingou, guardou a arma e segurou Florence com mais firmeza, prestes a jogá-la por cima do ombro.

Aquele era o momento, ela não teria uma oportunidade melhor. Florence se deixou agir por instinto. Agarrou a Luz do Deserto e empregou toda a sua força. A lâmina da faca reluziu no ar antes de encontrar o peito de Phillip, logo abaixo do ombro direito. Por um segundo, ela sentiu uma leve resistência, seguido por um tremor involuntário quando a faca perfurou a pele.

O grito de dor veio acompanhado de um rápido arregalar de olhos. Ele vacilou para trás, curvando o tronco.

— Filha da puta...

Ainda agarrada ao cabo de madrepérola, Florence forçou a faca para o lado. Não teve força para torcer o quanto gostaria, mas não tinha tempo. O condutor pulou da diligência para socorrer Phillip.

Ela arrancou a faca, sem querer deixar outro presente de Russell para trás. O sangue esguichou. Uma explosão carmesim que tingiu a camisa branca de Phillip, expandindo-se depressa. Ele deu outro passo para trás, soltando a bengala no chão, os olhos fechados de dor.

Florence recuou, incapaz de desviar o olhar. Viu o momento em que ele agarrou o próprio revólver outra vez.

Girou nos calcanhares para fugir.

— Florence! — gritou Russell, parado em frente às portas com o rosto escondido na mira do rifle.

Atrás das portas, Lloyd gesticulava sem parar, enquanto Russell e Fred berravam para que ela corresse para perto deles. Russell agarrou o cano da arma, preparando-se para um tiro, mas Florence foi atingida primeiro. A panturrilha queimou e falhou ao tentar firmá-la no chão. Ela despencou no cascalho, soltando um grito agudo. A pele formigava, como se mil agulhas a perfurassem.

Conferiu de relance, o estômago revirando, mas tudo o que viu foi o buraco estreito na saia, ao redor do qual o sangue se acumulava.

— Me dê cobertura, Russell — exclamou Everett, ofegante. — Os demais: fujam, levem o dinheiro enquanto não chegam mais homens!

— Russell Fortune?! — perguntou Phillip, rouco. — Sua fama percorre o Oeste.

— Que bom. Se você for um homem inteligente e não quiser acabar como os outros, recomendo dar meia-volta.

Rindo com dificuldade, Phillip arrancou um lenço do bolso do paletó e o usou para tampar o corte. Levou segundos para que o tecido branco ficasse encharcado de sangue.

— Esqueça isso, sr. Langston, não vale a pena. — O condutor da diligência o observava preocupado. — Os Pinkertons vão cuidar deles. Vou levar o senhor ao hospital.

Everett se abaixou diante de Florence, atento à menor movimentação dos homens. Passou um braço por baixo dos joelhos dela e o outro por cima do ombro, e a levantou do chão.

— Você tem uma habilidade especial, Russell. É raro encontrar tanta determinação. Sabe, não há passado que o dinheiro não limpe.

— Disso você sabe muito bem, suponho.

— Não desperdice suas habilidades com o lado perdedor. Eu quero ela. — Phillip continuava com Florence na mira, sem se intimidar por Russell. — Aproveite enquanto a oferta está de pé. Não vai durar para sempre.

A tensão era tão afiada quanto a Luz do Deserto. Florence não entendia onde Everett encontrava forças para continuar andando sob a mira de duas armas. A qualquer momento os disparos começariam, e os dois seriam as primeiras vítimas. Prendeu a respiração, enquanto olhava de Russell para Phillip, esperando quem seria o primeiro a puxar o gatilho.

Florence se agarrou ao pescoço do líder, o raciocínio acelerado e ilógico. Dezenas de desfechos terríveis passavam diante de seus olhos e Florence não sabia qual a assustava mais. Morrer, ser levada de volta por Phillip ou assistir à morte de Russell.

Apesar do ímpeto de esconder o rosto no peito de Everett, obrigou-se a se manter atenta. Uma leve contração na mandíbula, a mudança do peso do corpo de uma perna para outra, o dedo deslizando pelo gatilho em uma ameaça sutil.

— O que me diz? — insistiu Phillip. — Podemos chegar num acord...

A voz dele foi interrompida no segundo em que o som ardido de um disparo rasgou o ar. O tiro atingiu Phillip Langston direto no coração, em uma demonstração incontestável da mira de Russell.

O velho amigo do pai a procurou com os olhos lacrimosos e, pela primeira vez em muito tempo, sem a arrogância e satisfação que vinha destinando a ela. Não, o que Florence viu foi medo em sua forma mais primitiva. O mesmo assombro de uma criança que tem medo de escuro. O sentimento irracional e paralisante como reflexo da vulnerabilidade.

Os olhos estatelados e sem vida foram as últimas coisas que ela viu antes de tornarem a entrar. Florence jamais esqueceria aquela visão, tampouco o que sentiu ao atravessar o banco ao lado de Everett. Sorriu, desejando que Phillip estivesse no inferno naquele momento, pagando por todos os seus pecados. Ser a última visão dele enquanto a morte o devorava a satisfez mais do que teria imaginado.

Everett e Florence tinham acabado de voltar ao cofre quando Russell os alcançou. Ela evitou prestar atenção na pilha de corpos que jazia junto aos destroços, inclusive o de Elmer.

O líder a segurava com força. Exceto pela respiração agitada, nada indicava que estivesse exausto.

Russell apontou para um caminho estreito por entre as árvores, à esquerda da montanha.

— Por ali.

Everett assentiu. Ao alcançarem a cornija, ele ajudou Florence a montar e ergueu a saia dela para revelar a ferida. Apertou a panturrilha, arrancando resmungos de dor. Em seguida, soltou a própria bandana e a usou de torniquete.

— Foi de raspão. Você vai ficar bem. — Everett subiu no cavalo de Maude e o pôs em movimento. Parou ao lado de Russell, sério. — Não vá ao ponto de encontro sem ter certeza de que não está sendo seguido. Vejo vocês em breve.

Depois de observar o líder desaparecer montanha abaixo, Russell guardou o rifle na sela e assumiu seu lugar. A mão direita cobriu a coxa de Florence, com um aperto gentil.

— Está doendo muito?

Opal pateou sem que ela pudesse responder.

Russell pousou o indicador sobre os lábios e estudou os arredores. Soltou a perna de Florence e voltou a buscar a arma. Mal tiveram tempo de abandonar a encosta quando o primeiro tiro explodiu uma pequena rocha próxima deles em várias partes menores.

— Segura firme.

Russell fincou as esporas na égua e os colocou a galope. Florence olhou para trás, a tempo de ver cinco Pinkertons no encalce. Ela se agarrou a ele, o mundo passando feito borrão ao redor. Sentiu todas as vezes que Russell virou para atirar. Ouviu cada palavrão. O corpo jogado de um lado a outro sobre Opal. Cada curva fechada a alarmava, assim como os olhares preocupados de Russell e o maxilar contraído.

Depois de um tempo no ritmo alucinado, pararam de supetão — Opal precisava de um respiro. Russell cruzou os braços sobre a sela, o tronco curvado para a frente, à espera. A égua bebeu água do rio enquanto os minutos passavam, sem que nada acontecesse.

— Acho que os despistamos.

— Como você consegue viver assim? — sussurrou ela, a dor do tiro piorando conforme o sangue esfriava. — Pensei que estivesse infartando pelo menos três vezes.

Pela primeira vez no dia, Florence viu Russell sorrir.

Capítulo 24

Florence começava a compreender algo que Russell lhe dissera, um tempo atrás, sobre ter fugido a vida inteira e desejar parar. Enquanto se embrenhavam pela floresta e as horas viravam um borrão indefinido, ela se perguntou quando deixariam de correr, lutando contra o tempo, sem que pudessem permanecer em nenhum lugar.

A exaustão, somada à adrenalina, a deixaram à beira das lágrimas. Com toda a confusão que se instalara, Florence não acompanhou que fim tiveram os outros membros da gangue, e não saber quem os esperava no ponto de encontro só piorava sua aflição. Quando achou que sucumbiria, Russell se empertigou.

Ela acompanhou o olhar do caubói até uma pequena cabana de madeira suspensa no meio da mata, construída na copa de uma árvore. Aproximaram-se, sem que ele dissesse nada. O abandono era evidente até mesmo para Florence. Os degraus faltando na escada que dava acesso à cabana, o vidro quebrado em uma das janelas, o buraco na cerca da estreita varanda de frente para a floresta.

— Acha que está vazia? — perguntou Florence.

Como se tivesse acabado de se lembrar de sua presença, Russell a olhou depressa, assentindo. Apoiou o cotovelo na coxa, o corpo levemente inclinado para o lado.

— É uma cabana de caça, nunca são usadas por longos períodos. — Ele apontou para as vigas que davam sustentação à base. — Ficam no alto para evitar ataques de ursos. Mas esta parece abandonada há muito tempo.

Enquanto acariciava o pescoço de Opal, ele examinou os arredores sem a menor pressa e, ao se dar por satisfeito, desmontou. O impacto das botas na grama provocou um ruído baixo e úmido.

— É seguro? — perguntou Florence.

Independentemente do lugar que escolhessem para passar a noite, duvidava que conseguisse relaxar sabendo da quantidade de pessoas que os perseguiam. Não aguentaria mais surpresas.

— Mais do que se acamparmos no chão. Dificulta o acesso, é a mesma lógica do banco. — Russell a ajudou descer. — Também chama menos atenção.

Florence firmou o peso do corpo na perna boa e aceitou ajuda para caminharem até a escada. Russell entregou um revólver a ela e pediu que ficasse alerta enquanto ele subia para averiguar se estavam mesmo sozinhos. Ela ouviu a madeira ranger sob os pés do pistoleiro e olhou ao redor, temendo avistar o uniforme azul-marinho de um Pinkerton. Ainda não conseguia acreditar que haviam sido emboscados por Phillip e tantos daqueles agentes, mas se o pai os tinha contratado, fazia sentido que o banqueiro também o fizesse. Por sorte, Russell voltou antes que a paranoia a dominasse.

Subir a escada com a perna machucada foi desafiador. Russell veio logo atrás, para garantir que não acabasse caindo. Encorajada pela presença dele, Florence enfim alcançou o patamar.

A cabana era ainda menor do que aparentava. Uma pequena lareira suja de fuligem, uma cama de solteiro bagunçada, o tapete encardido, uma mesa e uma cadeira de madeira. Nada mais. O cheiro de mofo e ar parado arderam no nariz enquanto avançava pelo espaço reduzido.

Assim que Russell voltou a descer para montar a armadilha, Florence se sentou na cama e, com dificuldade, apoiou a perna ferida no colchão duro. Ergueu a saia cuidadosamente e desatou o nó do torniquete com igual cautela. Temia como estaria a perna embaixo do curativo improvisado por Everett. Diferentemente de Russell, que não se abalava com cortes inflamados, Florence nunca havia se machucado feio antes.

A visão turvou ao examinar o corte rasgando a panturrilha. Era uma ferida profunda, da largura do polegar. A pele solta ao redor do machucado fez a barriga revirar outra vez. Florence se deixou cair na cama, tomada pela vertigem. Ao menos tinha parado de sangrar.

— Florence?

Ela avistou a cabeça de Russell, que terminava de subir a escada.

— Fiquei tonta.

Ele deixou a bolsa e os alforjes sobre a mesa. Florence sentiu o peso dele afundando o colchão e em seguida a mão de Russell ao redor do tornozelo.

— Você teve sorte.

Com um riso de desdém, ela respondeu:

— Temos conceitos diferentes de sorte.

Russell riu. Afastou o cabelo dela do rosto com um afago gentil.

— Eu quis dizer que não foi grave. Em poucos dias você nem vai lembrar que levou um tiro. Assim que voltarmos pro acampamento, damos um jeito nisso. Só precisa limpar.

Ele se esticou para alcançar dois cantis em um dos alforjes. O caubói entregou a Florence o de metal, com moonshine. Esperou que ela bebesse uma boa quantidade e umedeceu o pano para limpar a ferida.

Florence choramingou, com lágrimas nos olhos. Quando Russell estava prestes a amarrar um pano limpo na perna, ela o lembrou de que tinha colocado uma lata de cataplasma em meio à bagagem.

Assim que terminou o curativo, Russell tirou as botas dela com delicadeza e as deixou ao pé da mesa, junto das suas. Removeu o coldre e a cartucheira e os encaixou no encosto da cadeira. Depois se livrou da camisa, passando-a sobre a cabeça.

Sem fôlego, Florence percorreu seu peitoral forte, a pele macia reluzente de suor, as clavículas angulosas, os pelos escuros que desciam na barriga e se avolumavam perto do cós da calça. Os olhos castanhos quase pretos encontraram os dela. Havia um sorriso compassivo nos lábios de Russell, mas tão discreto que ela não teria percebido se não o conhecesse bem. Tinha sido pega no flagra. Em outras circunstâncias, talvez fosse consumida pela vergonha.

Russell se aproximou. Lábios crispados, maxilar travado. As mãos a alcançaram. Sentada na cama, Florence ergueu o rosto e foi capturada; perdeu-se nas profundezas dele. O queixo a um sopro de tocar sua barriga. Teve o cabelo emaranhado pelos dedos grosseiros, que iam e voltavam como a rebentação na costa de St. Langley.

Ela tocou seu torso nu, subindo até pousar a ponta dos dedos no peito firme. O calor da pele dele era convidativo, e Florence continuou a deslizar as palmas por Russell até onde os braços alcançavam. Fechou os olhos quando ele segurou um punhado de cabelo pouco acima da nuca. O toque era um bálsamo, a distraía de imagens que queria enterrar no fundo da mente. O corpo ansiava por mais.

Russell ajoelhou, alinhando a altura deles. Florence tocou o rosto dele, como se o enxergasse pela primeira vez. Notou o movimento áspero do pomo de adão e se viu repetindo o gesto de engolir em seco. Descobriu os contornos rígidos dos ossos, e a maciez agradável da carne. Deslizou o indicador pelo seu lábio inferior. Queria ser consumida, não saber onde um terminava e o outro começava.

Florence esticou o pescoço e o beijou. Foi diferente. Um grito de socorro, uma súplica de misericórdia. Russell a segurou firme, a respiração ruidosa que lambia a face dela na mesma constância que ele a engolia. Ela sorveu os gemidos baixos do caubói, as unhas cravadas nas costas refazendo o desenho dos músculos.

Ele tateou os botões enfileirados nas costas do vestido, soltando--os para descê-lo até a cintura, e então subiu a mão pela lateral do corpo de Florence, os dedos se afundando de maneira quase dolorosa, até tomar um dos seios. A mão era tão grande que o cobria por completo.

Ela gemeu e se afastou para ver. Queria marcar a imagem na memória, os nós feridos e as unhas sujas em contraste com o tecido. A enormidade dele contra a delicadeza do corpo de Florence.

Russell permaneceu sério ao puxar a camisola para baixo. Florence sentiu o olhar dele se demorar em suas curvas suaves e então ele enterrou o rosto entre seus seios. Os lábios percorreram a pele, famintos. Contornaram os mamilos doloridos. Florence soltou um gemido, o corpo ainda mais tensionado. Fosse lá o que se expandisse dentro dela, parecia prestes a rasgá-la. Foi fisgada entre as pernas, a pele carregada de eletricidade.

Russell prendeu o mamilo entre os dentes, as mãos parecendo querer memorizá-la nas células ao massageá-la. Ele delineou a auréola com a ponta da língua e chiou baixo ao se afastar. Sua expressão era entregue e derrotada ao apoiar o queixo no ossinho entre seus seios.

— O que foi? — perguntou Florence, afastando algumas mechas de cabelo do rosto dele.

Russell fechou os olhos. Raspou a barba contra sua pele ao responder, em um sussurro:

— Você está machucada.

— Eu sei.

Russell dedilhou suas costelas, ainda escondido dentro da própria mente. Depois de um longo suspiro e sem suportar não ter mais os lábios dele em seu corpo, Florence insistiu:

— Eu quero. — Um meio sorriso. — Estou te dando a oportunidade de me distrair da dor.

Ele voltou a afundar o rosto nela, de modo que Florence mais sentiu do que ouviu seu riso. Ao se erguer novamente, Russell revelou o furor que sentia. Umedeceu os lábios, fazendo-a estremecer. Os olhos eram fendas estreitas, emolduradas pelo cenho franzido.

A visão roubou sua voz. Florence deslizou para o chão, entre ele e a cama. Levou os braços até as costas, para terminar o que ele havia começado.

Russell a acompanhou com o olhar, corado pelo calor que compartilhavam.

Florence estava pronta. Queria Russell e o que ele tinha a oferecer. Queria que ele se impregnasse dela.

O vestido se afrouxou, então ele o segurou pela barra e o arrancou. Florence ergueu os braços, permitindo que a camisola fosse arrastada. Deleitou a sensação de ser devorada sem que ele sequer a tocasse. Embriagada pelo rastro de ardor deixado por onde os olhos de Russell passavam.

Ele beliscou seu mamilo com os dedos ásperos. Florence se engasgou com o gemido sufocado. Era delicioso. Russell entreabriu a boca, tão próximo que sentiu o roçar do hálito quente, mas se esquivou toda vez que Florence tentou beijá-lo. Tinha outros planos. Ele contornou a linha da mandíbula dela com a ponta dos dentes, até alcançar o pescoço.

Contorcendo-se contra o corpo sólido dele, Florence teve a mão direita guiada até a ereção que despontava da calça jeans. Sentiu uma nova guinada entre as pernas. Um calafrio a percorreu. A mão muito maior que a dela a conduziu em movimentos preguiçosos, um prenúncio acompanhado pelo balançar suave da cintura.

Abocanhando seus seios outra vez, Russell a segurou e inverteu as posições. Deitou Florence no tapete cheirando à poeira e brasa. Ela raspou as unhas abaixo do umbigo dele, por entre os pelos grossos. Sem rodeios, abriu o botão da calça e tratou de puxá-la para baixo.

Russell fez que não, sorrindo, e afastou as mãos dela com gentileza. A calça na altura do quadril, parte da ceroula à mostra.

— Está com pressa?

— Não sei — respondeu Florence, em meio a um sorriso desconcertado. — E você?

— Nem um pouco.

Apoiado sobre as mãos, Russell a beijou devagar, comprovando o que dizia. O cabelo comprido fez cócegas na pele dela conforme a trilha de beijos descia para a barriga. Ele puxou a calçola de Florence em um movimento forte e subiu a mão espalmada pela canela dela, percorrendo toda a perna.

Russell se acomodou entre as pernas dela e as encaixou nos ombros. Roçou a ponta do nariz na virilha, devagar; braços rodeando as canelas, dedos cravados no interior das coxas. A expectativa a deixou sem fôlego. A garganta arranhou, seca, enquanto era provocada com beijos e mordidas.

Florence segurou um punhado de cabelo que cobria o rosto dele, estremecendo ao encontrar os olhos fixos nos seus. Russell aproveitou a deixa para mergulhar. A língua firme a circulou. Florence gemeu, e seu primeiro ímpeto foi fechar as pernas. Mas ele as manteve no lugar, deixando escapar uma risadinha contra a pele sensível.

Entregue, Florence arqueou as costas. Ele a sugou de maneira quase preguiçosa, um beijo molhado e lento, saboreando as reações de seu corpo. O leve tremor na cintura e nas pernas, o ritmo apressado da respiração. A cabeça dela rodopiava como a língua de Russell.

Florence agarrou o cabelo dele com mais força, o corpo ganhando vida e se movendo timidamente para acompanhá-lo. Ela rebolou a cintura contra os lábios famintos e, como resposta, sentiu um leve rosnado vibrar na pele. De olhos fechados, gemidos desentoados escapavam. Membro a membro, sentiu-se tensionar. Soltou Russell, os braços pendendo ao redor do corpo. Era tão bom que queria morar naquele crescente de prazer.

O choque percorreu o corpo de Florence, que estremeceu, fraca. Meu Deus, não aguentaria. Aquilo era demais, era... maravilhoso. Florence se sentou, em um rompante, mas Russell pressionou ainda mais a cabeça contra sua virilha.

O grito dela rasgou o silêncio da cabana com a explosão de prazer. Nem mesmo as dinamites no banco reverberaram tanto. Jogou a cabeça para trás, fraca e relaxada, vibrando de satisfação.

Russell beijou sua coxa e a abraçou, depois subiu à procura da boca. O beijo teve um gosto levemente ácido que a fez suspirar, com os braços ao redor do pescoço dele.

— Consegui aliviar a dor? — perguntou ele, com cinismo.

— Não totalmente. — Florence tocou o curativo, em uma careta de sofrimento fingido. — Calhou de doer mais logo agora.

Russell a segurou pelo queixo, rindo, e a beijou outra vez. Enfiou a língua na boca dela com urgência, as últimas notas do riso ecoando em seus lábios. Ele começava a inclinar o tronco para deitá-la outra vez quando Florence o interrompeu.

— Quem está com pressa mesmo?

O sorriso torto não a desconcertou; foi um combustível. Ela pousou as mãos no peito de Russell e o empurrou para trás, até que se recostasse na cama. Trocaram um olhar demorado e então ela se ajoelhou diante dele, esforçando-se para ignorar a dor latente do ferimento na perna. Estava sedenta para libertá-lo das roupas e retribuir — naquele momento, nada mais importava.

Russell juntou os cachos volumosos de Florence para trás, acompanhando-a com a cabeça ligeiramente inclinada. A expressão dele a inflamou. Havia um brilho devasso nos olhos escurecidos.

Florence fechou os dedos ao redor dele, com um suspiro. Um pouco perdida, deslizou a mão para cima e para baixo, experimentando a rigidez em contraste com a maciez da pele. Quis senti-lo para além das palmas, mas permitiu que Russell mostrasse a ela como gostava dos movimentos, a mão dele sobre a sua.

— Essa é mais uma das coisas que vai me ensinar? — perguntou Florence, em um sopro de petulância, que resultou no rosto inteiro corado.

Russell fechou os olhos e voltou a engolir em seco. Negou, com um movimento preguiçoso.

— Você está indo muito bem por conta própria.

Ele se ajeitou, as pernas um pouco mais abertas para ela. Florence pressionou as coxas uma na outra ao ouvi-lo gemer, quase em um resmungo, a umidade escorrendo por elas. Sentiu-o latejar nos dedos, ao mesmo tempo que se acomodava sobre ele. Afastou a mão e umedeceu os lábios.

A primeira coisa que fez foi percorrê-lo com a ponta da língua. Sentiu o gosto salgado, deliciou-se com as reações, contornou-o de cima a baixo. Russell mordeu o lábio quando Florence deslizou os dela por ele, preenchendo toda a boca.

Ela gemeu, vidrada com a visão fantástica. A barriga dele contraída, o rosto retorcido de prazer, o leve balançar da cintura. Sugou-o, desmanchando-se a cada gemido grave. Brincou com os lábios, a língua e os dentes; medindo as reações de Russell para descobrir do que ele gostava. Aumentou e diminuiu o ritmo, olhos nos olhos. O prazer que inundava Florence ao ver Russell, imponente e entregue ao desejo, era avassalador. Ele estava ali, e era inteiramente dela. Saber que tinha o poder de despertar tais reações a revigorava.

Florence arranhou as laterais do corpo dele, levando-o mais fundo até senti-lo na garganta. Russell aumentou a velocidade com que movimentava a cintura, deixando escapar gemidos guturais cada vez mais frequentes. Florence se engasgou. De olhos lacrimejados, ganhou um gemido meio rosnado que a cegou de desejo.

Russell firmou o rosto dela e empurrou o corpo, entrando e saindo da boca de Florence, com a cabeça jogada para trás, apoiada na cama. O contorno anguloso do maxilar ficou em evidência, assim como o final da barba, acima do pomo de adão. As coxas dele davam os primeiros sinais de que o caubói não aguentaria muito mais, com tremores involuntários.

Ele se enterrou no fundo da garganta dela. De olhos arregalados, Florence o sentiu pulsar. O pistoleiro a encarava com o semblante vulnerável, como se compartilhassem um segredo delicioso. Florence limpou uma gota que escorrera para fora da boca, enquanto engolia o resto.

Esbaforida, avançou sobre ele e o beijou devagar. Os dedos de Russell se fecharam ao redor do pescoço dela, sem apertar. Ele esfregou a barba no rosto de Florence, ainda se recuperando. A pele dela queimou com o contato, ao passo que o corpo formigava pedindo mais.

— Parece que sou autodidata.

Ele continuava de olhos fechados ao rir. Massageou seu pescoço, concentrado em esfregar o nariz atrás da orelha dela. Florence estremeceu, o corpo em estado de ebulição.

— É minha vez de mostrar o que sei fazer...

Depois de raspar a barba em seu pescoço até que ela se retorcesse de cócegas, Russell abriu as pernas de Florence com o joelho e se ajeitou sobre ela, apoiado em uma mão. Roçou a ponta do nariz no dela, encarando-a cheio de ternura, enquanto acariciava sua bochecha com o polegar livre. Florence estava levemente zonza. Sentiu-se protegida. O torpor pelo momento era como moonshine queimando na garganta.

— Você é linda — disse ele.

Florence tocou o cabelo dele, úmido de suor, e soltou um suspiro ao sentir a ereção na parte interna da coxa.

— E sua — respondeu ela.

Russell beijou a curva de seu maxilar, a respiração pesada contra a pele dela. Encaixou-se entre as pernas de Florence e jogou o cabelo dela para trás, olhando-a de cima ao deslizar para dentro dela.

A princípio, o corpo relutou, até por fim ceder em uma explosão pungente. Russell a preencheu por completo, quente e macio, embora a dor fosse a única coisa em que conseguisse se concentrar no início. Florence mordeu o ombro do caubói em busca de alívio, enquanto ele permanecia imóvel para que ela se acostumasse ao seu tamanho.

Os músculos dela enrijeceram quando ele passou a se movimentar devagar. Russell entrava e saía com cuidado. Deixou um beijinho na ponta do nariz de Florence, depois outro. Aos poucos, o incômodo foi dando lugar ao relaxamento e, então, ao prazer. Ao perceber que ela começava a aproveitar, Russell se excitou ainda mais, os gemidos baixos voltando a ocupar a pequena cabana.

— Não quero sair daqui nunca mais — sussurrou o bandido, perto do ouvido dela.

Toda arrepiada, Florence se contorceu ao redor dele. Os gemidos em uníssono eram a coisa mais erótica que já ouvira. Cravou as unhas na bunda dele, percorrendo o pescoço com uma trilha de beijos intensos.

Quando Russell ajoelhou na frente dela, Florence derreteu. O corpo em estado líquido, sensível a cada toque. Estalava e ardia ao ser manuseada por ele.

Florence olhou para baixo, para os corpos se fundindo, o estalo das peles que colidiam depressa uma contra a outra. Russell deslizou uma mão para o meio de suas pernas, com gotas de suor escorrendo pela testa e peito. Ele sabia o que fazer, mesmo que ela, não. Florence viu o mundo rodar quando ele passou a acariciá-la com o polegar.

Mais repentino que da primeira vez, sentiu-o contrair. Gemendo, Russell saiu dela. Florence sentiu o jato quente escorrer pela virilha e coxa, enquanto ele se jogava a seu lado, ofegante.

Ele alcançou a camisa esquecida na mesa com o pé e a usou para limpar Florence. Em seguida, encaixou o braço por baixo do corpo dela e a puxou para si.

Florence deitou a cabeça sobre o peito dele, ouvindo o coração tão acelerado quanto o dela. Perdeu a noção do tempo enquanto ele roçava a ponta do indicador em suas costelas. Russell dobrou o outro braço acima dos olhos, a respiração normalizando aos poucos.

Florence olhou para ele. O nariz retilíneo projetado sobre os lábios finos. Cabelo liso desarrumado, as pintas infinitas espalhadas pelo braço nu causadas pelas incontáveis horas embaixo de sol. Passou a mão pela barba dele, incapaz de se manter afastada. Isso pareceu despertá-lo.

Russell afastou o braço e se voltou para ela. Passeou os olhos pelo rosto de Florence e sorriu, virando de lado e puxando a perna dela para cima de seu corpo. Por fim, encaixou a mão pesada na sua bunda.

Lá fora, o breve relinchar de Opal a lembrou de que eram fugitivos.

— Está com uma cara bem melhor do que quando chegamos — falou Russell, petulante.

— Você também. — A voz dela soou sonolenta.

Russell tomou a mão delicada de Florence entre as suas e a beijou.

— Você... — começou ele, sem jeito. Depois de um pigarrear, a voz soou mais baixa: — Você me lembrou de que a vida pode ser doce.

Florence emoldurou o rosto dele com as mãos e se aproximou.

— Te encontrar naquele trem foi a melhor coisa que aconteceu comigo.

— Comigo também, Florence. — Ele olhou para o teto empoeirado e cheio de teias de aranha. — Escolher você foi a melhor decisão que tomei. Talvez a única boa. Mas a possibilidade de ser feliz assim... para um homem como eu, assusta.

parte 4

parte 4

Capítulo 25

Florence aceitou a ajuda de Russell para descer a escada. Embora a panturrilha já não doesse tanto, outros músculos do corpo protestavam depois da atividade intensa que tinha começado com o roubo e terminado minutos antes de seguirem viagem. As bochechas permaneciam coradas e o coração, acelerado, quando os pés tocaram o mato.

A lua estava no ponto mais alto quando abandonaram o esconderijo, contornando a margem do rio. Russell pegou a bússola em um alforje e partiu na direção combinada com Everett. Até onde ela sabia, o restante da gangue, que não participara do assalto, seguira rumo a Oeste em busca de um lugar para montarem o novo acampamento. Roy os buscaria no ponto de encontro para guiá-los até o novo endereço.

No período que passaram na cabana, Florence não teve tempo de refletir sobre as consequências do crime que cometeram. No entanto, passada a primeira hora de viagem, em que os únicos sons eram os cascos de Opal na terra, além dos grunhidos de roedores e o canto de aves noturnas, foi inevitável que os pensamentos dela se voltassem para Elmer.

Era ridículo que sentisse tanto a morte de pessoas que mal conhecia. Porém, se fosse por esse caminho, teria que admitir que também não conhecia Russell havia tanto tempo. Sua morte lhe doía na boca do estômago e partia o coração em pedaços minúsculos. O homem costumava ser a fonte de sabedoria que freava Everett, além de ter a paciência que faltava a Russell. O ponto de equilíbrio que mantinha tudo funcionando.

Florence sentiu o peso da culpa e o terror ao reviver a cena. Ela se colocou no lugar de Russell. Ainda que ele colecionasse perdas ao longo dos mais de vinte anos na gangue Fortune, algo lhe dizia que nunca se tornava mais fácil. Pelo contrário, pouco a pouco, o peso aumentava. Florence queria conversar com ele sobre Elmer, o mais próximo que Russell tinha de uma família. Ao mesmo tempo, a vergonha a paralisava.

Que direito tinha de lamentar quando fora Phillip quem ceifara aquela vida? Assim, avançaram praticamente em silêncio por toda a madrugada.

O alvorecer de um novo dia rasgava o horizonte quando avistaram a construção abandonada.

Em meio a um bocejo, Russell olhou ao redor, até se certificar de que a presença deles não era notada, então desceu de Opal. O casarão de dois andares parecia inabitado havia bastante tempo, como indicava a madeira gasta, além do mato alto que a rodeava.

Através de uma das janelas engorduradas, Florence notou um vulto se aproximando da porta.

Quando uma fresta se abriu, a primeira coisa que ela viu foi o cano de uma espingarda. Em seguida, Lloyd os recebeu, dividido entre alívio e empolgação. O jovem abraçou Russell como se mal acreditasse no que via.

Após segundos de surpresa, Russell correspondeu. A mão cobriu o cabelo crespo rente à cabeça, em um cafuné atrapalhado. Florence aproveitou para desmontar de Opal, levando o dobro de tempo, graças ao machucado. Assim que os alcançou e a atenção de Lloyd se voltou para ela, foi recebida por um abraço igualmente caloroso.

— Como está a perna? — perguntou o fora da lei, com o rosto enterrado no pescoço dela.

— Ah, não foi nada — garantiu Florence. Segurou os braços dele, comovida com a recepção. Parte dela temia que a culpassem. — E seu ombro?

— Já teve dias melhores... — Ele deu uma piscadela. — Um pouco inflamado. Mas vou ficar bem.

— Me deixa dar uma olhada depois? Tenho algo que vai ajudar.

Lloyd concordou, passando os dedos pelo queixo enquanto olhava de um para outro, admirado como se não os visse havia semanas.

— Estávamos preocupados... Everett começou a imaginar o pior.

— Fomos seguidos — explicou Russell, concentrado em tirar a sela de Opal. — Ficamos escondidos em uma cabana de caça, quis me certificar de que não os traríamos para cá. Os cavalos estão nos fundos?

— Estão. Venha, Florence, entre. Maude vai ficar feliz em te ver. — Ele a guiou pelo braço, fechando a porta atrás deles. — Ela queria sair para procurar vocês se não chegassem logo.

— Estão todos bem?

O sorriso dele vacilou. Ela notou o brilho de tristeza em seus olhos.

— Na medida do possível.

— E Everett?

— Ainda não pregou os olhos. Fica resmungando e está um pouco... *hum...* difícil.

Florence pousou a mão no antebraço de Lloyd. Ouviu o rangido da porta principal sendo aberta e fechada depressa, seguido pelo som da tranca.

— Sinto muito.

— Nós também.

Foi recebida pelo clima péssimo antes mesmo que alcançassem a sala onde estavam alojados. A maioria em colchões improvisados. Roy, deitado de lado, talhava um pedaço de madeira com uma faquinha, concentrado.

Everett era a exceção. Fumava um charuto, recostado ao lado da janela, os olhos fundos e alucinados. O cabelo grisalho despenteado caía sobre o rosto, a roupa ensanguentada do assalto.

— Olha quem apareceu! — anunciou Lloyd, a voz vibrante de felicidade.

Roy e Fred, que tinha acabado de tomar impulso para se sentar, foram os primeiros a reagir. Com certo atraso, Everett virou o pescoço. Florence sentiu a presença de Russell atrás de si e acompanhou o movimento dos olhos do líder enquanto desviava de um para outro, as engrenagens do cérebro emperradas pela privação de sono.

Com a maior calma do mundo, Everett apagou o charuto no vidro da janela e o deixou no peitoril. Uma das mãos ameaçou pegar o relógio de bolso, mas mudou de ideia ao se adiantar para Russell. Segurou-o pelos ombros, a boca ensaiando dizer algo por mais de uma vez. Trocaram um olhar demorado e significativo antes de se abraçarem. Apenas então ouviram a voz de Everett:

— Você me assustou, filho. Não posso te perder.

— Estou aqui. Não fui a lugar algum.

— Achei... pensei que...

Russell desferiu tapas nas costas do homem mais velho. Florence nunca tinha visto Everett chorar, ou mesmo chegar perto, mas os olhos dele estavam marejados quando os dois se desvencilharam.

O líder contornou o ombro dela e desferiu um beijo no topo de sua cabeça.

— Você foi muito corajosa — murmurou Everett contra a touca. — Obrigado por ter se arriscado, querida.

Florence retribuiu o abraço desajeitado, tomada por uma sensação esquisita. Apesar do alívio evidente de Everett, algo parecia diferente. Mesmo que a explicação mais provável fosse o estado letárgico em que ele se encontrava, Florence não conseguiu eliminar a sensação. A cada olhar trocado, era tomada por um estranho calafrio que a deixava na defensiva. Russell não demonstrou ter percebido; ou, ao menos, soube disfarçar. Bocejou uma ou duas vezes enquanto narrava a perseguição dos Pinkertons, depois de terem cumprimentado o restante dos colegas como se não os vissem havia muito, muito tempo. Ela entendia. Estar tão perto da morte — e, de fato, testemunhar pessoas queridas partirem — causava um senso de urgência impossível de ignorar. Os abraços demorados eram como suspiros de alívio depois do trauma que tinham compartilhado. Até mesmo o reencontro com Fred a deixou contente.

Depois foi a vez dela e de Russell ouvirem sobre os dois cavalos que morreram na fuga acirrada. Além disso, Roy narrou, com pesar, que haviam perdido uma das carroças com provisões enquanto o restante da gangue seguia em busca de esconderijo.

— Chega, estou cansado disso — disse Everett, por fim, ganhando a atenção de todos. Esfregou as mãos, e o som áspero preencheu o silêncio de expectativa. — Estou farto desse maldito derrotismo. Dá para ver no rosto de vocês que estão entregando os pontos... Não vou admitir isso. Vamos levantar o ânimo, parar de pensar no que deu errado. Nosso trabalho exige desprendimento. Sabemos que esse tipo de coisa pode acontecer. Vocês sabem que não temos o luxo de ficar enlutados. Elmer sabia também e morreu pela causa.

Ele cruzou os braços, erguendo o queixo para os observar de cima. As sobrancelhas, quase inexistentes, estavam unidas, tornando visíveis um punhado de ruguinhas ao redor dos olhos. Everett fez uma varredura, examinando um por um sem a menor pressa, então continuou:

— Elmer era um irmão, foi um Fortune pelos últimos vinte e tantos anos. Nem tudo deu errado. Conseguimos escapar com uma carroça cheia de dinheiro e agora estamos mais perto de realizar nosso sonho. Falta muito pouco. Encontramos documentos nos cofres... Vou examinar melhor quando a poeira baixar. Talvez sejam novas oportunidades para colocarmos um ponto-final nisso tudo e comprarmos nossas terras. Por isso, coloquem um sorriso no rosto! Elmer ia querer isso. Estamos vivos, nenhum sacrifício será em vão.

Florence se sentiu enojada com aquela tentativa de encorajamento. No entanto, foram as palavras não ditas que fizeram a bile subir. Buscou no rosto dos colegas a mesma revolta que revirava sua barriga, incomodada que mais ninguém enxergasse o absurdo da situação.

O otimismo idealista de Everett era uma de suas características mais marcantes, mas ele não podia ter escolhido um momento pior para comunicar que planejava uma nova jogada em breve. Não quando mal tinham se recuperado. Dinheiro nenhum no mundo traria Elmer de volta. As coisas jamais seriam iguais.

Florence manteve o olhar fixo em Everett enquanto todos dividiam o restante das provisões, esmagados pelo silêncio incômodo, cheio de culpa e ressentimento. A barba grisalha por fazer cobria parte dos machucados provocados pelos estilhaços da explosão. Apesar do brilho de loucura no olhar dele, era impossível ignorar a tristeza profunda que emanava. Florence apostava que Everett ainda passaria muitas e muitas noites em claro.

"Arrependimento não traz ninguém de volta dos mortos", dissera Russell, quando discutiam o plano. Ela se perguntou se Everett estaria pensando nisso ao encarar as fissuras arranhadas nas tábuas de madeira, de lábios crispados.

★ ∩ ★

Roy enfim conseguiu convencer Everett de que o líder precisava de auxílio para dormir, ou acabaria colocando todos em risco. Florence o ajudou a preparar um chá com raiz de valeriana, que ele encontrara nas redondezas. O velho reclamou do aroma e cuspiu o primeiro gole, mas, passado o susto, entornou o conteúdo da xícara misturado a uma dose de conhaque.

Florence também aproveitou para tratar da ferida de Lloyd, como prometera. Embora ele tivesse mais amor-próprio que Russell e mantivesse a ferida limpa e bem-cuidada, o estrago fora maior do que o ferimento na panturrilha dela. Demandou muito controle para que ela não deixasse transparecer o espanto ao se deparar com o corte purulento.

Optaram por partir no anoitecer. Todos concordavam que seria menos arriscado, considerando que levavam consigo a carroça verde inconfundível do Banco Langston; além de que Florence, Russell e Opal precisavam descansar da viagem.

Florence teve que lutar com o incômodo de ter Russell tão emocionalmente distante. Desde que haviam chegado, ele parecia evitá-la. Mal conversaram durante o dia. Ele se esquivara de todas as tentativas de aproximação. Até mesmo em Opal, com o espaço reduzido que o impedia de fugir, ao menos fisicamente, ele dera um jeito de evitá-la. Com respostas monossilábicas, quase ríspidas, fez um esforço enorme para que não se tocassem além do necessário.

Na manhã seguinte, fizeram uma pausa na estalagem de um assentamento. Esconderam a carroça em uma passagem minúscula entre um celeiro e um depósito de grãos, que deixou arranhões nas laterais do veículo.

Todos ostentavam rostos muito mais simpáticos ao se encontrarem no salão lotado da estalagem, depois de horas de sono bem-dormidas em camas confortáveis.

Enquanto se serviam do jantar, famintos, Florence se convenceu de que havia mesmo algo errado com Russell, e não se limitava a ela. As alfinetadas começaram logo depois da primeira rodada de cerveja. Após limpar a espuma do lábio superior com o antebraço, ele bateu com o caneco na mesa e inclinou o tronco para a frente, a irritação evidente até mesmo no leve tremor da voz:

— Elmer teria adorado isso aqui.

— Ninguém era melhor de garfo que ele — respondeu Lloyd, cutucando o ensopado de pato no prato.

Florence não sabia dizer se fora uma resposta alheia à provocação ou, pelo contrário, uma tentativa de apaziguamento. De toda forma, Russell não parecia disposto a largar o osso.

— Que bom que tudo o que fazemos é pensando no bem de todos... — Um riso amargo se misturou a um leve pigarrear. — Eu *odiaria* saber que pessoas morreram em vão.

Everett, que acabara de espetar um pedaço de carne, ergueu o rosto depressa. Os olhos estreitos se voltaram para Russell, o garfo esquecido na borda do prato.

— Tem algo que queira compartilhar conosco, filho?

Florence engoliu em seco. Pousou as mãos no colo e, longe do olhar dos outros, pressionou a perna na de Russell. Ele encarava o líder com tamanha inconformidade que mal percebeu; alcançou o guardanapo de pano sobre a mesa e esfregou no rosto sem nenhum cuidado.

— Eu?

— Você. Passamos por muita coisa, estamos todos enlutados e exaustos... Se tem algo te incomodando, por favor, nos poupe de cerimônia.

Russell passou a língua nos dentes, de olho na comida remexida no prato.

— Engraçado você falar de luto. Não sei... Nenhum chá no mundo me faria deitar a cabeça no travesseiro sabendo que fui avisado de que o pior poderia acontecer e, mesmo assim, escolhi seguir em frente. Tudo por ego.

A escolha de palavras deixou Everett vermelho de raiva. Ele bateu com a mão no tampo da mesa, ganhando a atenção das pessoas no entorno. Fred abriu a boca para falar, mas foi impedido por Maude, que o repreendeu com um olhar.

— Ego? Acha que tomo minhas decisões pensando nos meus caprichos? — Apesar de baixa, a voz de Everett soou como um trovão.

Florence se encolheu. Tinha perdido a fome.

— Sabe o que acho, Everett? Que Elmer está morto! Nada vai trazer ele de volta — disparou Russell, pontuando as palavras com o garfo na direção de Everett. — Ele confiou em você, como todos nós, e pra quê? O que ganhamos com isso?

— Russ... — chamou Lloyd, arrasado. Alisava a camisa na altura do peito, o desconforto estampado no rosto.

— Não, Lloyd — interrompeu Everett. — Vamos ouvir. Põe pra fora, filho. Pelo que mais me culpa? Não quero que se envenene com o rancor.

Todos se entreolharam, esperando que Russell explodisse. Mas tudo o que ele fez foi soltar um riso baixo, balançando a cabeça. Levou uma garfada de comida à boca e mastigou com a maior calma do mundo antes de responder:

— Valeu a pena?

— Não. Dinheiro nenhum vale uma vida. — Everett lançou um rápido olhar na direção de Florence, que teria passado despercebido se ela não tivesse erguido o rosto para alcançar o caneco de cerveja. — Não entendo... De repente você passou a me enxergar em tão baixa estima. Quando foi que deixou de confiar em mim?

— Quando sua ganância passou a falar mais alto que nosso código. Dinheiro abaixo das pessoas, Everett, nunca o contrário. — Russell arrastou a cadeira para trás com um ruído alto que se sobrepôs à música animada do piano, tocado por um jovem rapaz do outro lado do salão. — O corpo dele mal esfriou e você já está pensando no próximo roubo, não?

— Não vou tolerar que me falte com o respeito. — A voz do líder se projetou sobre a mesa. Everett ruminou o descontentamento e diminuiu o tom: — A mágoa não lhe dá o direito de falar assim comigo.

Russell se levantou, sustentando o olhar fulminante do líder.

— Que seja. Há muito tempo que falo sozinho.

Ele seguiu na direção da escadaria que levava ao segundo andar, desaparecendo no salão.

Florence encarou o prato quase intacto e decidiu focar toda a atenção em comer o restante da comida. Do contrário, não aguentaria continuar ali sentada, fazendo de conta que nada tinha acontecido, quando sua única vontade era interceptar Russell antes que ele se escondesse no quarto, longe dela.

Ninguém ousou dizer nada. Everett tampouco parecia estar presente.

A mesa ao lado, de agricultores, acompanhava o ritmo do piano com palmas embriagadas.

Lloyd, sendo quem era, entornou o caneco de cerveja e passou a tagarelar. Até Fred se empenhou em aliviar o clima. Levantou-se, o cigarro aceso preso aos lábios, e parou ao lado de Florence, estendendo-lhe a mão.

Ela demorou para perceber que se tratava de um convite para dançar. Corada de vergonha, assentiu, apenas para sair da mira de Everett, aquele olhar severo.

Caminharam de braços dados até o espaço apertado ao lado do piano, onde outros casais se aglomeravam, esbarrando uns nos outros ao acompanharem a música alegre. Fred pediu licença e a segurou pela cintura.

O cabelo loiro-claro refletia a luz quente do salão e as costeletas começavam a perder a forma pelos dias que o homem passara sem se barbear.

— Você parecia prestes a vomitar — comentou Fred, dando de ombros, quando ela lhe dirigiu um olhar confuso.

— Isso... Essas brigas... são comuns?

Rodopiaram para perto de um dos janelões. Lá fora, a noite abraçava a ruela de terra. O brilho pálido do luar iluminava a meia dúzia de cavalos pastando em frente à estalagem.

— Mais ou menos. Quer dizer, eles sempre pareceram um casal de velhos resmungões, mas os ânimos estão exaltados.

— O que você acha? — quis saber Florence.

— Como assim? Da briga?!

— É. De que lado você está?

Frederick deu de ombros outra vez, despreocupado. Em seguida os levou para longe de um casal de camponeses que havia trombado com eles pelo menos duas vezes.

— Do nosso. Eles vão se entender, Elmer era um dos antigos. — Ele soltou a mão para afastar o cigarro dos lábios, enquanto assoprava a fumaça direto no rosto dela. — São ossos do ofício.

— Não posso acreditar que não se importe nem um pouco com a morte dele. É demais até pra você, Fred.

— *Até pra mim?* — Fred sorriu, e Florence percebeu que um dos dentes da frente era levemente trincado. — E eu achando que tínhamos superado o passado.

— A primeira impressão é a que fica.

O sorriso dele dobrou de tamanho. Fred devolveu o cigarro aos lábios, girando-o no lugar.

— Bom, nada disso teria acontecido se você não agisse como uma égua brava.

Ao abrir a boca para responder, Florence foi surpreendida por uma risada sincera. Fred a acompanhou, o que a fez rir ainda mais. Pelo canto dos olhos, viu Lloyd e Maude se levantarem da mesa e irem ao encontro deles.

Florence riu até sentir lágrimas nos olhos. O aperto no peito havia diminuído consideravelmente. Frederick meneou a cabeça, com um suspiro.

— Relaxa, está bem? — falou Fred, antes de acenar para os colegas que começavam a dançar perto deles. — Não é que eu não me importe. É só que... faz parte. Morrer é uma possibilidade. Lave as mãos, ou continue tendo pena de si mesma. Mas saiba que é tão culpada quanto o restante de nós.

— É mais fácil gostar de você quando não está se esforçando para ser o cretino mais insuportável do mundo.

— O que posso dizer? Ser insuportável é uma habilidade que passei tempo demais desenvolvendo para abrir mão a esta altura da vida.

Capítulo 26

Quando a música terminou, ela e Maude trocaram os parceiros e, assim, Florence se viu dançando com Lloyd. A panturrilha e o ombro baleados comprometeram o desempenho dos dois, mas não os impediram de se divertir.

No final, Florence se despediu dos colegas, grata pelo alívio proporcionado. Passou pela mesa em que Roy jogava pôquer com outros três homens que ela tinha visto no salão mais cedo.

Escutou as vozes alteradas de Russell e Everett assim que chegou ao patamar da escada. Florence limpou as mãos suadas na saia. Na última vez que havia se esgueirado para ouvir uma conversa privada, Everett a pegara em flagrante. Não estava disposta a passar por isso de novo, porém não era como se eles estivessem se esforçando para manter a discrição. Dava para ouvir com nitidez cada palavra cuspida pelo líder, mesmo a metros de distância.

— A culpa é sua!

Russell riu, sem uma gota de humor.

— É claro. Estava demorando — disse ele.

— Não é tão agradável quando atiram verdades na nossa cara, não é?

No interior do cômodo, Florence ouviu passos que se aproximavam e afastavam da porta e imaginou Russell andando de um lado para outro enquanto fulminava o líder com o olhar.

— Você me deixou decidir, lembra? Disse que confiava na minha opinião — lembrou Russell.

— E talvez esse tenha sido meu maior erro. Você trouxe a filha de um inimigo para dentro da nossa casa, Russell! De que lado você estava? Do nosso ou do dela?

— Puta merda — retrucou Russell. Florence ouviu um suspiro desanimado seguido pelo som de molas do colchão. — Então é isso?

— Você confiava em mim, mas parece duvidar de cada decisão que eu tomo... Não sei se ainda falamos a mesma língua. Desde que ela apareceu, tudo mudou. Você não vê isso? Seu foco, suas prioridades, até sua lealdade. E tudo por alguém em quem não podemos confiar.

O sangue de Florence congelou nas veias. Ela paralisou, a cabeça girando.

Então a diplomacia de Everett se estendia a ela apenas enquanto servia aos propósitos da gangue? Quando ela guardava informações importantes que poderiam levar a roubos? Quando precisava arriscar a própria vida para que conseguissem invadir um banco? Sob aquelas circunstâncias, era digna de integrar a família Fortune. No entanto, bastava uma crise para que sua presença fosse questionada.

Sentiu o estômago embrulhar. Estava prestes a correr dali quando o silêncio no interior do quarto foi interrompido.

— Você é o *meu pai*, Everett — falou Russell, enfim. A voz baixa e falha. — Eu dei tudo o que tinha pra você.

— Você comprou uma briga grande demais, filho. Eu só quero o melhor para todos nós, sabe disso.

— Everett.

— Essa decisão não diz respeito somente a nós — afirmou o líder. Um muxoxo, e então os passos recomeçaram. Florence recuou, pronta para seguir na direção do quarto que dividia com Maude, quando Everett deu a cartada final: — Talvez suas mãos estejam mais sujas de sangue do que queira admitir. Você sabia que essa decisão traria consequências, e mesmo assim colocou tudo em jogo.

Florence recuou, as mãos sobre o peito como se o gesto pudesse aliviar o aperto esmagador. A pior parte era que não conseguia sentir raiva de Everett. Se ele estava sendo traiçoeiro, era pelo bem de sua família, não? Não estava errado ao apontar os perigos de aceitarem a filha do inimigo na gangue, ainda que não tivesse se preocupado com isso quando Florence tinha utilidade.

Por outro lado, entender a lógica dele não aliviava o golpe impiedoso. Fora ingênua o bastante para acreditar que, aos poucos, se integraria ao grupo. Desde que fugira com eles, muita coisa havia mudado. Para alguns, continuaria a ser uma intrusa para sempre. Florence percebia que os outros estavam baixando suas defesas a cada dia, porém ela jamais poderia apagar suas origens. Acreditou que se tornariam iguais. Mas como poderiam, se Florence pertencia ao outro lado?

Pior do que descobrir a verdadeira opinião de Everett sobre ela era perceber como ele conseguia ferir Russell com tamanha facilidade. Desviara a culpa para ele sem titubear. Falara com convicção.

Florence nunca desejara ser um instrumento de ruptura entre os dois. Teria mesmo tirado o foco de Russell? E se o pistoleiro tivesse se arrependido de tê-la inserido no mundo deles?

Correu para o quarto. Pela primeira vez desde que fugira, foi assolada pela solidão e melancolia com as quais convivia diariamente na mansão Greenberg.

★ ∩ ★

Abandonaram a estalagem ao amanhecer e chegaram ao acampamento antes do meio-dia. Um desfiladeiro banhado por um rio serpenteante, desaguando em uma foz cercada por árvores altas que refletiam na água cristalina.

O acesso difícil era uma vantagem, pensando no esconderijo, mas um obstáculo inegável para a carroça com o dinheiro. O solo de pedregulhos quase resultou em um acidente, o que assustou um dos cavalos que puxava o transporte; foram necessários vários minutos para acalmá-lo.

Apesar do cansaço, foi com um sorriso que Florence desceu de Opal, diante das tendas às margens do rio. Era uma paisagem de cair o queixo.

Ela arrancou as botas e a touca, livre. As rochas redondas massageavam os pés a cada passo. Russell vinha logo atrás, respirando fundo. As olheiras profundas e a expressão exausta entregavam que ele não havia dormido quase nada. Estava irritadiço desde a noite anterior. Florence mal ouvira a voz dele. Talvez por isso tenha se sobressaltado quando os dedos do homem se fecharam pouco abaixo de seu cotovelo.

— Podemos conversar?

Florence concordou quase de imediato, apesar do cenho franzido.

— Agora? — perguntou ela, olhando para o restante do grupo que era recebido com sorrisos e abraços.

— Essa alegria não vai durar — comentou Russell.

Bastou que a srta. Carson abandonasse a tenda para Florence compreender. Depois de uma varredura dos rostos cansados, a primeira coisa que fez foi se voltar para Everett, as mãos encaixadas na cintura.

— Cadê o Elmer? — perguntou ela.

Lloyd e Fred arrancaram os chapéus e os pousaram na altura do peito, sem dizer nada. Maude e Roy eram puro pesar; retesados, totalmente impotentes. A srta. Carson arquejou, olhando de rosto em rosto em busca de respostas. Wiley, que estava ocupado cortando lenha, fincou o machado no tronco e se voltou para Everett, assim como os demais.

Ao contrário de Russell, ele parecia tranquilo. Roupas limpas e alinhadas, cabelo no lugar. O único sinal que denunciava seu estado de espírito era o rosto severo, com todas as marcas de expressão talhadas na pele.

Com um aceno discreto, Everett cruzou os braços e inclinou a cabeça para trás, para encarar o céu.

— Elmer...

Florence sentiu um leve puxão no braço que a trouxe de volta ao presente.

— Não vamos demorar — disse Russell.

Florence não viu a cena, mas escutou o grito da sra. Carson, que ecoou pelas paredes do cânion. O choro compulsivo foi absorvido pelas pedras enquanto os dois se afastavam.

Russell agachou ao lado do rio e jogou um pouco de água no rosto. Incerta de como agir, Florence se sentou em uma rocha perto dele. Deixou o chapéu e as botas no chão e esticou os pés na água gelada.

Ele a observou. Encheu as mãos em concha outra vez e bebeu a água, parecendo juntar coragem.

— Me desculpa — pediu ele.

— Pelo quê?

Russell mordeu o lábio inferior, dando de ombros.

— Pela forma que te tratei. Ainda mais depois de... *tudo*. Os últimos dias foram difíceis.

— Foram.

Com o dorso da mão contra a boca, ele a examinou de esguelha. Os olhos avermelhados, de quem segurava o choro. Não o de dias, mas de uma vida toda.

— Não vai dizer nada?

Florence deixou escapar um riso amargo. Esfregou a mão na saia, na altura da coxa, contendo o impulso enorme de gritar.

— O que espera que eu diga? Só consigo pensar em como foi fácil para você me deixar de lado quando as coisas apertaram — murmurou Florence, entre dentes.

— Não. Claro que não! Você é a minha prioridade. Eu só precisava colocar os pensamentos no lugar.

— Prioridade? Passei os últimos dias no escuro, sendo evitada, sem uma palavra sua.

Buscou-o com o olhar e se deparou com Russell boquiaberto, como se Florence o tivesse golpeado. Havia um vinco profundo entre suas sobrancelhas e um leve rubor a subir pelo pescoço.

— Eu não quis... Não foi isso. Conheço Elmer desde que eu era garoto. A morte dele... — A voz de Russell sofreu uma inflexão. — Sinto muito. Estou perdido. As coisas só pioram. Eu *insisti* com Everett que não era uma boa ideia e olha só o que a ganância dele fez!

Florence pestanejou, o choro entalado na garganta. Umedeceu os lábios, sem compreender de onde vinha tanta raiva. Queria estapear Russell e, ao mesmo tempo, ansiava por confortá-lo. Mas o silêncio a havia machucado mais do que percebera. Flagrar-se sozinha, em meio a tantas incertezas, foi como uma passagem de volta para a vida anterior.

Ele acariciou a bochecha dela com as costas da mão. O pesar era evidenciado pela dureza no rosto.

Florence cobriu a mão dele com a sua. Queria ser durona, fazê-lo sentir o mesmo que ela, para que entendesse. No entanto, bastava olhar para ele por um instante para perceber a derrota e a culpa.

Com um suspiro, ela cedeu.

— Tem alguma ideia de como me senti? Tive medo de que tudo tivesse mudado entre nós... o-ou que você me culpasse — disse ela.

— Culpasse você? — Russell estreitou os olhos e se enrijeceu com a constatação. — Maldição, Florence! Você está se ouvindo?

— Você me deixou no escuro.

— Inferno. Escuta, desculpa. Não sei o que viu em mim, nem o que fiz pra merecer você... — Russell enterrou a mão no cabelo dela, na altura da nuca. — Mas nunca vou fazer nada para te ferir.

A boca de Florence parecia estar cheia de areia. Ela contorceu o rosto para segurar o choro, sentindo-se patética pela forma como precisava dele.

— Achei que você tivesse se arrependido...

— Você é a única coisa de que não me arrependo. — Russell fechou os olhos. — Meu Deus, estou tão cansado.

Florence assentiu.

— Eu sei.

Deixou-se cair no chão e andou sobre os joelhos até ele, para em seguida envolvê-lo com os braços. Russell tirou o chapéu e encostou a cabeça na dela, alguns fios de cabelo voando em seu nariz.

— Sempre tive tanta certeza... Não sei o que fazer.

Florence mordeu o lábio inferior.

— Vamos embora, Russell. Só nós. Não precisamos disso.

— Não é assim tão simples.

— É, sim! Eu achava que precisava aceitar a vida que me foi imposta porque era a única que tinha... e veja só, tudo mudou.

— É diferente. Não posso esperar que coisas boas aconteçam comigo, não sou um homem bom. Quero fazer o que é certo ao menos uma vez e garantir que você não desperdice sua vida aqui.

Olhando para o cardume de peixes que seguia a correnteza da água, Florence afastou o cabelo de Russell e acariciou sua bochecha.

— Então faça isso! Fuja comigo. Este mundo está em ruínas, não precisamos ficar para saber onde isso vai dar. Podemos ser felizes juntos, quietos, cuidando da terra como você sempre sonhou.

Ele cobriu a mão de Florence.

As vozes alteradas vindas do acampamento a deixaram com uma sensação esquisita. Tão diferente do clima de quando se instalaram no planalto. A fogueira, a festa e a união, mesmo após uma viagem cansativa de quase dois dias.

— Não posso. Não depois de tudo que Everett fez por mim.

— Não faz sentido. Vai baixar a cabeça o resto da vida porque ele foi decente com você quando ainda era uma criança?

— Ele não precisava.

— Assim como você não precisava ter estendido a mão para mim! Quer dizer que preciso te servir?

— É diferente.

— Russell...

Florence se afastou, avançando em direção ao rio. A barra de seu vestido mergulhou na água.

De rosto baixo, Russell segurou o dorso do nariz. Ela nunca o vira tão arrasado. Os ombros caídos, a melancolia transbordando pelos poros.

— Eu sou um *criminoso*. Nunca vou poder te proporcionar uma vida normal. É isso o que quer? Viver nas sombras?

— Não faça isso. Não me afaste de você.

— Eu não conseguiria nem se quisesse muito. Só... tenho medo de que você se arrependa.

— Aprecio seu cuidado comigo, de verdade. Mas você não pode decidir o que é melhor pra mim, Russell.

Ele abriu um sorriso triste.

— Eu sei.

— Fuja comigo. Vamos para longe da civilização, só nós dois e a natureza. Uma casinha ao pé de uma montanha. O lar que nenhum de nós teve. Me deixe cuidar de você também.

Russell passou os nós dos dedos pela lateral do rosto dela. Olhava para Florence com pesar.

— Se eu tivesse o mínimo de decência, não teria te trazido para o olho do furacão.

— Ainda bem que decência não é uma questão para nenhum de nós.

As mãos dele cobriram suas orelhas e Russell a puxou para um beijo. Uma promessa. Ele percorreu a boca dela com a língua, sorvendo a respiração entrecortada. Florence se aconchegou nele, agarrando a camisa para se certificar de que ele não se afastaria outra vez. O corpo enorme de Russell a cercou, uma muralha que a separava do restante do mundo. Ela soube, sem que nenhuma palavra fosse dita, que ele tinha feito sua escolha havia muito tempo, embora ainda relutasse em aceitar.

Russell se afastou, o olhar passeando por Florence.

— Somos mais parecidos do que gosto de admitir.

— Então você sabe que não vou aceitar outra resposta além de sim.

Ele tomou impulso para se levantar e ofereceu a mão para que ela também ficasse em pé, então afastou o cabelo e colocou o chapéu de novo.

— E você sabe que vou tentar resistir ao máximo para te proteger. Mas estou começando a pensar que talvez a melhor forma de garantir sua proteção seja seguindo ao seu lado.

Eles caminharam de volta imersos nos próprios pensamentos. Florence queria que Russell percebesse que a única coisa que o mantinha preso à gangue era ele mesmo. Por outro lado, queria que ele descobrisse por conta própria como poderiam ser felizes juntos. Como ela tinha descoberto.

O acampamento estava no mais profundo silêncio. Se Florence não tivesse visto os colegas da gangue mais cedo, teria achado que se tratava de um lugar abandonado. Mais adiante, Wiley e Fred matavam tempo na beira do rio, calados, lado a lado, como se mal percebessem a presença um do outro. A srta. Carson tricotava perto da fogueira, o rosto vermelho e inchado de tanto chorar. Exceto por eles, todos os demais se refugiavam em suas tendas.

Russell segurou a mão de Florence com um aperto gentil e se dirigiu para seu aposento. Florence acenou. A tenda que dividia com Kath e Jennie ficava de costas para um dos paredões rochosos.

Katherine cochilava, encolhida em posição fetal perto de uma das paredes de lona. Jennie, por outro lado, estava sentada de pernas cruzadas bem ao centro, com o bordado esquecido sobre o colo. O rosto tinha um tom esverdeado enquanto ela apalpava a barriga pronunciada com as mãos.

— Está tudo bem? — perguntou Florence, ao entrar.

— Acho que sim... — Jennie fez movimentos circulares, de olhos fechados. — Só doendo um pouco.

Florence entreabriu os lábios. Aproximou-se devagar e olhou para a colega.

— Posso?

Jennie assentiu, pálida como um fantasma. Com cuidado, tocou a barriga dela com a mão aberta.

— Ela estava chutando tanto faz pouco tempo... mas parou.

— Ela?

— Pode parecer loucura, mas, de alguma forma, eu sei que é uma menininha. Sonhei com o nome... Hope.

— Hope — repetiu Florence. — É lindo. Como é a sensação quando ela chuta?

— Maravilhosa e... esquisita. Não tem como explicar. — Jennie guiou a mão de Florence para o final da barriga. — Vamos ver se volta.

Florence olhou para baixo, para a mão delicada sobre a sua.

— Será que chegou a hora?

— Não sei... A dor é bem esporádica. Mas, pelas minhas contas, pode ser a qualquer momento.

Florence afastou a mão da barriga de Jennie e se deitou em seu canto, de lado, observando-a de perfil.

— Como você está?

Jennie alcançou o bastidor no colo e puxou a agulha espetada na borda. Ajeitou-o, em meio a um suspiro cansado, e voltou a trabalhar.

— Sendo franca? Preocupada. Nenhuma mãe quer que o filho cresça neste ambiente. Antes até dava para ignorar certas coisas... Éramos mais uma família.

A concentração no rosto dela refletia o trabalho interminável das mãos, puxando e afundando a agulha pelo tecido. Florence se deixou embalar pelo movimento natural, pensativa.

Incentivada pela falta de resposta, Jennie continuou o desabafo:

— Queria que você tivesse chegado antes pra entender. Estamos nos atolando mais a cada dia. O futuro é incerto. Russell sempre diz que nosso tempo acabou, que estamos prolongando algo inevitável. Everett argumenta que ele é pessimista, mas acho que tem razão. — Jennie molhou a ponta de uma linha preta na língua e a enfiou na agulha. — Não é como os tempos de glória que eles adoram lembrar. Não é nem como quando eu cheguei. Penso que seja só uma questão de tempo par...

— *Shiu!* Dá pra calarem a boca, por favor? — Katherine se remexeu, o longo cabelo loiro espalhado pelo lençol. Manteve os olhos fechados, com uma expressão irritada. — Estou tentando dormir, se não deu para perceber.

Jennie e Florence trocaram sorrisos cúmplices depois de resmungarem pedidos de desculpas para Katherine, que tinha voltado a dormir tão facilmente quanto acordara. Florence aproveitou a oportunidade para se acomodar e descansar. Deixou-se ser consumida pelo sono acumulado, a mão hábil de Jennie para cima e para baixo foi a última coisa que viu, bordando realidade e sonho.

★ ∩ ★

O gemido angustiado a trouxe de volta. Florence escancarou os olhos, de coração acelerado, a tempo de ver Katherine tomar impulso para se sentar e amparar Jennie.

Seu olhar primeiro captou o rosto ensopado de lágrimas da colega; depois as mãos apoiadas atrás do corpo, de forma que a barriga ficasse projetada para a frente; e, por fim, as pernas espaçadas, por onde um mar de sangue corria.

Tanto sangue não podia ser bom sinal.

— Pelo amor de Deus... — disse Katherine, com um gemido, pálida.

Florence gelou. Tocou a testa suada de Jennie e sentiu a boca secar de preocupação. A jovem ardia em febre.

— O que está sentindo, Jennie?

— Dor — resmungou a grávida, com os olhos fechados. — Tem alguma coisa errada.

Katherine despertou do transe com um breve menear de cabeça.

— Por que você não nos chamou antes? — perguntou ela, depois engatinhou para trás de Jennie e se sentou de pernas abertas, envolvendo-a e acomodando-a em seu tronco.

Como resposta, Jennie grunhiu alto, encolhendo o corpo com o que parecia uma nova pontada de dor.

— Vou buscar ajuda — anunciou Florence, e se lançou para fora.

Um novo gemido rasgou o silêncio do acampamento enquanto a garota corria, aos tropeços, atrás da srta. Carson. A tenda era pequena e ficava entre a de Everett e a acomodação aberta em que dormiam Roy e Lloyd.

Chamou-a do lado de fora.

— O que aconteceu? — perguntou Roy, rouco, o que a sobressaltou. Florence olhou para trás.

— Jennie entrou em trabalho de parto e está sangrando muito. Você sabe de algo que possa ajudar?

Um aceno, seguido por um rápido esfregar nos olhos. Ao se sentar, o longo cabelo preto de Roy reluziu a brasa que ainda queimava na fogueira.

— Posso buscar algumas ervas nas redondezas. Você pensou em algo?

— Talvez um chá. Não sei. Ela está febril. Acho que... mil-folhas?

Roy se levantou, assentindo, e vestiu depressa a camisa sobre a roupa de baixo.

— Camomila também vai ajudar. Pode ir, eu acordo a srta. Carson.

As horas se arrastaram dentro da cabana abafada, cujo ar parado cheirava a sangue e suor. Cabelo empapado de calor, roupas sujas e um som chiado e ecoante de diversas respirações.

Jennie lutou com bravura. Tomou o chá que Florence oferecera com os dedos trêmulos e depois o que Roy também levou. Não reclamou quando Maggie abriu suas pernas para a examinar nem quando a srta. Carson chegou e pressionou a barriga dela para diminuir o sangramento.

A garota deixou-se cair em Katherine, segurando a mão de Maude com firmeza enquanto ela repetia, como se entoasse uma oração, para que Jennie fosse forte, respirasse fundo e mantivesse a calma.

Conforme as horas se amontoavam, assim como os panos sujos de sangue, tudo o que Jennie fez foi dizer, fraca, que não queria morrer. Implorou para que salvassem o bebê, que diminuíssem a agonia em que ela se encontrava. Fungava, usando o pulso para secar o rosto coberto por lágrimas, mas era vencida por elas. O choro interminável emendado em gritos sofridos que perdiam a força.

Do lado de fora, brasas de cigarro e charuto flutuavam, invadindo a lona e chegando até elas. O nervosismo e a impotência dos homens reverberavam no interior da barraca.

Katherine afastou o cabelo molhado de Jennie e a beijou na lateral de seu rosto, então começou a rezar. As palavras criaram uma atmosfera mórbida, um prenúncio do que parecia inevitável. Não conseguiriam ajudar. Nenhuma tentativa de melhora surtia o menor efeito.

— Eu não quero morrer — disse Jennie, aos soluços. — Eu não quero morrer. Por favor. Eu estou com tanto medo...

Tomada pelo desespero, Maude soltou a mão dela e cobriu o rosto, ombros e tronco balançando. Os murmúrios vindos de fora se intensificaram. Everett se aproximou da fresta para pedir atualizações. O silêncio incômodo perdurou até que o líder repetisse a pergunta. A srta. Carson respondeu que estavam tentando, que mais ninguém daquela gangue morreria e ela dava sua palavra de que faria tudo o que pudesse para que Jennie e o bebê ficassem bem.

Maggie afastou o cabelo da testa, sujando o rosto de sangue, e posicionou-se entre as pernas de Jennie mais uma vez. Todas se entreolharam.

Sem que precisassem dizer nada, cada uma delas assumiu lugares estratégicos para conterem Jennie.

Maggie introduziu a mão e um novo grito de dor atravessou uma a uma, arrepiando-as do cabelo aos dedos do pé. Precisaram de muita energia e muita força para mantê-la no lugar enquanto Maggie usava a vivência do sítio, torcendo para que fosse útil ali.

Os olhos arregalados entregavam a completa falta de conhecimento. Maggie se apoiou em um dos joelhos de Jennie e apalpou um pouco mais antes de informar, constrangida, que tudo parecia bem, na teoria. Ainda que, na prática, fosse óbvio que não estava.

Depois de molhar um pano limpo no balde de água que trouxera do rio, Florence pressionou o tecido contra a testa de Jennie. A pele reluzia de suor. De perto, ela testemunhou o sofrimento naquele rosto tão jovem e o instante em que os olhos se fecharam.

Todos foram assolados pelo pânico, dentro e fora da tenda. A srta. Carson se inclinou sobre o corpo de Jennie e ergueu uma das pálpebras. Deitou a cabeça no peito dela, de olhos fechados até que chegou à uma conclusão. Ela se levantou, o cabelo preto solto nas costas, a camisola tingida de vermelho. Fez o sinal da cruz e, sob o olhar ansioso compartilhado pelas demais, balançou a cabeça.

Florence sentiu vertigem. Olhou para o rosto sereno e relaxado de Jennie, depois para a barriga. O lamento das outras soou como um chute no estômago. O interior da tenda ficou pequeno demais para tanta dor. Observou Katherine pegar a mão sem vida de Jennie para deixar um beijo de despedida no dorso.

Foi demais. Florence sufocaria se não fugisse.

A garota saiu logo depois de Maude, cuja respiração estava acelerada. Amanhecia do lado de fora. Para Florence, a passagem de tempo havia se distorcido. Fora como estar semanas trancafiada, o nariz ardendo com o cheiro de ferro, o mal-estar que revirava a barriga.

Uma a uma, todas deixaram Jennie para trás. Não precisaram dizer nada, o recado estava talhado nas faces cobertas por lágrimas, nos ombros caídos, no caminhar perdido.

Florence foi até o rio. Enfiou a mão na água, que carregou o sangue para longe.

As próximas horas passaram em um borrão.

A srta. Carson levou um balde cheio de água para a tenda e pediu a Katherine que levasse roupas limpas e a ajudasse a preparar Jennie. Enquanto isso, Russell e Roy caminharam pelo desfiladeiro em busca de um lugar para cavarem.

O dia estava lindo quando Fred carregou Jennie nos braços, enrolada em um lençol, até seu descanso final.

Todos se reuniram ao redor da cova e assistiram a Everett devolver a terra para a sepultura, com gemidos de esforço cada vez que erguia a pá cheia. O céu quase sem nuvens era do mesmo azul dos olhos de Jennie. O sol banhava o mundo com sua luz dourada, um abraço de calor que confortou Florence.

Porém nem mesmo a natureza em todo o seu esplendor poderia suavizar a dor. Embora o estilo de vida que levavam não fosse propriamente o culpado, a fatalidade havia despertado uma sensação coletiva. Como se todos partilhassem da mesma certeza de que estavam condenados, mas não ousassem pronunciá-la.

A voz de Russell ecoou na cabeça de Florence. Mortes tão brutais como aquela — como a de Elmer, que mal haviam processado; como a de Grace, a mais devastadora de todas — deixavam um aviso... se a justiça divina existisse mesmo, eles jamais poderiam esperar pela felicidade. Não depois de tudo que haviam feito.

✴ ∩ ✴

Florence não conseguiu mais voltar para a cabana. Mesmo com todos os esforços dela e de Kath para limparem as manchas de sangue, ainda havia muito de Jennie. A presença e, sobretudo, a falta dela eram esmagadoras.

Na primeira noite, Florence arrastou um colchão para a beira do rio e afundou o dedo na água. Não importava quanto tempo passasse nem o que fizesse, continuava muito consciente da própria pequenez. A vida parecia grande demais. Florence sentia que havia uma peça faltando. Uma peça fundamental que a deixava sempre um passo atrás, independentemente da situação.

Parecia ter acabado de cair no sono quando despertou com Russell se ajoelhando a seu lado. Ele ofereceu a mão, que Florence aceitou sem questionar. Ela se levantou e os dois caminharam lado a lado para a tenda dele, sem que ela precisasse explicar o que fazia ali e por que não podia voltar. Russell esperou que Florence se deitasse na cama, as costas tocando na lateral da carroça. Depois se esgueirou pelo colchão e a envolveu.

O cheiro dele estava impregnado em todo o lençol. Florence afundou o rosto em seu peito. A preocupação de que descobrissem sobre os dois lhe parecia infundada conforme ele passeava os dedos pelas costas dela por dentro da roupa. Russell era sua única certeza naquele mundo difícil.

Os cafés da manhã na mesa de carretel se tornaram silenciosos e esparsos. Sentar-se à mesa com os demais era um lembrete doloroso daqueles que não estavam mais lá. Algumas pessoas passaram a se ocupar com afazeres intermináveis, na esperança de se distraírem, enquanto outros eram vistos sozinhos, reflexivos, nos cantos vazios do acampamento.

Florence pertencia ao primeiro grupo. As perdas recentes haviam sido um lembrete para que ela não desse a vida como garantida. Passado o choque inicial, pediu a Maggie e Russell para que continuassem com o treinamento de montaria e tiros. Grande parte do dia era gasta mirando em garrafas de vidro enfileiradas. Quanto mais treinava, menos precisava pensar. O corpo agia antes da mente.

Florence também resgatou a rotina de acompanhar Roy em suas caminhadas e caçadas. Passou a colher todas as plantas que encontravam no caminho, engajada no objetivo de criar um depósito com tônicos e cataplasmas. Queria estar preparada para as próximas emergências. Roy comprou a ideia e, por isso, começaram a se afastar cada vez mais do acampamento. Algumas vezes, Russell ia junto para ajudar Roy a encontrar comida. Na maioria dos dias, eram apenas os dois.

Certa tarde, enquanto percorriam o caminho de volta antes do anoitecer, com dois baldes forrados de amora e cenoura selvagens, Florence avistou um arbusto imenso que chamou sua atenção.

— Espera — chamou ela, e segurou o colete de Roy para que ele parasse de andar. — Olha só isso aqui!

Florence foi até a planta e estendeu a mão para alcançar o pequeno fruto verde que cabia na palma, de superfície espinhosa, mas macia, que lembrava um ouriço. Roy a alcançou logo em seguida, sem se impressionar.

— Cuidado. É uma planta venenosa.

— Eu sei. São mamonas, não? Estudei em alguns livros, mas nunca vi de perto.

— O veneno está nas sementes... no óleo que produzem. São mortais, dependendo da quantidade. O que está tramando?

Florence se voltou para ele, surpresa, e soltou a mamona, que rolou para baixo do arbusto.

— Nada, oras.

Roy se limitou a um rápido arquear das sobrancelhas grossas.

— Talvez esteja pensando em algo — admitiu ela, tratando de arrancar outra mamona e atirá-la na pilha de cenoura para os cavalos.

Depois de suspirar, Roy deixou o balde que segurava no chão e a ajudou a colher os frutos.

— Quem você quer envenenar?

— Nossos inimigos. Uma vez eu li que alguns povos envenenam a ponta de flechas e facas. Você tem muito talento com o arco...

— E mais ainda com uma dessas. — Ele tocou a arma no coldre.

— E quanto à ponta das balas?

— Impossível.

— Mesmo assim, não precisa ser um ou outro. Você não acha que seria bom ter uma carta na manga? — Florence bateu com as mãos nas laterais do corpo. — Olha, vai levar muito tempo até eu ficar boa no tiro. Preciso de uma alternativa.

— Para?

Foi a vez dela de erguer as sobrancelhas. Florence sustentou o olhar inteligente de Roy, envergonhada por confessar a outra pessoa o que pretendia fazer com alguém de seu próprio sangue.

— Essa bagunça toda começou comigo. Cabe a mim colocar um ponto-final.

Roy concordou, o rosto impassível. Permaneceu calado ao continuar colhendo as mamonas. Quando se deu por satisfeito, arrancou um lenço do bolso e o usou para limpar as mãos. Ele indicou o arbusto com o queixo.

— O veneno da mamona não é o suficiente. Meu povo usa a toxina de um sapo, mas não vi nenhum na região. Podemos procurar outras plantas para usar em conjunto. Não prometo que vamos encontrar, mas dou minha palavra de que vou te ensinar o que sei.

❋ ∩ ❋

Havia dias em que era impossível tirar da cabeça aqueles que haviam partido. Uma agulha, um pente de cabelo, uma xícara de café... qualquer coisa, por menor que fosse, desencadeava um vazio impossível de preencher, além do lembrete constante de que qualquer um poderia ser o próximo.

Entretanto, mais assustadora do que a perspectiva de que jamais superariam as perdas, era a facilidade com que a vida parecia voltar aos eixos. Florence foi surpreendida pela quantidade de vezes que seguiu sua rotina sem sequer pensar nos que não estavam mais lá. Às vezes, era como se não os tivesse conhecido. Como se eles nunca tivessem existido. Até mesmo Grace ficava no passado, vez ou outra, congelada para sempre na imagem enquadrada na memória.

Everett se recusava a compartilhar a quantia exata de dinheiro que a gangue tinha conseguido nos últimos roubos, ou mesmo quais outras informações valiosas descobrira nos documentos encontrados no cofre. Embora Florence ficasse desconfortável com o controle que o líder exercia, a maioria parecia acreditar que aquela era apenas uma reação ao luto e que a fase logo passaria.

Como parar não era uma opção, Lloyd e Fred saíram juntos em mais de uma ocasião em busca de novas oportunidades em Blue Spruce, a cidade mais próxima. Enquanto cercavam os comércios locais, orelhas em pé para não deixar nenhuma informação escapar, acabaram entreouvindo a conversa de um pequeno grupo de caçadores de recompensa que buscavam a filha de um magnata dono de ferrovias e que havia fugido com a gangue Fortune.

Voltaram ao acampamento no dia seguinte, movidos pela urgência em compartilhar a nova informação. Lloyd passou de tenda em tenda, chamando todos para uma reunião, em que todos descobriram que a história sobre a fuga de Florence havia mudado.

— Sua reputação não é das melhores. Te chamaram de ingrata para baixo... — contou Lloyd ao estender um papel para ela.

Florence pegou e leu. Havia visto dezenas de variações do cartaz de recompensa para foragidos. A novidade era se reconhecer no retrato que o ilustrava.

PROCURADA

VIVA OU MORTA
RECOMPENSA: $5.000,00

NOME DA SUSPEITA: *FLORENCE GREENBERG*
CRIMES: AGRESSÃO FÍSICA, ASSOCIAÇÃO CRIMINOSA, ROUBO, ASSASSINATO

AVISO: ESTA INDIVÍDUA É CONSIDERADA PERIGOSA. SE AVISTADA, ENTRE EM CONTATO IMEDIATAMENTE COM AS AUTORIDADES LOCAIS.

Ela encarou o cartaz por um momento.

— Assassinato? — Florence ergueu o rosto em busca de Lloyd, parado diante dela.

Russell aproveitou para puxar o papel de sua mão, curvando-se para examiná-lo.

Lloyd esfregou a nuca e trocou um olhar demorado com Frederick.

— Estão atribuindo a morte de Phillip a você.

— Acho que seu pai não está mais preocupado com a sua imagem, senhorita — falou Fred, com cautela. — Ouvimos que você foi atraída para a gangue visando a fortuna dele. E que matou Phillip por não aceitar o casamento.

A barriga de Florence revirou. Everett passou a aliviar a tensão no relógio de bolso, o olhar perdido nas chamas da fogueira.

— Tem mais... Ouvimos falar que alguns Pinkertons passaram pela cidade essa semana. Parecem acreditar que estamos escondidos nos arredores, mas não há nada concreto.

Russell passou as mãos pelo cabelo, xingando baixo.

— O cerco está se fechando. Satisfeito, Everett?

No entanto, antes que o líder respondesse à provocação, a srta. Carson se pôs de pé de súbito, alisando a saia do vestido.

— O que ganhamos com ela aqui?

A mulher evitava o rosto de Florence, alternando o olhar entre Russell e Everett.

— Perdão? — Russell se levantou em um pulo, as mãos segurando o coldre.

— Não é nada contra. Só... não posso tolerar mais nenhuma perda. Não com tudo que temos passado. Vocês disseram que valia a pena correr o risco porque ela era um trunfo. Mas e agora? Que bem nos traz? Ela *não é* como nós.

Com os olhos escondidos sob a aba do chapéu, Russell avançou um passo.

— A senhorita só pode estar brincando. Florence já provou seu valor. Se ainda não era, virou parte desta gangue no momento em que escolheu se sacrificar por nós.

— Desculpa, mas preciso concordar com a srta. Carson — emendou Wiley. Várias cabeças se voltaram na direção do cozinheiro, mas talvez Florence tivesse sido a que tenha virado mais depressa, em choque. — Às vezes decisões difíceis precisam ser tomadas pelo bem de todos.

— Wiley?! — Lloyd se mostrou tão ou mais perplexo que ela.

— Henry é um homem poderoso e pelo visto não tem escrúpulos nem com a própria prole. Eu não quero estar no caminho dele.

A srta. Carson assentiu energicamente e emendou:

— Olha, a situação também não me agrada, mas cuidamos uns dos outros. Poderíamos negociar se a entregássemos...

Roy terminou de tragar o cachimbo e soprou a fumaça, então falou:

— Cuidamos uns dos outros ou entregamos uns aos outros?

— Roy...

— As duas coisas não combinam, srta. Carson.

— Sinto muito, Florence. De verdade. Sei que temos nossas diferenças, mas a questão é outra... — As palavras ditas por Katherine a acertaram como navalhas afiadas. — Você é filha dele. Mesmo que não tenha sido uma vida feliz, estava longe de ser como a de qualquer um aqui. Somos sobreviventes. Já você... viveu uma vida de luxo, com o dinheiro das pessoas que ele explorou. Se é para evitar que outro de nós morra, por mim, tudo bem.

Russell rangia os dentes. Os punhos cerrados esbranquiçados, o ódio evidente no olhar.

— Então é assim?! — exclamou o pistoleiro. O tom alto e imperativo deixava claro a bomba-relógio que abrigava dentro de si. — Vale tudo pra salvar a pele de vocês? Até entregar uma de nós? Porque ela é tão Fortune quanto qualquer outro.

Maude tinha os braços cruzados e a cabeça baixa ao declarar:

— Russell está certo. Florence virou uma das nossas.

Wiley cuspiu no chão, falando entre dentes:

— Só que não.

A força com que Florence se agarrava às bordas do banco em que estava sentada fazia seus músculos formigarem. Um a um, buscou os demais membros que ainda não tinham se pronunciado.

Olhou para Fred, que andava de um lado para outro com as mãos atrás da nuca; então para Maggie, que também deveria estar do lado dela, mas não o suficiente para se manifestar. Por fim, olhou para a pessoa mais importante de todas, trêmula de medo.

Capítulo 27

Everett parecia distante. Pernas cruzadas; mãos ocupadas com o relógio de bolso; rosto pensativo, como se travasse uma discussão interna sobre o que fariam diante daquele impasse.

O pânico a dominou. Florence sentiu a barriga revirar e engoliu o choro ao cair em si.

Fungou, o gosto pútrido do ódio a amargar a língua. Ainda que conseguisse convencer Russell a fugir — ou tivesse que ir sozinha —, precisava se certificar de que teria uma chance.

— Vocês não conhecem meu pai. A esta altura, nada vai fazê-lo mudar de ideia. Ele vai caçar um por um e garantir que sejam fuzilados ou terminem na forca. Quer eu esteja aqui, quer não. — A voz calma e focada era o extremo oposto de como se sentia. Florence se assegurou de olhar para todos, sem demonstrar qualquer sinal de fraqueza. — Vocês deram muito prejuízo para ele. Roubaram o trem, contribuíram para manchar minha reputação e mataram Phillip. Arruinaram qualquer chance do meu pai de colocar as mãos na fortuna dos Langston. Não pensem que se livrar de mim vai mudar isso. Pelo contrário... Qualquer dano que eu sofra a partir deste exato momento será um pecado a mais na lista. — Florence se demorou nos olhos de Katherine. — No fim do dia, ele terá vencido. A morte de Elmer e todos os nossos sacrifícios terão sido em vão.

O relógio de Everett se fechou com um clique alto e foi devolvido para o bolso. Ele franziu o cenho e olhou para Florence.

— Basta! — exclamou o líder, firme, ao se levantar. — Não vamos entregar ninguém. Não quero ouvir mais uma palavra sobre isso.

Todos os membros, sem exceção, paralisaram. Fred havia tirado o chapéu e o segurava sobre o peito. Roy apagara o cachimbo. Nem mesmo Russell ousava intervir. Manteve a cabeça baixa e as mãos cruzadas entre os joelhos, enquanto esperava que Everett fizesse o que sabia fazer de melhor.

— Não começamos todos do mesmo lugar? — continuou ele, por fim, depois de um longo silêncio. — Cada um de nós escolheu estar aqui por motivos diferentes. Renúncia. É isso que define se alguém é da família.

O foco da atenção de Everett estava em Russell, curvado para a frente.

— Enquanto estiverem aqui, enquanto escolherem uns aos outros, enquanto renunciarem a tudo em favor dos nossos ideais... estarão protegidos. Do contrário, terão morrido para mim.

O suspiro de alívio de Florence foi alto o suficiente para chamar a atenção de todos. Everett parou diante dela, a mão estendida no ar. Ele a envolveu em um abraço assim que ela se pôs de pé.

— Você está segura aqui — garantiu o líder, com tapinhas em suas costas. — Ninguém vai fazer nada.

Era difícil admitir para si mesma o quanto precisava daquele gesto vindo de Everett, a figura de maior autoridade na gangue Fortune e a quem todos respeitavam.

— Everett... — começou a srta. Carson, cheia de dedos.

— Uma palavra a mais e a pessoa que vamos entregar será você. — Ele se desvencilhou de Florence e adotou um tom mais suave ao continuar: — Por favor, Gemma. Eu também estou assustado e triste. Você sabe melhor que ninguém como Elmer era importante para mim. Entendo se quiserem me atacar, mas não esqueçam que isso aqui — ele traçou um círculo no ar para indicar a todos — é a nossa força.

A atmosfera densa não permitiu que Florence relaxasse. Temia que Everett mudasse de ideia.

Ele contemplou o nada, apertando uma mão na outra; o rosto vazio de expressão. Um pigarrear desconcertado fez com que voltasse de seus pensamentos.

— Alguém mais tem algo a dizer? Outra pessoa para atirar na fogueira, quem sabe?

Vários resmungos e murmúrios se sobrepuseram, ao passo que todos negavam. Everett assentiu, com um suspiro.

— Ótimo.

Ele se voltou para Florence uma última vez. O rosto anguloso, de maçãs saltadas e sobrancelhas falhadas, estava endurecido de cansaço. No entanto, o que realmente a fez estremecer foram os olhos. A frieza que se espreitava por trás deles e que obscurecia o olhar.

Florence respirou aliviada quando ele a libertou daquele momento angustiante. Everett assentiu outra vez, ajeitando o colete sobre o corpo, e deu meia-volta. Sem dizer nada, deixou-os para trás e se refugiou em seus aposentos.

Florence se levantou. Olhou ao redor, encarando os rostos daqueles que queriam descartá-la com a mesma facilidade com que se livrariam de uma pilha de lixo. Apertando a mandíbula com força, foi embora dali.

Seguiu o desfiladeiro na direção da foz do rio, até abrir uma distância que julgou segura, embrenhada entre as árvores. Ouviu o grugulejar dos perus na margem oposta e olhou bem a tempo de ver um deles com a cauda aberta. O cheiro de mato e terra úmida a reconfortou. Tocou nas plantas, os braços arrepiados pelo vento frio do outono.

Florence chutou algumas pedrinhas para longe, ao mesmo tempo que ouviu passos apressados e firmes.

Quando se virou, deparou-se com Russell recostado em uma árvore, o corpo inclinado para o lado — exatamente como na primeira vez que o vira, da janela do quarto. Sustentou o olhar, parada diante dele, o corpo rígido e estranho. Ele coçou a nuca, as sobrancelhas entortadas para baixo. Depois de um leve menear de cabeça, a voz grave do pistoleiro rasgou o silêncio.

— Parece que você estava certa em querer fugir. Conheço a srta. Carson desde que era garoto... Não esperava por isso.

— Vai me convencer de que ela não é assim? — retrucou Florence, munindo-se de desdém. — Que está apenas assustada?

Russell mordiscou o lábio inferior, pensativo.

— Ela não costumava ser... mas os tempos são outros. E, no fim, eu não conheço nem a mim mesmo. — Tomou impulso para se afastar do tronco. — Acho que as mortes de Elmer e Jennie mexeram com todos nós.

— É, até porque eu coloquei uma arma na cabeça deles, na cabeça de todos vocês, e os obriguei a assaltar o banco.

Russell abriu os braços ao redor do corpo.

— Não é de mim que você está com raiva.

— Talvez seja, sim! Eu falei, *implorei*, na verdade, para fugirmos. — Florence olhou para os próprios pés, as mãos encaixadas na cintura. — Não posso mais ficar, Russell, não depois disso. É só questão de tempo. Mais uma morte e me levam direto pra forca.

— Ninguém além de mim ousaria passar por cima de Everett, e até eu sei a hora de parar.

Um riso consternado subiu pela garganta dela.

— Eu ouvi a conversa de vocês. — Ao perceber a confusão no olhar dele, Florence completou: — Ele o culpou por ter me acolhido.

— Você tem um certo gosto pela espionagem, ao que parece.

— Vocês não estavam se esforçando para manter a discrição.

— Everett fala coisas da boca para fora o tempo todo. É o que faz de melhor. Ainda mais quando se sente ameaçado.

— Pode ser, mas não vou ficar para descobrir. Você entende que estou em uma posição delicada?

Apesar do rosto parcialmente escondido pelo chapéu, Florence viu as ruguinhas ao redor dos olhos se evidenciarem. Ele apontou para trás, na direção do acampamento.

— Parecia que eu não estava do seu lado? — perguntou Russell, ríspido.

— Não é isso. É que... eu entendo. Represento o que vocês mais detestam.

— Florence...

Ela ignorou a interrupção.

— Eu sempre soube que era um risco, mesmo quando meu pai ainda prezava pela minha integridade. Ele não vai parar, não até colocar as mãos em mim. E não vai se importar de levar junto todos que se coloquem no caminho. — Florence abraçou o próprio corpo, de olhos fechados. — A recompensa é muito alta.

— Nem todos pensam assim. Você viu.

— Eu sei. Mas ainda é um risco que não posso correr. Olha, eu entendo suas razões para ficar. Não vou me ressentir.

As mãos de Russell em sua cintura a fizeram abrir os olhos. Russell a segurava com firmeza, perto o bastante para que o coldre encontrasse o tecido de sua saia.

— Você não é tola.

— No geral, não. — Florence não resistiu a um pequeno sorriso.

— Então não aja como se fosse. Não há realidade em que eu te deixe partir sozinha, Florence.

Ela balançou a cabeça rapidamente.

— Não há realidade em que eu fique.

— Você não é tola — repetiu Russell, arqueando as sobrancelhas.

Soltou uma das mãos da cintura dela e prendeu um cacho acobreado atrás da orelha.

Florence engoliu em seco, cobrindo a mão dele com a sua. Não precisou perguntar, o olhar intenso de Russell era claro como a luz do dia.

— E quanto ao Everett?

— Eu prometi pra mim que faria as coisas direito. Talvez tenha chegado a hora de nossos caminhos se separarem.

Florence assentiu, assimilando o peso daquelas palavras.

— Ele nunca vai te perdoar.

— Florence, eu não vou conseguir continuar se alguma coisa acontecer com você. — As mãos dele deslizaram pelas mangas da camisa até alcançarem os pulsos de Florence. — Não importa o que vier depois... nós vamos dar um jeito.

Uma rajada de vento despenteou o cabelo dos dois. Florence brincou com a costura do coldre de Russell, evitando o olhar dele ao pensar na relutância de Everett em falar sobre os ganhos da gangue.

— Andei pensando... nos documentos comprometedores que vocês encontraram no trem. Com certeza havia mais nos cofres.

— Com certeza.

— Talvez a gente só precise colocar as mãos neles. É mais discreto e menos ultrajante. Papéis.

Russell baixou a cabeça.

— Quer mesmo roubar os negócios do seu pai?

— Negócios *escusos* — corrigiu Florence. — Ladrão que roubа ladrão...

Assentindo, ele se afastou e encaixou um cigarro nos lábios.

— Você está me saindo uma vigarista e tanto.

— Estou aprendendo com o melhor.

Russell deu um trago.

— Você está certa. Talvez Everett demore mais pra dar falta de documentos do que de dinheiro. E, conhecendo-o como conheço, a esta altura o cacifo com as nossas economias deve estar enterrado bem longe daqui. — Ele soprou a fumaça, o cigarro ainda preso no canto da boca. — Vamos nessa.

✻ ∩ ✻

Everett insistia que todos eram iguais na gangue Fortune e que não havia segredos entre eles. Para provar isso, mantinha a tenda aberta a maior parte do tempo, exceto ao dormir, para que qualquer um pudesse acompanhar cada um de seus passos.

Depois da discussão sobre o futuro dela, porém, a tenda passou a ficar sempre fechada. Everett quase não deu as caras nos dias seguintes. Abandonava os aposentos apenas para atender às necessidades básicas. Comia isolado, curvado sobre o prato, sem dar brecha para que alguém se aproximasse.

Dentre todas as suas preocupações, aquela era, de longe, a que mais dominava seus pensamentos. Desde a hora que acordava até o momento em que se aninhava nos braços de Russell para dormir, não parava de se perguntar o que ele estaria tramando.

Apesar de Everett ter saído em sua defesa, a estadia de Florence tinha se transformado da água para o vinho. Wiley parou de fingir que ela era bem-vinda e mal se dignava a lhe dirigir a palavra. A srta. Carson distribuía sorrisos amarelos sempre que estava por perto, falando amenidades que soavam desconectadas da realidade. Katherine era a única a tratá-la da mesma forma, sem esconder a hostilidade que sentia.

Fred, que havia permanecido neutro, conversava com ela apenas quando estritamente necessário. Mesmo os supostos aliados de Florence se mostravam afetados com a divisão da gangue. Podia jurar que Maude e Maggie passaram a se refugiar por mais tempo na tenda que dividiam. Lloyd se mostrava bastante pensativo; sua voz, tão constante no acampamento, raramente era ouvida. Roy era o único com quem a relação permanecia igual.

O desconforto se tornou uma presença constante, quase como um novo integrante da gangue, sempre à espreita para avançar sobre qualquer desavisado. O acampamento, antes tão barulhento e cheio de vida, se tornou um lugar de silêncios tensos e sussurros. As refeições compartilhadas deram lugar a olhares furtivos. Pela primeira vez desde que passara a morar com o grupo, Florence não sentia que eram uma família unida.

Então, em uma manhã particularmente fresca, quase uma semana após a discussão, Everett enfim abandonou o esconderijo. A névoa cobria todo o desfiladeiro, tão densa que os impedia de enxergar mais que silhuetas distorcidas.

Florence bebia uma caneca de café quando viu o líder percorrer o acampamento até os palanques. Usava o coldre e a cartucheira, além de carregar um bolo de papéis nas mãos, que tratou de guardar em um dos alforjes. Terminou de vestir o sobretudo antes de se juntar aos demais, ao redor da mesa de carretel, e se servir de uma caneca de café.

— Está de saída? — perguntou Wiley, concentrado em limpar um coelho.

— Uma viagem rápida, se der tudo certo. Vocês nem terão tempo de sentir minha falta.

— Nós vamos é fazer uma festa, isso, sim — brincou Russell, arrancando risadas de Lloyd e Fred.

Everett colocou a mão no bolso, engolindo em seco, então abriu um sorrisinho.

— Vindo de você, não é uma surpresa — comentou ele.

Russell revirou os olhos, atirando um pedaço de casca de cenoura na direção do líder.

— Sentimentalismo logo pela manhã não faz muito o seu estilo. — Russell terminou o café e bateu a caneca na mesa ao se levantar. — Me apronto em cinco minutos.

— Eu também. — Lloyd ergueu a mão no ar. — Pra onde vamos?

— Vocês? Não faço a menor ideia. Eu estou indo atrás de compradores para os títulos que roubamos...

Florence não deixou de notar a maneira como Everett evitou o olhar de Russell. Chegando até mesmo a virar o tronco discretamente na direção oposta, como se estivesse muito interessado no trabalho de Wiley.

— Sozinho?! — inquiriu Russell.

— Ah, é rápido. Posso resolver sem ajuda. Vocês serão mais úteis aqui.

Lloyd tamborilou os dedos ossudos na mesa, de cenho franzido.

— Mesmo com as autoridades na nossa cola?

— Principalmente por isso. Vou chamar menos atenção sozinho. É como eu falei... nem vai dar tempo de sentir minha falta. — Everett deixou a caneca vazia na mesa. — Bom, é isso. Tentem não se matar enquanto eu estiver fora.

Assim como os demais, Florence acompanhou os passos do líder. Observou-o montar no garanhão e seguir o rio para fora do desfiladeiro, sem olhar para trás.

Russell continuou olhando naquela direção, como se esperasse que Everett mudasse de ideia. Passados longos minutos, cobriu o rosto com as mãos, respirando fundo. Ninguém ousou dizer nada, embora ela soubesse que o mesmo pensamento passava pela cabeça de todos: algo muito profundo havia mudado na dinâmica deles.

Florence pousou a mão sobre a coxa de Russell, sentindo a dor dele. O caubói estava pálido como se tivesse visto uma assombração.

— Esta noite — sibilou para ela.

Capítulo 28

Assim que a última brasa da fogueira se extinguiu, Florence se esgueirou pelo acampamento vazio em direção à cabana de Everett. O estrado de madeira rangeu. Ela estendeu as mãos para a frente, esperando que a visão se acostumasse com a escuridão. Sentiu a mesinha em frente na altura dos joelhos e se inclinou até alcançar o lampião. Riscou um fósforo e o acendeu, dando uma boa olhada ao redor.

Era estranho estar ali. Para além da sensação desconfortável de espionar o espaço pessoal de outra pessoa, havia a certeza de que a reação de Everett seria o extremo oposto de quando ela admitiu para Russell que dera uma olhada nas fotos em seu aposento.

Algo lhe dizia que o líder encararia aquela transgressão como a maior das traições. Ser alvo de desconfiança talvez servisse como combustível para o convencer a entregar Florence ao pai. Everett podia tolerar muitas coisas, exceto que sua autoridade fosse posta em xeque. Um mal que, pelo que Florence conhecia de mundo, parecia ser da natureza dos homens. Da maioria deles, ao menos.

No tempo que levou para reposicionar o lampião, Russell entrou na tenda.

— É Fred quem está fazendo a vigília — informou ele, esparramando-se em uma das cadeiras de madeira sem a menor preocupação.

— Estamos com sorte, então.

— Parece que sim. É possível que já tenha caído no sono a esta altura.

Florence concordou, descontando o nervosismo no tecido da saia. Torceu-o entre os dedos, enquanto fazia uma varredura pelo cômodo. O olhar dela foi atraído para o papel debaixo do lampião aceso, que refletia a luz alaranjada e bruxuleante.

Aproximou-se, de cenho franzido, e o tirou com cuidado de lá. Um cartaz de procurado. Com o rosto dela. O peito gelou ao se voltar para Russell; entregou-lhe sem dizer nada.

— Estranho — murmurou ele, virando-o para observar o verso.

— Por que está aqui?

Russell deu de ombros.

— Para garantir que ninguém seja tentado por ideias idiotas? — sugeriu Russell. Inclinou-se para devolver o cartaz ao lugar. — Eu não sei. Talvez não signifique nada.

Florence soltou a saia, as palmas ardendo.

— Talvez signifique. Ele saiu sem você, Russell. Nem mesmo considerou sua companhia. Não faz muito tempo que vocês eram como unha e carne. As coisas não podem estar conectadas?

Ele se pôs de pé em um pulo, batendo com as mãos nas coxas. A expressão resoluta a fez compreender que aquele era um tópico proibido. O limite de Russell era Everett, e qualquer coisa que esbarrasse nisso se tornava um empecilho.

— Especulações não vão nos levar a nada. Viemos aqui por outro motivo. E temos pouco tempo.

— Russell...

— Acredite, eu sei, melhor que ninguém, que Everett tem tomado decisões contestáveis. Pra dizer o mínimo. Mas *isso*... Florence, você não o conhece. Não como eu. — Russell balançou a cabeça, ajoelhado diante do baú de madeira. — Ele jamais apunhalaria alguém pelas costas. Ainda mais um dos seus.

Russell abriu o tampo, se apoiou nos braços e espiou embaixo da cama. Florence respirou fundo, envergonhada, posicionando a cadeira ao lado do baú para começar a procurar.

O cheiro de coisas guardadas havia muito tempo, poeira e ácaro ardeu em suas narinas. Ela fungou e começou a remexer o conteúdo.

O interior era organizado de uma maneira luxuosa, como o restante da barraca de Everett. Refletia muito dele; o apreço por coisas boas, a necessidade de controle. Florence não parava de vê-lo em frente ao baú, guardando os pertences mais caros, deixando um pouco de si.

Encontrou uma pilha de roupas dobradas; casacos pesados de frio e lençóis. Soterradas entre as peças, uma caixa de charutos e duas garrafas de conhaque iguais aos que o pai servia para os convidados. Três revólveres e caixas de munição, além de uma bolsinha de dinheiro. Por fim, uma confusão de papéis — a única parte que fugia à organização meticulosa. Era composta de cartas, jornais, contratos, pastas.

Florence pegou alguns e os espalhou pelo colo, ao mesmo tempo que Russell resmungou um palavrão, sobressaltando-a.

Ele tinha aberto um dos cacifos e segurava um caderno de couro com fecho de correia. Em uma das extremidades, Florence reconheceu a mesma gravação delicada do cantil: Joseph Fortune.

Russell mal respirava. Encarava o objeto desgastado pelo tempo com assombro e incredulidade. Os nós dos dedos esbranquiçados, tamanha força que desprendia.

— O que é isso?

A pergunta o trouxe de volta. Piscou algumas vezes, alisando a capa. Mesmo à meia-luz, Florence pôde ver as lágrimas que se acumulavam em seus olhos.

— O diário. Isso... Ele... Puta merda!

Ele murmurou meia dúzia de palavras ininteligíveis. Passou o polegar na quina, pelas folhas.

— Diário?

— O diário do meu pai. Eu te falei dele, lembra? — Após uma fungada, Russell usou o antebraço para limpar o nariz. — P-pensei que... Não achei que ainda existisse.

O coração de Florence se encolheu. Trêmulo, Russell puxou a correia de couro para fora do passante.

— Quando ele morreu, Everett e eu dividimos os pertences... Pareceu certo, já que os dois eram tão próximos. Fiquei com a gaita, Everett ficou com o relógio.

Florence amassou os papéis com a surpresa.

— Que relóg... o de bolso?! Que está sempre com ele? — A voz dela soou arranhada.

Pensou em Joseph Fortune, tão presente entre todos, mesmo após anos de sua morte. O tempo todo ali, sem que ela sequer imaginasse.

Um calafrio percorreu a coluna dela.

— Entre outras coisas. Meu lenço vermelho. A sela dele. Não sei... Faz tanto tempo. — Russell puxou o tecido da camisa até o rosto, para secar as lágrimas. — Everett escondeu isso de mim por todos esses anos... sabendo o que significava.

Florence deslizou para o chão e se acomodou ao lado dele. Acompanhou enquanto Russell abria a capa e revelava a primeira página preenchida quase por completo com a caligrafia elegante, fluida e inclinada de Joseph.

Ela forçou um sorriso encorajador, indicando o diário com o queixo, para em seguida voltar a atenção aos documentos no próprio colo. Pela visão periférica, acompanhou o caubói se acomodar com as costas apoiadas na cama.

Russell observou a capa por alguns segundos, munindo-se de coragem. Era curioso como ele não precisava pensar duas vezes para enfrentar uma sala cheia de Pinkertons, mas hesitasse tanto em encarar o passado. Foi só quando ele baixou a cabeça, o cabelo escuro formando uma cortina entre os dois, que Florence conseguiu se concentrar na própria busca.

Fez uma trança no cabelo, para que não a atrapalhasse; depois alisou os papéis no colo, respirando fundo. As primeiras cartas não a levaram a lugar algum. Muitas eram pura ladainha entre Henry e Phillip sobre negócios, recheadas de autoelogios e planos de se infiltrarem na política. Mas então, sem que precisasse procurar muito, encontrou documentos que o pai vinha escondendo por muito tempo.

Entre correspondências trocadas com os governadores de Halveman, Sandstone e Greenwood, descobriu contratos detalhando subornos, acordos corruptos, títulos negociados a preços irrisórios e manipulações financeiras que Henry e Phillip haviam orquestrado ao longo de anos.

Os olhos de Florence percorreram os papéis manchados pelo tempo, atordoada com a quantidade de informações em suas mãos.

Paralelo a isso, não resistia e dava espiadas rápidas em Russell, mergulhado na leitura do diário. Mesmo que, idealmente, a ajuda dele fosse necessária para que não se arriscassem demais, Florence jamais adiaria ainda mais a descoberta que deveria ter acontecido muito tempo atrás.

Havia um brilho na expressão de Russell que o fazia parecer um garoto, como na foto que Florence vira incontáveis vezes em seu aposento. Era raro testemunhar aquela versão dele.

Ela mudou de posição, um olho em Russell e outro nos documentos. Encontrou um mapa bastante preservado e, ao desdobrar, descobriu que se tratava de uma mina de ouro, por onde, ao que constava, a nova ferrovia atravessaria.

Soube, através de bilhetes e cartas, que muitos peixes grandes estavam envolvidos no esquema. Figurões que conhecera em bailes de gala e dos quais ouvira o pai comentar em jantares dados na mansão Greenberg. Magnatas, políticos e outros homens de reputação imaculada. O que explicava a quantidade expressiva de Pinkertons. Além disso, grande parte do projeto da ferrovia envolvia regiões desertas ou esparsamente habitadas. Um esquema grandioso demais e que não se sustentava.

— É uma cortina de fumaça — falou Florence, em voz alta, sem tirar os olhos dos desenhos que detalhavam a construção da ferrovia. — Para esconder uma mina de ouro colossal. É tudo muito maior do que imaginávamos... — Abriu um novo esquema, sem fôlego. — Provavelmente só querem se esquivar dos impostos e da regulamentação. Tem muito dinheiro envolvido.

Florence abriu mais uma carta, formigando de adrenalina. Contudo, antes que começasse a ler, buscou Russell com o olhar, estranhando a falta de resposta.

De olhos arregalados e lábios entreabertos, Russell se agarrava ao diário como se fosse sua salvação. O rosto vermelho-vivo, uma veia estufada no pescoço. As mãos tremiam tanto que pareciam dificultar a leitura, mas nem mesmo isso era o suficiente para arrancar a atenção dele das páginas.

— Russell?

Florence soltou os papéis ao redor do corpo e se aproximou, pálida. Tocou o antebraço dele. Precisou chamar mais duas ou três vezes para que ele reagisse. Russell ergueu os olhos injetados até encontrar os dela.

— O que foi? — perguntou Florence, emoldurando o rosto dele com as mãos. — O que aconteceu?

Russell se limitou a girar o diário na direção de Florence e estendê-lo para ela.

13 de setembro de 1874

É estranho começar um diário novo. Perdi um pouco do jeito no tempo que levei para comprar outro. Senti muita falta. Escrever e tocar me ancoram na normalidade. Talvez sejam as únicas razões de eu me manter são, ou o mais próximo disso.

3 de outubro de 1874

Finalmente comecei a ensinar Russell a atirar. O garoto é um gênio. Faz pouco mais de um mês e ele já consegue acertar o olho de um esquilo. Tenho pegado firme com ele, vejo muito potencial. Sei que sou suspeito, mas no futuro ele fará arte com uma arma na mão. Escreverão baladas sobre ele.

Parte de mim se sente culpado, afinal Russell acabou de fazer 14 anos. Mas um homem precisa se defender. Meu velho me ensinou a manusear uma arma mais ou menos nessa idade. Um dia, Russ passará o mesmo conhecimento ao filho.

Quero que ele tenha uma vida boa. Sendo otimista: uma vida melhor que a minha, longe disso tudo que temos construído. Everett costuma falar sobre liberdade, mas espero que Russ realmente seja livre. O sentido real de ser livre. A meu ver, muito diferente da vida de fugitivos que temos levado.

27 de dezembro de 1874

Estamos em uma cidadezinha chamada Garnetburg. O lugar tem atraído muitos turistas, principalmente gente endinheirada. Everett acredita que há boas oportunidades aqui.

É bom estar na civilização, para variar. Russ foi ao teatro pela primeira vez; nunca vi o garoto rir tanto. Ele passou a semana toda falando sobre o espetáculo, e tivemos que ir assistir de novo.

Acabamos conhecendo um homem negro, Elmer Cassidy, que se juntou a nós. Foi em um saloon de péssima reputação, o que entrega um pouco o tipo de pessoa que ele é — e que nós somos. É um revolucionário, como Everett. Mas talvez tenha uma causa mais legítima. Elmer viu pessoas próximas serem escravizadas. Há muita raiva nele, um desejo imenso de lutar contra o sistema.

Everett, com toda a sua habilidade para despertar o que há de melhor nos outros, o convenceu de que nossa causa vale a pena. Depois de tanto tempo sendo só nós três, é estranho ter mais alguém nisso. Mas Everett tem razão, sonhos são mais palpáveis quando compartilhados. Se acreditamos mesmo em uma sociedade livre e igualitária, não faz sentido continuarmos como lobos solitários.

Gosto de como Everett pensa e vê o mundo. Em geral, somos opostos, apesar de nutrirmos sonhos parecidos. Acho que a vida tem menos cores para mim. É difícil acreditar em contos de fada e finais felizes tendo um garoto para criar sozinho, ainda mais nestas circunstâncias. Everett parece acreditar em um futuro melhor, em que as coisas vão dar certo para nós. É quase como se tivesse levado para o lado pessoal e quisesse provar para o mundo que pessoas como nós também merecem felicidade.

Fico dividido entre a admiração e a vontade de dar um chacoalhão nele.

15 de fevereiro de 1875

Não consigo explicar o que aconteceu. Nem gosto de pensar nisso. O que foi que eu fiz?

Tem sido insuportável viver nesta cabeça desde então. Estou envergonhado, culpado e cheio de raiva.

Pela primeira vez em anos, Everett e eu ficamos sozinhos no acampamento no final de semana. Elmer levou Russell para o teatro outra vez. O garoto decorou as falas e mesmo assim fica doente se não for com certa frequência.

Há muito moonshine por aqui desde que conseguimos interceptar um carregamento clandestino dias atrás... A primeira garrafa foi como água. Nunca vi Everett tão relaxado e feliz nesses quatro anos em que trabalhamos juntos. Fui contagiado pela euforia. Uma garrafa se transformou em duas, depois três.

Santo Deus, eu devia ter parado quando ainda estava consciente dos meus atos.

Uma coisa levou a outra e... bom. Não consigo lembrar exatamente o que fizemos, mas com certeza fizemos. Acordamos na mesma tenda no dia seguinte, uma confusão de roupas e garrafas vazias por toda parte. Tenho quase certeza de que Elmer sabe de algo, dá para perceber no jeito como ele nos olha. Pelo menos fez a cortesia de manter qualquer comentário para si.

Não consigo dormir desde então. Sou assombrado por lembranças desconcertantes. Ainda mais por saber que gostei. Pareceu certo. Como se algo muito antigo que vivesse nas profundezas do meu ser despertasse.

20 de março de 1875

As coisas eram mais fáceis antes, quando eu não conhecia esse sentimento que me paralisa e me consome. Não tem um momento do dia em que eu não me pegue observando Everett, sentindo que vou explodir se não puser as mãos nele.

É como uma fogueira acesa em uma noite fria de janeiro. As chamas me ferem, mas sou atraído pela luz e pelo calor. Quero tocar, mesmo sabendo que vai doer. Nunca senti nada igual, nem mesmo por Lucille, que Deus a tenha.

Tem algo em Everett... que te faz querer que ele goste de você. Eu queria poder voltar ao tempo em que todas essas coisas estavam soterradas em um lugar seguro. Agora é tarde. Não sei se tenho forças para lutar contra.

Não param de chegar pessoas novas na gangue. Fico me perguntando: Quantos deles sabem? Quantos desconfiam? Quantos podem roubar e matar pessoas sem peso na consciência, mas não suportariam continuar conosco se soubessem?

O que seria de Russell caso descobrissem o que seu pai anda fazendo noite após noite após noite?

Não sei o que fazer.

16 de abril de 1875

Ontem saímos para pescar, Everett e eu.

Sou muito melhor que ele na pescaria. A paciência é uma virtude que ele não tem. Em geral, Everett quer as coisas do jeito dele e sem demora.

Às vezes sinto que ele quer atropelar todo mundo, sem medir as consequências, apenas para provar que está certo.

Ele tem falado sobre comprarmos terras no Oeste. Recebeu a dica de um lugar com o preço bom e acha que é lá que podemos construir um futuro. Apenas nós e Russ. Longe da civilização, vivendo nos nossos moldes.

Eu não sei. Everett é bom com as palavras. Sabe plantar sementes como ninguém e todos compram esse mundo de faz de conta que só existe na cabeça dele. Mas, de todas as ideias que já teve, essa talvez seja a menos plausível.

Nós dois, felizes juntos? Na frente de Russell, ainda por cima? Francamente, o que seria desta gangue sem alguém para colocar uma dose de juízo na cabeça dele?

10 de junho de 1875

Eu não sou covarde!

Mas as coisas são diferentes quando existe outro ser humano no mundo que depende de você. Tudo o que faço, cada passo que dou, é pensando em Russell. Quero que ele seja melhor que eu e acerte onde errei.

É fácil para Everett apontar dedos feito uma criança mimada. Ele tende a esquecer que o mundo não é a fantasia que gosta de imaginar. Acha que as coisas são iguais para nós. Mas onde estaria minha consciência se algo acontecesse com meu filho? Se eu for para a forca, quem vai cuidar dele? Prometi para Lucille que faria tudo por Russ, e sou um homem de palavra.

Mas Everett quer mais. Ele quer confrontar o mundo. Acha que somos transgressores, que fazemos nossas próprias regras.

As coisas não são tão simples. Nunca são.

Eu jamais arriscaria a segurança do meu filho. Não por capricho.

E nada no mundo vai me convencer de que isso seja covardia.

24 de junho de 1875

Everett e eu temos brigado muito.

Ele insiste que mostremos nosso amor ao mundo. Gosta de grandes demonstrações, de atos megalomaníacos. Vem falando em assaltos complexos e perigosos para enfim nos aposentarmos.

Acho que, afinal, não o conheço como imaginava.

8 de julho de 1875

Conheci uma jovem dama no armazém geral. Ela deixou cair uma lata de feijão, que rolou até mim. Por um instante, o resto do mundo se apagou. Não enxerguei nada além dela. Foi estranho.

Levei um tempo para voltar ao normal. Devolvi a lata e aproveitei para puxar assunto. Ela é diferente das outras mulheres... Um pouco selvagem. Tem uma malícia no olhar, como se escondesse um segredinho.

Ela ia subindo no cavalo quando a convidei para tomar uma bebida no saloon. Não sei o que deu em mim. A ideia de nunca mais encontrá-la me aterrorizou. Conversamos bastante. Ao que parece, é frequentadora assídua do lugar. Todos os funcionários e até alguns clientes a conheciam, apesar de ela estar de passagem pela cidade, assim como nós.

Combinamos de nos encontrar de novo semana que vem. Estou tão animado que até Everett percebeu que há algo errado. Ou muito certo.

O nome dela é Viola Blackwood.

16 de agosto de 1875

Estou apaixonado.

Viola é doce e divertida. Não há nada que ela deixe passar. É a pessoa com a mente mais ágil que já conheci, e não se leva a sério demais. Tem muita fé no futuro, mas mantém os pés no chão.

Sendo franco, a vida ficou leve desde que nos conhecemos. De todas as brincadeiras do acaso, essa talvez tenha sido a mais gentil comigo. Mesmo com a culpa que sinto por estar fazendo tudo embaixo do nariz de Everett, é como ser levado pela correnteza...

Por muito tempo, quis ser a pessoa que Everett desejava, mas com Viola só preciso ser eu mesmo. Não estou sempre errado. Não há a expectativa de que eu preciso me provar. Quanto mais a conheço, mais me sinto em casa. Com Everett é o contrário. Quanto mais de perto o enxergo, mais quero me distanciar.

Culpo meu coração fraco. E os sorrisos dela, que me fariam atravessar o país. Nós somos parecidos até demais. Viola faz parte dos Blackwood, uma gangue de fora da lei que costuma andar com lenços vermelhos amarrados na cintura para se identificarem. Eu nunca tinha ouvido falar deles, mas parece que são bem temidos por estas bandas.

O pai espera que Viola e o irmão sigam o legado da família, mas ela está cansada. Temos falado muito sobre a ideia do rancho. Um espaço só nosso, longe de toda essa selvageria. Sei que é cruel aceitar essa ideia vindo dela depois de rejeitar a mesma proposta de Everett, mas Russ merece uma vida mais tranquila.

E acho que eu também.

9 de setembro de 1875

Quem é esse homem que chamei de amigo e de amante por tanto tempo? Não reconheço mais Everett.

Acho que me deixei ser seduzido pelo otimismo dele e passei a enxergar o mundo de ilusão que ele construiu. Vi seus piores defeitos como qualidades. Como não percebi nada disso antes? Estava tão claro.

O problema de tanta luz é que acaba nos cegando para o que há de mais perigoso em Everett. Ele é uma cobra peçonhenta, balançando o chocalho para dar o bote. Um sujeito egoísta e desprendido da realidade, que não aceita ser contrariado e manipula tudo e todos, até obter os resultados desejados.

Cansei de ser uma peça no jogo egocêntrico dele.

21 de setembro de 1875

Estar com Everett é como estar com um estranho. Nosso último beijo teve gosto de despedida. Dói pensar em todo o tempo e energia que investi, para no fim não passarmos de desconhecidos. Mas é inútil lamentar pelo que já foi.

Eu me apavorava por estar diante daqueles sentimentos tão intensos e proibidos, mas amar Everett nunca me pareceu errado. Ou, ao menos, não errado o suficiente para que eu me mantivesse longe. Eu quis mais. Me tornei dependente do seu afeto e para quê?

O que me assusta é a perspectiva de que nada disso tenha sido real. De que eu tenha me jogado em queda livre por alguém que nunca existiu. Talvez a culpa tenha sido minha. Se eu fosse o homem que ele me pedia para ser, se tivesse coragem de enfrentar o mundo, se fosse outra pessoa, anos mais jovem, sem um filho com quem me preocupar...

Se for pensar no lado positivo de tudo isso é que, no fim, ele vai encontrar alguém que supra essas necessidades.

É complicado. O que sinto por Viola é real, assim como meu passado com Everett. Por muito tempo fomos só eu, ele e Russ, e não sei se estou pronto para enterrar essa história no fundo da memória.

Hoje de manhã ele me disse uma coisa engraçada: "Se você não for mais leal, será o mesmo que ter morrido para mim". Fiquei pensando nisso o dia todo. Me pergunto o quanto ele desconfia do que ando fazendo durante todas as minhas visitas à cidade.

26 de outubro de 1875

Viola e eu decidimos partir.

Tenho conversado muito com Russ sobre a perspectiva de uma nova vida, longe de tudo isso. O garoto me surpreendeu. Achei que fosse se voltar contra mim, mas pelo visto somos mais parecidos do que eu imaginava.

Ainda não contei a ele sobre Viola. Sei que ele vai compreender e que vai se apaixonar por ela, assim como eu. Mas temi que ele acabasse deixando alguma coisa escapar para Everett. Os dois estão mais próximos que nunca.

Para Viola, tudo é mais simples. Apesar do pai e do irmão serem contra a ideia de abandonar a gangue, não farão nada para impedir.

Com Everett é mais delicado. Ele tende a encarar as coisas de forma mais pessoal. Jamais me perdoaria se eu apenas fosse embora na calada da noite, como um fugitivo, sem me despedir.

Não. Devo isso a ele. A nós. Aos anos de parceria e... algo mais. Além disso, ele parece saber que tenho me envolvido com outra pessoa. Não preciso mais esconder.

Viola insiste em conhecê-lo antes de partirmos. Sabe que ele é importante para mim e que fomos muito próximos, embora nem imagine o quanto. Não sei se gosto da ideia... A pessoa que amei diante da que amo. Mas me parece a decisão certa. Um ponto-final honrado.

Não será uma conversa agradável. Temo pela reação de Everett. Talvez ele até pudesse aceitar meu novo relacionamento desde que eu ficasse, mas partir o deixará bastante infeliz. Espero que um dia possa me perdoar.

Se tudo der certo, da próxima vez que me sentar para escrever, estarei em meio à natureza, bem longe de tanto drama. Mal posso esperar.

Capítulo 29

— Q ue raio está acontecendo aqui? — rosnou Fred, esguei-
rando-se pela fenda da barraca.

Florence fechou o diário com um baque. As palavras rodopiavam na cabeça dela feito a fumaça densa de uma dinamite. Havia lido a última frase uma porção de vezes, engolindo a revolta ao imaginar Joseph, esperançoso em relação ao futuro, sem sequer imaginar que seu destino estava selado.

Russell estava com as mãos sobre o rosto, à beira de um colapso, sem mover um músculo desde que entregara o diário para ela.

Para ele, Everett era uma figura paterna. O líder da gangue era a pessoa que Russell mais amava e admirava no mundo. O espelho do que ele era e em que acreditava. Nada parecido com a relação tirânica de Florence com o pai.

Fred chutou uma das cadeiras, que se chocou contra a mesinha e fez o lampião balançar até quase cair. Estava vermelho de raiva, o dedo em riste voltado para ela.

— Você! Vagabunda. Everett te defendeu. Se não fosse por ele, te-riam te entregado. Estão todos se arriscando por sua causa, enquanto você nos rouba embaixo do nosso nariz.

Havia inúmeras respostas sensatas que Florence poderia dar, mas o torpor das descobertas somado à forma que Fred falara com ela a fizeram agir guiada pela emoção.

— Acha que preciso de dinheiro? — perguntou, com desdém. — Do dinheiro sujo de vocês?

Frederick enfiou a cabeça para fora e escarrou alto. Alisou o bigode loiro com os dedos trêmulos.

— É o dinheiro sujo que tem enchido sua barriga por todos esses meses. — Fred se agachou na frente de Russell, batendo em uma das mãos do pistoleiro para que ele a afastasse do rosto. — Vale trair seu pai por essa boceta?

— Ele não é meu pai. E, se você falar dela assim de novo, quebro todos os seus dentes.

— Seu covarde de merda. — Fred apontou o dedo bem perto do nariz de Russell. — Depois de tudo que Everett fez por voc...

Russell pegou o diário das mãos de Florence e o bateu contra o peito de Fred. A força do impacto o fez apoiar as mãos no estrado de madeira para não despencar no chão.

— *Tudo que Everett fez por mim* — repetiu Russell, cheio de desprezo. — Será que, pelo menos uma vez na vida, você consegue calar a porra da boca e não falar do que não sabe?

— O que é isso?

— Algo que eu deveria ter visto há muito tempo.

— Não tenho tempo pra essa merda. Os outros precisam saber que temos ratos entre nós.

Florence foi consumida por urgência ao vê-lo ameaçar se levantar. Ergueu-se nos joelhos para ficar acima dele.

— É o diário do pai de Russell.

— E o que caralho eu tenho a ver com isso?

— Os dois... ele e Everett... — Florence abriu e fechou a boca, pensando na melhor maneira de contar — Acho que ele foi assassinado.

— Ah, é?! — debochou Frederick, de olhos estatelados. — Você descobriu isso agora?

— Assassinado por *Everett*. Leia, por favor.

Fred se voltou para Russell, que apenas deu de ombros.

— Acho que... eles... eram um casal — contou Russell. O desconcerto evidenciado pelo pigarrear. — Meu pai acabou se apaixonando por uma Blackwood depois, planejavam uma fuga. A última coisa que ele escreveu é que contaria tudo para Everett.

— Eles eram *o quê?*

Russell resolveu ignorar.

— Nunca entendi a razão dos Blackwood atacarem sem mais nem menos. Everett foi o último a estar com meu pai. E se, por acaso, tivesse sido logo depois de descobrir que ele partiria?

— Os Blackwood nunca precisaram de razão para agir com selvageria — concluiu Frederick, com um longo suspiro.

Ainda não se mostrava de todo convencido, mas ao menos as novas informações o haviam desarmado.

— Leia, Fred — insistiu Florence. — Por favor.

Depois de esfregar os olhos com os punhos fechados e lançar um último olhar de esguelha para cada um, deu-se por vencido, resmungando baixinho:

— Eu devo estar maluco.

Enquanto negava com a cabeça, Fred abriu o diário e mergulhou nos segredos guardados por mais de vinte anos. Dos três, ele foi quem mais demorou. Não teve pressa ao passear pelas páginas da vida de Joseph Fortune, os dedos sujos folheando o diário. A cada registro, a expressão dele se endurecia um pouco, até que cada músculo do rosto de Frederick estivesse contraído.

— Puta que pariu — murmurou, ao mesmo tempo que fechava o caderno e passava a correia no passante. — Caralho.

Florence enrijeceu no lugar e deslizou a mão para mais perto da Luz do Deserto, da qual nunca se desgrudara desde que Russell lhe presenteara. Não achava que chegaria a tanto, mas, considerando que estavam lidando com Frederick, todo cuidado era pouco.

Ele e Russell se entreolharam por alguns segundos tensos. Então, quando temeu que acabassem saindo no soco, Frederick devolveu o diário.

— Tenho muito que pensar.

— Como se você soubesse... — provocou Russell, relaxando um pouco. Fred revirou os olhos.

— Muito engraçado para alguém que descobriu q...

— Cuidado.

— Se não aguenta o jogo, não dê as cartas. — Fred apoiou os braços nos joelhos e cruzou as mãos. — Vi meia dúzia de Blackwood da última vez que estive na cidade. Quem sabe ainda consiga trilhar o rastro deles, se tiver sorte.

Russell exibia uma expressão melancólica, obscurecida pelas sombras da tenda. Segurou-se na beirada da cama e se pôs em pé.

— Se quer tanto morrer, é só me falar — comentou Russell. Pegou a arma do coldre e a girou no dedo. — Te poupo tempo e energia.

A risada rouca de Fred falhou quando ele tomou impulso para se levantar.

— Você pode tentar a sorte. Mas, não, quero investigar. Como descobrimos que tem uma Blackwood na jogada, sinto que eles se mostrarão mais prestativos. Há vinte anos de atraso para contar o que sabem. — Ele parou em frente à fenda da cabana e apontou para Florence. — Te devo desculpas.

Ela se remexeu, alcançando as provas das atividades paralelas de Henry.

— Imagina. De você, eu nunca espero nada além do pior. E você sempre ultrapassa as expectativas.

Ele soltou uma risada e piscou o olho azul translúcido, com um sorriso torto nos lábios.

— Que bom que me fiz entender. Até que você é esperta, para uma mulher. Russell, não faça nenhuma besteira até eu voltar. Esse é o *meu* papel. E me substitua na vigília, se não for pedir demais.

— Você vai sair?!

Com o corpo metade para dentro e metade para fora, Fred fez pouco caso. Abanou a mão no ar, como se não fosse nada.

— Espero voltar antes de Everett e evitar olhares curiosos. Do jeito que os nervos andam inflamados por aqui, é possível acabar em um motim.

Florence acompanhou Russell na vigília. Seguiram até depois da curva acentuada que dava para o acampamento, onde o desfiladeiro se abria. Russell se muniu da espingarda, que carregou em frente ao corpo como uma armadura.

Fred passou por eles e se despediu com um aceno. O silêncio deixado pelos cascos do cavalo era ensurdecedor. O movimento constante do rio, o ciciar das cigarras e o sopro do vento contra as árvores contribuíram para que os pensamentos de Florence ficassem irrequietos. Vinte anos de verdades renegadas e enterradas haviam vindo à tona.

Ela se manteve calada, andando em círculos, enquanto esperava que Russell emergisse da própria mente. O tempo se esticou, e as horas pareceram durar dias.

Pensou em Everett partindo no início da manhã; vidas inteiras os separavam. Encarar a verdade de uma pessoa era como dar um passo irreversível em direção ao abismo. Saber quem eram Henry Greenberg, Phillip Langston e, a partir daquele momento, Everett Warren havia sido um marco na trajetória de Florence.

Russell agarrou o cabo de madeira lustrada da arma com mais força, e um riso de desprezo quebrou o muro entre eles. Florence parou no lugar, as mãos cruzadas atrás das costas.

— Ele foi um pai para mim, para o bem ou para o mal. Me ensinou tudo o que sei.

— Quase tudo — rebateu Florence, pensando no diário.

Russell continuou como se não tivesse ouvido.

— Mas eu não precisaria de um novo pai se ele não tivesse matado o meu.

Florence quis dizer que ainda não sabiam o que de fato ocorrera, mas mudou de ideia. No fundo, algo em Everett sempre a assustara. Eram momentos raros em que conseguia vislumbrar o que ele tanto se esforçava para esconder do restante do mundo, mas bastaram para que ela jamais conseguisse baixar a guarda por completo.

Além do mais, tudo apontava para uma única direção: um homem de coração partido, que matara seu amante para não o ver partir ao lado de outra pessoa.

— O que você vai fazer? — perguntou ela.

Russell baixou a cabeça até quase encostar o queixo no peito. O dedo indicador contornava o gatilho da espingarda, indo e voltando sobre as formas curvas.

— Não sei. Fiquei tão anestesiado que... não consigo sentir.

Florence parou diante dele, pousando as mãos em seus ombros. Desejou que Russell a encarasse, mas ele se manteve retesado.

— Ah, Russell... Acho que você sente mais do que todos nós.

Russell ergueu o rosto à procura dela, as sobrancelhas formavam uma única linha.

— O que espera que eu diga?

— Que você está com raiva! Que vai se deixar dominar por ela, eu não sei. Você passou a vida achando que devia algo para Everett, que estava fadado a acabar como seu pai, mas não é verdade, é? Everett continua vivo, apesar de tudo! Talvez eu não entenda, mas, vendo de fora, parece que, enquanto você admira Everett como pai, ele te enxerga como o capanga fiel.

Os olhos dele se estreitaram como se estivessem expostos à luz do sol.

— Florence.

— Por que você tem tanto medo?

— Não se trata de medo. É lealdade. Devo o benefício da dúvida para Everett.

Os ombros dela caíram. Florence desceu as pálpebras por um momento, cansada. A recusa de Russell em encarar a verdade era frustrante. Depois das descobertas, da revelação de um Everett que não reconheciam, ela imaginou que não restariam dúvidas. Mas Russell não queria aceitar.

— Tudo bem. Se você acha que é o que ele merece pelos anos que te manipulou, só cabe a mim aceitar. Mas não confunda lealdade com fechar os olhos.

Russell se afastou, de lábios crispados. O caubói pisou em um graveto, que se quebrou com um estalo alto.

— Essas pessoas são minha família. *Você* é minha família. Olha, foi muito pra uma noite. Me dê um tempo para assimilar tudo isso antes de me convencer de que sou fraco.

— Eu... sinto muito. Não quis piorar as coisas. Estou do seu lado, não importa o que você decidir. — Florence respirou fundo, enchendo os pulmões com o ar frio da noite. — É só que me dói assistir de fora. Você merece mais do que pensa.

Ela de fato acreditava que Russell merecia mais do que Everett tinha dado a ele. Mais do que mentiras e sonhos inalcançáveis.

Russell estalou a língua nos dentes, virando o rosto na direção dela.

— Eu já ganhei muito mais do que mereço, Florence.

Os olhos dela marejaram. Estava prestes a responder quando ouviram passos no cascalho vindo do acampamento.

Maude, sonolenta e emburrada, apareceu, contornando o paredão rochoso. Vestia um sobretudo e trazia outra espingarda consigo, encolhida no frio.

A madrugada de Florence fora tão cheia que ela nem sequer notara como estava gelada e arrepiada.

Ao se deparar com os dois, Maude parou no lugar, em meio a um bocejo.

— Achei que Fred estivesse na vigília.

— Ele teve um imprevisto — falou Russell, passando a correia da arma pelo braço.

Maude estreitou os olhos.

— E por que não me chamou?

— Vai saber? Melhor perguntar pro Fred quando ele estiver de volta. Precisa de alguma coisa?

Maude fechou a cara, fazendo uma mesura exagerada na direção de onde viera.

— Desculpa tomar seu tempo precioso.

Florence lançou um olhar de pesar a Maude. Russell estava em seu direito de odiar o mundo, mas a amiga nada tinha a ver com isso.

Enquanto percorriam o caminho de volta, Florence observou o céu pálido que precedia o alvorecer.

Passaram pela tenda de Everett para colocar tudo no lugar e recolher os documentos que incriminavam Henry Greenberg. Quando estava prestes a apagar o lampião, Russell tomou a mão de Florence para ganhar sua atenção.

— Preciso que organize nossos pertences o mais depressa que puder. Nós vamos partir. Vamos para bem longe dessa bagunça.

A luz se apagou e, em seguida, Florence se aninhou nos braços de Russell e pousou a cabeça em seu peito. Qualquer que fosse o destino que os esperava, estava pronta.

★ ∩ ★

Ao contrário do que Fred planejara, quem voltou primeiro foi Everett. No dia seguinte, pouco depois do amanhecer e apenas quarenta e oito horas após sua partida para vender os títulos roubados.

O líder desmontou do cavalo e o amarrou no palanque sob o olhar curioso de Florence e Roy, os únicos presentes à mesa.

Como prometido, Roy passara a manhã toda ao lado de Florence, ensinando-lhe a preparar o veneno com o óleo da semente de mamona, além do processo para fixar a toxina na lâmina da Luz do Deserto e armazenar o restante.

Foi fácil se distanciar emocionalmente do acampamento enquanto macerava ingredientes, o rosto protegido pela bandana de Russell, ouvindo a voz sóbria de Roy. Pelas horas que passaram ali, conseguira esquecer que a gangue estava em ruínas.

Russell passara parte da madrugada carregando Opal com os pertences dos dois da forma mais discreta possível. Roupas, lona para a cabana, algumas armas, comida e vários tônicos preparados por Florence e Roy.

Nos dois dias anteriores, dormira pouquíssimas horas. As olheiras eram profundas e o vinco entre as sobrancelhas tinha se tornado permanente. Apesar de não afastar Florence como fizera logo depois da morte de Elmer, estava bem mais quieto. Ignorou as indiretas de Wiley e as tentativas de aproximação de Lloyd. Tampouco se importou em responder à srta. Carson quando a mulher o procurou para saber como ele estava, preocupada por Russell não ter ajudado em nenhum dos afazeres.

Ele passou a maior parte do tempo perambulando pelo acampamento, imerso nos próprios pensamentos. Florence o flagrara relendo o diário outras duas vezes; uma sentado na margem do rio, outra na cama. Era difícil para Florence aceitar que não havia muito que pudesse fazer para remediar a situação. Russell precisava daquele tempo para reorganizar tudo o que sabia sobre a própria vida.

Em segredo, ela torcia para que Fred encontrasse alguém disposto a falar e voltasse com as certezas que faltavam para despertar a ira de Russell. Queria que ele se permitisse arder de ódio, que se vingasse e fizesse um estrago, em vez de continuar reprimindo as emoções até virar uma sombra do que fora um dia. Apenas isso o levaria a fazer o que precisava ser feito. Olho por olho, dente por dente.

No entanto, ali estava Everett, muito antes do que todos esperavam. O líder caminhou até os dois, com uma despreocupação assustadora. Parecia diferente, envolto por um otimismo que não se conectava com o clima de derrota que pairava sobre todos.

O coração de Florence subiu à garganta. Seu corpo se retesou, e ela ficou grata pela bandana que cobria sua expressão de repulsa.

Everett abriu os braços ao lado do corpo e se aproximou, sorrindo.

— Vejo que estão aprontando.

Roy estendeu as mãos abertas em frente ao corpo, levantando-se em um pulo.

— Melhor não se aproximar. É perigoso.

Everett arqueou as sobrancelhas. Parou onde estava e tateou o bolso do colete, de onde tirou um charuto. Era evidente que tinha aproveitado a visita à cidade para usufruir do luxo que, não era segredo para ninguém, ele tanto apreciava. Cabelo recém-aparado, roupas limpas e passadas, botas lustradas. Talvez aqueles fossem os reais motivos de seu bom humor.

— Manda quem pode, obedece quem tem juízo. O que é isso?

— Veneno.

Daquela vez, a surpresa foi genuína. Ele soprou fumaça, de cenho franzido.

— Ora, ora. O que estão tramando?

— Florence quer possibilidades para os próximos confrontos.

Everett riu com deleite, voltando-se para ela.

— Gosto do jeito que você pensa.

Florence não precisou se dignar a responder. Ao reconhecer a voz do líder, Wiley foi ao encontro deles.

— Everett?! Não esperava te ver tão cedo.

— Temi deixá-los sozinhos por tanto tempo.

— Mas e os títulos? Conseguiu um bom negócio?

Everett abanou a mão no ar, descartando a pergunta como se fosse um mero detalhe.

— Recente demais. Chamaria atenção indesejada para nós.

Florence se apressou em ajudar Roy a limpar a bagunça que haviam feito, para que ninguém acabasse envenenado por acidente. Wiley se mostrou desconcertado ao soltar a arma sobre a mesa menor, usada para o preparo dos alimentos.

— Mas então o que foi fazer lá?

— Inacreditável... Mal cheguei de viagem e sou recebido com um interrogatório. Estou com tão pouca moral?

— N-não foi nesse sentido, Everett. Não quis questionar suas decisões.

Florence colocou a faca no coldre e desceu o lenço do rosto. Seguiu Roy até a bacia de água limpa para lavarem as mãos, formigando de nervosismo. O coração continuava frenético e havia uma sensação esquisita nos ouvidos, como se estivesse submersa. Não sabia o que esperar de Russell quando soubesse que Everett estava de volta. Podia ser qualquer coisa. Imaginava cenários sangrentos e raivosos, mas também aqueles em que ele se deixava ser convencido pela narrativa do líder.

— Vamos lá, não precisamos de mais drama. Quando foi que a gangue Fortune ficou tão desanimada assim? — Everett fez uma pausa para um trago no charuto, os olhos se perdendo pela paisagem assombrosa que os cercava. — Cadê todo mundo? Vamos celebrar que estamos vivos.

Sem dar a chance de qualquer um deles reagir, ele passou a bater palmas acima da cabeça. Conforme Florence se afastava da área central do acampamento, algumas cabeças surgiram para descobrir de onde vinha o barulho.

A srta. Carson foi a primeira, seguida por Lloyd. Ao longe, Florence viu Russell e Maude conversarem na margem do rio. O atrito da manhã anterior tinha ficado para trás. Maggie estava por perto, guiando Uísque pela rédea para que tomasse água fresca. Assim que ouviram as palmas, os três se voltaram na direção de Everett. Mesmo sem conseguir enxergar as expressões deles, Florence percebeu o corpo de Russell se enrijecer.

Assim que Russell começou a andar até o líder, resoluto, ficou claro para Florence que Everett tinha perdido a peça mais leal de seu tabuleiro.

Em seus ensinamentos, Roy sempre dizia para ficar atenta aos sinais e antecipar os perigos. Florence se posicionou em frente à espingarda de Wiley e a escondeu com o corpo. Ao se certificar de que mais ninguém olhava, puxou a correia da arma e encaixou no braço, preparada para o motim que Fred prenunciara.

Capítulo 30

Assim que avistou Russell, Everett abriu os braços. O charuto pela metade escondia parte do sorriso. Mas Everett recuou quando Russell se aproximou o bastante para que todos vissem seu rosto contorcido de fúria. Os braços caíram e o sorriso vacilou. O líder segurou as bordas do colete, de queixo erguido, assumindo uma postura de autoridade ao observar Russell dar os últimos passos.

— Veja só quem está *pulando de alegria* por me ver. — Everett se antecipou, em meio a um riso enviesado, no que Florence julgou ser sua maneira de dominar a situação. — Veio questionar a forma como conduzo a gangue, filho? Qual é a queixa da vez? Ter chegado antes do previsto?

Russell parou diante de Everett. Trazia o diário embaixo do braço, e a mão pairava discretamente sobre o cabo da pistola, pronto para sacá-la. Cuspiu o tabaco que mastigava, os olhos estreitos como os de um animal prestes a atacar.

— Estou mais interessado em saber se você falou a verdade alguma vez na vida.

O silêncio dominou o acampamento. Alguns se entreolharam, e outros se endireitaram, contagiados pela tensão. Maggie e Maude foram as últimas a chegar. Pararam pouco atrás de Russell, tão surpresas quanto os demais.

Florence segurou a arma com firmeza, os dedos gelados de adrenalina. Os olhos iam e voltavam entre os dois, atentos ao menor sinal.

Rindo, Everett atirou o restante do charuto no chão e pisou em cima para apagar.

— Vamos começar assim? — Everett cruzou os braços, encurtando a distância entre eles com passos despretensiosos. — O que foi que fiz dessa vez?

— Por que *você* não me diz, Everett? — Russell parecia ainda maior. A presença dele se projetava sobre todos. — O que você fez com meu pai?

O breve arquear de sobrancelhas foi a única evidência de que Everett ouvira a pergunta. Ele se manteve imóvel, o rosto plácido.

Maude avançou até estar ao lado de Russell. Pousou a mão no ombro dele, sem desviar a atenção de Everett nem por um segundo. Atrás deles, Maggie se mostrava tão apreensiva quanto Florence. Não parava de mudar o peso do corpo de uma perna para outra, abraçada ao próprio tronco.

Pela visão periférica, Florence viu Roy preparado para o que se mostrava inevitável: assim como Russell, posicionava a mão no coldre.

A srta. Carson fez o sinal da cruz com a menção a Joseph Fortune.

— Não sei. Quer me contar o que eu fiz?

Os olhos de Russell faiscaram. Ele atirou o diário na direção de Everett.

— Depois de tudo, o mínimo que você me devia era franqueza. Pelo visto esperei demais de você.

Movido pelo reflexo, Everett agarrou o objeto no ar. O som ardido das mãos no couro perdurou mesmo depois de um tempo.

Por um momento, o líder pareceu não compreender do que se tratava. Girou-o até se deparar com o fecho do caderno e, diante do reconhecimento, empalideceu. A armadura polida com a qual protegia a verdadeira natureza estremeceu. Ele olhou ao redor, buscando no rosto de todos que o encaravam, assustados, o indício de que sabiam do que se tratava.

Katherine ficou na ponta dos pés, a mão brincando com a gola do vestido.

— O que é isso? — perguntou Wiley.

— Também quero saber — falou Everett, em voz baixa. — O que é isso? Andou mexendo nas minhas coisas?

— *Suas* coisas?! — rosnou Russell, entre dentes. Depois, elevando o tom para que todos ouvissem, completou: — Isso pertence a mim. É o diário do meu pai.

Everett se recompôs. Fez menção de buscar o relógio de bolso, mas preferiu ocupar a mão com o fecho do diário. Ao falar, a voz dele soou profunda e severa:

— E o que te deu o direito de invadir meu aposento, para começo de conversa?

— Achei que não houvesse segredos entre nós, que éramos todos uma família. O que houve com esse discurso?

A srta. Carson pigarreou alto para chamar a atenção.

— O que está acontecendo?

Everett se mostrou surpreso.

— Quero saber tanto quanto você, Gemma.

— Vocês estão nos assustando — continuou ela. — Não precisamos de mais um conflito. Temos passado por tanto... Será que não podemos resolver isso de forma mais pacífica?

— Senhorita Carson, esse homem mentiu pelos últimos vinte anos. Tudo o que quero é que ele tenha colhões para admitir.

Florence mal conseguia respirar, as pernas trêmulas prestes a ceder. Estudou o rosto dos colegas, querendo ler nas entrelinhas. Quando o caos começasse, quem se rebelaria contra Everett? Estariam sozinhos, ela e Russell?

Everett tinha os nós dos dedos esbranquiçados pela força com a qual segurava o diário. Aproveitando-se do fato de que ele se mostrava menos seguro, Russell vociferou:

— Foi você!

— Ele o quê? — inquiriu Maude.

Everett negou, atônito. O queixo tremeu suavemente quando ele enfiou a mão no bolso em que o relógio ficava.

Roy olhou para trás, em direção à saída do desfiladeiro, por vários segundos, depois se aproximou de Florence e parou atrás dela.

Russell, no entanto, não tinha olhos ou ouvidos para mais ninguém além de Everett. As narinas infladas e a boca retorcida em uma expressão de ojeriza.

— Você matou o meu pai.

Everett recuou, como se Russell o tivesse esbofeteado.

Maggie, a srta. Carson e Katherine arquejaram com a acusação. Wiley murmurou um palavrão.

— É verdade? — perguntou Roy, o tom austero que quebrou o choque inicial.

— Everett? — A srta. Carson esticou a mão para tocar o antebraço dele, mas o homem se esquivou antes.

Everett franziu os lábios, examinando o entorno com pesar. As sobrancelhas falhadas unidas, o olhar perdido. O peito dele subia e descia depressa, conferindo um balançar suave aos ombros.

Engoliu em seco, erguendo as mãos no ar — incluindo a que segurava o diário.

— Não é tão simples. As coisas são mais... *complexas* do que parecem.

Um gemido de horror escapou da boca da srta. Carson.

Russell mastigou a própria raiva, perfurando-o com o olhar. Florence percebeu o tremor intenso nas mãos dele.

— Vou perguntar só uma vez: você *matou* o meu pai?

O silêncio sepulcral se sobressaiu aos sons da natureza com os quais Florence estava habituada. Não havia nada além do coração disparado e do zumbido nos ouvidos.

O rosto de Everett estava contorcido, era uma cena digna de pena. As lágrimas brilharam sobre a pele manchada pelo sol.

— Eu não podia permitir que ele partisse — explicou Everett, ao mesmo tempo que puxava o tecido na altura do peito para secar o rosto. — Joseph se uniu aos Blackwood. Era um desertor.

Sem dizer nada, Russell percorreu a distância entre eles como um raio e o segurou pelo colarinho. Wiley tentou intervir, mas foi impedido por Lloyd. Maude recuara para proteger Maggie, que continuava em estado catatônico.

— A verdade — exigiu Russell, o rosto dele estava a centímetros do de Everett —, ou eu te mato, como você fez com ele.

Everett começou a chorar. Soluçando, emoldurou o rosto de Russell com as mãos.

— Vocês são tão parecidos... não só fisicamente. Ele era cabeça-dura como você, filho. E também ia me abandonar...

Russell o acertou com um soco no nariz.

A comoção foi imediata. A srta. Carson deu um gritinho; Wiley soltou vários palavrões, dando tudo de si para se desvencilhar de Lloyd; Roy gemeu, tornando a olhar por cima do ombro.

Everett dobrou o tronco para a frente. Ao se levantar, revelou o rosto lavado pelo sangue que escorria do nariz. Usou o pulso direito para tentar limpar, mas gemeu de dor ao tocar a ferida.

— Não me chame assim!

— Você sempre vai ser um filho para mim, Russ. — Everett o encarou com uma expressão derrotada. — Eu *não podia* deixar Joseph partir. Assim como não posso deixar *você* partir.

— O qu...

A voz de Russell morreu no ar ao perceber que Everett levava a mão para o coldre.

Em um piscar de olhos, Russell envolveu os dedos ao redor do cabo do revólver dele e deu um passo para trás, sem puxá-lo do coldre.

Sustentaram o olhar um do outro, imóveis.

Cuidando para não fazer nenhum movimento brusco, Florence empunhou a espingarda. Ao redor, os demais faziam o mesmo — preparavam-se para o confronto, cada um à sua maneira.

— Tem alguma coisa errada — murmurou Roy.

Everett cobriu a arma com a mão, o rosto vazio de emoção. Em um segundo, estava consumido por sofrimento; no seguinte, seu olhar era frio, como ela testemunhara mais de uma vez.

— Eu não queria que acabasse assim — argumentou Everett, tamborilando os dedos sobre o coldre de maneira provocativa —, mas temos um código.

Ao contrário dele, Russell permanecia imóvel. Não fazia nenhuma gracinha para desestabilizá-lo. A mão continuava no cabo, os olhos estreitos perscrutando o líder.

— *O que você fez?*

— O necessário.

— Ela tinha razão... — O resmungo de Russell foi quase inaudível.

Por instinto, ele procurou Florence com o olhar.

Everett aproveitou a deixa e sacou o revólver.

O mundo desacelerou, o tempo ficou suspenso. Florence se esqueceu de respirar ao acompanhar Russell puxar a arma e disparar, um milésimo de segundo antes de Everett.

O som seco dos tiros feriu os tímpanos.

Ela sentiu cheiro de pólvora e de sangue, seguido por um gemido de dor que não soube identificar a quem pertencia.

Everett caiu de joelhos, contorcendo-se. O buraco da bala atravessava o colete e a camisa na altura da barriga. Ele fazia o possível para conter o sangramento com a mão em vermelho-vivo.

Florence sabia que se tratava de um ato misericordioso — Russell não errava um tiro como aquele. Se quisesse mesmo encerrar a vida de Everett, teria feito. Não sabia como se sentir diante disso. Talvez

Florence fosse uma pessoa pior do que imaginava; no lugar de Russell, teria mirado bem na cabeça.

A srta. Carson correu até Everett, ajoelhando ao lado dele para pressionar a ferida, enquanto se debulhava em lágrimas.

Russell, que permanecia no mesmo lugar, assoprou a fumaça que saía do cano da arma e a girou no dedo. Estava prestes a devolvê-la para o coldre quando o grito de Wiley ecoou por todo o desfiladeiro:

— TRAIDOR!

Ao sentir o zumbido de um tiro passando de raspão por sua cabeça, Florence destravou a espingarda, agachando. A seu lado, Roy sacou o revólver, pronto para disparar. Maggie gritou a plenos pulmões, caindo em um choro compulsivo.

A princípio, Florence imaginou que Wiley fosse o autor do disparo. No entanto, quando o segundo tiro que atravessou o ar acertou o pescoço dele, ficou claro que vinham de uma única direção — da saída do desfiladeiro.

Não teve tempo de ser consumida pelo choque de ver o cozinheiro da gangue despencar no chão, sufocando no próprio sangue. Ao longe, logo depois da curva acentuada da montanha, uma massa volumosa de Pinkertons avançava até o acampamento, montados em cavalos.

A srta. Carson engatinhou para debaixo da mesa menor, em que Wiley costumava preparar os alimentos. Abraçada aos joelhos, caiu no choro; o longo cabelo preto esparramado pelas costas.

Maude segurou Maggie pelo braço e a arrastou para trás de uma árvore. Puxou a espingarda das costas, entregou um de seus revólveres para a amada e se posicionou.

— Filho da puta — esbravejou Russell, virando-se para olhar Everett no chão.

No entanto, o líder não estava mais ali. Havia se aproveitado do momento de distração para se esconder. O rastro de sangue indicava que estava atrás de uma das carroças. Russell projetou a voz.

— Você nos entregou! Todas essas pessoas confiavam em você!

Florence se esgueirou para trás de um baú, a espingarda pronta para disparar. Piscou o olho esquerdo para focar a mira com mais precisão. A pálpebra tremeu, as mãos suadas mal se firmavam no cabo de madeira, apesar do frio.

Os agentes se aproximavam, distribuindo tiros. Lloyd atirou algumas vezes, andando de costas para se aproximar de Russell, que não parava de xingar.

— Espero que tenha dado bastante dinheiro! — continuou a berrar para Everett. — Para compensar a consciência pesada. Se é que você se importa com alguma coisa.

Com um estalo, Russell varreu o acampamento com o olhar, em busca de Florence. Acenou com a cabeça quando os olhares se cruzaram, mostrando-se mais tranquilo ao perceber que estava acompanhada de Roy.

O som de dezenas de cascos estava a um sopro de distância. Ouviu os barulhos abafados dos oficiais pulando para o chão e mais um ou outro estouro de tiro. Porém foi a risada familiar que fez a bile subir pela garganta.

Henry.

O riso de escárnio foi projetado pelas paredes do cânion, ecoando várias vezes até desaparecer. Florence sentiu um calafrio.

Reviveu a última vez que viu o pai no Beco da Meia-Noite, e ainda antes disso, quando a aprisionou no quarto. Em um estalar de dedos, o medo avassalador que a impulsionou a fugir naquela mesma noite voltou. Sentiu a garganta arranhar; sua respiração ficando presa devido ao nervosismo.

Henry Greenberg fechou a comitiva, girando o chapéu na mão. Os passos despreocupados contrastavam com a severidade em seu rosto; a expressão perversa era de quem a devoraria viva assim que pusesse as mãos nela. Vestia fraque e uma calça listrada mais clara, os sapatos reluzentes. Nem mesmo o desejo de vingança o impedia de ressaltar sua superioridade.

Florence rangeu os dentes, acessando todas as lembranças aterradoras que vinha mantendo no fundo da memória. A visão enturveceu ao pensar na mãe e em Eleanor. Desejou que a amiga estivesse em algum lugar bem longe de St. Langley, desfrutando de uma vida melhor.

Usou o punho para secar as lágrimas. Ele pagaria. Pagaria por todos os crimes e por cada pessoa que havia arruinado.

Henry parou, fez uma breve varredura no acampamento e sorriu, segurando o chapéu diante do corpo.

— Então foi aqui que você veio parar? Nessa pocilga? — perguntou Henry. Ao contrário de antes, quando mal detectava entonações nas palavras do pai, Florence pôde sentir o ódio em cada tremulação, cada tomada de ar, cada pausa. — Nunca vou entender. Te ofereci a oportunidade de ter uma vida de realeza, mas você preferiu a escória. Com pessoas que te traíram, ainda por cima. Concedo as honras a Everett. Foi um prazer negociar com você, meu caro.

Embaixo da mesa, a srta. Carson cobria a boca com as mãos, de olhos arregalados. Florence teve vontade de agredi-la pelo cinismo. Arrancar sangue daquela víbora. Não era o que ela queria desde o começo?

— Vamos lá, não se acanhe! Isso são modos de receber seu pai? — A voz de Henry se aproximou do baú que ela e Roy usavam de esconderijo. — Estava contando os dias para te ver, ainda mais depois do que você e seus amigos fizeram com Phillip...

Roy a encarou, apreensivo. Balançou a cabeça, como se esperasse que ela fizesse a besteira de responder à provocação, ou, pior, correr até os braços do pai. Florence se ofendeu com a pouca fé que o colega tinha nela, mas se limitou a concordar, em silêncio. Assim como os demais, esperava apenas pelo sinal, por menor que fosse, de que deveriam atacar.

— Ninguém precisa se machucar. Estamos dispostos a negociar com cada um de vocês e *esquecer* seus crimes. — Houve uma pausa em que tudo o que ouviu foi o *clique* do tambor da arma sendo girado e os passos do pai se distanciarem. — Viemos em busca de uma pessoa, apenas. Florence é minha prioridade.

Do outro lado do acampamento, Katherine a fitava, cheia de rancor. O rosto contraído não deixava Florence duvidar do que a mulher gostaria de fazer.

— Não dificultem as coisas. Estamos em maior númer...

Por muito pouco, o tiro não arrancou a orelha direita de Henry Greenberg. Maude, cujo cano da arma ainda fumaceava, lançou uma piscadela para Florence, embora o rosto não estivesse nada amigável.

Pelas frestas do baú, Florence viu Henry passar a mão pelo cabelo, ao redor da orelha, como se quisesse se certificar de que tudo permanecia no lugar. A vermelhidão do pescoço subiu para o rosto antes mesmo de ele berrar, a plenos pulmões:

— FOGO!

Os estouros vieram de toda parte.

Roy disparou algumas vezes. Atrás dela, Russell e Lloyd faziam o mesmo — surgiam de trás dos esconderijos, concentrados, para logo se esconderem de novo, antes que fossem atingidos.

Florence rastejou no chão, pela lateral do baú. Deitada, posicionou a espingarda e mirou, como Russell havia ensinado, e deu o primeiro tiro. Acertou a canela de um agente, que caiu no chão urrando de dor.

Na segunda tentativa, errou o alvo e atingiu um cavalo de raspão. O animal bateu os cascos no chão, relinchando. O homem que o montava tentou se estabilizar, mas foi arremessado quando o cavalo deu um coice. Ele se ergueu com dificuldade e olhou na direção de onde viera o tiro.

Florence voltou para detrás do baú, de costas, quase vomitando o coração pela boca, bem a tempo de ver Roy ser atingido na altura do tríceps.

— Minha nossa! — Florence se engasgou quando ele deslizou até o chão.

— Não foi nada. Continue de olho neles.

No entanto, o que Florence viu dizia o oposto. A bala havia atravessado o braço esquerdo, de modo que havia dois buracos na pele de Roy, de onde o sangue jorrava, empapando a camisa jeans e parte do cabelo longo.

— Merda. Consegue atirar, Roy? — perguntou Russell, de trás. Em seguida virou para a direita, mirando um agente Pinkerton, e disparou uma saraivada de tiros.

— Consigo. Eles acertaram o braço errado.

— Lloyd, me dê cobertura.

Florence rasgou uma tira de tecido da saia, que usou para enfaixar a ferida. Apertou forte, sob os protestos de Roy, enquanto Russell se adiantava até eles. Ao longe, viu Henry e Everett juntos, discutindo algo enquanto o pai apontava na direção deles feito louco.

Russell a alcançou e segurou a cabeça de Florence, cheirando a pólvora, para depois se ajoelhar do lado de Roy, esperando que ele se firmasse.

Um corpo despencou ao lado dela, colidindo com o chão em um baque desconfortável. Florence engoliu em seco ao estudar o rosto sem vida do homem.

— Vocês só podem estar de brincadeira! — A voz de Frederick vinha da saída do desfiladeiro. — Eu deixo o acampamento por *dois dias* e quando volto tem o caralho de uma horda de Pinkertons!

Florence espiou por cima do baú. Resmungando, irritado, Fred apontava a arma para um homem de costas para ele, que não teve tempo de reagir. *Bang!* Um único tiro na nuca, e o homem morreu sem sequer saber de onde o disparo tinha vindo.

A chegada de Fred atraiu a atenção dos agentes mais próximos, que miraram no novo alvo. Aproveitando-se da distração, a srta. Carson engatinhou para debaixo de uma carroça. Os olhos pareciam prestes a saltar do rosto.

Maude deu um assobio alto, usando os dedos indicadores. Florence compreendeu o recado.

— Russell. Estão nos cercando.

Ele olhou para Roy com pesar, desvencilhando-se quase de imediato. Sacou as duas armas, apoiado sobre um dos joelhos.

— Fiquem aqui.

Russell começou a atirar antes mesmo de estar completamente em pé, cada mão apontada em uma direção. Florence ouviu os gemidos de dor e os sons das pancadas dos corpos caindo. Abaixou por um momento, ofegante, o cabelo empapado de suor, a lateral do rosto respingada de sangue. Ao tomar impulso para levantar, foi acompanhado por Roy, que havia se recuperado um pouco.

— Precisam de uma forcinha aí? — Fred se juntou a eles, abriu o cantil e o levou aos lábios, depois o passou para Russell.

— Dois. Três. Opa, esse foi feio! Alguém mais quer tentar a sorte? Estou com tempo livre — bradou Fred, parecendo se divertir.

Russell, Roy e Fred cobriam todas as direções. Apesar do ritmo prejudicado de Roy, ele percebia as movimentações muito antes dos outros. A audição precisa o ajudava a antecipar os ataques.

— Eles estão aqui! — anunciou um agente com um volumoso bigode preto, cheio de urgência. — Precisamos de reforç...

Russell atirou nele sem sequer olhar. Certeiro e eficaz.

— Vamos dar o fora.

Fred assentiu.

— Floresta?

Fred ajudou Roy, ao mesmo tempo que Russell guiava Florence para que ela fosse na frente dele.

Metros adiante, na margem do rio, Maude estava rodeada por meia dúzia de cadáveres parcialmente cobertos pela água.

— Ainda são muitos — falou Florence, arriscando um tiro com a espingarda, que acabou não acertando lugar nenhum.

Lloyd, sozinho atrás de uma árvore, tentava estancar a ferida na coxa. O suor brilhava contra a pele da testa enquanto ele fazia uma varredura do acampamento, a mão tão trêmula que a arma quase lhe escapava.

Um vulto passou por trás de uma das barracas, vindo pela lateral exposta dele. Florence viu o homem sujo de terra e sangue se esgueirar, as costas coladas no paredão rochoso, quando o grito de Fred ecoou, alto.

— Lloyd, à sua esquerda!

Ele não teve tempo de reagir. Tampouco conseguiu encarar o homem responsável por ceifar sua vida. Ouviram o estouro, seguido pelo som dos ossos colidindo com o chão.

Capítulo 31

— LLOYD!

O grito de Russell foi amplificado pelo desfiladeiro, chamando a atenção para eles. Paralisado de choque, encarou o corpo sem vida do amigo.

— Vamos, Russell. — Roy recarregava a arma, de olho nos agentes que se aproximavam.

Fred apontava para um deles, que vinha por trás, como um aviso.

— Precisamos ir. — Florence acariciou as costas de Russell com delicadeza, mesmo em meio ao tumulto.

Crispando os lábios, ele secou o rosto com o ombro. Soltou os cartuchos usados e quase não teve tempo de recarregar antes que o tiroteio recomeçasse.

Florence se agachou, tentando se afastar do fogo cruzado.

Um por um, Russell encarou os homens e apertou o gatilho. A raiva dele era contagiante. Ela nunca o vira com um olhar tão hostil. Brilhava de ódio. Quando a arma de um agente descarregou, Russell encaixou os revólveres no coldre, partiu para cima dele com os punhos em riste e deu uma cabeçada que o desnorteou. Assim que o agente caiu no chão, Russell passou uma das pernas por cima dele e desferiu socos cada vez mais fortes, os punhos tingidos de vermelho.

Florence engoliu em seco, desviando o olhar.

A maior parte dos Pinkertons que havia restado rodeava a carroça. Maude ia ao encontro deles.

Florence acompanhou a movimentação, envergonhada por não servir de grande ajuda, mas não queria arriscar dar outro tiro errado e acabar ferindo mais aliados. Então viu, pela fenda entre a carroça e o chão, os sapatos luxuosos do pai contornando o veículo. Roy, que atirava escorado em uma das rodas, não percebera; assim como os demais, ocupados em se manterem vivos.

Florence tomou impulso e se levantou. Curvou o tronco, o rosto escondido por trás da arma, esperando quando ele fizesse a última curva para encontrá-la.

Pensou em Lloyd, tão doce e corajoso. Depois em Elmer. Jennie. Grace. Pensou em si mesma, em tudo o que precisou passar para fugir de Henry. Everett a alertara de que não fazia ideia de como seu pai era mau. Ele não mentira. Henry Greenberg era do pior tipo, o mais baixo e hipócrita que existia.

Inspirou fundo e, ao contrário das vezes que fantasiara aquele momento, se sentiu em paz. Ouviu a sola dos sapatos caros do pai rasparem no chão. Com o braço estendido para a frente, Henry trazia uma arma apontada e engatilhada. Um revólver dourado, com o cano entalhado com flores. Como sempre, usando-se de artifícios materiais para disfarçar a pequenez de sua alma e, quem sabe, preencher o vazio de uma vida.

Ao dar de cara com Florence, os olhos azuis pálidos dele brilharam de satisfação. A aparência de Henry estava mais abatida do que ela se lembrava: olhos fundos, olheiras arroxeadas, cabeça quase completamente grisalha. Mesmo assim, o cantinho dos lábios se curvou para cima.

Era chocante estar diante dele. O Henry de sua memória permanecia estático, para sempre a arrastando pelo cabelo escada acima, ou berrando que a filha abriria as pernas para Phillip.

Aquele, por outro lado, era um completo estranho. Mas ao menos Florence conseguia enxergá-lo por inteiro, sem meias-verdades ou a visão distorcida pela necessidade de ser amada.

— Aí está você.

O pai travou a arma e a devolveu para o bolso, mantendo Florence acorrentada em seu olhar. Levou as mãos para trás da nuca, divertido.

— Que ironia... — Florence deu um passo adiante, mantendo-o na mira. — Passei a vida com indiferença e coisa pior, mas bastou eu fugir para virar seu bem mais precioso.

Henry deu de ombros.

— O que posso dizer? Só se dá valor ao perder.

— Você perdeu o quê, exatamente? — Florence ergueu o cano da arma e mirou bem no meio da testa dele. — Seu controle sobre mim? A garantia de uma linhagem Langston-Greenberg? A pureza da sua *menininha*?

Do outro lado da carroça, a voz de Russell se sobressaiu.

— Florence?! Cadê ela? Alguém viu?

Paralelo a isso, um Pinkerton reparou no confronto entre pai e filha e gesticulou para três homens, que abandonaram suas posições e foram em socorro de Henry.

Começava a ocorrer a Florence que, talvez, distanciar-se do grupo e se entregar de bandeja ao pai não tivesse sido uma boa ideia.

— Não é necessário — falou Henry, dando uma olhada para trás, despreocupado. — Está tudo sob controle.

O agente que havia puxado os demais olhou da arma para Henry, com confusão.

— O senhor tem certeza?

— Eu resolvo. Podem voltar. Serão mais úteis lá.

Henry manteve o olhar no da filha. As mãos continuavam atrás da nuca, assim como o sorriso minúsculo de desdém permanecia nos lábios.

— Não me parece que esteja tudo sob controle — provocou Florence,

— Vai atirar em mim?! — inquiriu ele, como se fosse uma grande piada. — *Você?* Isso não é um brinquedo, Florence.

Atrás dela, próximo da cabeça, um tiro acertou a beirada da carroça, lançando estilhaços para todos os lados. No caos de sons e fumaça, ela perdeu o pai de mira e desceu a arma para a altura da barriga.

Ouviu a voz distante de Fred, ofegante:

— Ela não está em lugar nenhum.

— FLORENCE! — berrou Russell, a plenos pulmões, e atirou para cima.

— ESTOU AQUI ATRÁS! Com meu pai — gritou de volta. Depois, baixando o tom, continuou: — Talvez tenha passado da hora de você parar de me subestimar.

Henry baixou a cabeça, o sorriso maior ao passar as mãos pelo cabelo. Conforme endireitava a postura, ele a surpreendeu agarrando o cano da espingarda de Florence e a puxando para si até que o metal encostasse no próprio tronco. A arma marcava a distância entre os dois.

Terror embrulhou a barriga de Florence. Levou segundos a mais para se recuperar do susto, odiando o fato de que o deixara vislumbrar o medo que sentia.

— Não subestimo. Sei exatamente o que esperar de você. — Henry aproximou a mão para enrolar um dos cachos da filha no dedo. — É bem pelo contrário... você tende a se superestimar.

— Você me arruinou. Enquanto eu viver, vou carregar este fardo — desabafou Florence. Pressionou a arma com mais força contra a barriga dele. — Eu entendo a mamãe. Até morrer é melhor do que ter você por perto.

Em um ímpeto, Henry afastou o cano com um empurrão, antes que Florence tivesse coragem de apertar o gatilho. A arma se desestabilizou. Ele a arrancou das mãos dela, com fúria e soberba nos olhos, e atirou a espingarda para longe.

Russell brigava com dois homens a poucos metros dali.

— Te dei motivos para você me odiar tanto? — perguntou Henry, sentido. Fechou as mãos ao redor dos braços dela e a puxou para mais perto. — Em algum momento você pensou além do seu umbigo? Sua mãe se matou por sua causa, pelo seu egoísmo. Sua criada, que você chamava tanto de amiga, fugiu com uma mão na frente e a outra atrás. E *eu* que sou o vilão? — Ele umedeceu os lábios, sem desviar o olhar. — Mas não importa. Estou disposto a perdoar tudo, Florence. Phill está morto, vamos deixar isso para trás. Você é tudo o que eu tenho.

Florence sorriu, consternada.

— Você realmente acha que sou imbecil.

Henry afastou o cabelo da testa dela, mantendo a mão na lateral do rosto.

— Falo sério. Você pensa que só tem semelhanças com Grace, mas sempre foi parecida comigo. Quem você acha que ensinou tudo sobre plantas para sua mãe? Quem escolheu seu nome? Quem te trouxe mudas dos quatro cantos do país durante toda a vida?

— Não sou mais uma garotinha desesperada pelo seu amor. Passamos dessa fase.

A mão dele deslizou pelo rosto de Florence e parou embaixo do queixo. As pupilas estavam dilatadas, dominavam boa parte da íris. Henry apertou as bochechas dela com força, cravando as unhas na pele.

— Nenhum deles se importa com você. — Ele girou o rosto de Florence para que visse Russell, que tinha acabado de levar uma coronhada no rosto, cambaleando e colidindo contra a mesa em que todos haviam passado tantos cafés da manhã juntos. — Com quantas outras meninas tolas ele não deve ter se divertido desde antes de você aprender a falar? Idade não era um problema para você?

Florence se contorceu para se desvencilhar, mas teve o efeito contrário: as unhas de Henry cortaram a pele dela, enfim arrancando as primeiras lágrimas da garota.

— Eu não invisto para perder nem abro mão do que é meu. Você foi meu investimento mais alto. — Henry aproximou o rosto do dela até que os narizes se tocassem. — *E é minha.*

Florence berrou a plenos pulmões, sobressaltando-o. Em um instante, agarrou o punho da faca e a arrancou do coldre. Fechou os olhos segundos antes de acertar o meio da barriga de Henry com a lâmina. Foi ainda mais fácil do que quando golpeara Phillip. Forçou para se certificar de que tinha afundado Luz do Deserto até o cabo.

Sentiu a garganta arranhar, percebendo então que ainda gritava. Subiu as pálpebras a tempo de flagrar a expressão congelada de susto e horror no rosto de Henry. Os olhos arregalados foram da filha para a faca.

Russell se levantou do chão, com um talho no meio da testa, do qual um filete de sangue escorria. Um hematoma roxo circulava o olho direito. Havia choque estampado em seu rosto.

— Maldição... — murmurou um agente Pinkerton, então olhou para trás e disse: — Precisamos de reforços. O sr. Greenberg foi atingido!

Dois homens vieram ao socorro dele, abandonando a confusão do outro lado da carroça. Russell se colocou no caminho. Acertou o primeiro da fila com um soco na têmpora. O homem despencou no chão como lenha recém-cortada.

Henry abriu a boca para falar, mas nada saiu. Segurou o cabo da faca com as mãos, prestes a arrancá-la. Não teve tempo de puxar. Caiu para trás, batendo a cabeça na quina da carroça. Sangue foi a primeira coisa a escorrer dos lábios dele. Logo depois, ele começou a convulsionar, a espuma saiu pela boca e desceu pelo pescoço até encontrar o chão. Sua garganta deixou escapar um som horroroso, semelhante ao do atrito de um trem parando de vez.

— Você já causou problema demais — disse o agente, próximo a Florence, enquanto a prendia pelos pulsos.

Movida pelo instinto, Florence jogou a cabeça para trás e o acertou em cheio. Ouviu o *crack* do nariz e então o gemido de dor e o revólver caindo no chão, que disparou na direção de uma das rodas da carroça e a estilhaçou.

Florence se muniu de toda a força que tinha e usou o salto da bota para pisar no pé dele. O agente cuspiu meia dúzia de palavrões, então a agarrou pelo cabelo e a puxou para trás, como um dia fizera Henry, até que estivesse de joelhos.

Florence olhou para a arma caída no chão. Ele se deu conta tarde mais. Tentou impedi-la de pegar a arma, mas o instinto de sobrevivência da garota a fez engatinhar e se esticar, apesar da dor, para alcançá-la.

Assim que encaixou a arma na palma da mão, Florence a ergueu na direção da cabeça do agente e disparou. O sangue espirrou no rosto dela, quente e metálico. Sentiu vontade de vomitar.

Um grito de dor a sobressaltou, e Russell enterrou a faca no pescoço do segundo Pinkerton, um homem parrudo quase tão alto quanto ele, ao mesmo tempo que o primeiro levantava depressa do chão, determinado a devolver a agressão. Mal o homem se pôs de pé e Russell sacou a arma com a mão esquerda, dando fim à vida dele.

Após se certificar de que o pai estava morto, Florence pisou na barriga dele, pouco abaixo da faca, e a puxou de lá. Desprovida de sentimentos, limpou a lâmina no vestido. Ao guardá-la, deparou-se com Russell, que a encarava com espanto.

Aos poucos, o entendimento do que acabara de fazer recaiu sobre ela. Olhou para o pai, estirado e sem vida, com a ferida aberta no meio da barriga e a boca espumando.

Encerrara a vida do homem que lhe concedera a sua.

Florence se engasgou. A angústia corria pelas veias feito lava. Foi paralisada pela vergonha. Estava diante de alguém que tivera o pai arrancado de sua vida e que nunca conhecera a mãe. Será que ele a odiaria ao ver com que frieza ela despachara o próprio pai?

Russell respirou fundo, com pesar. Apesar dos tiros e gritos que os rodeavam, foi ao encontro de Florence e a envolveu em um abraço. Os nós dos dedos ensanguentados se afundaram no cabelo ruivo, transmitindo a mensagem que palavra alguma seria capaz.

Ela se desmanchou em seu peito. Agarrou-se à camisa dele, puxando-a como se quisesse arrancá-la. Os grunhidos de dor soaram abafados pelas batidas aceleradas do coração de Russell.

Foram surpreendidos por um tiro que arrancou o chapéu de Russell e o levou longe. Desvencilharam-se a tempo de ver de onde tinha vindo: um agente parcialmente escondido atrás de um barril se preparava para efetuar o segundo disparo.

Mais que depressa, Russell levantou um dos cadáveres do chão e o usou como escudo. Virou o rosto por cima do ombro, de modo que Florence o visse de perfil.

— Fica atrás de mim.

Ao redor deles, chamas densas serpenteavam, espalhando-se depressa pelos destroços de madeira. A fumaça cinzenta fazia os olhos arderem e provocava tossidas, mas nem se comparava ao calor insuportável que parecia cozinhar a pele.

Florence lançou um último olhar para Henry Greenberg e, em silêncio, se despediu.

Colou-se às costas de Russell, seguindo seus passos enquanto ele dava fim nos últimos agentes. Mais à frente, Frederick ajudava Roy a caminhar, e Maude arrancava uma lasca de madeira do braço.

Russell soltou o cadáver no chão como se fosse um saco de arroz e assobiou alto para chamar Opal. Segurou Florence pelo braço, andando apressado ao encontro dos outros.

Katherine se juntara à srta. Carson, do outro lado do acampamento. Fred apontou com a arma para a entrada do desfiladeiro, furioso.

— Tem mais vindo! Se apressem. Temos que sair daqui! — disse ele.

Todos se viraram de uma vez para conferir. Ao longe, Florence viu uma nova massa de uniformes azuis irrompendo da curva do cânion e estremeceu.

Opal os alcançou, no mesmo instante em que Fred e Maude chamavam seus cavalos. Assim que abandonaram o acampamento, Russell a segurou pela cintura e, como tantas outras vezes, a levantou para que montasse. Maggie surgiu de trás de uma árvore e correu para Maude, chorando de soluçar. Agarrou o rosto dela com as mãos e a beijou apaixonadamente.

Russell enrolou a rédea de Opal na mão para guiá-la.

— Roy, você está bem?

Apoiado na copa de uma árvore, o homem se dobrava para vomitar.

— Defina bem — respondeu, fraco.

— Ele não pode ir sozinho — falou Russell, de olho em Fred, que já tinha o pé no estribo para montar.

Com um suspiro desanimado, Fred olhou para Roy com irritação, como se o culpasse por estar ferido.

— Tá, tá. Ele vem comigo.

Maggie e Maude, montadas em Uísque, pararam ao lado deles.

— Para onde vamos? — perguntou Maggie, a voz fanha.

Roy, que tinha se abaixado para vomitar de novo, ergueu a cabeça e declarou:

— No mesmo esconderijo de antes.

— Mas isso fica a dias de distância daqui! — rebateu Maude.

— Exatamente.

Olhando por cima do ombro, Florence viu os novos agentes desmontarem dos cavalos e assumirem posturas defensivas. O líder, cujo uniforme destoava, gesticulou para que o grupo se separasse.

— Eles vão nos alcançar.

— Você pode me ajudar ou vai ficar só olhando? — disse Fred para Russell.

Russell passou a mão pelo cabelo, parecendo sentir falta do chapéu. Posicionou-se ao lado de Roy e esperou que Fred se preparasse do outro lado. Contaram até três e, juntos, o ergueram sobre o cavalo.

Maude recarregou a arma, preparada para um novo confronto.

— Eu guio, você atira — propôs Florence, quando Russell se aproximou.

Ele deu uma última olhada para trás. O maxilar se contraiu ao flagrar um pequeno grupo que acabara de encontrar o corpo de Henry Greenberg. Assentiu, esperando que ela deslizasse para frente na sela, e então assumiu sua posição.

Florence os colocou em movimento, pressionando as pernas em Opal. Adotaram um trote moderado, logo atrás de Fred e Roy, e na frente de Maggie e Maude.

— Vamos conseguir escapar? — perguntou Florence, por cima do ombro.

Russell passou o braço pela cintura dela, a mão sobre a barriga.

— Te prometi uma vida longe disso. Não pretendo faltar com minha palavra — falou, dando um beijo em sua orelha. — De qual cor será nossa casa ao pé da montanha?

Ela soltou um riso fraco, pestanejando para conter as lágrimas. Cobriu a mão dele com a sua e se permitiu relaxar minimamente.

— Qualquer uma. Eu moraria até numa tenda de lona com você.

Com uma risada baixa e rouca, Russell passou a mão pelo cabelo dela, trazendo-o para as costas. Enterrou o rosto ali e inspirou fundo.

— Isso facilita muito as coisas.

Florence suspirou, desviando de uma rocha pontiaguda.

— Você me deu tanto... O que fiz por você além de trazer problemas? — ponderou ela.

— Me fez *sentir* outra vez. Já não lembrava mais como é aterrorizante e delicioso. Eu faria tudo igual. Ou quase... — Russell recostou o queixo no ombro de Florence. — Queria ter te escutado. Se tivéssemos fugido antes, teríamos evitado tudo isso.

— Eu não ligo. Estamos aqui, vamos ser felizes. — Florence tombou a cabeça sobre a dele. — Não importa onde estivermos, vou fazer de tudo para te dar um lar.

— Já me deu. Você é o meu lar. Assim que eu assumir Opal, quero que abra o alforje de trás. Tenho uma surpresa pra você.

— Cuidado! — exclamou Roy, apontando para a frente. — É uma armadilha.

Fred fez o cavalo parar de supetão. Ao tentar fazer o mesmo com Opal, Florence a assustou e quase os derrubou. Russell deu vários assobios baixos, acariciando a crina da égua até acalmá-la.

Foi o tempo de Maggie e Maude os alcançarem.

— Armadilha? — perguntou Maggie, vasculhando os arredores.

— No chão, olha. Tem uma corda dessa árvore até aquela — indicou Roy, apontando as árvores com o dedo indicador. — E outra ligando aquelas duas.

A floresta se afunilava para um vale estreito entre as montanhas, a única rota de fuga se não quisessem enfrentar os Pinkertons outra vez. O corredor úmido e mal iluminado, cercado por árvores cujas raízes se embolavam no chão, abria-se logo depois da armadilha; instalada ali na esperança de que não percebessem e tombassem dos cavalos.

Fred e Russell se entreolharam. O primeiro se mostrava insatisfeito, prestes a explodir com tantas coisas dando errado. Russell, por sua vez, desceu de Opal com cautela. Olhou ao redor, sério, à procura de sinais de que não estavam sozinhos.

— Você viu mais alguma coisa, Roy?

O homem negou com um movimento sutil, a expressão abatida.

Tiros vindos do acampamento reacenderam a urgência do pequeno grupo. Russell deixou um aperto leve no joelho de Florence e se dirigiu a uma das árvores, enquanto Fred ia até outra.

— Acho que seu plano de evitar um motim foi por água abaixo — resmungou Russell, buscando a faca para cortar a corda.

— Isso que dá contar com você.

Russell riu, revirando os olhos. Passou a língua pelo lábio superior, sobre as gotículas de suor, e continuou a serrar.

— Conseguiu descobrir alguma coisa?

— Ao contrário de uns e outros, sou um homem de palavra. — Fred sorriu quando Russell mostrou o dedo do meio. — Conheci o irmão da Viola, que aparece no diário. Jack, o nome. Um sujeito curioso.

— Russell mostrou o diário para Fred? — sibilou Maude para Florence, sem esconder o choque.

— Infelizmente foi preciso.

Fred terminou primeiro. Ficou em pé e bateu as mãos, uma na outra, antes de voltar para o cavalo:

— Everett matou os dois à queima-roupa, depois atirou em si mesmo, de raspão. Jack viu tudo e tentou impedir, mas foi atingido também. É um milagre que esteja vivo para contar a história. A cicatriz no rosto dele faz a sua parecer agradável — revelou Fred. Uma vez montado, acendeu o cigarro e deu um trago. — Sinto muito. Temos nossas diferenças, e você não é exatamente alguém de quem eu goste, mas ninguém merece uma traição dessas.

Russell balançou a cabeça. Terminou de cortar a corda e se levantou, com um sorriso desanimado.

— Uau, que dia! Como poderíamos imaginar que Frederick Hill esconde tamanha sensibilidade?

Maude foi a primeira a rir. Começou com um riso fraco, de quem ainda absorvia os acontecimentos. Maggie se deixou contagiar pela risada, seguida por Roy, quase sem fôlego, e Fred. Florence foi uma das últimas a se render ao pequeno intervalo de leveza em meio à devastação.

Quando os olhares se cruzaram, Russell piscou para ela e, mesmo que por um milésimo de segundo, Florence soube que eles ficariam bem.

Estavam prestes a retomar a fuga, quando um som fez Florence congelar de dentro para fora. O estouro de um tiro rasgou o silêncio como um trovão, espantando os pássaros das árvores mais próximas, que voaram para longe. O zumbido ecoou pelas encostas antes que o próximo disparo repercutisse.

Os cavalos se agitaram. Florence, menos experiente, quase foi arremessada de Opal, que pisoteava e relinchava.

Russell paralisou, olhos arregalados de susto. O corpo vibrou com a brutalidade dos próximos três estampidos.

Ele entreabriu os lábios e inclinou a cabeça para examinar os cinco buracos que iam do peito ao final da barriga. Tocou em um deles, engolindo em seco. A camisa preta estava coberta de sangue, o único indício de que os buracos eram reais, e não fruto da imaginação. As pontas dos dedos ficaram tingidas de vermelho.

Russell a procurou com o olhar e a contagiou com seu medo. Soltou a faca, cambaleando para trás, de encontro à árvore.

— Maldito seja! — Uma voz muito distante, parecida com a de Fred, a alcançou.

A visão de Florence turvou. Ela viu Russell se dividir em dois, o rosto lavado pelas lágrimas.

— Russell? — Maude foi a primeira a reagir. Desmontou depressa e se aproximou dele, trêmula, desferindo tapinhas em seu rosto. — Russell, tá me ouvindo?

Os lábios dele estavam pintados de carmesim. Russell apalpou a calça, abrindo e fechando a boca como se quisesse dizer algo. Nada saiu. Florence se lembrou de Jennie implorando para não morrer. Quis berrar, mas o choque a impediu de encontrar a própria voz. Ele não podia fazer isso. Prometera a ela uma vida longe de tudo, uma cabana ao sopé da montanha onde seriam felizes. Ela lhe daria filhos para que ele pudesse conhecer a normalidade que nunca vivera e ser feliz sem sentir que devia nada a ninguém.

Florence pulou de Opal. Soluçou, caindo ao lado do amado. Segurou-o pelos braços, sufocando de desespero. Nunca o vira tão frágil. Os olhos fixos nos dela, a respiração ruidosa de quem lutava por uma lufada de ar, o rosto talhado de pânico e dor.

— Russell, por favor. — Florence perdeu a compostura assim que ele se engasgou com sangue. — Fique. Eu preciso de você.

Assistir ao sofrimento da pessoa que mais lhe importava no mundo sem que pudesse fazer nada levou um pouco dela. Russell fora sua fortaleza quando ela mais precisara. Florence queria poder fazer o mesmo por ele; tranquilizá-lo, distraí-lo do pavor de estar no fim da linha.

— Façam alguma coisa! — Maggie olhou para Roy, que descia do cavalo com dificuldade. — Pelo amor de Deus, você não consegue dar um jeito?

Ele olhou com pesar para o amigo baleado e baixou a cabeça.

Florence passou a mão no cabelo de Russell. O choro a impedia de respirar. Não sobreviveria àquilo. Abraçou-o com força, negando-se a deixá-lo partir. Jamais o soltaria. Criaria raízes naquela árvore, se assentaria nele.

O sangue dele infiltrou seu vestido e o fez colar na pele. Florence sentiu um movimento leve na lateral do corpo, a mão de Russell. Ao se afastar, descobriu que ele segurava a gaita de Joseph. Foi então que ela começou a chorar compulsivamente.

— Eu te amo. Você tem o maior coração do mundo. Por favor, não me deixe aqui — implorou Florence, segurando o rosto dele entre as mãos. O olhar de Russell saía de foco e voltava. Ela paralisou. De mãos atadas, observava a vida desvanecer. — Obrigada. Obrigada por me dar uma chance. Por me salvar. Eu sempre vou te amar.

Ela selou os lábios nos de Russell. Estavam frios. Florence recostou a testa na dele, os polegares acariciando as bochechas. Ouviu mais disparos, seguidos por vozes vindas de muito longe, onde a vida continuava. Umedeceu os lábios, com o gosto metálico do sangue de Russell na boca.

— Não, não, não, não...

Aquele era... Everett?

— Filho da puta! O que você fez? — acusou Roy, a voz esganiçada. — Isso é culpa sua!

Ao se afastar, Florence encontrou Russell de olhos fechados, a cabeça caída para o lado como se cochilasse. Limpou as lágrimas com os pulsos, sentindo que era rasgada de dentro para fora.

Maude deixou um aperto suave no ombro de Russ, acenando com a cabeça, e então se levantou para se juntar aos outros.

Florence se virou devagar.

Primeiro viu o Pinkerton estirado no chão, parcialmente escondido por uma árvore, na direção exata de onde vinham os tiros. Alguns metros atrás dele, Everett ainda mantinha a mão apontada para o oficial morto, a fumaça fina e cinzenta escapando do cano da arma. Tinha o tronco dobrado para a frente, e cobria a ferida com a mão. Estava ensanguentado e abatido, porém o que se destacava era a expressão de horror em seu rosto. Os olhos estatelados, repetindo *não, não, não* como uma oração.

— Everett, caralho. Que merda — vociferou Fred, tomado pela indignação. — Isso é tudo culpa sua! Tá vendo o que você fez?

— Eu não podia deixar acontecer de novo... Não ia aguentar perder ele. Russell queria desertar, por culpa dela. — A voz dele vacilou. — Tentei um acordo com Henry... As coisas fugiram do controle. Nunca quis isso.

O líder da gangue Fortune deixou um soluço escapar. Secou o nariz com o antebraço, ainda segurando a arma.

— Você não queria... *perder* ele?! — Um riso de revolta escapou de Fred. — Parabéns, por sua causa o Russell *morreu*, filho da puta. Seu filho, porra!

Florence fechou os olhos com força na esperança de que, ao abri-los outra vez, aquele pesadelo teria acabado. Os ombros de Everett balançaram com a intensidade do choro. Um gemido esganiçado subiu pela garganta.

— Não foi esse o futuro que sonhei para nós... Eu tentei consertar as coisas. Henry me garantiu que só queria ela. Deu a palavra dele de que estaríamos seguros. Eu nunca... e-eu...

Florence se deixou cair até estar com a cabeça na altura do peito de Russell. O abraçou com força, atenta a qualquer sinal de vida. Mas não havia pulsação. Não havia mais nada de Russell. Tinha seu cheiro, suas formas, uma lembrança terrível de quem ele fora, mas não era Russell. Não mais.

Ela limpou o rosto, olhando ao redor. Maude e Fred tinham Everett na mira. Apesar de levemente curvado pela ferida na barriga, ele apontava suas armas para os dois. O cabelo despenteado, a roupa rasgada e suja, o rosto pálido. Maggie, por sua vez, era a única que não se voltara para o líder, e sim para Russell.

Ouviram novos tiros muito mais próximos. Everett engoliu em seco. Olhou de um em um. Quando chegou em Florence, foi tomado por um novo acesso de choro. Ela tateou o coldre de Russell, sem desviar a atenção de Everett.

— Meu filho, me perdoe. Eu te amo. Não era para ser assim.

Ele deu uma olhada rápida por cima do ombro, para os uniformes azuis que se esgueiravam pela floresta, a poucos metros. A mão esquerda ainda apontava para Fred quando Everett levou a direita até a cabeça, o cano da arma pressionado na têmpora.

Um tiro.

Ficaram em silêncio, congelados pela visão. O sangue e a massa cerebral respingados nas árvores, assim como um tufo de cabelo grisalho aos pés de Fred. Maggie inclinou o corpo para o lado, vomitando.

Florence se forçou a olhar para o corpo sem vida, mesmo que a própria barriga revirasse. Secou o rosto, sentindo o gosto de bile. Everett nem lhes dera o gosto de vingarem a morte de Russell.

— Covarde — rosnou Fred, cuspindo sobre o cadáver.

Um tiro acertou a árvore em que Russell estava. Maude e Fred se posicionaram, preparados para a briga.

— Maggie, vá na frente com Roy.

— Não!

— Nós vamos logo em seguida. Por favor, amor — garantiu Maude, enquanto atirava em um homem alto e esguio. — Florence, você também. Cuide do Roy. Ele está mal.

Maggie relutou por mais um momento antes de ajudar Roy a montar outra vez. Florence assentiu, voltando-se para Russell. Tomou a gaita para si e a enfiou no decote.

— Eu te amo. Prometo realizar nosso sonho. — Ela o beijou na testa. — Enquanto eu viver, vou me lembrar de tudo o que você fez por mim.

Correu agachada até Opal. A égua continuava agitada, como se soubesse que o melhor amigo tinha partido. Florence pisou no estribo e subiu, engolindo o choro. Enquanto enrolava a rédea no pulso, deu uma última olhada.

O impacto de ver um homem que um dia tivera tanta vitalidade estirado no chão foi devastador.

— Adeus, Russell Fortune.

Maggie saiu na frente, a galope, o cabelo castanho curto balançando.

Florence deu o comando para que Opal começasse a andar e olhou para Maude e Fred.

— Vocês vão ficar bem?

— Alcançamos vocês em breve — falou Maude, com um sorriso.

— Eu não disse? — Fred piscou, indicando a égua com o queixo. — Com o tempo a gente aprende a aguentar a dor.

Ele bateu continência para ela, arrancando um sorriso quando aquela era a última coisa que Florence queria fazer.

Ela acenou para os amigos, estalando a língua nos dentes para que Opal pegasse velocidade.

Avançaram pelo vale estreito que cheirava a musgo e umidade. Os cascos emitiam sons secos no chão de pedra, quase no mesmo ritmo descompassado de seu coração. Maggie e Roy haviam desaparecido de seu campo de visão, de modo que precisou seguir sem rumo até sair do outro lado, em uma planície coberta por relva.

Florence alcançou o chapéu que Russell dera para ela no alforje maior e o encaixou na cabeça.

Foi atingida de súbito por uma lembrança. A mão foi mais rápida que os pensamentos, e Florence tateou as bolsas, onde Russell confessara ter guardado uma surpresa para ela.

Manteve a atenção na estrada enquanto deslizava os dedos para dentro. Não foi preciso procurar tanto. Assim que tocou a bolsinha de couro que carregara consigo na coxa durante a viagem de trem, um choro compulsivo a dominou.

Lá estava. A bolsinha com fecho de tiras, forrada com o dinheiro que Florence um dia usara para o convencer a levá-la com a gangue.

Seu coração ficou minúsculo. Sorriu, o rosto banhado por lágrimas.

Russell nunca havia contado sobre o dinheiro para Everett. Desde antes de se aproximarem, ele a protegeu...

Fechou os olhos, inspirando fundo. A saudade rastejava em sua pele, cedo demais. Limpou as lágrimas com a bandana ainda amarrada no pescoço, depois a levou ao nariz. Inspirou profundamente, abrigando um pouco de Russell dentro de si.

Depois de mais um soluço, pensou nos dois sentados no penhasco, em vidas passadas, em uma das inúmeras vezes que se abriram um para o outro. Russell lhe dissera que valia a pena lutar por alguém que ainda tinha fé. *Nunca perca isso.*

Florence cravou o salto das botas em Opal, o corpo inclinado para a frente ao ganharem velocidade.

Como manter a fé diante de tudo o que perdera? De todos os sonhos incompletos, dos "e se" que jamais teriam desfechos? Como suportar um mundo em que estivesse por conta própria, tão frágil quanto uma das mudas trazidas pelo pai?

Olhou para trás outra vez — *a última vez* —, para se certificar de que não era seguida.

À frente, o sol se punha, colorindo a paisagem de laranja. O mundo parecia em chamas, tal como seu coração. Florence se lembrou da fantasia que nutriu por tanto tempo. Cavalgando sozinha, sem rumo, livre.

A liberdade era dolorosa, no entanto. Ainda que não estivesse ferida, sentia que sangraria até a morte. Ver-se sozinha destoava muito da imagem que habitava sua mente.

Ainda assim, o sol poente no dia mais triste de sua vida ainda tinha cores.

Fungou alto, apertando a tira de couro entre os dedos. Encarou o sol avermelhado até sentir os olhos doerem, em busca de respostas no espetáculo cambiante que era o céu.

Apesar da solidão e da dor insuportáveis, Florence se recusou a sucumbir à escuridão. Fora o que levara sua mãe e Russell embora — a resignação. Precisava encontrar forças, mesmo que cada passo a partir dali fosse marcado pela ausência deles.

Secou as últimas lágrimas e ajustou a bandana no rosto. Comprometeu-se a honrar a memória de Russell, a manter viva a chama que ardia dentro de si.

Enquanto cavalgava em direção ao Oeste, deixando a poeira e o passado para trás, Florence sussurrou para si as palavras que seriam seu mantra nas sombras:

— Eu lhe devo fé.

Epílogo

SUNRISE POST

Gangue Fortune extinta após embate sangrento

24 de novembro de 1895

Após mais de duas décadas em atividade, a temida gangue Fortune foi eliminada em uma incursão que resultou em múltiplas baixas, incluindo a de membros de papel significativo, como Russell Fortune, Lloyd Harper e Wiley Anderton; além do líder, Everett Warren, considerado foragido desde 1885 e cujo preço pela cabeça ultrapassava $6.000.

O confronto, ocorrido após a dica de uma testemunha anônima sob o paradeiro da gangue, ceifou a vida de trinta oficiais da Agência Nacional de Detetives Pinkerton, bem como a do magnata ferroviário Henry Greenberg — ao que tudo indica, envolvido em esquemas de corrupção atrelados à compra ilegal de terras.

Entre os membros capturados, Gemma Carson aguarda execução na forca. Katherine Ward alega ter sido refém e pede por um novo julgamento. Outros membros da gangue permanecem foragidos. Especula-se que Florence Greenberg, única herdeira da fortuna de Henry Greenberg, possa ter fugido para a Europa. Frederick Hill, Roy Graham, Maude Devenport e Maggie Bennet também estão entre os procurados.

As autoridades locais continuam as investigações. Quaisquer informações que possam levar aos foragidos são passíveis de recompensa.

Ao terminar a leitura em voz alta, Florence redobrou o jornal e o atirou na fogueira.

Ao lado, Roy talhava, concentrado, um cavalinho em um pedaço de madeira que cabia na palma da mão. O braço ferido, costurado com linhas à mostra, estava coberto pelo cataplasma que Russell guardara na bagagem.

Fred, deitado com a cabeça em um tronco de árvore, olhava para o céu estrelado, enquanto soprava uma quantidade expressiva de fumaça.

— Kath, refém?! — exclamou ele, com deboche. — Não foi o que pareceu todas as vezes que invadiu minha tenda implorando por...

— Fred! — interrompeu Maude, esticando a perna para chutar a canela dele. — Seu nojento. Será que você não consegue guardar essas coisas pra você?

— Nojento por quê, se gostamos da mesma coisa?

— Francamente... — comentou Maude, cobrindo os olhos com as mãos.

Maggie, por outro lado, riu baixinho, acariciando o braço da companheira.

A luz quente da fogueira refletia nos cinco rostos que a rodeavam, conferindo um aspecto fantasmagórico às expressões abaladas. Florence se aconchegou mais perto do fogo, tremendo sob o poncho que encontrara entre os pertences de Russell; o perfume dele tão presente que, se fechasse os olhos, poderia jurar que ele estava ali.

Ela pegou o binóculo na bolsa de couro e o levou ao rosto. Muito longe dali, na planície, a movimentação da mina de ouro subterrânea era frenética. Homens sumiam pela entrada cravada na rocha, enquanto carriolas e mais carriolas forradas de ouro eram levadas para as carroças escondidas por barras de ferro empilhadas para a construção da nova ferrovia Greenberg, que nunca veria a luz do dia.

— O que vocês acham? — indagou Florence, colocando o binóculo na mão espalmada de Maggie. — Cedo demais?

— Não é como se fôssemos ser menos procurados com o passar do tempo... — Fred deu de ombros, e tragou novamente.

Roy desviou a atenção da escultura para ela.

— Eu preferiria me recuperar melhor, mas não quero perder a oportunidade. Talvez, se esperarmos demais, as autoridades acabem descobrindo.

Florence concordou, encolhida de frio.

— Penso o mesmo. Podemos roubar o suficiente para desaparecer.

Maude e Maggie se entreolharam por um momento. A primeira com a mão cobrindo a coxa da segunda.

— Vamos para onde vocês forem.

Florence olhou para a gaita, em sua mão, e a apertou firme.

— Bom... me parece que temos um roubo milionário para fazer.

Agradecimentos

Durante o período que morei com meus avós, criamos o hábito de atravessar madrugadas assistindo a filmes. A única regra era que minha avó os considerasse importantes para minha bagagem cultural. Foi assim que conheci os filmes de bangue-bangue. Na época não percebi, mas eles me acompanhariam desde então e acabariam impactando meu gosto como um todo.

Deve ser porque sempre tive uma queda por antagonistas. O desprendimento com as regras abre um leque de possibilidades que um mocinho jamais poderia explorar. Antagonistas são genuínos e abraçam a própria natureza egoísta sem hipocrisia; são os erros, os acertos, e a motivação que os une. Isso, para mim, os torna humanos.

Meu único desejo ao escrever *O beijo do bandido* foi me divertir, depois de trabalhar em um livro que exigiu muito de mim. Um pouco inspirada por *Titanic* e *Red Dead Redemption II*, meu filme e jogo favoritos, resolvi escrever meu próprio romance épico no faroeste. Ninguém mais parecia caminhar para a mesma direção, o que dava ao projeto um ar de história de gaveta, sem futuro. Não havia livros parecidos publicados, tampouco um público que se interessasse.

Ainda assim, a importância que a história ganhava em meu coração só aumentava. Quanto mais eu me aventurava pelo Oeste americano, acompanhada da gangue Fortune, mais crescia a urgência de fazer tudo o que eu pudesse para que mais pessoas tivessem essa experiência.

Foi uma viagem e tanto. Lembro o que senti ao pensar em cada cena, de como foi mágico e da sensação de estar em casa. Pode não parecer, mas escrever o livro que queremos ler é desafiador. Ignorar as inseguranças, ou o impulso de seguir pelo caminho mais seguro, do que é esperado de nós. Mas a recompensa por atravessar essa estrada é que, ao chegar do outro lado, o que encontramos é resultado daquilo que só nós poderíamos obter.

O beijo do bandido foi uma aventura deliciosa, e a certeza de que contei uma história que precisava ser contada veio graças ao apoio destas pessoas:

Charles, obrigada por acreditar. Você me apoiou desde que contei pela primeira vez que gostava de escrever e nunca duvidou de mim. Não sei se teria conseguido sem seu apoio, principalmente nas horas mais difíceis. Você foi imprescindível, sobretudo neste aqui. Amo você.

À minha agente e amiga, Alba Milena, sinto que estou começando a me repetir, mas é tudo verdade. Minha vida tem um antes e depois de você. Obrigada por embarcar em todas as minhas ideias e extrair o melhor delas. Mais que tudo, obrigada por ter me aturado reclamar durante toda a edição do livro. Esta história não existiria sem você.

Júlia e Chiara, minhas editoras, me faltam palavras para expressar o quanto o olhar de vocês foi essencial para que *O beijo do bandido* alcançasse todo o potencial. Obrigada por tirarem leite de pedra e me desafiarem a dar meu melhor. Obrigada pela paciência e por me ensinarem tanto.

À Harlequin, que foi minha primeira casa editorial. Nossa parceria dura bons anos e continua sendo uma honra enorme ser lançada por profissionais que acreditam no romance e no poder das histórias.

Bruno Romão, seu trabalho é maravilhoso! Você conseguiu traduzir a história e superou muito as expectativas altas que eu tinha. É uma honra ter uma capa feita por alguém tão talentoso, não me canso de olhar para ela. Muito obrigada!

Um agradecimento especial às minhas amigas talentosíssimas: Aimee Oliveira, Aione Simões, Clara Alves e Thais Bergmann. Obrigada por segurarem a barra tantas vezes. Foram dois anos repletos de acontecimentos, e eu não teria chegado até aqui sem o apoio, os conselhos e as risadas de vocês.

À minha família, que mesmo do outro lado do oceano emanou amor. Mamãe, você foi a primeira a revisar meus textos e apostar em mim lá no passado, este aqui é graças a você.

Por fim, o agradecimento mais importante de todos: muito obrigada a você, caro leitor, que chegou até aqui. Obrigada por me lembrar diariamente da minha razão para continuar escrevendo. Obrigada a todos que acompanharam o processo longo e demorado deste livro, sempre mandando mensagens de incentivo e perguntando sobre o lançamento. Nem consigo acreditar no tamanho da minha sorte.

É tudo por vocês.

Com amor,

Lola Salgado.

Este livro foi impresso pela Vozes, em 2025, para a Harlequin.
O papel do miolo é avena 70g/m², e o da capa é cartão 250g/m².